Fables and Fairy Tales

Ghazaros Aghayan

ՀԵՔԻԱԹՆԵՐ

ՂԱԶԱՐՈՍ ԱՂԱՅԱՆ

Fables and Fairy Tales

Contact:
IndoEuropeanPublishing@gmail.com

ISNB: 978-1-60444-768-2

ՀԵՔԻԱԹՆԵՐ

Հրատարակված է Ամերիկայի Միացյալ Նահանգներում:

Կապ՝
IndoEuropeanPublishing@gmail.com

ISNB: 978-1-60444-768-2

ՔՅՈՐՕՂԼԻՆ՝ ԿԱԼԱՆԱՎՈՐ

Քյոռօղլին գող չէր և ո՛չ ավազակ, այլ՝ մի ինքնագլուխ իշխան, իսկ այդ անկախությանը հասել էր նա իր անվեհերությունովը և քաջագործություններովը: Նա չէր հափշտակում և կողոպտում, այլ՝ հարկ ու մաքս էր առնում և չտվողներին անխնա պատժում: Բայց Իրանի թագավորը նրան համարում էր ավազակ, այսպես էին ճանաչում նրան և սուլթաններն ու խալիֆները, որոնց կարծիքը Քյոռօղլու համար նշանակություն չուներ, նա այսպես էր դատում.

«Եթե հարկ առնելը մեղք է՝ ինչո՞ւ իրանք առնում են: Եթե հնազանդելը լավ բան է՝ ինչո՞ւ իրանք ինձ չեն հնազանդում: Իրանք զոռով ու բռնությամբ են տիրում աշխարհին, ես էլ իրանց պես կվարվեմ: Այս բարբարոս ավազակները իրանց աչքի գերանը չեն տեսնում, բայց համարձակում են իմ աչքումը շյուղ գտնել: Իրանք իրանց ավազակ չեն համարում, չնայած որ նույնիսկ Աստուծո փառքն են հափշտակում, իսկ ինձ՝ Աստուծո ամենախոնարհ ծառայիս, համարում են ավազակ»:

Այսպես է դատում Քյոռօղլին՝ իբրև բնության պարզ որդի, որի գլուխը լցված չէր զանազան կանխակալ կարծիքներով:

Բայց ամենայն օր գանգատ ու բողոք էր, որ անընդհատ հասնում էր Իրանի թագավորին, որին հանդիմանում էլ էին, թե՝ եթե դու ես մեր թագավորը, ազատիր մեզ Քյոռօղլու ձեռից, որ քեզ ծառայենք, իսկ եթե ոչ՝ մենք կամա-ակամա պիտի Քյոռօղլուն հպատակվենք, նրան ծառայենք: Եվ ահա ինչ էին ասում իրանց գանգատներում Քյոռօղլու մասին:

– Նա,– ասում էին,– թալանում է քարավանները, զերի է տանում հարուստ վաճառականներին և մինչև մեծ փրկանք չի առնում՝ բաց չի թողնում:

Գյուղացիներին ոտքի է կանգնեցնում իրանց խաների ու բեգերի դեմ, կոտորում և կոտորել է տալիս կալվածատերերին ու տերության կապալառուներին, և այսպիսով իր կողմն է գրավում երկրագործ ժողովրդին: Կոտրում է հարկահաններին և հավաքած հարկերը բաժանում չքավոր գյուղացիներին:

Շատ անգամ կտրում է գյուղացոց հարաբերությունը քաղաքացոց հետ, ուտեստի պաշարը թանկացնում, և մինչև քաղաքներից մեծ վճար չի առնում՝ հարաբերության կապը չի արձակում:

Քրիստոնյաներին առանձին պաշտպանություն է ցույց տալիս և նրանց պաշտպանությունը գտնում ամեն տեղ:

Որտեղ մի կարգե դուրս քաջ տղամարդ կա՝ գնում է Քյորօղլու դրոշակի տակ մտնում: Որտեղ մի փախստական և մահապարտ կա՝ նրա հովանավորությանն ու պաշտպանությանն է դիմում: Այսպիսով նա կազմակերպած խումբեր ունի երկրի բոլոր ամուր տեղերում: Բոլոր անմատչելի բերդերին տիրելով՝ ամենի վրա իր անունն է դրոշմել: Բոլոր խումբերն իրար հետ սերտ կապ ունին, և հարկավոր դեպքերում միմյանց օգնության են հասնում:

Ամեն հավատի ու ցեղի մարդ կա նրա խմբի մեջ, բայց մի անգամ այդ խմբի մեջ մտնելով՝ ոչ մի հավատի չեն ծառայում, ամենքն էլ միապես դառնում են անհավատ և ծաղրում ամեն հավատ: Չեն ընդունվում միայն այն մարդիկը, որոնք որևէ քաջությունով իրանց հայտնի չեն կացուցել, կամ որևէ դժվար հանձնարարություն և փորձ չեն կատարել: Ինքը պաշտելու չափ սիրում է ամեն մեկին և ամենի հիմար կամքը կատարում՝ նույնիսկ իր կյանքը վտանգի տակ դնելով: Բոլոր սիրահարներին իրանց մուրազին է հասցնում՝ բերելով նրանց սիրո առարկան: Ինքն էլ ամեն մի բերդում մի առանձին սիրուհի ունի: Իրանց սիրուհիները փակված չեն պահվում, նրանք պարտավոր են զինավարժությամբ պարապել, ձիավարություն գիտենալ և, հարկավոր դեպքերում՝ քաջությամբ կռվել: Այս կերպով ահա նա հավաքել է երկրի ամենագեղեցիկներին, որոնք հմայվածի պես անձնվիրություն են ցույց տալիս նրան և, անհավատ լինելով՝ նրա՛ն միայն հավատում ու սիրում:

* * *

Քյորօղլին ամենից շատ վնաս էր հասցնում Իրան աշխարհին: Այդ ատելությունը ժառանգական էր, հորից որդուն անցած: Բայց Քյորօղլուն ժամանակակից Իրանի թագավորը մի վեհանձն մարդ էր: Նա, երբ որ լսում էր Քյորօղլու քաջությունը՝ մտքումն ասում էր. «Եթե ես թագավոր չլինեի՝ ամենայն ուրախությամբ Քյորօղլու քաջերից մեկը կդառնայի, նրա պես ազատ կյանք կվարեի»: Այս պատճառով նա ահագին զորքով (մոտ երեսուն հազար հոգուց բաղկացած) ուղարկեց իր ամենից փորձառու զորապետին՝ *Բոլի-բեգ* անունով, և պատվիրեց նրան, որ Քյորօղլուն կալանավորե՝ պաշարելով այն բերդը, ուր որ նա կլինի: Սպանելու հրաման չտվավ, ընդհակառակն՝ ասաց, որ եթե Քյորօղլուն սպանես՝ քեզ կախաղան կբարձրացնեմ. եթե քաջ ես՝ նրան պետք է բերես ինձ մոտ ողջ-առողջ:

Իրանի թագավորը չէր ուզում զրկվել Քյորօղլու պես մի անվանի հերոսից, և ուզում էր նրան իր մոտ տանել և նրանով հաղթել իր արտաքին թշնամիներին: Բոլի-բեգը նախ պիտի աշխատեր զանազան խոստումներով Քյորօղլուն հրավիրել շահի մոտ, իսկ եթե այդ չհաջողեր՝ միայն այն ժամանակ պիտի գործ դներ իր ահագին բանակի ուժը:

Քյորօղլին այդ ժամանակ գտնվում էր մեր երկրումը, որ Իրանի իշխանության տակն էր: Երբ էր այդ ժամանակը՝ հայտնի չէ, և ոչ էլ տեղն է հայտնի որոշակի:

Թագավորի մտադրությունը Քյորօղլու մասին թեպետ անկեղծ էր՝ նա, անշուշտ, մեծ պատվի կհասցներ Քյորօղլուն, բայց Քյորօղլին ավելի լավ էր համարում Հայաստանի հովասուն լեռներում ազատ ավազակ համարվել, քան թե շահնշահի եռապարիսպ պալատում նույնիսկ շահ լինել, ուր մնաց, որ ինչքան էլ մեծ իշխան լիներ՝ դարձյալ շահի ստրուկը պիտի համարվեր: Լինել հպատակ, թեև հազար ու մեկ շքանշանով զարդարված՝ ատելի էր բնության ազատ զավակին:

Քյորօղլին սովորություն ուներ շատ անգամ ծպտած ման գալու: Նստում էր մի էշի կամ ջորու վրա, աշըղի հագուստով (աշըղները ջոկ հագուստ ունեին հնումը), սազը մեջքից կախած, առանց որևէ զենքի և, գյուղեգյուղ թափառելով, զանազան տեղեկություններ էր հավաքում, և ըստ այնմ իր զգուշությունը գործ դնում և անելիքն անում: Մեկ անգամ էլ հենց այսպես ծպտած ժամանակ լսում է, որ Բոլի-բեգը եկել է մեծ զորքով և բանակ է դրել Թոնա գետի մոտ: Եկել է ոչ իբրև զորքով պատերազմ, այլ՝ իբրև մի ցեղապետ իր ժողովրդով ամարանոց, իր հետ բերել է և իր կանանցը: Բոլոր հարյուրապետները ևս բերել են իրանց գերդաստանը, որով կազմել են մի թաթարական օրդու: Իրանց հետ ունեին նաև ոչխար, տավար, ուղտեր և ամենայն ինչ: Իհարկե, այս ավելորդ բաներն այնքան շատ չէին, որ իսկույն չիմացվեր, թե՝ սա մի խաշնարած ժողովրդի չվումն չէ մի տեղից մյուս տեղ, այլ՝ պատերազմական նպատակ ունեցող մի բանակ է:

Քյորօղլին, առանց երկար մտածելու, իր ջորին քշում է ուղիղ դեպի այդ բանակը, որ կշռե նրա որպիսությունը: Հենց որ նրան տեսնում են, իբրև աշըղի, ամեն մեկն իր կողմն է քաշում և հրավիրում, բայց Քյորօղլին ոչ մեկին չի լսում, քշում է ջորին և իջնում է զորապետի վրանի առջև: Բոլի-բեգը շատ ուրախանում է և հրամայում է նրան՝ ցույց տալ իր շնորհքը, զվարճացնել իր խաղերով, և եթե գիտե՝ Քյորօղլու խաղերից ասե: Այս առաջարկությունից օգուտ քաղելով՝ Քյորօղլին ասում է հետևյալ խաղը, մեղմացնելով իր ահեղ ձայնը, որ չճանաչվի.

Ո՞վ կար այս բանակում իմ ծանոթներից,
Շուտով իմ քաջերին մի լուր հասցըրեք.
Թող հարձակվեն ամեն կողմից խմբերով
Ինձ էլ մեկ վահան ու մի թուր հասցըրեք

Հասեք, շուտով հասեք,
Մի լուր հասցըրեք:

Ասացեք՝ եկել են դեղնած բոստանչիք,
Արխաջրով[1] փորերն ուռած թուլուղչիք[2],
Սուր չը տեսած, բանից փախած փինաչիք,
Եկեք այս խեղճերին առողջացըրեք.

Հասեք, շուտով հասեք,
Մի լուր հասցըրեք:

Չեն ճանաչում արծիվն ագռավի շորում,
Չորս կողմից ծաղրում են ու կտցահարում,
Քյորօղլուն բռնելու թակարդ են լարում,
Եկեք սրանց գլխում մի խելք մտցըրեք.

Հասեք, շուտով հասեք,
Մի լուր հասցըրեք:

Քյորօղլու խաղի միտքը լավ հասկացան նրա բարեկամ լոտեները և շտապեցին լուր տանելու նրա քաջերին: Բայց Բոլի-բեգը ևս կասկածի եկավ, թե՝ սա ինքը չէ՞ արդյոք Քյորօղլին, և հարցրեց.

— Աշը՛ղ, այդ խաղը ե՞րբ է ասել Քյորօղլին:

Քյորօղլին պատասխանեց.

— Մի՞թե քեզ հայտնի չէ, խա՛ն, որ փադիշահը քանիցս անգամ ուզեցել է կալանավորել Քյորօղլուն. մեկ անգամ էլ Բոլի-բեգին է ուղարկում մեծ զորքով: Քյորօղլին աշըղի հագուստով պատահմամբ ընկնում է նրա բանակը, ուր և ասում է այս խաղը, որով իմաց է տալիս իր քաջերին, թե ուր է ընկել ինքը, և նրանք էլ գալիս են ազատում:

— Այդ Բոլի-բեգը չի լինում, աշը՛ղ, այլ գուցե՝ Վելի-բեգը լինի եղած: Բայց դու ա՛յս ասա, ինչո՞վ ես հաստատում, որ դու ինքդ չես Քյորօղլին, որովհետև ինքդ քեզ մատնում ես՝ խոստովանելով, որ Քյորօղլին երբեմն ծպտելով՝ աշըղություն էր անում:

— Խա՛ն, հենց այդպես էլ հարցրել է Բոլին, և տեսեք՝ Քյորօղլին ի՛նչ է պատասխանել.

Ինչով ուզես, Բոլի՛, ես երդում կուտեմ,
Որ ես մի խեղճ հայ եմ և ոչ Քյորօղլին.
Երկինք, գետինք, Աստված վկա կըկանչեմ,
Որ ես մի խեղճ հայ եմ և ո՛չ Քյորօղլին.

Հայ եմ, հա՛յ, հարա՛յ,
Հայ եմ, ուղիղ հայ:

Հայի ձեռին դու չես տեսնիլ սուր ու թուր,
Այդ բանն արգելել է մեր մեծն Այամավուր[3],
Թեկուզ գլխիս թափես հազար թուք ու մուր՝
Ես մի անբախտ հայ եմ և ո՛չ Քյորօղլին.

Հայ եմ, հա՛յ, հարա՛յ,
Հայ եմ, ուղիղ հայ:

Եթե թուրը ձեռին Քյորօղլուն տեսնես՝
Հավատա ինձ, Բոլի՛, դու կըսարսափես,
Թեպետ սազ էլ ունի, երգում է ինձ պես,
Բայց ես մի խեղճ հայ եմ և ոչ Քյորօղլին.

Հայ եմ, հա՛յ, հարա՛յ,
Հայ եմ, ուղիղ հայ:

— Սպասի՛ր, աշըղ,– ասում է Բոլին,– այդ իմ հարցի պատասխանը չէր: Ես իսկական Բոլի-բեգն եմ և ո՛չ Ալին կամ Վելին, և հիմա ուղղակի հարցնում եմ քեզ. ինչո՞վ ես ապացուցանում, որ դու Քյորօղլին չես:

– Խա՛ն, ես այդպես չհասկացա,– պատասխանեց Քյորօղլին,– ես հենց իմացա, թե դու Բոլի-բեգի հարցումը տվիր, ես էլ՝ Քյորօղլու պատասխանն ասացի: Եթե ինձ վրա կասկած ունիս, որ մտքովս անցնել չէր կարող, ուրեմն՝ լսի՛ր իմ պատասխանը:

Քյորօղլին ուզում էր միայն զբաղեցնել Բոլի-բեգին, մինչև կհասնեն իր քաջերը, բայց և այնպես՝ նա այլևս չի ուզում իրան նվաստացնել և հայտնում է, թեև մութ կերպով, որ ի՛նքն է Քյորօղլին և ունի հայկական ծագումն.

Ես մի Ջալալի եմ, անունս է Ռուշան,
Հորս անունն է Խոր[4], մորըս Խորիշան.
Արհեստով աշըղ եմ, ինչպես տեսնում եք,
Որ ես Քյորօղլին չեմ ահա՛ ձեզ նշան:

Կանչում եմ նշան նշան,
Պատմում եմ նշան նշան,
Մարդն ունի մարդու պատկեր,
Շունն էլ ունի շան նշան:

Եթե իրավ ես լինեի Քյորօղլին,
Իմըս լիներ նրա թուրը, նրա ձին
Այն ժամանակ կըտեսնեիր, Բոլի-բեգ,
Որ Քյորօղլուց պակաս քաջ չէ Խորօղլին:

Չեմ թաքցնում խոր եմ խոր,
Իմ թշնամուն խորեմ խոր,
Աղբյուրի պես բարակ եմ,
Ծովի նման խո՛ր եմ, խո՛ր:

Քյորօղլին է իմ սիրելին, իմ խանը,
Ես նրա երգիչն եմ, նա՝ իմ պաշտպանը,
Նրա ահեղ ձայնը միայն լսելով
Դողում, զարհուրում է ողջ Պարսկաստանը

Վախ չունիմ մահ ու ահից,
Ազատ եմ մահու ահից,

Մարդիկ մահով չեն մեռնում,
Այլ միայն մահու ահից:

Խորօղլին եմ, ոչ մի բանից ահ չունիմ,
Ինքս մեծ իշխան եմ, թեև գահ չունիմ,
Թող ողջ լինի միայն իմ դոչ[5] Քյորօղլին,
Սուլթան ու խաներից ոչ մի շահ չունիմ:

Չեմ սիրել խան ու սուլթան,
Կատեմ իշխան ու սուլթան,
Խան կա՝ մի խան[6] չարժե,
Սուլթան կա՝ անուս-ուլ-թան[7]

Այս երգից հետո Բոլի-բեգն ասում է. – Աշը՛ղ, իրավ որ դու քուրդ ես ու քրդավարի էլ խաբում ես ինձ: Եթե դու Քյորօղլին չես, այլ՝ Խորօղլին, այդ ինձ համար միևնույն է, երկուսդ էլ վտանգավոր եք: Ես Խորօղլուն կբռնեմ, թող Քյորօղլին գա նրան ազատե:

Այս ասելուց հետո Քյորօղլու ոտները կապել է տալիս, ուզում է կապել տալ և կռները, բայց Քյորօղլին խնդրում է, որ կռներն ազատ թողնեն ու սազը ձեռքիցը չառնեն, ասելով.

– Խա՛ն, այս շատ մեծ պատիվ է, որ ինձ տալիս եք. ասած է՝ «Մեկ օրվա խանությունն էլ է խանություն», դուք մեկ օրով ինձ Քյորօղլի եք շինում, թույլ տվեք, ուրեմն, Քյորօղլու խաղերիցն ասեմ ձեզ համար, մինչև կբռնեք իսկական Քյորօղլուն և խեղճ աշըղին կազատեք:

Եվ Քյորօղլին սկսեց բուն Քյորօղլու ահեղ ձայնով հետևյալ խաղը.

Բոլի՛, նամազդ արա, մեղքերդ քավի,
Հրես որտեղ որ է՝ քաջերս կըգան.
Դազաղըդ շինել տուր, պատանըդ կարի,
Հրես հոգիդ առնող դևերըս կըգան.

Եկե՛ք, քաջեր, եկե՛ք.
Էլ մի՛ ուշանաք:

Մեկ կա՝ հազար արժե, հազար կա՝ ոչ մին,
Ամբողջ բանակովդ չարժես իմ մեկին.

Գերանդիով, թոփուզներով[8] ահագին,
Հրես կացնով ջարդող զիժերըս կըգան.

Եկե՛ք, քաջեր, եկե՛ք.
Էլ մի՛ ուշանաք:

Քյորօղլուս աթոռն է անառիկ Սասուն,
Հսկաներիս թիվն է մինչև քառասուն.
Լացե՛ք գլուխներըդ, ո՛վ դուք անասուն,
Հրես ձեզ պատառող վագրերըս կըգան.

Եկեք, քաջեր, եկե՛ք.
Էլ մի՛ ուշանաք:

Քյորօղլու ահեղ ձայնից ոչ միայն մարդիկ սարսափեցին, այլև բոլոր անասունները որոնք կարծեցին, թե՝ առյուծ է մռնչում: Սաստիկ վախեցավ և ինքը՝ Բոլի-բեգը, բայց ինքն իրան անհոգ ձևացրեց՝ չուզենալով հավատալ, թե՝ նա ի՛նքն է Քյորօղլին: Այս միջոցին Քյորօղլու աչքը պատահմամբ ընկավ դեպի վարագույրը (որի հետևը ծածկված էին Բոլի-բեգի կանայքը և ծակուծուկերից նայում էին Քյորօղլուն ու հիանում) և, մեկի սիրունիկ աչքերը տեսնելով, մոռացավ իր քաջերին և սկսեց իր երգը դեպի նույն գեղեցկուհին դարձնել.

Ամպերում թաքնված, իմ սիրո՛ւն արև,
Մեկ՝ փայլում ես, մեկ էլ՝ ծածկվում խավարում.
Վանդակի մեջ դրված սոխակի նման,
Մեկ՝ երգում ես, մեկ էլ լռում ու տխրում.

Ինչո՞ւ, հոգի՛ս, ինչո՞ւ,
Ինչո՞ւ ես տխրում:

Արևազուրկ ծաղիկ, անջուր, թալկահար,
Վարդ, դու կուզես քեզ մի բյուլբյուլ սիրահար.
Ագռավ մարդըդ քեզ անում է կտցահար,
Գիտե, որ դու իրան սրտով չես սիրում.

Ինչո՞ւ, հոգի՛ս, ինչո՞ւ,
Ինչո՞ւ չես սիրում:

Քյորօղլուս պես մի քաջի ես դու արժան,
Որ դրախտ դարձնեմ այդ կյանքըդ դաժան,
Դու կըլինես իմ սիրուհիս անբաժան,
Այժմեն իսկ իմ հոգին քե՛զ եմ նըվիրում.

Հավատա՛ ինձ, հոգի՛ս,
Քե՛զ եմ նըվիրում:

– Լռի՛ր, հանդուգն,– բղավեց Բոլի-բեգը խանդոտությունից կատաղած և հրամայեց կապոտել Քյորօղլու կոները: Քյորօղլին ոչ մի ընդդիմություն ցույց չտվավ: Նա այդ բոլորը մի կատակ էր համարում, իսկ նրանց թոկերը՝ իր համար մի սարդի ոստայն:

Քյորօղլու ձեռք ու ոտքը կապոտելուց հետո մի թոկ էլ վզիցը կապեցին և Բոլի-բեգի հրամանով տարան Թոնա գետի ափը, որ նրան ընկղմեն գետի մեջ՝ առանց խեղդելու, այլ՝ այնքան ընկղմեն և հանեն, մինչև ուժից ընկնի իսպառ և ուղիղը խոստովանի, եթե ինքը ճշմարիտ Քյորօղլին է:

Գետափին ձիաներ կային օրուգ տված: Հենց որ մոտեցավ այդ ձիաներին՝ թոկերը կտրտեց, իր տանողներին քարերի պես շպրտեց գետի մեջ, իսկ ինքը մի ոստյունով թռավ մի լավ ձիու վրա և, անթամք ու անսանձ ձիու գլուխը երկու ձեռքով իր ուզած կողմն ուղղելով՝ դուրս պրծավ բանակից: Այս անակնկալ դեպքի վրա ամենքն էլ շփոթվեցին ու շշկլվեցին, բայց մեկ էլ որ տեսան՝ հեռվից մի թանձր փոշի բարձրացած վազում է դեպի իրանց այնպես արագ, որ կարծես նրան մղում էր մի ահեղ փոթորիկ, բոլորովին սարսափի մեջ ընկան:

Այդ թոզն ու դումանը բարձրացրել էին Քյորօղլու քաջերի ձիաները, որոնք գալիս էին սրարշավ, և նրանց տրոփյունի ձայնը արդեն մինչև բանակն էր հասնում: Բոլի-բեգը, որ Քյորօղլու կողմից հարձակվելու հույս չուներ բոլորովին, և ո՞վ կհամարձակվեր մի փոքրիկ խմբով ամբողջ բանակի վրա հարձակվել, շուտով պատրաստվեց դիմադրելու: Բայց ի՞նչ օգուտ: Եկողները հազարներից ընտրված մի-մի դյուցազն էին, և իրանց քաջության համեմատ մի-մի սարսափելի մականուն ունեին՝ շքանշանի տեղ ստացած, ինչպես՝ *Վարազաթուր*, *Գայլաբերան*, *Փղակնճիթ*, *Վազրաճանկ*, *Արյունծարաթ*, *Անսասան*, *Զարհուրելի*, *Ասլանբալա (առյուծի ձագ)*, *Քյարքյաղան (մի եղջերու)*, *Ազրայիլ (չար հրեշտակ)*, *Ղրխազան* կամ

Ղրխղռան (քառասունին ջարդող): Քյորօղլին չուներ ոչ մի մականուն, բայց երբեմն անվանվում էր *Հաստընչացք* և *Ահեղաձայն*:

Քյորօղլին արդեն նստել էր *Ղռաթի* վրա և ձեռքն առել իր վահանն ու թուրը: Նա գալիս էր ամենի առջևը: Բանակին մոտեցան թե չէ՝ այնպես հարձակվեցան, ինչպես ժիր հնձողները հասած արտի վրա, և սկսեցին հնձել անխնա: Զիավորները հնձում էին, իսկ ձիաները ոտնատակ տալիս, կալսում: Հնար չկար դիմադրելու, զորքը երեսը շրջեց և

փախուստ տվավ: Փախավ և Բոլի-բեգը, բայց նրան շրջապատեցին և կալանավորեցին: Քյորօղլին ազատեց նրան, միայն կանայքն առավ ձեռիցը և բաժանեց իր քաջերի մեջ վիճակով, ինքը չառավ ոչ մեկին, որ իր Նիգյարի սիրտը չպակսեցնե: Բացի Նիգյարից, որին սիրում էր բոլոր սրտով, ուրիշ կին չուներ, թեպետ կարծում էին, որ նա շատ կանայք է պահում:

Այս փառավոր հաղթությունից հետո, երբ որ վերադարձավ տուն, Քյորօղլին մի փառավոր խնջույք տվավ, երգելով պատմեց Նիգյարին բոլոր անցքը և անուն-անուն գովեց իր քաջերին՝ մեկ-մեկ թվելով ամեն մեկի արածը: Նիգյարն էլ, ի նշան շնորհակալության, մի ահագին բաժակ լցնում էր գինով և իր ձեռքով տալիս ամեն մեկին: Գերի ընկած սիրուն տիկիններն էլ շատ ուրախ էին, որ, գերվելով, ազատվել են իսկական գերությունից, և փոխանակ ամենքը միասին մի վատուժ մարդ ունենալու՝ հիմա ամեն մեկը միայնակ կունենա մի հերոս:

Մեր քաջերն իրանց խնջույքը վերջացրին հետևյալ պարզ երգով, որ երգեցին ամենքը միատեղ՝ մի ուրախ եղանակով.

Հայրը պատերազմ գնաց,
Որդին ծածուկ հետևեց,
Հոր գլխին սուր պլսպլղաց,
Որդին նրան ազատեց:

Այ բա՜խտ, դրա՜խտ,
Դրա-րա-րա-րա՜խտ:

Հայրը որդուն գիրկն առավ,
Նրա ճակտից համբուրեց.
Որդին թուրը ձեռքն առավ,
Հոր թշնամուն խորտակեց:

Այ բա՛ խտ, դրա՛ խտ,
Դրա-րա-րա-րա՛ խտ:

Մայրը շատ ափսոսում էր
(Որդին էր դեռ պատանյակ),
Նրա համար հյուսում էր
Թարմ ոստերից մի պսակ:

Այ բա՛ խտ, դրա՛ խտ,
Դրա-րա-րա-րա՛ խտ:

Որդին եկավ հաղթական,
Հետն էլ բերավ դեռահաս
(Իր մոր համար օգնական)
Մի գեղեցիկ նորահարս:

Այ բա՛ խտ, դրա՛ խտ,
Դրա-րա-րա-րա՛ խտ

Մայրը եփեց ձըվածեղ,
Ուտեցրրեց երկուսին.
Հետո շինեց փափուկ տեղ,
Պառկեցրրեց միասին:

Այ բա՛ խտ, դրա՛ խտ,
Դրա-րա-րա-րա՛ խտ: :

Վերջաբան

Աշըղները երբ որ պատմում են այս արկածը և վերջացնում՝ սովորաբար մի խրատական կամ ծիծաղաշարժ խաղ էլ իրանցից են ասում կամ նույնիսկ՝ Քյորօղլու ասածներից ուրիշ դեպքում: Իբրև օրինակ՝ բերենք հետևյալ խաղը.

Ով որ ձուկ բռնել չըգիտե՝
Կարթի պատիվն ի՞նչ կիմանա.
Խըխունչներից գոհ եղողը
Թարթի պատիվն ի՞նչ կիմանա.

Ո՞վ է տեսել փայտից մաշա
Կամ բոշայից դառած փաշա[9]:

Ով սիրում է փտած հինը՝
Չի հասկանալ նորի գինը.
Քուչեքն ընկած թեթև կինը
Մարդի պատիվն ի՞նչ կիմանա:

Քուրդը չի սովորիլ փեշակ,
Պղպեղը չի դառնալ մեխակ,
Ագռավը, որ դառնա սոխակ,
Վարդի պատիվն ի՞նչ կիմանա:

Սուտ չէ Քյորօղլու ասածը,
Նրա երգածն ու խոսածը.
Փալասներում մեծացածը
Զարդի պատիվն ի՞նչ կիմանա:

Աքաղաղը չէր հավանում սոխակին:
– Կուզե՞ս,– ասաց,– հարցնենք ավանակին:
– Ո՛չ, ո՛չ,– պատասխանեց սոխակը,–
Ես ավելի հավան եմ քո՛ ճաշակին...

Տողատակեր

1. **Արխաջուր** - *առվի ջուր*
2. **Թուլուղ** - *տիկ*, **թուլուղչի**՝ *ջրկիր*
3. **Այսմավուր** - Հայսմավուրք՝ *եկեղեցական գիրք, որի մեջ տոնացուցային հաջորդականությամբ զետեղված են քրիստոնեական սրբերի և նահատակ-վկաների վարքերն ու վկայաբանությունները*

4. Ավանդություն կա, որ Ռուշանի հայրը *քյոր* չի եղել, որ կնշանակե *կույր*, այլ՝ Խոր կամ Խոռ, որ մի հայ է եղել Խորխոռունյաց ցեղից, բայց ավազակ դառնալով՝ խառնվել է *Ջալալի* ասված քրդական ցեղի հետ և համարվել քուրդ կամ թուրքմեն: Այդ ժամանակ ահա նրա Խոռ անունը աղավաղվել, դառել է *քյոր*, և հետո էլ կարծվել է, թե՝ նա կույր է եղել...
5. **Ղոչ** - *խոյ*, փոխաբերաբար՝ *քաջ*
6. **Չափ, կոտ:** Ուզում է ասել՝ մի դատարկ կոտ չարժե: (Ծան. հրատ.):
7. Անուսում դատարկ, փուչ մարդ: (Ծան. հրատ.):
8. **Թոփուզ** - *գուրզ, մահակ*
9. Ամեն տնավերջում, ըստ կամի, ավելացնում են այսպիսի ասածները:

ՔՅՈՐՕՂԼԻՆ՝ ՋԱՂԱՑՊԱՆ

Մեկ անգամ Քյորօղլու ծառաներից մեկը՝ Քաչալ-Համզան, փախել էր: Քյորօղլին հեծավ իր հռչակավոր Ղռաթը և ընկավ Համզայի հետևից, որ բռնե նրան և պատժե:

Համզան դեռ շատ չէր հեռացել: Նա ետ մտիկ տվավ ու տեսավ, որ հեռվից փոշի է բարձրանում, իսկույն գլխի ընկավ, որ Ղռաթի բարձրացրած փոշին է այն, ուր որ է՝ Քյորօղլին պիտի հասնե և բռնե նրան: Հնար չկար փախչելու: Նրա բախտից՝ նույն տեղը մի ջաղաց կար, վազեց մտավ ջաղացը, երեսմերեսը ալրաթաթախ արավ, շորերն էլ նույնպես, և այսպես կերպարանափոխված՝ դուրս եկավ կանգնեց ջաղացի դռանը:

Քյորօղլին ձին քշած եկավ և, Համզային պատահելով՝ հարցրեց, թե՝ այս նշանով մարդ չանցա՞վ արդյոք:

— Ինչպես չէ,— պատասխանեց Համզան,— քո ասած նշաններով մի մարդ մտավ այս րոպեիս իմ ջաղացը:

— Ուրեմն, բռնի՛ր ձիս,— ասաց Քյորօղլին և իջավ ձիուց:

Ձին թողեց Համզայի ձեռքին, իսկ ինքը մտավ ջաղացը, տեսավ, որ այնտեղ ոչ ոք չկա, դուրս եկավ, որ բարկանա ջաղացպանի վրա, բայց կեղծ ջաղացպանը արդեն Ղռաթի վրա էր:

— Անպիտա՛ն, ինձ խաբեցիր՝ բավական չէ՞, համարձակեցար հեծնել նաև իմ Ղռաթի՞ս,— ասաց Քյորօղլին բարկությամբ: — Շատ մի՛ խոսիր,— պատասխանեց Համզան,— այժմ Քյորօղլին ե՛ս եմ, իսկ դու գնա՛ ջաղացպանություն արա. նայիր միայն, որ լա՛վ աղաս, կորկոտ չանես:— Այս ասելով՝ Ղռաթի գլուխը շրջեց ստահակ ծառան, և՝ այսօր ես անհայտացել, թե էգուց...

Քյորօղլին նոր գլխի ընկավ, որ փախչողը Համզան էր, բայց էլ ի՞նչ կարող էր անել: Նա, քա՛հ-քա՛հ ծիծաղելով իր միամտության վրա, գլուխը թափ տվավ և մտավ ջաղացը:

Քյորօղլին սովորություն չուներ հուսահատվելու, այս տեսակ դեպքերը նրա միշտ ուրախ ու զվարթ տրամադրությունը չէին խանգարում: Նա տեսավ, որ ամբարը լիքն է ցորենով, բայց ջաղացպանն ուրիշ տեղ է գնացել, ջուրը կապեց նավի մեջ, բա՛ն ձգեց աղորիքը: Երբ որ չախչախն սկսեց իր ներդաշնակ չխչխկոցը՝ Քյորօղլին նրան սազի տեղ համարեց և սկսեց երգել հետևյալ երգը.

Ա՛յ, Քյորօղլի, ջա՛ն Քյորօղլի,
Ա՛յ, Քյորօղլի, ջա՛ն Քյորօղլի,
Քեզ խաբեց Համզան, Քյորօղլի՛, հա՛յ, հա՛յ, հա՛յ.
Բայց որ դառել ես ջաղացպան
Կանչի՛ր, թող գա դան[1], Քյորօղլի՛, ջա՛ն

Ջա՛ն Քյորօղլի, ջա՛ն,
Ջա՛ն Քյորօղլի:

Մարդուս բախտն է ահա այսպես,
Պտըտվում է ջաղացի պես.
Մեկ օր ահռելի վիշապ ես,
Մյուս օր՝ ջաղացպա՛ն, Քյորօղլի:

Բայց դու էլի Քյորօղլին ես,
Ժողովրդի սիրելին ես.
Թեկուզ ջաղացպան էլ լինես՝
Քեզ պատիվ կըտա՛ն, Քյորօղլի՛:

Թեև Ղռաթիցըդ զրկված՝
Բայց թուր ունիս վըրադ կապած.
Համզան ստրուկ, թոկից փախած,
Իսկ դու ազատ խա՛ն, Քյորօղլի՛:

Մոտըդ կանչիր հըսկաներին,
Հավատարիմ կտրիճներին,
Թող գան գտնեն փախած գերին,
Չըկորչի Համզա՛ն, Քյորօղլի:

Քյորօղլու ձայնը շատ ահեղ էր. այս երգը երգելուց հետո բարձրացավ ջաղացի տանիքի վրա և այնպես որոտաց, որ նրա ձայնը, սար ու ձոր դմբացնելով, հասավ մինչև Չամլիբել, ուր գտնվում էր Քյորօղլու անմատչելի բերդը: Քյորօղլու կինը՝ Նիգյար խանումը, որ շատ սուր լսողություն ուներ, ամենից շուտ իմացավ, որ իր ամուսինը մի անակնկալ փորձանքի է հանդիպել: Իսկույն իմաց տվավ քաջերին, որոնք մի ակնթարթում դուրս թափվեցին բերդից և հասան իրանց խմբապետին: Դրանց մեջ նշանավոր էին *Դամյուրչօղլին, Իսաբ-Ալին* և *Գզիր-օղլի Մուստաֆա-բեգը*: Երբ որ գնացին տեսան Քյորօղլուն ջաղացպանություն անելիս, Ղռաթը խլել տված՝ շատ ծիծաղեցին, և Դամյուրչօղլին մի երգով շնորհավորեց Քյորօղլու նոր արհեստը և նոր առուտուրը (որովհետև Համզան, Ղռաթը փախցնելով, նրա փոխարեն իր ջորին թողել էր նրա մոտ):

Թող երգե Դամյուրչօղլին, տեսնենք՝ ի՞նչ է երգում և ի՞նչ ձևով.

Նոր վաճառական ես դառել,
Առըտուրըդ շնորհավոր,
Ձին տըվել ես, ջորին առել,
Առըտուրըդ շնորհավոր,
Ձին տըվել ես, ջորին առել,
Առըտուրըդ շնորհավոր, հոգի՛ս,
Առըտուրըդ շնորհավոր:

Ալյուրըդ ջորուն կըբարձես,
Բազար կըտանես կըծախես,
Դեղին ոսկիք կըհավաքես,
Առըտուրըդ շնորհավոր:

Քեզ կասեն՝ ուստա Առուշան[2],
Երբ կըլինիս լավ ջաղացպան,
Գըլուխ-գըլուխ շահաղ[3] կըտան,
Առըտուրըդ շնորհավոր:

Դամյուրչօղլի՛, շատ լավ կանես,
Որ Քյորօղլուն գովաբանես,
Ասեմ լավ վաճառական ես,
Առըտուրըդ շնորհավոր...

Դամյուրչօղլին այսպես երկար կշարունակեր, բայց Քյորօղլին նրան միջահատում է, ասելով՝ կատակի ժամանակ չէ. և ի՛նքն է սկսում երգել այլ եղանակով և ահեղ ձայնով.

Ծառաս փախել է մինչ Արաբըստան՝
Շո՛ւտ արեք, ուր որ է՝ փնտրեցեք բերեք,
Շլընքին զարկելով կապեք կոները,
Արաբ ձիու վըրա բարձեցեք բերեք.
Շլընքին զարկելով կապեք կոները,
Արաբ ձիու վըրա բարձեցեք բերեք:

Իր գործած հանցանքը դըրեք իր վըզին,
Որ չասեն՝ անմեղ էր, իզուր պատժեցին,
Մորթեցեք եզան պես, քերթեցեք կաշին,
Միսը մաս-մաս արեք, ջարդեցեք բերեք:

Քյորօղլին եմ ես, չեմ մնալ ջաղացպան,
Իմ Ղռաթին երբեք չի տիրիլ Համզան,
Գետնի տակն էլ լինի՝ հանեցե՛ք նրան,
Ձիու պոչից կապած՝ քաշ տըվեք բերեք:

* * *

Ինչ ասել կուզի, որ Քյորօղլու հրամանը շուտափույթ կատարվեց: Քյորօղլուն պատահած այս արկածը պատմվում է և ուրիշ ձևով[4]:

Տողատակեր

1. **Դան** - հացահատիկ
2. Քյորօղլու իսկական անունը *Ռուշան* է:
3. *Շահաղ* է ասվում աղալու համար տված վարձը, որ մի հայտնի չափով տրվում է աղացվող հատիկներից:
4. ԾԱՆՈԹՈՒԹՅՈՒՆ. Քյորօղլու բոլոր երգերը երեք եղանակ ունեին միայն: Այստեղ բերած երեք երգերից ամեն մեկը ջոկ եղանակ ունի, և այդ երևում է երգերի ձևից և տողերի չափից: Երգելիս առաջին տան կազմությունը պետք է տալ և մյուս տներին:

ՔՅՈՐՕՂԼՈՒ ԹՈՒՐԸ

(Ավանդություն)

Քյոռօղլին, դեռևս տասնչորս տարեկան մի պատանի՝ հորթարած է լինում: Մի անգամ մի փախուստ տվող հորթի հետևից քար է զցում, որ ետ դարձնե, քարը դիպչում է հորթին և գնդակի պես միջովն անցնում: Հորթը սատկում է, իսկ նրա տերը պահանջում է իր ապրանքի գինը: Քյոռօղլու հայրը, որ թեպետ կուրացած, բայց շատ փորձառու մարդ է լինում, ասում է որդուն.

— Որդի՛, վնաս չունի, մենք կվճարենք հորթի գինը, եթե ինձ կհասցնես այն հորթասպան քարը: Այն քարը մի հորթից շատ ավելի կարժե:

Որդին բերում է քարը և տալիս հորը:

Հայրը շոշափում է քարը և, ծանր ու թեթև անելով՝ նկատում է, որ քարը իր ծավալի համեմատությամբ շատ ծանր է:

— Մի՞թե այս քարը չի պսպղում,— հարցնում է որդուն:

— Այո՛, հայր,— պատասխանում է որդին:

«Սա կայծակ է»,— ասում է ծերունին իր մտքումը, բայց որդուց գաղտնի է պահում այդ: (Այն ժամանակները մթնոլորտից վայր ընկած մետաղախառն քարերը համարվում էին երկնքից վայր ընկած կայծակ):

Ծերունին վերցնում է այդ քարը և գնում է մի ուրիշ գյուղ, որտեղ թուր շինող լավ վարպետներ են լինում, որ նորագյուտ մետաղից մի թուր շինել տա: Թուրը շինել տալուց առաջ, նույն կտորից մի բիզ է շինել տալիս և պահում մոտը:

Վարպետները շատ դժվարությամբ են կարողանում թուրը շինել, և երբ որ վերջացնում են՝ սկսում են փորձել նրա հատկությունը: Խփում են գերանի, քարի, երկաթի, բոլորն էլ կտրատում է պանրի պես:

Այս որ տեսնում են վարպետները՝ մտածում են, որ թուրը սեփականեն և նրա տեղ մի հասարակ թուր տան: Կույր ծերունին որ գալիս է թուրն ստանալու՝ նրան մի ուրիշ թուր են տալիս: Ծերունին սկսում է շոշափել, փորձում է ճկունությունը, տեսնում է, որ պետք եղածի չափ չի ճկվում, գրպանից հանում է բիզը, որն այնպես է ծակում թուրը և անցնում մյուս կողմը, ինչպես ասեղը շորի միջով:

— Այս իմ թուրը չէ,— ասում է,— տվե՛ք իմ թուրը:

Վարպետները տեսնում են, որ կույրը վաղօրոք իր զգուշությունը բանեցրել է՝ թրի կտորից բիզ շինել տալով, տալիս են իսկական թուրը: Ծերունին փորձում է բզովը, գտնում է անմատչելի. փորձում է ճկունությունը, գտնում է այնքան ճկուն, որ կարող է կլորել և դնել ծոցումը:

— Այս է ահա իմ թուրը,— ասում է և շինելու վարձը վճարում:

Երբ որ թուրը իր ձեռքով դնում է պատյանի մեջ՝ նա այնպես է ամրանում, որ էլ հանել չէր կարող, եթե ուզենար, բայց այդ չի իմանում ինքը: Այդ խորամանկությունը բանեցրել էին վարպետները, որ ճանապարհին ձեռքիցը խլեն՝ իբրև անծանոթ ավազակներ:

Ծերունին ճանապարհ է ընկնում: Ճամփի կիսումը վարպետները հասնում են հետևիցը և ուզում են թուրը խլել: Ծերունին ուզում է պաշտպանվել, ուզում է թուրը պատյանից հանել, դուրս չի գալիս:

— Է՛հ, վնաս չունի, թող դուրս չգա,— ասում է ծերունին,— եթե սա իմ թուրն է՝ պատյանով էլ կկտրի:

Այս ասելով՝ վրա է բերում թուրը պատյանով, և երկուսի էլ գլուխը թռցնում է:

Այդ ժամանակները դեռ վառոդը չէր գտնված. քաջերի սահմանը իրանց թուրն էր: Երբ որ ծերունու որդին՝ Ռուշանը, հասունացավ և հայտնի դարձավ Քյորօղլի *(կույրի որդի)* անունով, և հոր պատրաստած թրին տիրացավ՝ նա ոչ միայն շատ լավ հասկացավ նրա հարգը, այլ այնպես սիրահարվեց վրան, որ վերջը մի երգով գովաբանեց նրան, ինչպես և իր Ղռաթին:

Ահա՛ այդ երգը.

Իմ աչքիս լույս, իմ հոգիս, թո՛ւր,
Դու իմ անգին ալմազ մաքուր, թո՛ւր
Չկա՛ ոչինչ աշխարհքումս,
Որ քեզ համար լինի ամուր, թուր…
Թո՛ւր, թո՛ւր, թո՛ւր,
Իմ սիրական թո՛ւր:

Քո մեջն է իմ ուժն ու հոգին,
Դո՛ւ ես շունչ տալիս իմ կյանքին, թո՛ւր.
Արյունը դառնում է աղվես,
Երբ շողում ես դու իմ ձեռքին, թո՛ւր:
Թո՛ւր, թո՛ւր, թո՛ւր,
Իմ զովական թո՛ւր:

Դո՛ւ ես իմ տերն, իմ պահողը,
Իմ մուրազին հասցնողը, թո՛ւր,
Աննման Նիգյար խանումիս
Դո՛ւ եղար ինձ մոտ բերողը, թո՛ւր:
Թո՛ւր, թո՛ւր, թո՛ւր,
Իմ պատվական թո՛ւր…

Քեզ եմ պաշտում, քեզ եմ սիրում,
Գոհարներով քեզ զարդարում, թո՛ւր.
Սրտիս բոլոր խորհուրդները
Քեզ եմ միայն հանձնարարում, թո՛ւր:
Թո՛ւր, թո՛ւր, թո՛ւր,
Իմ աննման թո՛ւր…

Խեղճ Քյորօղլիս ի՞նչ կանեի,
Եթե քեզանից զրկվեի, թո՛ւր.
Սազը ձեռիս արտասվելով՝
Քե՛զ միայն, քե՛զ կըփնտրեի, թո՛ւր:
Թո՛ւր, թո՛ւր, թո՛ւր,
Իմ զովական թո՛ւր:

ՕՃԱՄԱՆՈՒԿ ԵՒ ԱՐԵՒԱՀԱՏ

Ձմեռն էր։ Հասակավոր մարդիկը հավաքվել էին օդերը[1], այնտեղ էին զրույց անում, հեքիաթ ասում և իրանց առօրյա հոգսերի վրա խոսում, խորհրդածում։ Գյուլնազ տատի թոռներն էլ, քուրսու[2] չորս կողմովը բոլորված, իրանց տատին էին հեքիաթ ասել տալիս՝ ականջ դնում։

Մի երեկո Գյուլնազ տատը մի քիչ «չեմ-չեմ» անելուց հետո սկսեց Օճամանուկի ու Արևահատի հեքիաթը, որ երեխեքը դեռ չէին լսած և, աչքները չորս արած՝ ականջ էին դնում։

Ա

— Դե լսեցե՛ք, երեխեք,— սկսեց Գյուլնազ տատը։

Շատ հին ժամանակներում, մի հեռու երկրում, Մասիս սարի մյուս երեսիցն էլ դեռ շատ դենը, մի թագավոր էր կենում։ Այդ թագավորը շատ հարուստ էր. ոսկին ու արծաթը անհամբարք, զորքն անթիվ, շատ ու շատ քաղաքների տեր. բայց զավակ չուներ, այդ պատճառով՝ իր ունեցած անթիվ գանձն ու հարստությունը աչքին չէր երևում։

Ինչքան հեքիմ[3], ինչքան ջառահ[4], ինչքան բժիշկներ են գալիս, դեղ ու դուղ անում, ոչինչ չի լինում։ Հետո՝ է՛լ գրբաց ասես, փալչի[5] ասես, դերվիշ[6] ջադուքար[7], ջինդար[8], ոչով ոչինչ չի կարողանում անել։

Թագավորը տեսնում է, որ մարդկանցից օգուտ չկա, հույսը դնում է Աստուծո վրա։ Ամենայն օր մատաղ է անում, աղքատներին առատ ողորմություն է բաժանում, օրը յոթն անգամ աղոթք է անում, ծունր դնում, աղաչանք անում Աստծուն՝ չի լինում, չի լինում, չի լինում։

Մեկ օր էլ՝ իրա մտքի խորքն ընկած, հույսը կորցրած, այդ թագավորը ման է գալիս իրա պարտեզումը տխուր ու տրտում, մեկ էլ տեսնում է. իրես մի սիրուն շահմար[9] օձ, իր ճուտերը գլխին հավաքած՝ ինքն ապառաժի վրա մեկնվել, արևգուն է արել, ճուտերն էլ խաղ են անում իրանով. որը մոր վզովն է փաթաթվում, որը փորի տակն է մտնում, որը գլուխն է նրա բերանը կոխում կամ հոտոտում, լպստում:

Թագավորը այդ որ տեսնում է՝ մնում է տեղնուտեղը սառած-փետացած: Մտիկ է տալիս, մտիկ, հետո մի խոր հոգոց քաշելով ասում է.

— Փառքդ շա՜տ լինի, արարիչ Աստված, օձի սիրտն էլ ես սեր գցել, որ իրա ձագերին սիրի, գուրգուրի, բայց ինձանում, դու էլ գիտես, որ քո տված սերը կա ու կա. ինչո՞ւ չես ինձ էլ մի օձի ձագ տալիս, որ ես էլ նրան սիրեմ, նրան գուրգուրեմ, նրանով մխիթարվիմ:

Դու մի՛ ասիլ, Աստծու դռները՝ հենց այդ խոսքն ասելիս, բացված են լինում: Թագավորի այդ խոսքը Աստծու ականջն է հասնում:

Սրա վրա մի տարի անցած-չանցած, թագավորի կնիկը ծնում է ու բերում՝ ի՞նչ եք կարծում, ի՞նչ՝ մի օձի ճուտ:

— Ի՜նչ ես ասում, տատի՛,— բացականչեցին մանուկները:

— Հապա՜, երեխե՛ք, մի օձի ճո՛ւտ: Բայց ի՜նչ ճուտ: Այդ ճուտը լինում է թե չէ՝ ամեն մի շունչն առնելիս մեծանում է, դառնում մի աժդահա, մի ահագին վիշապ: Ծննդկանը[10], տատմայրը[11] և մյուսները, ահ ու դողի մեջ ընկած՝ փախչում են, նրան թողնում տեղնուտեղը վեր ընկած:

Օձի ճուտը երբ տեսնում է, որ մենակ է մնացել, սկսում է լաց լինել: Բայց ի՞նչ լաց. այնպես է ծվվում, ծկլթում, որ թագավորի բոլոր պալատը դղրդում է:

Թագավորին չէին իմաց տալիս, թե՝ նրա կինը օձ է ծնել, բայց երբ օձի ձայնը թագավորի ականջն է հասնում, և նա սկսում է հարց ու փորձ անել, նոր ընկնում են ոտներն ու հայտնում, թե՝ թագավորն ապրած կենա, բա չես ասիլ, թագուհին մի օձի ճուտ է ծնել, որ հիմա ահագին վիշապ է դառել, ու նա է, որ այդպես ծվվում, ծղրտում է:

Թագավորն իսկույն միտն է բերում իր խնդիրքը ու մատը կծում է. «Հը՜մ— ասում է,— ես ինչ որ ուզել եմ Աստվածանից, նա էլ այն է տվել»: Հետո իր մարդկերանցն ասում է.

— Այդ վիշապն ի՜նչ մեծության կլինի, մի մարդու չափ կլինի՞:

Ասում են.

— Դեռ չկա մի մարդու չափ, բայց այնպես է մեծանում, որ մարդու մեծությունիցն էլ կանցնի շուտով:

Հետո թագավորն ասում է.

— Հիմա ի՞նչ անենք, ինչ կա՝ կա: Աստծու տվածն այդ է: Օձ է թե վիշապ՝ իմ զավակն է. պետք է պահենք, պետք է բան տանք ուտելու, որ քաղցած չմեռնի:

Մարդիկը գնում են երթկովը ուտելու բաներ են գցում առաջը, բայց օձը չի մոտենում ոչ մեկ բանի, այլ հենց մի բերան ծվվում է:

Այդ որ իմանում է թագավորը, ժողովում է իր գիտուն մարդկանցը և հարցնում է նրանց, թե՝ ի՞նչ պիտի տանք այս օձին, որ ուտի, ես չեմ ուզում, որ դա քաղցած մեռնի: Նրանցից մինը, որ ամենից իմաստունն է լինում, ասում է.

— Դա ոչ մի բան չի ուտիլ, բացի աղջկանից: Փորձեցեք և կտեսնեք, որ իմ ասածը ճշմարիտ է:

Թագավորն ասում է.

— Ո՞ւմ վրա փորձենք: Դե բեր առաջ քո՛ աղջիկդ տանք իրան, հետո ուրիշներիցը կուզենք:

Դրա վրա՝ մյուս խելոքներն ասում են.

— Թագավորն ապրած կենա, թեպետ դուք ուղիղ դատեցիք, որ վճռեցիք ամենից առաջ այդ խոսքն ասողի աղջիկը գցել վիշապի բերանը, բայց դրա հետևանքը շատ վատ կլինի քեզ համար: Մենք ամենքս էլ չենք խնայիլ մեր աղջկերքը, կտանք, բայց երբ որ հերթը հասնի ժողովրդին, բանն ուրիշ տեսակ կփոխվի: Նրանք որ իմանան, թե՝ իրանց աղջկերքը պիտի վիշապին տան, մեջները խռովություն կընկնի, ամենքն էլ ոտքի կկանգնեն ու քեզ թագավորությունից կգցեն: Լավն այն է, որ մարդիկ ուղարկենք ուրիշ երկրներ, որ գնան նրանցից աղջկերք փախցնեն բերեն:

Թագավորը տեսնում է, որ դրանց ասածը ուղիղ է, մարդիկ է ուղարկում Մասիսի այս երեսը, որ գան այստեղից աղջկերք փախցնեն տանեն:

Դե հիմա թողնենք վիշապին, որ դեռ մի քանի օր քաղցած մնա, մենք էլ այդ մարդկանց հետ գանք Մասիսի այս երեսը:

Մասիսի այս կողմումը մի մեծ գյուղ է լինում, անունը՝ Արևան: Գյուղի բնակիչները բոլորն էլ հայեր են լինում, ինչպես հիմա մենք ենք:

Այդ գյուղումը մի մարդ ու կնիկ են լինում կենալիս, երկու էլ աղջիկ են ունենում: Կինը մարդու հետվակինն[12] է լինում: Աղջկերանց մեկն էլ մարդու առաջվա կնկանիցն է լինում, մյուսը՝ հետվա կնկա հետ բերովի:

Մարդը իր հարազատ աղջկանը շատ էր սիրում, բայց խորթ աղջկանն էլ չէր ատում, իսկ ինչ որ կնիկն էր, նա ուրիշ տեսակ բնություն ուներ՝ շատ չար ու նախանձոտ սրտի տեր էր: Նա իր աղջկանն էր սիրում, իսկ մյուսին ատելով ատում էր, նրա լույս արևը խավարացրել էր:

Մարդու աղջկա անունը Արևահատ էր, կնոջ աղջկանը՝ Մամխի: Արևահատը հենց ուղիղ արևահատ էր. նրա երեսը արևի նման շափաղ-շափաղ էր անում, այնքան սիրուն էր. մյուսն էլ հենց ուղիղ մամխի էր՝ մամուխի[13] պես սև, նրա թփի նման փշփշոտ ու կոթռուձ:

Խորթ մոր բարկությունը շատ էր գալիս, թե ինչի իր աղջիկը այնքան տգեղ ու գեշ էր, իսկ Արևահատը այնքան սիրուն, այնքան գեղեցիկ: Ամբողջ օրերով աշխատեցնում էր Արևառատին՝ աթար էր շինել տալիս, կով էր կթել տալիս, հաց էր թխել տալիս, աման էր լվանալ տալիս, խոտ ու դարման էր կրել տալիս, որ նրա սպիտակ ձեռները կնճռոտվին, նրա շարմաղ երեսն այրվի, սևանա, նրա շիմշատ մեջքը կորանա, որ նրա ուժը պակասի, գունաթափվի, թառամի, բայց, ընդհակառակն, նա ավելի էր ուժովանում ու գեղեցկանում, իսկ մյուս աղջիկը, որ աղջիկ-պարոնի պես էր մեծանում, օրեցօր ավելի էր նիհարում ու գեշանում:

Արևահատը աշխատելուց չէր նեղանում. նա այնպես էր սովորել աշխատանքին, որ առանց ստիպելու էլ ինքը մի րոպե հանգիստ չէր նստում: Հենց որ ծանր աշխատանքը վերջացնում էր, տղամարդի անելիքներն էլ ինքն անում, պրծնում էր, ձեռք էր զարկում իր մանածին ու գործքին: Տանը ջահրա[14] էր մանում, ջուր գնալիս էլ՝ իլիկը կամ սկսած գուլպան էր հետը տանում, որ աղբրին, մինչև հերթն իրան կհասնի, մինչև կուժը կլցվի, ինքը պարապ չի կանգնի, լախռահաչի[15] չտա, իրա իլիկը մանի կամ գուլպան անի:

Ամեն բան Արևահատի ձեռիցը գալիս էր. հորագործ, գետնագործ,

ոստանագործ, կար, ձև, եփել, թխել, կթել, հարել, շինել, սարքել: Մի խոսքով՝ մի աղջիկ էր, որ հատը չկար, բայց ի՜նչ կանես, որ խորթ մոր ձեռք էր ընկել, իր արած բանը ինչքան լավ էր լինում, այնքան վատ էր թվում անգութ մորը: Ամեն անգամ, չար գայլի նման, մի պատճառ էր փնտրում ու անմեղ Արևահատին ոտի տակը գցում, տրորում, մազերից քաշքաշում, քիթ ու պռունկը արունլվա անում, մարդուն էլ հավատացնում, թե՝ քո աղջիկը հոգիս բուկս է հասցնում իր չարությունովն ու կամակորությունովը: Արևահատը չէր կարողանում իրան արդարացնել. ուզում էր մի խոսք ասել, արտասուքը խեղդում էր նրան, հայրն էլ հավատում էր կնոջ խոսքին ու բարկանում աղջկա վրա:

Արևահատը իր սրտի ցավերը միշտ իր մոր գերեզմանի վրա էր թափում: Շատ անգամ գնում էր գերեզմանատուն, մոր գերեզմանի վրա չոքում, աղի արտասուք թափում, զանգատվում, սիրտը հանգստացնում, էլ ետ գալիս տուն: Շատ անգամ մոր գերեզմանի վրա էր դնում գլուխն ու քնում, երազումը մորը տեսնում, վզովն ընկնում, փաթաթվում, նա էլ մխիթարում էր նրան ու խրատ էր տալիս, որ բարի լինի, բարի կենա, ամեն նեղության համբերի: «Աստված չի կորցնիլ անմեղին— ասում էր նա— միայն դու այնպե՛ս կաց, որ Աստված քեզ հավանի, քեզ սիրի, այնուհետև նա իր պաշտպանությունը քեզանից չի խնայիլ, քեզ այդ նեղությունիցը կազատի»: Այս խոսքերը լսելով՝ Արևահատը նոր ուժ, նոր հոգի էր ստանում, մխիթարվում էր, ցավերը մոռանում, օրեցօր վարդի նման բացվում, մանիշակի պես փնջվում:

Այնքան արդար ու անմեղ էր նրա հոգին, որ ամեն առավոտ, երեկո աղոթք անելիս՝ նրան այնպես էր թվում, թե իր հոգին թռչում, վերանում է մինչև երկինքը, հասնում Աստուծո աթոռին, այնտեղ նրա հրեշտակների հետ փառաբանում նրա անունը:

Ողորմությունն այնպես էր տալիս, որ նրա տված շատ քիչն էլ աղքատի աչքումը այնքան շատ էր երևում, որ խեղճ մարդը աչքերը երկինքն էր գցում, ու արտասուքն աչքերին՝ Արևահատի համար արևշատություն խնդրում:

Թե Աստված էլ շատ սիրում էր Արևահատին, այդ մասին ես կասկած չունիմ: Երբ որ մի մարդու Աստված չսիրի, չարը նրան չի ատիլ, ու բարին նրան չի սիրիլ: Բոլոր անմեղ արարածները նրան տեսնելիս ցնծում, խնդում էին, այնքան էին սիրում: Իրանց տանու բոլոր կենդանիները՝ կովը թե եզը, ոչխարը թե այծը, շունը թե կատուն, խորթ մորը տեսնելիս փախչում էին կամ վրան խեթ-խեթ մտիկ տալիս. շունը հաչում էր վրան, կատուն չանգռում էր, կովը չէր թողնում իրան կթի, քացի-քացի էր անում, ձին խրտնում էր, եզը պլշում, այծն ու ոչխարը փախչում էին, բայց այդ միևնույն կենդանիները, այդ անմեղ անասունները, երբ Արևահատին էին տեսնում, շրջապատում էին նրան, փաղաքշում, լիզ տալիս, մեկմեկու հարու տալով[16] իրար ձեռքից խլում: Կովը կթվելիս՝ երբ որ տեսնում էր, թե Արևահատը լավ չի նստած, ինքն այնպես էր կանգնում, որ կթելը հարմար լինի: Ջուրը կամ այգի գնալիս՝ շունը կշտիցը չէր հեռանում, որ նրան ամեն չարից, փորձանքից պահպանի, նրա հրամանին միշտ արթուն, միշտ պատրաստ լինի:

Ահա այսքան գեղեցիկ, այսքան բարի ու այսքան սիրելի էր Արևահատը. բայց ինչ կանես, որ խորթ մոր սիրտը քարացել էր, խղճմտանքը՝ մեռել, ամոթը՝ կորել, խեղճ Արևահատի համար նոր-նոր տանջանքներ էր հնարում:

Հենց այդ օրերումը գյուղումը լուր է տարածվում, թե՝ հանդ գնացող աղջկերքը էլ ետ չեն գալիս, մի վիշապ է լույս ընկել, նրանց կուլ է տալիս:

Այս լուրը շատ ուրախացնում է խորթ մորը: Ասում է.

— Այս լավ դառավ. այս հիմար աղջկանը կուղարկեմ հանդ, թող գնա վիշապի բերանն ընկնի:

Մի օր կով ու ոչխար Արևահատի առաջն է անում, թե՝ տար հանդրումն արածացրու: Մի հաց էլ տալիս է, թե՝ այս էլ կտանես հետդ ման կածես, երեկոյին էլ ետ կբերես, որ ես ուտեմ: (Որովհետև հանդումը ման ածած հացը խիստ համով է լինում՝ ուզում է, որ այն համով հացը ինքն ուտի): Շատ էլ բուրդ է տալիս, թե՝ այս էլ մինչև երեկո բոլորը բարակ կմանես, հետդ կբերես:

Արևահատը՝ կով ու ոչխար առաջն արած, քշում է նրանց, առանց իմանալու, թե մինչև ո՛ւր պիտի տանի: Վերջապես, երբ որ հասնում է մի լավ կանաչկոտ տեղի, որ դեռ արածացրած չէր, այնտեղ նստում է, իլիկը մանում, իր դառն օրը լալիս. անմեղ անասուններն էլ մշմշալով արածում են:

Իրիկնապահին, արևի մարեմար[17] ժամանակը, հենց որ ուզում էր թե վեր կենա տավարն առաջն անի, գնա տուն, մեկ էլ տեսնում է, որ ահա մի պառավ կնիկ կա կշտին կանգնած: Վեր է կենում, որ շան առաջին կանգնի, որ պառավին չկծի, պառավն ասում է.

— Մի՛ վախենար, Արևահատ, շունն ինձ չի կծիլ. նա էլ է իմանում,

որ ես չար պառավ չեմ. տեսնո՞ւմ ես՝ ինչպես ուրախ է, ինչպես է շարժում պոչը:

— Բայց դու ո՞վ ես, նանե՛, ես քեզ չեմ տեսած, դու մեր գեղիցը չես,— հարցնում է Արևահատը:

— Ես ոչ մի գեղից չեմ, հոգի՛ս, ես այս երկրիցը չեմ. ես Արևի մայրն եմ. եթե լսել ես՝ «Արևամայրը», որ ասում են՝ ե՛ս եմ: Քո դառն օրերը, քո անմեղությունը իմ գութս շարժեցին, ես եկել եմ, որ քո տարաբախտությանը վերջ տամ: Չոքի՛ր առջևս. ես քեզ պիտի օրհնեմ, որ դու գնաս քո մուրազին հասնես:

Պառավի այս խոսքերը շատ զարմացնում են Արևահատին: Մեկ էլ լավ մտիկ է տալիս, տեսնում է, որ իր ծանոթ կանանց նման չէ: Այնպես էր շողշողում նրա ամբողջ հագուստը, որ կասես ոսկուց էր ձուլած և ոչ թե սովորական պաստառներից կարած: Նրա աչքերը այնպես էին ցոլցլում, փայլում, ինչպես արևի ճառագայթները: Նրա խոսելու ձևն այնքան քնքուշ էր, ձայնն այնքան անուշ, որ Արևահատին թվում էր, թե իր հարազատ մայրն է խոսում հետը: Հենց որ պառավն ասում է՝ չոքի՛ր, նրա ծնկները թուլանում են. ընկնում է առաջը, ուզում է Արևամոր ոտները համբուրի, բայց նա Արևահատի գլուխը բարձրացնում է, ձեռքը դնում է վրան և հետևյալ օրհնանքը տալիս.

Ոտքիդ տակին վարդեր բացվին,
Չորս կողմդ փռվի մանիշակ,
Բարով հասնես քո մուրազին,
Գլխիդ տեսնեմ թագ ու պսակ:

Քո ժպիտը վարդի նման,
Արտասուքդ մարգարիտի,
Ուր որ գնաս՝ Աստված քեզ հե՛տ,
Օձ ու կարիճ քեզ չըխայթի՛:

Քո խրճիթը պալա՛տ դառնա,
Ողջ սյուները անգին քարից,
Պատ ու հատակ՝ ոսկի, արծաթ,
Առաստաղը գոհարներից...

Այսպես օրհնում է Արևամայրը և էլի ուրիշ շատ բաներ է ասում, խրատներ է տալիս, գուշակում է նրա ապագան, ամեն բան առաջուց ասում է և զգուշացնում: Հետո ասում է՝ դե վե՛ր կաց, սիրուն Արևահատ, ես քեզ սիրեցի, ես քեզ օրհնեցի, ես քեզ աղոթեցի, որ էլ այսուհետև քեզ մի վնաս չլինի, քո մեկ մազը չպակսի։ Հետո համբուրում է Արևահատին ու ասում՝ այս համբուրովս ես քո գեղեցկության վրա իմն էլ եմ ավելացնում, հետո տալիս է մի փոքրիկ կապոց։ Այդ կապոցի մեջ լինում է մի ձեռք հագուստ։ Բայց ի՜նչ հագուստ, բոլորը անգին քարերով զարդարված ու այնքան էլ նուրբ, այնքան բարակ է լինում, որ հենց իմանաս, ոչ բամբակից է, ո՛չ մետաքսից, այլ՝ արևի ճառագայթներիցն է գործած։ Ասում է՝ այս կապոցը ծոցումդ կպահես, մինչև քո հարսանիքի օրը, միայն այն օրը կհագնես։ Ես հիմա գնում եմ, իմ որդին ինձ է սպասում։ Այս էլ ասելուց հետո աներևութանում է, արևն էլ մայր է մտնում։

Այս անցքն այնպես զարմացնում է Արևահատին, որ չի իմանում՝ քնա՞ծ է, թե՞ արթուն, երազո՞ւմն է տեսնում, թե՞ ճշգրիտ։ Ձեռը ծոցն է տանում, տեսնում է, որ կապոցը տեղն է՝ ուրեմն, երազումս չեմ, ասում է ինքն իրան և այնքան ուրախանում է, որ բոլոր տխրությունը փարատվում է, ունքերը բացվում, երեսը զվարթանում, քաղցածությունն անցնում։

Վեր է կենում, իրա կով ու ոչխարը առաջն անում, ճանապարհին նրանց ջոկ-ջոկ շփելով, իր ուրախությունը նրանց պատմելով՝ գնում։

Գնում է, գնում, մեկ էլ՝ տեսնում է, որ ահա մի քանի ձիավոր են գալիս զենք ու զրահում կոլոլված. Արևահատի սիրտն իմանում է, որ լավ մարդիկ չպիտի լինին․ այդ բանը շունն էլ է իմանում և զանազան շարժմունքներով իր վախն իմաց է տալիս Արևահատին։ Տեսնում է, որ դրանց ձեռքիցը փախչել չի կարող, իսկույն ցեխ է քսում երեսին, որ իր սիրունությունը նրանց աչքումը չերևա, որ իր վրա ուշադրություն չդարձնեն։

Մարդիկը գալիս հասնում են և տեսնում մի գեշ աղջիկ։ Հետո մեկմեկու իրանց լեզվովն ասում են՝ մեզ համար մեկ է, սիրուն եղած, գեշ եղած, երկուսն էլ վիշապի փորը պիտի մտնին։

Հիմա դուք իմացաք, կարծեմ, թե դրանք ինչ մարդիկ պիտի լինին։ Ասում են. «Աղջի՛կ, էլ դես ու դեն չփախչես, արի՛ մեզանից մեկի գավակին նստիր, քեզ պիտի տանենք»։

Արևահատը մնում է շվարած։ Մտքումն ասում է. «Էլ ի՞նչ կարող եմ անել, ուր տանում են՝ թող տանեն, մեր տանից խոմ վատ տեղ չեն տանելու, իմ խորթ մորիցը խոմ կազատվիմ»։ Իրա կովի, ոչխարների աչքիցը պաչպչում է, նրանց մնաս բարով ասում ու նստում մեկի գավակին։ Խեղճ անասունները կարծես իմանում են բանի էությունը, սկսում են հետևիցը բառաչել ու մայել, իսկ շունը չի բաժանվում նրանից, այլ՝ վնգստալով ու սնգսնգալով գնում է նրանց հետևից։

Այդ ավազակները գնում են մի քարափի դեմ ընկնում, այնտեղ վեր են գալիս, Արևահատին ներս տանում մի մաղարա[18]: Հենց որ ներս է մտնում, տեսնում է, որ ի՜նչ, մինչև երեսուն-քառասուն աղջկանից ավելի կան՝ շրջակա գյուղերից հավաքած այնտեղ։ Այդ խեղճ աղջկերքը այնպես էին հեծկլտում, որ տեսնողի մազերը փշաքաղվում էր։ Վախենում էին, թե բարձր ձայնով լաց լինին, ձայները փորներն էին գցել, ու արտասուքի հեղեղ էր, որ թափում էին հեկեկալով։

Արևահատը նրանց սիրտ է տալիս, թե՝ մի՛ վախենաք, մեզ կտանեն կծախեն, մենք էլ կփախչենք, կգանք էլի մեր աշխարհքը։ Բայց շատերն իմանում էին, որ իրանց պիտի տանեն վիշապին տան, որովհետև նրա համբավը տարածվել էր ամեն տեղ։

Մութը որ վրա է հասնում, դրանց դուրս են բերում քարափիցը, ու առաջներն արած՝ սարով, ձորով քշում-տանում օձահայր թագավորի մոտ։

Այստեղ Գյուլնազ տատն ասում է. «Երեխե՛ք, ես բեզարեցի, քունս տանում է, մնացածն էլ էգուց իրիկունը կասեմ»: Բայց երեխեքը վրա են թափվում, քունը փախցնում, թե՝ չի լինիլ, պետք է վերջացնես, որ տեսնենք վերջն ինչպես է լինում։ Գյուլնազ տատը ճարահատած շարունակում է, բայց որովհետև քունը տանում էր, էլ շատ չի երկարացնում։

Բ

Աղջկերքը տեղ են հասնում։ Քաղաքի մեծ ու փոքրը հավաքվում են, որ տեսնեն ինչ աղջկերք են եկողները, ու տեսնում են, որ ի՜նչ՝ բոլորն էլ հայ աղջկերք, մինը քան մյուսը գեղեցիկ։ Շատ ափսոսում են, որ այդ խեղճերը պիտի վիշապի կերակուր դառնան։ Նրանց միջին միայն Արևահատն է ամենից տգեղ երևում, որովհետև երեսին ցեխ ու մուր էր քսել, սիրունությունը չէր երևում։ Թագավորը հրամայում է, որ դրանց լավ տան մեջ պահեն, լավ հագցնեն, լավ ուտեցնեն, գիրացնեն և օրենը մեկը տան օձին։ Առաջին օրը ընտրում են Արևահատին, թե՝ սա ամենից տգեղն է և չի էլ վախենում, առաջ դրան տանենք, որ մյուսներն էլ սիրտ առնեն։

Բռնում են Արևահատի կռնիցը, թե՝ դե արի գնանք, քեզ պիտի մարդու տանք, քո փեսացուն թագավորի որդին է, դու թագուհի կդառնաս։ Այդպես խաբելով, կռնիցը բռնած՝ տանում են օձի բնակարանը, որ թագավորական պալատումը մի ընդարձակ տեղ էր բռնում իր առաջի պարտեզովն ու նրա միջի գեղեցիկ ավազաններովը։

Երբ որ մտնում են պարտեզը և այնտեղից ուզում են դուռը բաց անեն, ներս զցեն, Արևահատն ասում է.

— Որովհետև ինձ տանում եք թագավորի որդու մոտ, թողե՛ք առաջ այս հավուզումը[19] երեսս լվանամ, հագուստս շտկեմ, մազերս սանրեմ, թե չէ՝ ամոթ է։

Ասում են.

— Շա՛տ լավ, ինչ անում ես՝ արա, մենք կհեռանանք կշտիցդ, որ դու չամաչես մեզանից։ Արևահատը որ մենակ է մնում, երեսը լվանում է, գլուխը սանրում, Արևամոր տված հագուստը հագնում է։ Այսպես զուգված, զարդարված որ դուրս չի գալիս, նրա տանող մարդիկը մնում են ապշած, այնպես են կարծում, թե՝ մի նոր արեգակ դուրս եկավ պարտեզիցը. չեն հավատում, որ նա իրանց տարած աղջիկն է, որ նա մի հողեղեն է. ասում են սա երկնքից կլինի եկած խեղճ աղջկա կերպարանքով, բայց հիմա փոխվեց, իր պատկերն առավ։

Արևահատը մոտենում է նրանց ու էլ խեղճ-խեղճ չի խոսում, այլ հրամայում է, թե՝ ի՞նչ եք պլշել տավարի պես, ցո՛ւյց տվեք ինձ ճանապարհը, ո՞ւր պիտի գնամ։ Այսպես որ հրամայում է նրանց՝ նրանք դողում, սարսափում են. չոքում են առաջին, մեղա գալիս, խնդրում են, որ իրանց հանցանքը ների։ Ասում են՝ քեզ բերել ենք ոչ թե մարդու տալու, այլ՝ վիշապին, որ ահա այս տան մեջն է։ Եթե ուզում ես՝ մենք քեզ կազատենք, թեկուզ թագավորը դրա համար մեզ խեղդել տա։

Արևահատն ասում է՝ հարկավոր չէ. տվե՛ք ինձ այս դռների բալանիքները, ես վիշապից չեմ վախենում։

Բալանիքները առնում է, բաց է անում դուռը, սենյակից սենյակ անցնելով՝ մտնում է մի մեծ դարբաս, տեսնում է, որ ահա այստեղ, տախտակի վրա մի ահագին վիշապ է մեկնված։ Արևահատը մի քիչ հեռու կանգնում է ու ասում.

— Բարո՛վ քեզ, թագավորի որդի։ Ես Արևամոր կշտիցն եմ գալիս. նա շնորհավորում է քո ծնունդը ու քեզ արևշատություն է ցանկանում։

Վիշապը գլուխը բարձրացնում է ու սուր աչքերով մտիկ է տալիս

Արևահատին: Արևահատը սկսում է դողդողալ, ամբողջ մարմինը սարսռում է, մազերը՝ փշաքաղվում: Օձը տեսնում է, որ Արևահատը վախենում է, գլուխը շուռ է տալիս՝ տանում պոչի մոտ, բայց մեկ էլ էլի ետ է դառնում մտիկ տալիս, այսպես կրկնում է մի քանի անգամ և խեղճ աղջկանը հալումաշ է անում: Հետո Արևահատի միտն է ընկնում Արևամոր տված խրատը, նոր սիրտ է առնում ու ասում է.

— Թագավորի որդի, եթե ինձ ուտելու ես՝ միանգամից կուլ տուր, ես պրծնեմ, էլ ինչո՞ւ ես ինձ այսպես տանջում, իսկ եթե ոչ՝ Արևամոր անունովը ես քեզ հրամայում եմ՝ դո՛ւրս արի քո խորխիցը (*մաշկից*):

Այս խոսքի ասելն ու վիշապի կծկվիլը մին է դառնում: Կծկվում է, կծկվում, կոլոլվում, դողդողում, ոլորվում ու մեկ էլ՝ որ չի տրաքվո՜ւմ, նրա ձայնից բոլոր պալատն այնպես է թնդում, որ թագավորն ինքը տեղիցը վեր է թռչում:

Ամեն կողմից վազում գալիս են, որ տեսնեն ինչ պատահեց, ու գալիս տեսնում են, որ ի՜նչ՝ վիշապի խորխը մի կողմ ընկած, ու նրա տեղ սպիտակ սավանում փաթաթված մի սիրուն տղա, մոտն էլ խաս ու դումաշում[20] ծփալիս, արևի նման շարմաղ մի աղջիկ նստած՝ իրար հետ խոսում, ծիծաղում են: Իսկույն վազում են թագավորին ականջաբռնուկ[21]. նրան աչքալույս են տալիս ու ասում. «Բա չես ասիլ, օձը մի սիրուն, շարմաղ տղա է դառել»: Թագավորը, թագուհին վազում են, իրանց որդուն ջոկ, Արևահատին ջոկ գրկում, համբուրում: Տղային հագցնում են, զուգում, զարդարում, անունն էլ դնում են Օձամանուկ: Հետո Օձամանուկին ու Արևահատին յոթն օր, յոթը գիշեր հարսանիք են անում, նրանք հասնում են իրանց մուրազին, դուք էլ հասնեք ձեր մուրազին:

Տողատակեր

1. **Օդա** - *սենյակ*
2. **Քուրսի** - *թոնրի վրա դրվող մեծ ու ցածրադիր քառակուսի թախտ, որի շուրջը նստում էին, ոտքերը տակը դնում, տաքանում*
3. **Հեքիմ** - բժիշկ
4. **Ջառահ** - ինքնուս բժիշկ, բուժակ, նաև՝ կախարդ
5. **Փալչի** - բախտագուշակ

6. **Դերվիշ** - մահմեդականների թափառաշրջիկ կրոնավոր, խև
7. **Ջաղուքար** - ջաղու, կախարդ
8. **Ջինդար** - կախարդ, հմայող
9. **Շահմար** - արքայօձ
10. **Ծննդկան** - նորածին երեխայի մայր
11. **Տատմայր** - մանկաբարձուհի, ծննդկանին առաջին օգնություն ցույց տվող փորձառու կին, տատմեր
12. **Հետվակին** - երկրորդ կինը
13. **Մամուխ** - մամխենի փշածածկ ծառի կամ թփի սև-կապտավուն պտուղը
14. **Ջահրա** - ճախարակ
15. **Լախտահաչի տալ** - շատախոսել
16. **Հարու տալ** - պոզահարել
17. **Մարեմար** - *մայրամուտ*
18. **Մաղարա** - *քարայր*
19. **Հավուզ** - *ջրավազան*
20. **Ղումաշ** - *մետաքս*
21. **Ականջաբռնուկ** - *ուրախ լուրի ավետում*

ԱՆՏԱՌԻ ՄԱՆՈՒԿԸ

1

Անտառի խորքում մի ճոճ[1] կար կապած և նրա մեջ մի մանուկ դրած: Լաց էր լինում մանուկը: Մայր չկար մոտը, որ ծիծ տար, հայր չկար, որ պահպաներ: Անտառում մարդ չկար:

Մի գթոտ պախրակով[2]՝ կաթնալից կրծքով, եկավ ճոճի մոտ իր հորթուկի հետ և տխուր ձայնով երեխին ասաց.

Միրո՜ւն երեխա, որբ ես մնացել,
Քո անբախտ մորը գերի են տարել.
Նա գնա՜ց, կորա՜վ, էլ ետ չի գալու,
Էլ ո՜չ մի անգամ քեզ ծիծ չի տալու:
Նա քեզ փաթաթեց լայն տերևներով,
Ճոճի մեջ կապեց նանիկ ասելով,

Նա լաց էր լինում աղի արցունքով,
Իր վերջին նանիկն ասում էր լալով.
«Նանա, բալի՜կս, նանա՜,
Մեծատերևն թաթաշոր[3],
Մանրատերևն ոտաշոր,
Քամին կանի՝ ժաժ կըտա,
Պախրեն կըգա՝ ծիծ կըտա,
Նանա, զառնո՜ւկս, նանա՜»...
Ահա եկել եմ, որ ծիծ տամ ես,
Պահեմ, պահպանեմ իմ հորթուկիս պես:

2

Պախրան ծիծ տվավ երեխին, երեխան կշտացավ ու քնեց: Պախրան իր հորթին թողեց երեխի մոտ, իսկ ինքը գնաց մոտերքում արածելու, որ կաթը շատացնի և գա երկուսին էլ ծիծ տա: Հորթը մնաց երեխի մոտ, օրորեց նրան և նանիկ ասաց.

Նանա՛, մանկիկ, նանա՛,
Իմ մերը քո մոր նման չի,
Ամեն խոտից կծիլ չի,
Ամեն ջրից խմիլ չի,
Ամեն տափին[4] նստիլ չի.
Նա սարեսար ման կըգա,
Որբ կըգտնի, ծիծ կըտա,
Նանա՛, մանկիկ, նանա՛...

Պախրան կուրծքը լիքը ետ դարձավ արոտատեղից և ծիծ տվավ երեխին էլ, հորթին էլ:

Ով որ տարով կմեծանա, մեր երեխան օրով մեծացավ: Շատ չանցավ՝ նա դուրս եկավ ճոճիցը, մեկ օր չորեքթաթ տվավ, մյուս օրը ոտքի կանգնեց, մի քանի անգամ սահեց, վայր ընկավ, բայց շուտով ամրացավ և սկսեց պախրի հետնից վազվզել:

3

Մի թագավոր որդի չուներ, երազումն ասացին. «Թագավո՛ր, Աստված քեզ մի որդի պիտի տա անտառի խորքումը»:

Մեկ անգամ անզավակ թագավորը որսի գնաց իր որսորդների հետ: Շատ ման եկան, ոչինչ չգտան, բայց որ հասան անտառի խորքը, այնտեղ մի պախրի հետք գտան և նրա մոտ՝ մի երեխի ոտնատեղեր:

Ամենքը մնացին զարմացած և չէին հավատում, որ երեխի կլինին ոտնատեղերը. բայց թագավորն իսկույն հիշեց իր երազը և հրամայեց որսորդներին, որ երեխի հետքը քշեն և ուր որ լինի՝ գտնեն նրան:

Որսորդները գնացին և, երկու ժամ չանցած՝ մի սիրուն մերկ տղա բերին թագավորի մոտ և պատմեցին, թե ինչպե՛ս գտան նրան պախրի ծիծը ծծելիս:

Թագավորը շատ ուրախացավ, երեխին գրկեց, համբուրեց և անունը դրավ *Պախրատուր*: Պախրատուրը մեծացավ թագավորի պալատումը, լավ ուսում առավ, վերջը դառավ թագավոր և մեծ զորքով գնաց իր մորն ազատեց գերությունից:

Տողատակեր

1. **Ճոճ** - ճոճք, երեխայի կախովի օրորոց
2. **Պախրակով** - էգ պախրա
3. **Թաթաշոր** - մանկան ձեռքերը բարուրող շորը
4. **Տափ** - գետին, դաշտ, արտ

ՎԱՃԱՌԱԿԱՆԻ ԽԻՂՃԸ

Լինում է, չի լինում՝ մի գյուղացի։ Այս գյուղացին մի օր վերցնում է իր մինուճար որդուն և տանում քաղաք՝ մի վաճառականի, մի սովդաքարի[1] մոտ աշակերտ տալու։ Երկար ման գալուց հետո մտնում է մի հարուստ վաճառականի խանութ և ասում.

— Պարո՛ն վաճառական, իմ որդուս աշակերտ չե՞ք վերցնի։

— Կվերցնեմ,— պատասխանում է վաճառականը։

— Քանի՞ տարով կվերցնեք։

— Տասը տարով։

— Տասը տարին մի մարդու կյանք է, ես արդեն ուժասպառ եմ եղել, ուզում եմ մի քանի տարուց հետո իմ որդու պտուղը ուտեմ, եթե կարելի է՝ երեք տարով վերցրեք։

— Ոչ, որ այդպես է՝ ութ տարով կվերցնեմ։

Վերջը հինգ տարով համաձայնում են, իսկ ռոճիկի մասին երկար խոսելուց հետո գյուղացին թողնում է վաճառականի խղճին, թե որքան որ կցանկանա վճարել հինգ տարուց հետո։

Անցնում է երկու-երեք տարի․ գյուղացու որդին շատ հմուտ գործակատար է դուրս գալիս՝ այնպես, որ բոլոր հարևանները շատ նախանձում են, որ այդ վաճառականն այսպիսի ճարպիկ գործակատար ունի, շատ են ցանկանում, որ այդ գյուղացու որդուն տանեն իրանց մոտ, չի հաջողվում, որդին ասում է, թե՝ իմ հոր խոսքը պետք է սրբությամբ կատարեմ, չնայած որ գրավոր պայման էլ չունին, որդին ազնիվ խոսքը գրավոր պայմանից ավելի է գերադասում։

Հինգ տարին որ լրանում է՝ գյուղից, մայրիկից նամակ է ստանում, թե.

«Հայրդ մերձիմահ հիվանդ է, քո հաշիվներդ տիրոջդ հետ վերջացրու և եկ: Փողի համար որքան որ կտա՝ չհակաճառես, որովհետև հայրդ քո վարձի համար թողել է տիրոջդ խղճին, որքան կտա՝ կվերցնես, շատ թե քիչ»:

Որդին շատ է տխրում այդ նամակի վրա և երկար մտածելուց հետո գնում է տիրոջ մոտ և ասում. «Մայրիկիցս նամակ եմ ստացել, թե՝ հայրդ մերձիմահ հիվանդ է, հաշիվներդ վերջացրու և ե՛կ»:

Վաճառականն առանց երկար մտածելու ասում է՝ գնա՛, ազատ ես:

Գործակատարը վրդովվում է, թե՝ պարո՛ն, բա ես հինգ տարի ծառայել եմ քեզ, թե ինչպես եմ ծառայել քեզ, այդ Աստված գիտե, վերև՝ Աստված, ներքև՝ դուք, հայրս մերձիմահ հիվանդ է, մեռնում է, իմ հաշիվս տվե՛ք գնամ:

- Ի՞նչ հաշիվ, ի՞նչ Աստված, քեզ ուտացրել, խմացրել և փեշակ եմ սովորեցրել, էլ ի՞նչ ես ուզում, քեզ ոչ մի կոպեկ չեմ տալ, որտեղ ուզում ես գնա:

Այդ ժամանակներում այդ քաղաքում մի այսպիսի սովորություն է լինում: Եթե մեկը մեռնելիս է լինում, բարեկամներին ոչ թե մեռելի տերն է հայտնելիս լինում, թե՝ այսինչ մարդը մեռել է, պետք է թաղեն, այլ՝ ծխատեր քահանային հայտնելիս են լինում, թե՝ այսինչ մարդը մեռել է, պետք է հայտնի բարեկամներին, համքարներին[2], և ամեն մի ծախս պետք է քահանան անի և վերջումը հաշիվ ներկայացնի:

Գյուղացու որդին տեսնում է, որ իր տերը խիղճ չունի և իր խոսքի տերը չէ, մտածում է, թե՝ երբ որ մի մարդ խիղճ չունի, նա մեռածի հաշվում է, և ինքը կարող է գնալ քահանային հայտնել, թե՝ իր տերը մեռած է:

* * *

Մյուս առավոտը գործակատարը վաղ գնում է եկեղեցի: Առավոտյան ժամերգությունը վերջանալուց հետո դիմում է քահանային, թե՝ տերս վախճանվել է, պետք է բարեկամներին, համքարներին հայտնեք և թաղման ծախսերի պատրաստությունները տեսնեք:

Քահանան հայտնում է վաճառականի բոլոր բարեկամներին և համքարներին, որ երեկոյան գան վաճառականի տունը՝ հոգեհանգստին ներկա լինելու:

Երեկոյան քահանան տիրացուի հետ գնում է վաճառականի տունը և ի՛նչ է տեսնում՝ վաճառականը պատշգամբում նստած թեյ է խմում:

- Օրհնյա՛լ տեր, էս ո՞ր խաչից էր, որ դուք մեզ մոտ եք եկել, չէ՞ որ դուք տարեկան երկու անգամ եք գալիս:

- Աստված օրհնեսցէ, որդի՛, անցնում էի ձեր տան մոտով, ուզեցի ձեզ այցելել և ձեր առողջությունը հարցնել:

Վերջապես խոսում են դեսից-դենից և տեսնում են՝ բակի մեջը վեց հոգի եկան և, տեսնելով վաճառականին քահանայի հետ խոսելիս, ետ են դառնում դեպի փողոց, հինգ րոպեից հետո գալիս են տասներկու հոգի և, տեսնելով վաճառականին և քահանային, դարձյալ փողոց են գնում: Տասը րոպեից հետո գալիս են տասնըութ հոգի և կրկին ետ են դառնում: Տասնըհինգ րոպեից հետո գալիս են քսանըչորս հոգի և դարձյալ ետ են դառնում:

Այս վաճառականը քիչ է մնում թե խելագարվի:

— Սա ի՞նչ բան է.— կանչում է ծառային, թե՝ գնա այն մարդկանցից մի քանիսին կանչիր: Գալիս են հինգ-վեց հոգի:

— Ինչի՞ համար եք եկել և գնում:

— Մեզ ասացին, որ դուք մեռել եք, եկել ենք հոգոցի[3] վրա:

Քահանան տեղը կանգնում է և ասում.

— Ես էլ հենց դրա համար եմ եկել:

Մյուս օրը վաճառականը գնում է թագավորի մոտ ու հայտնում գործի եղելությունը և ասում, որ իր գործակատարն ուզում էր իրան սաղ-սաղ թաղել, խնդրում է մի դատաստան:

Կանչում են գործակատարին:

Գալիս է գործակատարը:

Գործակատարը պատմում է գործի ամբողջ պատմությունը, թե ինչպես իր հայրը իրան աշակերտ է տվել վաճառականի մոտ և վարձատրության մասին թողել է վաճառականի խղճին:

Թագավորին պատմում է տղան, թե՝ քանի որ էս տերը խիղճ չունի, ինձ համար մեռածի հաշվում է, և ես դիմեցի այդ միջոցին:

Կանչում է թագավորը դահիճներին, թե՝ այս տղային տարեք կախեցեք:

Դահիճները տանում են կախելու:

Թագավորը հարցնում է վաճառականին, թե՝ էլ ուրիշ ասելու ոչինչ չունե՞ս:

— Ոչինչ չունեմ, թող տանեն կախելու, դա ուզում էր ինձ կենդանի թաղել,— ասում է վաճառականը:

Երկրորդ անգամ հարցնում է թագավորը վաճառականին, թե՝ էլ ուրիշ ասելու կամ գանգատ չունե՞ս:

— Ո՛չ, ոչինչ չունեմ ասելու, թող տանեն կախելու:

Երրորդ անգամ հարցնում է թագավորը և միևնույն պատասխանն է ստանում, թե՝ թող կախեն:

Թագավորը մարդ է ուղարկում դահիճների մոտ, թե՝ ե՛տ բերեք տղային, մի՛ք կախիլ:

Թագավորը հրամայում է դահիճներին, թե՝ վաճառականի՛ն տարեք կախելու:

Դահիճները տանում են վաճառականին կախելու:

Թագավորը հարցնում է տղային, թե՝ էլ ուրիշ ասելու կամ գանգատ չունե՞ս տիրոջդ վրա:

Տղան ձայն չի հանում:

Երկրորդ անգամ ասում է տղային, բայց դարձյալ պատասխան չկա:

Երրորդ անգամ հարցնում է տղային, թե՝ պատասխա՛ն տուր, խո էլ ոչինչ չունե՞ս ասելու:

Տղան լացակումած ասում է.

— Տե՛ր արքա, ես խղճում եմ նրա զավակներին, ես մտնում եմ նրանց դրության մեջ: Նրա որդիքը պետք է լացեն, որ իրանց հորը կենդանի թաղում են: Ես ոչ մի պահանջ չունեմ նրանից և հրաժարվում եմ մի որևէ վարձատրությունից:

Թագավորը կանչում է դահիճներին, թե՝ թողե՛ք վաճառականին, էլ մի՛ կախեք:

Թագավորը կանչել է տալիս քաղաքի հայտնի վաճառականներին և հայտնում, թե այս վաճառականը որքան որ կարողություն ունի՝ կիսեցեք և կեսը տվեք իր գործակատարին:

Այդպիսով, վաճառականի կարողության կեսը տալիս են իր գործակատարին և վերջ տալիս վաճառականի զանգատին:

Տողատակեր

1. **Սովդաքար** - *վաճառական*
2. **Համքար** - *արհեստակից*
3. **Հոգոց** - *հոգեհանգստյան արարողություն*

ՃԱՆԳԻ-ՃՐԱՆԳԻ

1

Մարդ ու կնիկ մի տղա ու մի աղջիկ են ունենում. տղան հասած է լինում արդեն, իսկ աղջիկը դեռ բարուրումն է լինում: Այս աղջիկը դեռ հազիվ հինգ ամսական եղած՝ սրանց տանը տարօրինակ բաներ են պատահում: Երբ ոչ ոք չի լինում տանը, բացի ծծկեր աղջկանից, գալիս տեսնում են, որ շատ ուտելու բաներ կան պակասած: Բաղիով[1] կաթն է լինում դրած՝ տեսնում են դատարկված, մածուն է լինում՝ նույնպես, տաշտումն է՛լ հաց չի մնում, բղուղներումը[2]՝ յուղ. այսպես և ուրիշ շատ բաներ: Կարծում են, որ գող պիտի մտած լինի տուն, բայց տղան ուրիշ բան է մտածում և ոչ ոքի բան չի ասում:

Մեկ անգամ, երբ ոչ ոք չի լինում տանը, տղան թաք է կենում մի մութ քնջում և տեսնում է, որ ի՞նչ, ահա՛ իր ծծկեր քույրը վեր կացավ, թողած բաժինը կուլ տվավ, ընկավ տաշտի վրա, տեսավ՝ հաց չկա, այլ միայն խմոր է հունցած, ընկավ խմորի վրա և տաշտը մաքուր սրբեց, հետո ընկավ դեսուդեն, շատ հոտոտեց, տեսավ՝ էլ բան չկա, սուս ու փուս գնաց իր տեղը պառկեց, ինչպես մի անմեղ երեխա:

Մայրը դուրս էր գնացել թոնիրը վառելու. երբ որ եկավ, որ խմորը գնդե, տեսավ՝ խմոր չկա: Տղան դուրս եկավ մի անկյունից, մորը դուրս կանչեց և պատմեց նրան, ինչ որ տեսել էր աչքովը:

Մայրը չհավատաց, թե ինչպե՞ս կարելի է, այդպես բան չի լինիլ:

Տղան ասաց.

— Ուրեմն, դո՛ւք գիտեք, այդ դուք, այդ ձեր աղջիկը, ինչ կուզեք՝ արեք. ես այս տանը չեմ կարող մնալ. դա որ մի քիչ էլ մեծանա, մեզ ամենքիս էլ կուտի. դա դև է, դա վիշապ է և ոչ թե աղջիկ:

Այս ասաց տղան ու հեռացավ իրանց տանից: Քիչ որ հեռացավ իրանց տանից՝ ճանապարհին նստեց: Քաղցած էր, ուտելու հաց չուներ, մի քանի հատ չորցրած ծիրան ուներ ջեբումը, հանեց կերավ և կորիզները թաղեց այնտեղ: Այդ կորիզներից հետո երեք ծիրանի ծառեր դուրս եկան:

2

Տղայի անունը Թաթուխ էր: Թաթուխը գնաց ընկավ չոլեչոլ, որ դուրս գա մի ուրիշ աշխարհ, բայց ո՛չ քաղաք գտավ, ո՛չ գյուղ. տեսավ՝ մի հովտի մեջ ոչխարներ են արածում, գնաց դեպի այն կողմը: Գնաց տեսավ, որ ոչխարների մոտ հովիվ չկա: Երեկոյան դեմ, երբ ոչխարի հոտը թեքվեց դեպի իր փարախը, Թաթուխն էլ նրանց հետ գնաց: Երբ որ հոտը փարախ հասավ, մեկ մարդ ու կնիկ դուրս եկան մի քարայրից, երկուսն էլ կույր, կթեցին իրանց ոչխարները շոշափելով, իրանց ուտելու բաժինը վերցրին մի ջոկ ամանում, տարան հաց բրդեցին մեջը և սկսեցին ուտել: Թաթուխը կամաց մոտեցավ բրդած ամանին և մի կողմից էլ ինքն սկսեց ուտել: Կույրերը չիմացան, որ մի նոր հացընկեր ունին, և թեև չկշտացան այս անգամ, բայց ձայն չհանեցին: Այս բանը կրկնվեց մի քանի անգամ: Մեկ օր էլ մարդն ասաց կնկանը.

— Ա՛յ կնիկ, այս քանի օր է՝ ես քաղցած եմ մնում, կաթն ամեն օրվա չափ է լինում, բայց ես չեմ կշտանում:

Կնիկն էլ ասաց.

— Ա՛յ մարդ, ես կարծում էի, թե դու սովորականից շատ ես ուտում, էնդուր[3] եմ ես քաղցած մնում. ուրեմն, մենք երկուսս էլ քաղցած ենք մնում, չլինի՞ թե՝ մի ուրիշ մարդ մասնակից է լինում մեր սեղանին:

— Շատ հավանական է, որ այդպես լինի: Ես մի ուրիշ բան էլ եմ նկատել: Մինչև հիմա ոչխարները մենք էինք տուն քշում, բայց հիմա իրանք իրանց են ներս գնում, երևի մի քշող կա նրանց: Գիտե՞ս ինչ է. հաց ուտելիս, երբ որ ես կհազամ, դու իսկույն երկու ձեռքդ մեկնի՛ր, ես էլ մյուս կողմից կպարզեմ, և այսպիսով, եթե մեր կողքին մարդ լինի, կգրկենք նրան:

Երեկոյին հաց ուտելիս մարդ ու կնիկ կատարեցին իրանց պայմանը և մեր Թաթուխին իրանց ճանկը գցեցին:

— Ո՞վ ես դու— ասացին,— ինչո՞ւ ես քեզ թաքցնում մեզանից:

Թաթուխն ասաց.

— Ես մի օտարական մարդ եմ, եկել եմ ձեր օջախն եմ ընկել, դուք եղեք ինձ հայր ու մայր, ես կլինիմ ձեզ որդի, հովվություն կանեմ և ձեզ կպահպանեմ:

— Շա՛տ լավ,— ասացին,— ուրեմն, քեզ հենց Աստված է ուղարկել մեզ համար, մենք զավակ չունինք, դո՛ւ եղիր մեզ որդի:

3

Մյուս օրը հայրը Թաթուխին պատվեր տվավ և ասաց.

— Լսի՛ր, որդի. երբ ոչխարը կտանես արածացնելու, ո՛չ ձախ կողմի սարը կտանես և ո՛չ աջ, այլ՝ ուղիղ մեր դեմուդեմի սարը կտանես:

— Շա՛տ լավ,— ասաց Թաթուխը, բայց հոր պատվերը չկատարեց: Երկրորդ օրը հոտը քշեց ձախակողմյան սարը և հանդիպեցավ այնտեղ մի դիվական հարսանիքի: Հավաքվել էին բոլոր քաջքերը և զուռնով ու դափով հարսանիք էին անում: Սրանք որ տեսան Թաթուխին՝ զնացին բռնեցին և քաշ տվին տարան իրանց խնջույքը: Ասացին.

— Տեսնում ես՝ հարսանիք է, մենք ամենքս զբաղված ենք, պետք է մեզ համար փայտ կոտրտես:

Թաթուխը հոժարեցավ և, կացինը ձեռքն առած՝ սկսեց ճեղքել մի ահագին գերան: Հենց որ գերանի ճեղքը բաց արավ մի քանի սեպով, կանչեց բոլոր քաջքերին, թե՝ եկեք, եկեք, շո՛ւտ արեք, ձեզ մի նոր օյին ցույց տամ, որ ձեր հարսանիքի խնդությունը ավելի կատարյալ լինի: Հավաքվեցան բոլոր քաջքերը, նույնիսկ՝ փեսացուն ու հարսնացուն էլ:

— Աբա՜,— ասացին,— ի՞նչ օյին պիտի ցույց տաս:

Թաթուխն ասաց.

— Ձեռքներդ դրե՛ք այս ճեղքումը, ես հետո ցույց կտամ:

Ամենքն էլ շտապելով ձեռքները դրին գերանի ճեղքումը, որ շուտով տեսնեն օյինը:

Թաթուխն իսկույն սեպերը հանեց, և բոլոր քաջքերը միաբերան սկսեցին աղիողորմ ոռնալ:

— Վա՜յ, վա՜յ, կոտորվեցինք, այս ի՞նչ արավ այս մարդը. մի՞թե այսպես օյին կլինի։

Թաթուխն ասաց.

— Այդ դեռ առաջաբանն է, օյինը հետո պետք է լինի։ Ասացե՛ք, դո՞ւք եք հանել իմ հորն ու մոր աչքերը և որտե՞ղ եք պահել... Մինչև նրանց աչքերը չտաք, ձեզ փրկություն չկա։

— Այո՛, այո՛, վա՜յ, վա՜յ,— ասաց մեկը, որի սիրտը ամենից շատ էր կսկծում ցավից...— Ահա այնտեղ է, այնտեղ, այն թփի տակին, գնա՛ վերցրու և ազատիր մեզ։

Թաթուխը գնաց վերցրեց աչքերը և եկավ հարցրեց.

— Աչքերը գտա, բայց ինչպե՞ս պետք է սաղացնեմ։

— Աչքերը կդնես իրանց տեղը և մեր նորահարսի աղլուխովը[4] կշփես, իսկույն կառողջանան։

Թաթուխը գնաց վերցրեց նորահարսի աղլուխը։

— Դե, հիմա ազատի՛ր մեզ,— աղաղակեցին ամենքը։

— Կազատեի, բայց ո՞վ է երաշխավոր, որ դուք ձեր վրեժը չեք լուծիլ և մեծ պատառս ականջս չեք թողնիլ։ Չէ՛, այդ հույսը մի՛ ունենաք ինձանից, ձեզ փրկություն չկա, լացե՛ք ձեր սև օրը։

Դևերի հարսանիքը սուգի փոխվեցավ։ Աղաչանք, պաղատանք չազդեցին նրա վրա, ու ի՜նչ խելք կլիներ, եթե փրկեր։ Կացինը ձեռն առավ մեր Թաթուխը և մեծից սկսած մինչև փոքրի գլուխները ջախջախեց, և այն սարը սրբեց դարանագործ դևերից։

4

Երեկոյին, երբ որ տուն դարձավ, կույրերի աչքերը դրավ իրանց տեղը, շփեց քաջքուհու աղլուխովը, և նրանք իսկույն առողջացան։ Փաթաթվեցին Թաթուխին և, փոխ առ փոխ համբուրելով, չգիտեին ինչպես հայտնեն իրանց շնորհակալությունը և սրտների ուրախության անչափությունը։

Այս դեպքից սիրտ առած՝ մյուս օրը Թաթուլին իր հոտը քշեց դեպի աջակողմյան սարը: Հենց որ սարի գագաթը հասավ, մի ահագին մռնչյուն լսեց, նույնը լսեցին և ոչխարները և դողդողալով սկսեցին ետ-ետ քաշվել: Թաթուլը չկտրեց նրանց առաջը, բայց ուզեց ի՛նքն աչքովը տեսնել, թե ինչ գազան էր այդ մռնչողը:

Գնաց ձայնի ուղղությամբ, մինչև հասավ մի քարայրի, որի դռանը նստած մռնչում էր իրան անծանոթ մի գազան: Եթե ասեր՝ առյուծ է, առյուծ չէր, եթե ասեր՝ վագր է, վագր չէր, եթե ասեր վարազ է, վարազ չէր, բայց ինչ որ էր՝ մի սարսափելի գազան էր և իր կազմվածքովը ավելի շան նմանություն ուներ, միայն՝ շանից տասնապատիկ մեծ:

Մինչդեռ Թաթուլը, մի քարի տակ թաքկացած, գազանին էր մտիկ տալիս, գազանն արդեն վաղուց էր նկատել նրան:

— Է՛յ մարդ,— կանչեց գազանը մարդկային լեզվով,— ես ծնունդի վրա եմ, կարող չեմ տեղիցս շարժվել, ե՛կ ինձ ծնեցրու, մի՛ վախենար, քեզ մի վնաս չի լինիլ:

Երբ որ գազանը մարդու լեզվով խոսեց, Թաթուլը սիրտ առավ՝ ասելով մտքումը. «Մարդու լեզվով խոսողը մարդու խղճմտանք էլ կունենա, գնամ ազատեմ»:

Թաթուլը երբ որ մոտեցավ գազանին, գազանն ասաց.

— Եթե ջուխտ ծնեմ՝ քեզ ուտելու եմ, իսկ եթե կենտ՝ կյանքդ քեզ կընծայեմ:

— Դո՛ւ գիտես,— ասաց Թաթուլը,— յա՛ բախտ, ինչ կլինի՝ կլինի:

Գազանի ցնկնած առաջին կորյունը Թաթուլը ձգեց իր հովվական պարկի մեջ, երկրորդը՝ նմանապես, երրորդից հետո տեսավ, որ էլ չկա, այն դրավ գազանի առաջին և ասաց.

— Ահա՛ այս մեկն ես ցնկնել, և արժե՞ր միթե սրա համար այդչափ մռնչալ:

Գազանն ամաչեց իր գազանությունից.

— Գնա՛,— ասաց,— կյանքդ քեզ եմ նվիրել, և եթե քո հոտն այս կողմը բերես, կարող ես ապահով լինել իմ կողմից, քեզ մի վնաս չի լինիլ:

5

Թաթուխը տուն տարավ նորածին լակոտները, որոնց աչքերը դեռ խփած էին, ու նրանց կերակրեց ոչխարի կաթով։ Այդ լակոտները մեծացան ու դառան իբրև ամենահավատարիմ շներ իր համար։

Թաթուխը նրանց մեկի անունը դրավ *Զանգի*, մյուսինը՝ *Զրանգի*։ Երբ որ մի տեղ էր գնում, տանում էր հետը, իսկ տանը եղած ժամանակ նրանց պահում էր շղթայակապ։

Սրա վրա անցավ տասը տարի կամ մի քիչ ավելի կամ պակաս, այդ Աստված գիտե. Թաթուխն ուզեց գնալ դեպի իր ծննդարանը, որ տեսնե՝ ի՞նչ վիճակի մեջ են այժմ իր ծնողները։ Իր այս միտքը հայտնեց իր նոր հորն ու մորը, նրանք էլ կամք տվին այն հուսով, որ շուտով կվերադառնա։ Թաթուխը մի աման կաթով լցրեց, դրեց թարեքին[5] և հորն ու մորն ասաց.

— Նայեցեք այս կաթին. երբ որ տեսնեք՝ գույնը փոխել է, կարմրել է կամ սևացել, իմացեք, որ ես մի նեղության մեջ եմ, իսկույն կարձակեք իմ Զանգին ու Զրանգին, նրանք ինձ օգնության կհասնեն։

Թաթուխը գնաց և հասավ երեք ծիրանի ծառերին, որոնք արդեն շատ բարձրացել և ահագին կոկ ծառեր էին դառել։ Իջավ այդտեղ, փոքր-ինչ հանգստացավ և հետո գնաց իր ծննդարանը։ Ի՞նչ ծննդարան... էլ ո՛չ մի շունչ չկար կենդանի, ամբողջ գյուղը մնացել էր կանգուն, բայց մեջը բնակիչ չկար։ Թաթուխը ձիով էր գնում, հետն էլ մի խուրջին[6] ուներ՝ ճամփի պաշարով լիքը։ Ձին քշեց ուղղակի դեպի իրանց տուն և իջավ դրանը։ Մտավ ներս և, ո՛վ հրաշք, տեսավ՝ իր քույրը նստած իրանց օջախի առջև, և ուրիշ ոչ ոք։ Քույրը վեր կացավ, փաթաթվեց եղբոր շլնքին[7], ասելով.

— Դու բարո՛վ ես եկել, հազա՛ր բարով, իմ եղբայր, իմ աչքիս լույս, ո՞ւր էիր, ինչո՞ւ ուշացար այսքան։— Այս ասաց քույրը և շտապելով դուրս եկավ դուռը։

Տեսավ՝ ձին կապած, խուրջինը վրան։ Խուրջինն ամբողջ կուլ տվավ և ներս գնաց եղբոր մոտ ու հարցրեց.

— Եղբա՛յր ջան, քեզ մատաղ, առանց խուրջինի՞ ես եկել։

— Այո՛,– պատասխանեց Թաթուխը և իսկույն հասկացավ, որ խուրջինը կուլ է տվել։

Քույրը մեկ էլ դուրս եկավ և ձիու մեկ ոտը կերավ ու ներս գալով հարցրեց.

— Եղբա՛յր ջան, քեզ մատաղ, ձիդ երե՞ք ոտով ես բերել:

— Այո՛,— պատասխանեց Թաթուխը:

Քույրը դուրս գնաց և ձիու երկրորդ ոտն էլ կերավ ու ներս գալով հարցրեց.

— Եղբա՛յր ջան, քույրդ քեզ մատաղ, ձիդ երկո՞ւ ոտով ես բերել:

— Այո՛,— պատասխանեց եղբայրը:

Քույրն շտապով դուրս գնաց և երրորդ ոտը կերավ ու էլի ներս գալով հարցրեց.

— Եղբայր ջան, ձիդ մի՞ ոտով ես բերել:

— Այո՛,— ասաց Թաթուխը, որի սիրտն արդեն սկսել էր դողդողալ: «Ձին ուտելուց հետո պիտի ինձ էլ ուտի. ի՞նչ պիտի անեմ ես, ինչպե՞ս պիտի ազատվեմ»,— մտածում էր նա:

Քույրը դուրս գնաց, չորրորդ ոտն էլ կերավ, էլի ներս եկավ և հարցրեց.

— Եղբա՛յր ջան, ոտքո՞վ ես եկել:

— Այո՛, քույրիկ ջան, ոտքով եմ եկել, ոտքով էլ պիտի գնամ, բայց չգիտեմ՝ պիտի թողնե՞ս, թե՞ ոչ:

— Վո՜ւյ, քոռանամ ես, եղբա՛յր ջան, ինչպե՞ս կթողնեմ, ահա քանի տարի է աչքս քո ճանապարհին է, թե՝ երբ պիտի եղբայրս գա, որ սրտիս մեջ տեղ տամ նրան: Ով գիտե քաղցած ես, սպասի՛ր, ես գնամ քեզ համար հաց բերեմ:

Քույրը դուրս գնաց թե չէ՝ տան անկյունից մի աքաղաղ դուրս եկավ և ասաց Թաթուխին.

— Ա՜յ տղա, քույրդ գնաց ատամները սրելու, որ գա քեզ ուտի, ճար ունես՝ տե՛ս:

— Ի՞նչ ճար անեմ, չգիտեմ,— ասաց տղան:

Աքաղաղն ասաց.

— Մուշտակդ հանիր, մեջը մոխրով լցրու, հերթիցը[8] կախ արա, ինքդ դուրս եկ, փախիր: Նա կգա՝ կընկնի մուշտակիդ վրա, աչքերը մոխրով կլցվեն, մինչև նա աչքերը կմաքրե, դու բավական տեղ գնացած կլինիս:

Ինչպես ասաց աքաղաղը, տղան էլ այնպես արավ ու փախավ: Աղջիկը եկավ, տեսավ՝ եղբայրը չկա, մուշտակն ընկավ աչքովը, կարծեց նա ինքն է՝ եղբայրը, գազանի պես վրա ընկավ, քրքրեց, մոխիրը թափվեց վրան և աչք ու բերան լցրեց: Տեսավ որ խաբված է՝ սաստիկ կատաղեց, շուտով թափ տվավ մոխիրը, աչքերը սրբեց ու վազեց եղբոր հետևից:

Թաթուխը բավական հեռացել էր. ետ մտիկ տվավ, տեսավ՝ քույրն արդեն հասվեհաս է, ինքն էլ ջանք արավ, հասավ ծիրանի ծառերին և մագլցեց մեկի վրա:

Քույրը հասավ, փորձեց ինքն էլ բարձրանալ ծառը, չկարողացավ, սկսեց ատամներով կրծել ծառի բունը և այնքան կրծեց, որ բոլորովին կտրեց: Կտրած ծառն ընկավ

երկրորդ ծառի վրա, տղան էլ նույն ծառի ծայրին նստեց: Աղջիկն սկսեց կրծել երկրորդ ծառը: Սա էլ կոտրվեց, ընկավ երրորդ ծառի վրա: Աղջիկն սկսեց կրծել երրորդ ծառը:

Այս միջոցին Թաթուխի հայրագիրն[9] ու մայրագիրը[10] նայեցին նշան դրած կաթին, տեսան, որ կարմրել է, իսկույն արձակեցին Զանգի-Զրանգին: Մտերիմ գազաններն իսկույն գտան իրանց տիրոջ հետքը, տեսան, թե ո՛ր կողմն է գնացել և ի՛նչ ճամփով, հսկայական ոստյուններ անելով մի ակնթարթում հասան իրանց տիրոջը: Վերջին ծառն արդեն ընկնելու վրա էր, երբ որ նրանք հասան: Թաթուխը նրանց տեսավ թե չէ՝ կանչեց վերևից.

— Զանգի-Զրանգի, հենց հո՛ւպ տվեք, հենց կո՛ւլ տվեք, որ մի պուտ արյուն կաթի:

Նրանք էլ այնպես հախռեցին[11] աղջկանը և այնպես կուլ տվին, որ միայն մի պուտ արյուն կաթեց մի տերևի վրա:

Տղան իջավ ծառից, Զանգի-Զրանգին փաթաթվեցին նրա ոտներին և

կաղկանձելով հայտնեցին իրանց ուրախությունը տիրոջ ազատության համար: Թաթուխն էլ նրանց գլխները շփեց և հայտնեց իր շնորհակալությունը: Հետո արյունոտ տերևը վերցրեց, ծալեց, դրավ ծոցումը և ընկավ ճամփա: Շատ գնացին թե քիչ՝ սրանք հանդիպեցին մի քարվանի: Քարվանի տերը որ տեսավ Թաթուխի շները՝ շատ հավանեց և ասաց մտքումը. «Եթե այս աոյուծանման շներն իմս լինին, էլ հարամուց երկյուղ չեմ ունենալ, հարյուր հարամի (քարվան կտրող ավազակ) էլ որ լինին, սրանք երկուսով ամենի պատասխանն էլ կտան»:

Հետո, դառնալով Թաթուխին, ասաց.

— Այ տղա, ե՛կ այդ շները տուր ինձ. քանի ջորի որ ուզես՝ իմ քարվանից վերցրո՛ւ իրանց բեռներով:

— Բոլոր քարվանդ էլ որ տաս, էլի չեմ տա,— ասաց Թաթուխը:

— Ուրեմն, դու քո երկու շանով ավելի՞ հարուստ ես, քան թե ես իմ ահագին քարվանով:

— Կարծեմ որ այդպես է,— պատասխանեց Թաթուխը:— Քո ահագին քարվանը քո կյանքը չի փրկիլ, դեռ կարող է քո մահվանդ էլ պատճառ լինել, որովհետև եթե հարամիքը գան՝ առաջ քեզ կսպանեն, հետո ապրանքդ կտանեն, իսկ իմ կյանքս ապահով է, քանի որ սրանք կան: Ուզենամ՝ այս րոպեիս քո բոլոր քարվանդ ձեռիցդ կխլեմ սրանց օգնությամբ, բայց ես հարամի չեմ, որ այդպես անեմ:

Այսպես խոսելով բավական տեղ գնացին, հետո քարվանի տերն ասաց.

— Որովհետև շներդ ինձ չես տալիս ոչ մի գնով, ե՛կ ես քեզ մեկ հեշտ բան կասեմ, եթե իմանաս՝ իմ քարվանը քեզ, իսկ եթե ոչ՝ քո շներն ինձ:

Թաթուխն ասաց.

— Համաձայն եմ. ասա՛, տեսնեմ՝ ի՞նչ պիտի ասես:

— Ահա՛ տես իմ այս ձեռիս գավազանը. եթե իմանաս, թե՝ սա ինչի՞ է, իմ քարվանը քեզ, իսկ եթե չիմանաս՝ քո շներն ինձ:

— Շատ բարի,— ասաց Թաթուխը և սկսեց իր գիտեցած բոլոր ծառերի անունը տալ, ասելով՝ հոնի է, զկռի է, սզնի է, բռխի է, աճարքի է, լորի է, թխկի է, տկողնի է, կաղնի է... և այսպես շատ ծառերի անուն տվավ, մինչև որ բոլոր գիտցածը հատավ, բայց ոչ մեկն էլ այն չէր: — Ուրեմն, շներն ի՛մն են,— ասաց քարվանի տերը,— կապիր դրանց և տուր ինձ:

— Սպասի՛ր, դեռ էլի մտածեմ,— ասաց Թաթուխը.— մի ծառի անուն գիտեմ, ահա՛ լեզվիս ծայրին է, բայց ուղիղ միտս չի գալիս, որ ասեմ. ես հաստատ գիտեմ, որ ա՛յն պիտի լինի:

Այս միջոցին ծղղումը մի բան սկսեց ճռռալ ու վերջը որոշ ձայնով ասաց. — Ճռռռ... ճռռռ ճա՛պկի[12], ճռռ ճա՛պկի, ճա՛պկի:— Այս ասողը ծղղումը դրած արյունի կաթիլն էր:

— Գտա՛, գտա՛,— բացականչեց Թաթուխը և, գավազանից բռնելով, ասաց,— ճապկի է:

— Գտա՛ր,— ասաց քարվանի տերը,— քեզ արժանի է իմ քարվանը:

— Բոլոր քարվանդ ինձ հարկավոր չէ,— ասաց Թաթուխը,— ես մի հովիվ մարդ եմ, վաճառական չեմ. մի բեռը շորեղեն տուր, տանեմ ինձ համար աղջիկ ուզեմ, պսակվեմ, այդ էլ բավական է ինձ:

Քարվանի տերն ընտրեց ընտիր ճոթեղեն[13] և, ինչ զարդ ու զարդարանք որ պետք էր հարսի ու փեսայի համար, բարձեց մի ջորու վրա և տվավ Թաթուխին:

Մի քիչ որ հեռացավ Թաթուխը՝ տեսավ, որ ծղղումը մի բան է պրպտում: Ձեռքը ներս տարավ, որ տեսնի՝ ի՞նչ է, և դուրս քաշեց մի ահագին օձ: Արյունի կաթիլը դառել էր օձ և գլուխն արդեն հանել էր և մեկնել դեպի Թաթուխի բուկը: Թաթուխը դեն շպրտեց այդ օձը, որ ամեն մի վայրկյանում հաստանում և երկարում էր, որ վիշապ դառնա, և ասաց իր շներին.

— Զանգի-Զրանգի, հենց հո՛ւպ տվեք, հենց կո՛ւլ տվեք, որ մի պուտ արյուն չկաթի:

Շներն այսպես էլ արին և վիշապ աղջկա հետքը կտրեցին:

Թաթուխը հասավ տուն՝ ամեն բարիք բարձած ջորուն: Իր համար աղջիկ ուզեց, պսակվեց:

Նրանք հասան իրանց մուրազին, դուք էլ հասնեք ձեր մուրազին:

Տողատակեր

1. **Բաղիա** - *պղնձե կամ արծաթե խորունկ ջրաման*
2. **Բղուղ** - *պանրի, թթվի, յուղի երկար կճուճ*
3. **Էնդուր** - *դրա համար, այդ պատճառով*
4. **Աղլուխ** - *թաշկինակ, գլխաշոր*
5. **Թարեք** - *պատին ամրացրած հորիզոնական տախտակ վրան զանազան իրեր դնելու համար, դարակ*
6. **Խուրջին** - *ուսին կամ գրաստի վրա դնելու, բրդից գործված երկաչքանի տոպրակ*
7. **Շլինք** - *վիզ, պարանոց*
8. **Հերթ** - *երդիկ*
9. **Հայրագիր** - *որդեգրի հայրացուն*
10. **Մայրագիր** - *որդեգրի մայրացուն*
11. **Հախռել** - *խժռել, լափել*
12. **Ճապկի** - *հոնազգիների ընտանիքին պատկանող ծառ*
13. **Ճոթեղեն** - *կտորեղեն*

ԵՂԵԳՆՈՒՀԻ

1

Մի թագավոր է էլել: Այս թագավորը մի որդի է ունեցել մինուճար: Տղան որ հասել է, հայրն ասել է.

— Որդի՛, ժամանակ է քեզ ամուսնանալու. ո՞ւմ ես աչքադրել, ասա՛, գնանք նրան ուզենք, կամ թե չէ մեզ կամք տուր, մենք ինքներս կընտրենք քեզ հարմար մի աղջիկ:

Որդին ասաց.

— Հա՛յր, ես միտք չունիմ աղջիկ ուզելու, իսկ եթե ուզելու լինիմ՝ պետք է այնպեսն ուզեմ, որ հոր ու մոր ծնունդ չլինի:

Զարմանում է հայրը և ասում է.

— Այդպես բան անկարելի է:

Որդին ասում է.

— Անկարելի բան չկա, հա՛յր. Աստուծո ձեռին ամեն ինչ հեշտ է, նա կարող է քարերից էլ մարդիկ շինել:

Քանի անգամ որ հայրն առաջարկում է որդուն ամուսնանալ, որդին միշտ այս է ասում, թե՝ հոր ու մոր ծնունդ ուզելու չէ:

Շատ որ ասում է որդին, և ասում է հավատալով և ոչ թե գիտությամբ՝ բանը դժվարացնելու համար, թագավորն էլ է հավատում, որ կարելի բան է այդ, սկսում է փնտրել որդու ուզածի նման մի աղջիկ: Շատ է հարց ու փորձ անում, շատերն ասում են, որ լսել են, թե եղած է այդպես բան, բայց իրանց աչքովը տեսած չեն և չգիտեն, թե որտե՛ղ կարող են մարդիկ ծառի պես բսնել և չունենալ ո՛չ հայր և ո՛չ մայր:

Թագավորն իր որդու սիրույն համար ընկավ աշխարհեաշխարհ և չոլեչոլ, շատ տեղ ման եկավ, շատ տեղ հարց ու փորձ արավ, ոչինչ չգտավ: Վերադարձին մի անտառի մեջ պատահեց նրան մի ծերունի. նրան էլ հայտնեց թագավորը, թե ինչի՛ է ման գալիս: Ծերունին ասաց.

— Դրա համար հարկավոր չէ հեռու երթալ. քո քաղաքի մոտ մի մեծ գետ կա, նրա ափին մի եղեգնուտ կա, ուր մարդի ոտք ընկած չէ դեռևս, որովհետև այն տեղը սուրբ և անմատչելի է համարվում, իսկ շատերն էլ կարծում են, որ այնտեղ աներևույթ ոգիք կան: Կերթաս այնտեղ, կընտրես եղեգներից ամենից գեղեցիկը, կկտրես չբանեցրած դանակով, կձգես ջուրը, և նա իսկույն կդառնա աղջիկ՝ քո որդու հավանած:

Թագավորն ինչպես որ լսեց, այնպես էլ արավ: Եղեգը աղջիկ դառավ և մնաց ջրի մեջ ընկղմած, դուրս գալ ամաչեց, որովհետև մերկ էր: Թագավորն ասաց.

— Սպասի՛ր այստեղ, ես քեզ համար հագուստ և աղախիններ կուղարկեմ, դու իմ հարսնացուն ես. քեզ պիտի ուզեմ իմ որդուս համար:— Այդ ասաց թագավորը և նրա անունն էլ դրավ Եղեգնուհի, որ կնշանակե *եղեգն աղջիկ*:

2

Գետի մոտերքում բնակվում էին թափառական սևադեմ բոշաներ: Թագավորը որ հեռացավ՝ մի բոշա աղջիկ գնաց նույն տեղը, ուր որ թագավորն էր, և տեսավ այնտեղ մի հրաշալի գեղեցկության աղջիկ: Հարցրեց նրա ով լինելը, աղջիկն էլ ասաց, որ թագավորի հարսնացուն է, հիմա պիտի գան տանեն իրան:

Բոշան տեսավ, որ Եղեգնուհին շատ միամիտ է, ուզեց ինքը բռնել նրա տեղը:

— Դո՛ւրս եկ,— ասաց,— ջրիցը, ինձնից մի՛ քաշվիր:

Աղջիկը դուրս եկավ ափը թե չէ՝ բոշան նրան խեղդեց ու գցեց գետը, իսկ ինքը մերկացավ և ընկղմվեց ջրի մեջ, որ կարծեն, թե նա՛ է Եղեգնուհին:

Թագավորի նաժիշտները եկան փառավոր հագուստով և տեսան՝ ի՜նչ... մի սև, այլանդակ բոշա աղջիկ:

— Դո՞ւ ես,— ասացին,— Եղեգնուհին:

— Այո՛,— պատասխանեց աղջիկը:

— Հապա ինչո՞ւ ես սև ու տգեղ, նա շատ չքնաղ և աննման պետք է լինի:

— Գիտե՞ք,— ասաց բոշան,— դուք շատ ուշացաք, արևն այրեց ինձ և փոխեց կերպարանքս: Բայց այս վնաս չունի, եթե ինձ պահեն շուշաբանդ պալատում, մի քանի օրից կրկին կստանամ իմ առաջվան գեղեցկությունը:

Հավատացին նաժիշտները, թագուհու հագուստ հագցրին և տարան ապարանք: Թագավորը որ տեսավ՝ մնաց զարմացած:

— Սա իմ տեսած աղջիկը չէ,— ասաց:

Թագավորի որդին էլ որ տեսավ՝ ետ քաշվեց զզվանքով:

— Սա չէ,— ասաց,— իմ ուզածը: Նա սպիտակ պետք է լինի, ինչպես հրեշտակ, իսկ սա սև է, ինչպես սատանա:

Խոսեցրին աղջկանը. նա միևնույնն ասաց, ինչ որ նաժիշտներին:

— Լա՛վ,— ասացին և տարան դրին մի շուշաբանդ սենյակում, որ այնտեղ գեղեցկանա, և սկսեցին մեծ պատվով պահել: Միայն տղան մոտ չէր գնում. նա զգում էր, որ բանի մեջ չարի մատը կա խառնված, որ այստեղ մի խարդախություն կա, բայց ինչպե՞ս իմանա եղելության որպիսությունը:

3

Շատ տխուր է թագավորի որդին: Օրեր են անցնում, բայց նորահարսի գեղեցկանալու մասին լուր չկա. ինչքան լավ են պահում, այնքան ավելի է պլպլում նա, ինչպես սև սաթ, և գիրանում ու հաստանում է խոզի պես:

Թագավորի որդին իր մտատանջությունն ու սրտնեղությունը փարատելու համար գնաց դեպի գետի ափն զբոսնելու: Այնտեղ նա ձկնորսներ տեսավ, որոնք ուռկանով ձուկն էին որսում: Կանչեց նրանց իր մոտ և ասաց.

— Ուռկաններդ ձգեցե՛ք ահա այսինչ տեղը, ուզում եմ բախտս փորձել, ինչ որ դուրս գա՝ իմս է: Ուռկանը ձգեցին, և դուրս եկավ մի հրաշալի ձուկն՝ ինքն արծաթի, իսկ թևերը ոսկի: Զարմացան որսորդները, այնպիսի ձուկն նրանք ո՛չ լսած և ո՛չ տեսած էին:

— Քե՜զ է միայն արժանի այս ձուկը,— ասացին նրանք թագավորի որդուն,— եթե առանց քեզ էլ բռնած լինեինք, պիտի բերեինք քեզ ընծա:

— Շնորհակա՜լ եմ,— ասաց թագավորի որդին և նրանց լավ վարձատրեց: Ձուկը տարավ և ձգեց իր ծաղկանոցի ավազանը, և այնուհետև էլ նրա մոտից չէր հեռանում, նրան նայելուց չէր կշտանում, նրա մոտ էր ուտում, խմում և ննջում:

Բոշա աղջիկն իմացավ, որ մի հրաշալի ձուկ է բռնել թագավորի որդին, և իսկույն հասկացավ, որ նա ի՜նքն է Եղեգնուհին, որ սպանվելուց հետո ձկան կերպարանք է ստացել, էլ քունը չտարավ: Եվ մեկ օր ասաց նաժիշտներին.

— Ի՞նչ կարող եմ գեղեցկանալ, քանի որ թագավորի որդին խորշում է ինձանից և իր սերը մի ձկան է տվել: Եթե այդ գեղեցիկ ձուկը մորթեն և ուտեցնեն ինձ՝ իմ գեղեցկությունը կրկին վրաս կգա:

Այս բանը շատ որ ասաց և հավատացրեց ամենքին՝ ճարահատյալ ձուկը մորթեցին և ուտեցրին բոշային, բայց նա էլի մնաց բոշա ու բոշա:

4

Ձուկը որ կերավ աղջիկը՝ փշերը տվավ նաժիշտներին և հրամայեց, որ ուտեն: Նաժիշտները, գեղեցկանալու հույսով, կերան ձկան փշերը, բայց մեկ փուշ ազատվեց նրանց բերանից և, աղբի հետ պարտեզ ընկնելով, մի ծառ դառավ, մի զարմանալի և հրաշալի ծառ, մշտադալար և մշտաբեր: Նրա ծաղիկների հոտից մարդ չէր կշտանում, իսկ պտուղն էր փունջ մարգարիտ: Թագավորի որդին հիմա էլ այդ ծառի վրա սիրահարվեց, նրա հովանու տակ հաստատեց իր բնակությունը և գիշեր-ցերեկ այնտեղից չէր հեռանում:

Բոշան գլխի ընկավ, որ այդ ծառը ձկան մնացորդից է առաջ եկել, շատ տխրեց և, ամենայն հնարք գործ դնելով՝ խաբեց թագավորին, թե մինչև ծառը չկտրե, որդին իրան չի սիրիլ, և քանի որ նա չի սիրիլ, ինքը միշտ տգեղ կմնա:

Հավատաց թագավորը և կտրել տվավ ծառը: Բոշան այրեց ծառի բոլոր մասերը և ինքն իր մեջ հանգստացավ:

Բայց ծառը կտրելիս մի կոկ տաշեղ թռավ և մի խեղճ պառավի տան հերթովն[1] ընկավ ներս: Այս բանը չնկատեց բոշան, չնայած որ ամեն զգուշություն գործ էր դրել, որ մի շյուղ անգամ չազատվի ձեռքիցը:

Պառավը երբ տեսավ տաշեղը, շատ հավանեց. այս ի՜նչ լավ խուփ է, ասաց, և վեր առավ, նրանով ծածկեց մի բղուղի[2] բերան:

Պառավը շատ աղքատ էր և իր ձեռքի աշխատանքովն էր ապրում: Առավոտը կանուխ դուրս էր գալիս տանից, գնում էր սրա-նրա մոտ ջահրա[3] մանում, գործ անում, երեկոյին գալիս էր տուն: Այսպես մյուս առավոտը հենց որ գնաց իր բանին, բղուղի խուփը տեղիցը թռավ և դառավ մի սիրուն աղջիկ, այսինքն՝ էլի դառավ առաջվան Եղեգնուհին, միայն թե՝ այս անգամ պարզ և սիրուն հագուստով զարդարված:

Եղեգնուհին վեր առավ ավելը, տունը-տեղը մաքուր սրբեց, կրակ արավ, կերակուր եփեց և իրիկնադեմին, պառավի գալու ժամանակը, թաք կացավ մի անկյունում: Պառավը ներս մտավ և, տեսնելով ամեն ինչ սարքած, կարգած, տունն ավլած, կերակուրը եփած՝ մնաց զարմացած:

— Ո՞վ պիտի լինի արած այս բանը,— ասաց.— դուռը կողպած էր, ոչ ոք չէր կարող ներս գալ. կարելի է՝ հերթովը լինի մտած: Բայց ով որ է՝ ինձ լավություն է արել, վատություն չի արել, երանի միշտ այսպես անե:

Եղեգնուհին լսեց պառավի խոսքերը, տեսավ, որ գոհ է, սկսեց հազալ և կամաց-կամաց դուրս եկավ մութ անկյունից: Պառավը որ տեսավ Եղեգնուհուն՝ մնաց հիացած: Աղջիկը փաթաթվեց պառավին, համբուրեց նրա կուրծքից և ասաց.

— Դու ինձ մայր, ես քեզ աղջիկ...

— Շատ ուրախ կլինիմ,— ասաց պառավը,— բայց դու այնքան գեղեցիկ ես, որ կարծես հողեղեն չլինիս, երեսիցդ լույս է թափվում. քանի որ դու կլինիս, էլ մեր տանը հարկավոր չի լինիլ ո՛չ ճրագ և ո՛չ կրակ:

Այս ասաց պառավը և սկսեց համբուրել աղջկանը, ինչպես մի սրբուհու, և հարցրեց, թե՝ ո՞վ է նա:

— Իմ ով լինելը մի՛ հարցնիր. ժամանակ կգա՝ կիմանաս, իսկ մինչև այն ժամանակը ոչ ոքի մի էլ ասիլ, որ ինձ նման մի աղջիկ ունիս. իմ երեսը ոչով չպիտի տեսնի, բացի քեզանից: Դու կշարունակես քո պարապմունքը, ես տանը կմնամ, ինձ համար կար ու գործ կբերես, ես կանեմ:

5

Եղեգնուհու հրաշալի կար ու գործի համբավը հասավ մինչև թագավորի ապարանքը: Թագավորի որդին կանչեց պառավին և զանազան կար ու գործի պատվերներ տվավ նրան: Պառավը շուտով հասցրեց այդ ամենը, տղան նայեց, մնաց զարմացած, կարծես ձեռք ու ասեղ չէր դիպած:

— Այ պառավ,— ասաց թագավորի որդին,— ո՞վ է կարել այս, պետք է ինձ ուղիղն ասես:

Պառավը չկարողացավ թաքցնել և ասաց, թե՝ այսպես ու այսպես մի աղջիկ ունիմ, նա՛ է անում այս ամենը: Թագավորի որդին ասաց.

— Ես պիտի տեսնեմ նրան:

Պառավն ասաց.

— Շատ լավ, բայց թույլ տուր՝ առաջ իրանից հրաման առնեմ, թող իր կամքովը լինի:

Տղան ասաց.

— Շատ լավ, բայց չուշացնես:

Պառավն ասաց աղջկանը, որ թագավորի որդին ուզում է նրա տեսությունը: Աղջիկն ասաց.

— Շատ լավ. կասես իրան, որ մենակ չգա, այլ թող հետը բերե իր հորն ու մորը և իր նորահարսին: Դու ճաշի հրավիրիր նրանց, մի՛ վախենար. ես ամեն պատրաստություն կտեսնեմ, նրանց քաղցած չենք թողնիլ:

Պառավը հայտնեց թագավորի որդուն, և նա էլ, ինչպես ասել էր աղջիկը, վեր առավ հորն ու մորը և հարսնացվին ու գնաց պառավին հյուր:

Եղեգնուհին դռան մոտ դիմավորեց նրանց և թագավորավայել ձևերով ու պատվով ներս հրավիրեց հյուրերին: Ամենքը մնացին հիացած: Ի՜նչ գեղեցկություն, ի՜նչ շարժմունք, ի՜նչ խոսք ու զրույց: Եղեգնուհու հասակը իսկ և իսկ եղեգնի նման ճկուն ու ճոճուն, երբ խոսում էր՝ կարծես բերանից մարգարիտ էր թափվում, երբ ժպտում էր՝ երեսին վարդ-մանիշակ էր փռվում: Թագավորն իսկույն ճանաչեց, որ իր տեսած աղջիկը սա՛ էր, բայց ձայն չհանեց. թագավորի որդին էլ թեպետ չէր տեսել, բայց սրտով իմացավ, որ սա՛ պիտի լինի իր հարսնացուն. իսկ բոշա աղջիկը ամենից շուտ ճանաչեց և ավելի ևս սև սևացավ: Տուն մտան թե չէ՝ սկսեց սրտնեղիլ.

— Ա՜խ, այս ո՞ւր բերիք ինձ,— ասաց,— մի՞թե մեզ կվայելե այսպիսի մի խրճիթ մտնել ու այս սատանայի երեսը տեսնել:

Բայց նրա խոսքերին ոչ ոք ուշադրություն չդարձրեց, ամենքի ուշք ու միտքը գրավել էր Եղեգնուհին: Պառավի ուրախությանն էլ չափ չկար, տեսնելով իր աղջկա արած ազդեցությունը, տեսնելով, որ թագավորն ու թագուհին պատրաստ են իրանք ծառայելու նրան, բոլորովին ջահելացել էր և թև էր առել, թռչում, մերթ թագավորի ականջին էր քչփչում մի բան, մերթ՝ թագուհու: Պառավն այն էր ասում, որ իր աղջիկը հողեղեն չէ, այլ՝ երկնքից իջած մի չնաշխարհիկ էակ է, որ նրա ձեռքին ամեն ինչ հնարավոր է, և այլ այսպիսի գովություն ու փառաբանություն: Վերջը թագավորն ասաց.

— Սիրո՛ւն աղջիկ, մենք քեզ հետ խոսելուց չենք կշտանալ, քեզ հետ ապրողի համար տարին մի ժամվան պես կանցնի, լավ կլինի, ուրեմն, որ շուտ ասես մեզ, թե՝ ո՞վ ես, ի՞նչ տեղից ես ընկել այստեղ, ովքե՞ր են քո հայրն ու մայրը և որտե՞ղ են կենում:

Աղջիկն ասաց.

— Ողջ լինի թագավորը, ես իմ մասին ոչինչ չեմ կարող ասել, բայց եթե թույլ կտաք ձեր աղախնին, և ձանձրություն չի լինիլ ձեր մեծությանը՝ ես մի համառոտ հեքիաթ կասեմ:

— Շատ ուրախ կլինինք,— ասաց թագավորը,— ինչ որ ասես, մենք ուրախությամբ կլսենք:

Եղեգնուհին մեջտեղ բերավ մի վազան[4] չոր ճյուղ և տնկեց սուփրի մեջտեղը, մի մրրթած ու մաքրած հում կաքավ էլ շամփուրը քաշած՝ բերավ, դրավ սուփրի վրա և ասաց.

— Այն, ինչ որ ես ասելու եմ, եթե ստույգ լինի, թող այս կաքավը անկրակ խորովվի, և այս վազան չոր ճյուղը դալարի:

Ամենքն էլ աչք ու ականջ դառան, որ տեսնեն՝ աղջիկն ի՞նչ պիտի պատմե: Աղջիկն սկսեց.

«Մի թագավոր մի որդի ուներ մինուճար: Երբ որ որդին հասավ, և թագավորն ուզեց նրան ամուսնացնել՝ նա ասաց.

— Հա՛յր, ես կամուսնանամ, բայց իմ ամուսինս պետք է հոր ու մոր ծնունդ չլինի»:

Այս ասաց աղջիկը և, դառնալով կաքավին, հարցրեց.

— Այդպես չէ՞, կաքա՛վ:

Կաքավը պատասխանեց.

— Այդպե՛ս, տիրուհի:

Հետո աղջիկը դարձավ վազանը և ասաց.

— Վա՛զն, ուրախացիր, խաղող վեր կալ:

Վազը դալարեց և սկսեց ծաղկել: Կաքավն էլ սկսեց թշթշալ ու խորովվել, ինչպես կրակի վրա: Աղջիկը շարունակեց.

«Ճար չկար, թագավորը շատ ման եկավ, որ իր որդու ուզած մի աղջիկ գտնե, վերջը մի ծերունու խորհրդով նա մի եղեգն կտրեց, ձգեց գետը. եղեգն իսկույն աղջիկ դառավ և ընկղմվեց գետի մեջ»:

— Այդպես չէ՞, կաքա՛վ:

— Այդպե՛ս, տիրուհի:

— Վա՛զն, ուրախացիր, խաղող վեր կալ:

Կաքավն սկսեց խորովվել, իսկ վազը խաղող վեր կալավ: Բոշա աղջիկը գլխի ընկավ, որ հիմա իր չարագործությունը պիտի պատմե, սկսեց սրտնեղիլ, տրտնջալ, թե՝ շոգ է, չի կարող նստել, տուն է ուզում գնալ:

— Շատ ես շտապում,— ասաց թագավորը,— հիմա կտանենք քեզ ուր որ հարկավոր է:

Աղջիկը շարունակեց.

«Աղջիկը մերկ էր, չէր կարող ջրիցը դուրս գալ: Թագավորն ասաց.

— Այստեղ սպասի՛ր, ես քեզ համար հագուստ կուղարկեմ, կհագնես ու կգաս:

Թագավորը գնաց թե չէ, որտեղից որ էր՝ մի աղջիկ դուրս եկավ, դեմքն այլանդակ ու սև, արա՞բ էր արդյոք, թե՞ խափշիկ[5], բոշա՞ էր, թե՞ ղարաչի[6], խաբեց աղջկանը, դուրս քաշեց ջրիցը, խեղդեց, գցեց ջուրը և ինքն ընկղմվեց նրա տեղը: Եկան նաժիշտները և նրան տարան թագավորին հարսնացու»:

— Այդպես չէ՞, կաքավ:

— Այդպե՛ս, տիրուհի:

— Վա՛յն, ուրախացիր, խաղող վեր կալ:

Բոշա աղջիկը տեղից վեր կացավ, էլ չկարաց դիմանալ:

— Դա սատանա է,— ասաց,— և ինչ որ ասում է՝ բոլորն էլ սուտ է. դա ուզում է հիմա իմ տեղը բռնել և հնարում է այդ բանը, դա կախարդ է:

— Լա՛վ,— ասաց թագավորը,— դու կարող ես գնալ տուն: Նաժիշտնե՛ր, սրան տարեք տուն և լավ պահպանեցեք մինչև մեր գալը:

Եղեգնուհին պատմեց բոլորը, մինչև կաքավը խորովվեց, ու խաղողն էլ հասավ: Խորովածը կերան և վրան էլ՝ խաղողը: Եղեգնուհուն տարան պալատը, յոթն օր, յոթը գիշեր հարսանիք արին, իսկ բոշային կապեցին մի ձիու պոչից և, քարեքար տալով, սատկեցրին: Չարն այնտեղ, բարին այստեղ:

Տողատակեր

1. **Հերթ** - *երդիկ*
2. **Բղուղ** - *պանրի, թթվի, յուղի երկար կճուճ*
3. **Ջահրա** - *ճախարակ*
4. **Վազան ճյուղ** - *խաղողի վազի ճյուղ*
5. **Խափշիկ** - *1. հաբեշ, եթովպացի. 2. նեգր, սևամորթ*
6. **Ղարաչի** - *գնչու,* նաև՝ *լաչառ*

ԽԻՋԱԽԸ ԿԱՄ ԱՆԵՐԿՅՈՒՂԸ

Էլել է, չի էլել՝ մի պառավ։ Այս պառավը մի որդի է ունենում մինուճար։ Տղան երբ որ մեծանում է՝ լսում է, որ աշխարհումս շատ երկյուղալի բաներ կան, որոնցից պետք է հեռու մնալ։ Ասում է.

— Ա՜խ, ինչպե՜ս կցանկանայի, որ մեկ տեսնեի, թե ի՛նչ բան է *երկյուղը*։

Պառավը շատ տեղ է տանում տղային, շատերի մոտ աշակերտության տալիս, որ մեկ արհեստ սովորի, բայց նա ոչ մեկի մոտ չի մնում և ասում է մորը.

— Ես ուզում եմ տեսնել, թե ի՛նչ բան է երկյուղը. եթե այդպիսի արհեստավոր կա՝ ինձ տար նրա մոտ, ես այնտեղ կկենամ։

— Որդի՛, երկյուղը ո՛չ արհեստ է, ո՛չ արհեստավոր,— ասում է մայրը,— այդ բանը ամեն մարդու սրտում էլ կա. եթե դու ոչ մի բանից չես վախենում, ուրեմն՝ քո սրտումդ երկյուղ ասածը չկա, դու *աներկյուղ* ես։

— Մա՛յր, այդ երևի լավ բան է, որ ամեն մարդի սրտում էլ կա,— ասում է տղան,— ուզում եմ ես էլ ունենալ, բայց որտե՞ղ գտնեմ, որտե՞ղ ձեռք բերեմ։

— Աստված մի՛ արասցե, որդի՛, այդպես բան չես անիլ,— ասում է պառավը և երկյուղալի դեմքով բացականչում.— Ո՜հ... որ իմանաս՝ ի՛նչ երկյուղալի և սարսափելի բաներ կան աշխարհիս երեսին...

— Որտե՞ղ են այդ սարսափելի բաները, մա՛յր, հապա ինչո՞ւ ես ոչ մեկ անգամ չեմ տեսնում։

— Հապա սարսափելի չե՞ն քառասուն հարամիքը[1]. ամբողջ աշխարհս դողում է նրանց ձեռին, նրանց երկյուղից ոչով սիրտ չի անում նրանց հողումը ոտք դնել։

— Ուրեմն՝ նրանց որ տեսնեմ, անպատճառ կվախենա՞մ, մա՛յր։

— Աստված մի՛ արասցե, որդի՛, իհարկե կվախենաս, քար լինի՝ կհալչի նրանց երկյուղից:

Աներկյուղը մյուս օրը ճանապարհ ընկավ ու գնաց երկյուղ փնտրելու: Նա ոչինչ չուներ, այլ միայն մի պարկ ուներ շալակին, մի կտոր չոր հաց ուներ կռնատակին և մի չոր մահակ՝ ձեռին:

Ճանապարհին ով որ պատահում էր ու հարցնում, թե՝ ուր ես գնում, նա պատասխանում էր.

— Գնում եմ երկյուղ փնտրելու:

— Գիժ կլինի սա,— ասում էին հանդիպողները և գլխները թափ տալիս:

Աներկյուղը գիժ չէր և ո՛չ հիմար: Նա շատ խելոք էր մտածում, բայց երբեք խելոք չէր խոսում: Նա տեսնում էր, որ իր շրջապատի մարդիկը բոլորն էլ հիմար են, ոչ մեկն իր նման չի մտածում, այս պատճառով ինքն ավելի ևս հիմարանում էր և նրանցից ավելի էլ հիմար բաներ ասում: «Շատ էլ որ ասեմ, թե՝ ես իմաստուն եմ, ո՞վ կհավատա»,— մտածում էր Աներկյուղը. «Լավն այն է, որ գործով ցույց տամ, թե՝ ես հիմար չեմ, իսկ քանի որ գործ չկա, խոսքը նշանակություն ունենալ չի կարող»:

Այսպես են լինում առհասարակ բոլոր կարգե դուրս մարդիկը: Նրանք որովհետև նման չեն լինում բոլոր մյուսներին, այդ պատճառով գիժ են համարվում: Բայց հետո, երբ այդ գիժ համարվածները դառնում են նշանավոր և երևելի մարդիկ, ամբոխը զարմանում է, թե ինչպե՛ս նրա պես գիժ տղան խելոք մարդ դառավ:

Մեր Աներկյուղը գլխիցը ձեռք վեր առած՝ գնաց հասավ քառասուն հարամիների բնակարանը:

Մի ահռելի ժայռի մեջ էր նրանց բնակարանը: Ժայռի մեջը փուչ էր, ու բազմաթիվ միջանցքների ու սենյակների պես բաներ կային նրանում: Հին ժամանակները այդտեղ երկաթահանք էր եղել: Հանքահանները, ժայռը փորելով՝ հանել էին երկաթաքարը, ով գիտե քանի հարյուր տարի, և մեջեմեջ սյուներ թողնելով, որ ժայռը վերնից չփլչի, շինել էին ստորլեռնյա ահագին մաղարեք[2], զաղեք[3], քարայրներ, որոնցից ամեն մեկը մյուսի հետ միացած էր մի միջանցքով և առանձին ճանապարհով դեպի դուրսը:

Հարամիների համար այդ բնակարանը մի անմատչելի ապաստարան էր:

Պատ և տանիք չուներ, որ քանդեին, ահագին սարին ի՞նչ կարող էին անել, իսկ ներսը մտնել կարող էին միայն հատ-հատ, և ո՞վ կհամարձակվեր ինքն իրան քառասուն հարամու բերանը գցել: Այս պատճառով ահա այդ քառասուն հարամիքը ահ ու սարսափ էին տարածել շրջակա գյուղերի և քաղաքների վրա: Գազանների պես դուրս էին գալիս իրանց անմատչելի տնից ու հարձակվում էին քարվանների, հոտերի, նախիրների և քաղաքների ու գյուղերի վրա և թալանում, կողոպտում, հափշտակում ամենայն ինչ, մինչև անգամ շատ աղջիկ ու կնիկ, և բերում լցնում իրանց բնակարանը:

Ահա՛ այս բնակարանը գնաց Աներկյուղը:

Եթե Աներկյուղը ոչ մի երկյուղ չուներ հարամիներից, հարամիքը ավելի ևս երկյուղ չէին ունենալ նրանից ու պիտի ընդունեին իբրև մի անմեղ տղայի, որ դեռ չգիտե, թե՝ աշխարհումս ինչ կա, ինչ չկա:

- Ո՞ր քամին է բերել քեզ մեզ մոտ,- հարցրեց նրան ավազակապետը,- ո՞ւր ես գնում և ինչո՞ւ համար ես եկել մեզ մոտ:

Աներկյուղը պատասխանեց.

- Ես ոչնչից չեմ վախենում և չգիտեմ՝ ի՞նչ բան է երկյուղը: Լսեցի, որ դուք շատ երկյուղալի մարդիկ եք, եկել եմ, որ տեսնեմ, թե՝ ի՛նչ կա ձեզանում, որ մարդիկ այնքան վախենում են ձեզանից:

Ավազակապետը ծիծաղեց տղայի պարզամտության վրա և ասաց.

- Մեզանից այն մարդիկն են վախենում, որոնք մի բան ունեն և գիտեն, որ այն բանը մենք պիտի խլենք նրանցից ու զրկենք նրանց՝ իրանց ունեցածից, իրանց սիրած բանից: Իսկ դու, որովհետև ոչինչ չունես և զուրկ ես նույնիսկ Աստուծո տված խելքից, իհարկե որ չես վախենալ:

- Բայց ես ուզո՛ւմ եմ վախենալ. ինչպե՞ս անեմ, ուրեմն, և ո՞ւր գնամ, որ վախենամ, որ իմանամ, թե՝ ի՛նչ բան է վախը:

- Եթե այդքան ցանկանում ես՝ մեզ մոտ կաց և կտեսնես:

- Շատ շնորհակալ կլինեմ,– ասաց Աներկյուղը և անձնատուր եղավ ավազակապետին:

Ավազակապետը մի դաժան դեմքով մարդ էր: Հաստ-հաստ ու խիտ մազերով հոնքերը կախ էին ընկած խոր ընկած կոպերի վրա, բայց տակից բորբոքված կրակի նման կայծեր էին արձակում նրա աչքերը: Կուրծքը լայն էր, ինչպես մի սարի լանջ, և բրդբրդոտ, ինչպես խոզի բաշ: Վիզն այնպես հաստ էր, ինչպես մի մամռապատ կոճղ, և այնպես ջլուտ, որ կարծես ցուլի վիզ լիներ: Եթե Աներկյուղը վախկոտ լիներ՝ նրան տեսնելուն պես կսարսափեր, բայց ավազակապետը նրան թվաց իբրև մի գոմեշ կամ ուղտ, որոնք չնայած իրանց արտաքին ահռելիությանը՝ սովոր մարդկանց վրա ոչ մի երկյուղ չեն ազդում, այլ իրանք են վախենում նրանցից: Աներկյուղն այնպես էր նայում հսկայի վրա, ինչպես գոմեշ խրտնեցնել և վախեցնել ուզող մի երեխա:

- Այս տղան մեզ շատ պետք կգա,– ասաց ավազակապետը մյուսներին:- Մենք սրան կարող ենք լրտես շինել և ուղարկել զանազան տեղեր, ուր մեզ չի կարելի գնալ: Բայց պետք է նախ և առաջ փորձել սրա աներկյուղությունը:

Աներկյուղին սիրով պահպանեցին մի քանի օր. նրան ձիապահի և խոհարարի պաշտոն տվին, և հետո, նրա աներկյուղությունը փորձելու համար, ավազակապետն ասաց նրան.

- Այս քանի օր է՝ փորս սաստիկ ցավում է, եթե մի լավ հալվա եփես ինձ համար, ես կուտեմ և կառողջանամ. միայն թե՝ այդ հալվան պիտի եփես այսինչ գերեզմանատանը գիշեր ժամանակ և այն էլ՝ նոր թաղած մեռելի կողքին:

Այս պատվերը տվավ ավազակը, իսկ ինքը վաղօրոք գնաց մտավ իր ասած գերեզմանումը թաք կացավ:

Երբ լավ մթնեց՝ Աներկյուղը նույն տեղը կրակ վառեց և սկսեց հալվան եփել: Շերեփը ձեռին խառնում էր հալվան ու մի երգ մռմռում քթի տակին: Բայց ահա տեսնում է, որ մի բան է խրթխրթում գերեզմանումը, մեկ էլ՝ մեռելը ձեռքը հանում է գերեզմանիցը և մեկնում դեպի տղան, ողորմություն ուզելու պես: Աներկյուղը շերեփը լցնում է հալվայով, փչելով հովացնում և ածում է մեռելի ափը: Նա ներս է քաշում կուռը *(թևը)*, տվածն ուտում է և էլի մեկնում ձեռքը: Աներկյուղը մեկ էլ է լցնում շերեփը հալվայով, հովացնում և ածում մեռելի ափը: Այսպես կրկնվում է երեք անգամ: Բայց չորրորդ անգամ էլ որ մեկնում է՝ նա, փոխանակ հալվայի, կրակոտ խանձուղով խփում է ձեռքին և ասում.

- Քեզ պես անամոթ մեռել չեմ տեսել, բավակա՛ն է ինչքան որ կերար. բոլորը որ քեզ ուտացնեմ, էլ իմ աղային ի՞նչ տանեմ. եթե որ այդպես ուտելու ախորժակ ունեիր, էլ ո՞ւր էիր մեռնում. երևի, բանից ես փախել և ընկել մեռելների կարգը:

Մեռելը մեկ էլ է պարզում ձեռքը:

- Ասացի, որ էլ չե՛մ տալ, խելք ունես՝ ձեռքդ ե՛տ քաշիր, թե չէ՝ կրակով կայրեմ:

Մեռելը չուզեց ձեռքը ետ քաշել, Աներկյուղը պինդ բռնեց ձեռքիցը և խանձուղով այրեց: Հսկան վեր թռավ տեղիցը և ընկավ Աներկյուղի վրա, բայց նա իր անվեհերությունը չկորցրեց, այլ՝ ջուխտ ոտները գրկեց և հսկային գետին գլորեց: Նա վեր կացավ փախավ, որ Աներկյուղը իրան չճանաչի: Աներկյուղը հալվան տարավ ավազակապետին տվավ և պատմեց մեռելի արարմունքը:

- Օ՜... այդպես բան չի լինիլ,– ասաց նա,– երևի վախեցել ես, և աչքիդ այդպես է երևացել:

- Կարելի է,– ասաց Աներկյուղը՝ չիմանալով, թե ի՛նչ բան է աչքին երևալը.– ուրեմն, եթե վախն այդ է՝ ես նրա գլխին լավ օյին դրի:

Ավազակապետը այս փորձից հետո Աներկյուղին շինեց իր լրտեսը և լրաբերը: Նրան ուղարկում էր ամեն տեսակ վտանգավոր տեղեր, և նա գնում էր երբեմն ձիով, երբեմն ոտքով և ամեն հանձնարարություն այնպես էր կատարում, որ ավազակներն իրանց նպատակին չհասնեն և հաջողություն ունենալու տեղ անհաջողության հանդիպեն:

Այս պաշտոնի մեջ նա բավական վարժվեցավ թուր և նիզակ բանացնելում, ձիով ու հետի արշավանք անելում և դարձավ ավազակների մեջ ամենից կտրիճը, բայց ավազակ չդառավ, այլ՝ ավազակներ կոտորող: Նա երբ որ հանդիպում էր մի քարվանի՝ նրանց զգուշացնում էր, թե ի՛նչ տեղ պիտի իջնեն, և իմաց էր տալիս, թե՝ այսինչ ժամանակ պիտի հարձակվեն ավազակները, բայց չվախենան, ինքն օգնության կհասնի: Եվ ճշմարիտ. երբ գնում էին հարձակմունք գործելու թե՛ քարվանի և թե՛ գյուղի վրա՝ նա փոխում էր իր գդակը, դեմքը ծածկում և հարձակվում ավազակների վրա. որի՝ գլուխը ջարդում, որի՝ կուռը կոտրում, ավազակներից հափշտակում, վերադարձնում տերերին և ինքը կրկին խառնվում նրանց մեջ և հետները գնում: Մեկ, երկու, երեք այսպես որ արավ՝ ավազակապետի սիրտը կասկած ընկավ, և այն մտքին եկավ, որ այս բանն անողը Աներկյուղն ի՛նքն է և ո՛չ ուրիշ մարդ...

Տողատակեր

1. **Հարամի** - *ավազակ, կողոպտիչ*
2. **Մաղարա** - *քարայր*
3. **Զաղա** - *քարանձավ*

ԱՅԾԱՏՈՒՐ

1

Էլել է, չի էլել մի հարուստ սովդաքար[1]: Այս սովդաքարը իր քարվանով իջնում է մեկ գիշեր մի գյուղի մոտ: Կեսգիշերին վեր է կենում, որ պտտի քարվանի չորս կողմով և պատվեր տա պահապաններին, որ արթուն մնան, մեկ էլ տեսնում է՝ երկու մարդ դուրս եկան գյուղից, նրանց առաջը եկավ մի ուրիշ մարդ և հարցրեց.

- Ի՞նչ բախտ գրեցիք նորածին մանուկի համար:

Մարդիկը պատասխանեցին.

- Այստեղ իջած սովդաքարի բախտը նրա՛ն տվինք:

Այս ասացին մարդիկը և իսկույն աներևույթ եղան:

Սովդաքարն իսկույն իմացավ, որ նրանք երեխանց ճակատի վրա նրանց բախտը գրող հրեշտակներ էին. շատ տխրեց, որ իր բախտը տվել են մի նորածին մանուկի. էլ նրա քունը չտարավ այն գիշերը: Լուսացավ թե չէ՝ սովդաքարը գնաց գյուղը և հարցուփորձ անելով իմացավ, թե ո՛ւմ տանն է երեխա ծնվել այն գիշերը: Գնաց տեսավ բարուրի մեջ մի սիրուն փափլիկ տղա, և առաջարկեց նրա հորն ու մորը, որ երեխան իրան տան:

- Ես մեծ կարողության տեր եմ,- ասաց,– բայց որդի չունեմ: Ես դրան կորդեգրեմ, բոլոր ունեցած-չունեցածս դրան կտամ, ձեր ապրուստն էլ կհոգամ:

Ծնողաց համար շատ դժվար էր համաձայնվել մի այսպիսի առաջարկության, մանավանդ՝ ծննդկան[2] մոր համար, բայց որովհետև իրանք աղքատ էին, չգիտեին՝ ինչ անեն, տան թե չտան: Հավաքվեցին դրացիները և ամեն կողմից սկսեցին համոզել ծնողացը, որ իրանց որդու բախտավորությանը արգելք չլինեն:

- Առանց դրան էլ զավակներ շատ ունիք,– ասացին նրանք,– և էլի կունենաք. դուք հազիվ նրա՛նց կարող եք պահել. այդ մեկն էլ տվեք այս պարոնին, թող գնա. հարուստ մարդ կդառնա, ձեզ էլ կհարստացնե:

Սրա վրա ծնողքը հոժարեցան և երեխային մի քանի ոսկով տվին սովդաքարին:

Սովդաքարը տարավ երեխային իր քարվանը և ճանապարհ ընկավ դեպի իր գնալու աշխարհը: Շատ գնաց թե քիչ՝ Աստված գիտե, երբ որ հասան մի ջրառատ և գեղեցիկ հովիտ՝ այդտեղ իջան հանգստանալու:

- Սրանից էլ թաքուն տեղ չի լինիլ,- մտածեց սովդաքարը.– հիմա ես սրան թաղել կտամ այս հովտումը, տեսնեմ՝ այնուհետև էլ ինչպե՞ս պետք է խլե ինձանից իմ բախտը:

Կանչեց իր հավատարիմ ծառային և ասաց.

- Ա՛ռ այս երեխային և տա՛ր մատաղ արա ինձ համար. միայն սիրտն ու թոքը բեր ինձ: Սովդաքարը կարծում էր, որ երեխայի սիրտն ու թոքը կվերադարձնեն իր բախտը:

2

Եղանակը ամառային էր, և տարին՝ երաշտ: Բայց ջրարբի և դալարագեղ հովիտը մի լեռնային տեղ էր և շատ գեղեցիկ ամարանոց խաշնարած ժողովրդի համար:

Սովդաքարի ծառան, երբ որ երեխային բոլորովին հեռացրեց քարվանից և անցավ մի բլրակի քամակ, այստեղ տեսավ հոտերով ոչխարներ և սկսեց մտածել ինքն իրան.

- Ո՛չ, անիրա՛վ աղաս, ես քո անգութ հաձույքը կատարել չեմ կարող:

Այսպես մտածեց ծառան, և երեխային մի թփի տակ դնելով՝ նրա պահպանությունը հանձնեց Վերին Նախախնամության:

Ոչխարի հոտը հեռու չէր: Ծառան դիմեց հովիվներին, գնեց մի փոքրիկ ուլ, մորթեց և սիրտն ու թոքը հանելով՝ տարավ իր աղային: Սովդաքարը խորովեց, կերավ և միամտվելով՝ շարունակեց ճանապարհը:

3

Ոչխարի հոտը, կամաց-կամաց սփռվելով հովտի մեջ՝ հասավ այն թփին, ուր դրված էր երեխան: Մի կթի այծի ծծեր այնքան լցվել էին, որ քիչ էր մնում տրաքվեին, մի ծծկեր կենդանի էր փնտրում, որ թեթևացնել տար իր ծանրությունը: Նա որ տեսավ երեխային թփի տակ, ուլի պես հեկեկալիս՝ իսկույն մոտեցավ և ծիծը դրավ բերանին: Քաջառողջ և ուժեղ մանուկը սկսեց ծծել այնքան, որ բոլորովին դատարկեց այծի ծծերը: Թե՛ այծը և թե՛ մանուկը հավասարապես գոհ մնացին այս անակնկալ դեպքից: Այս բանը սովորություն դարձավ այծի համար. ամենայն օր միևնույն ժամին, ուր էլ որ լիներ հոտը, նա ջոկվում էր և վազում դեպի մանուկը, որ ծիծ տա նրան:

Այս կթի այծը պատկանում էր մի պառավի: Պառավը մի քանի օր վրա-վրա զրկվեց կաթից. այծը գնում էր տուն դատարկ կրծքով: Շատ նեղացավ պառավը և գնաց հովիվների հետ կռվեց:

- Դո՛ւք եք կթում իմ այծը,- ասում է պառավը և մեղադրում հովիվներին:

Իսկ հովիվները պատասխանում են.

- Երկի՛նք, գետի՛նք, մենք տեղեկություն չունինք: Մենք որ կթելու լինինք, քո միակ այծը չենք կթիլ, այլ՝ նրանցը կկթենք, որոնք մեկի տեղ մի քանիսն ունին: Բայց քո այծը սովորություն է արել հանկարծ անհայտանալու: Մեկ էլ նայում ենք, որ՝ չկա. ուր է գնում՝ չգիտենք: Կուզես՝ մեկ օր ե՛կ, դու ինքդ տես աչքովդ, որ հավատաս:

Պառավը մեկ օր այծի հետ գնաց ոչխարը և աչքը չհեռացրեց նրանից: Կեսօրի մոտ ժամանակը, երբ այծի կուրծքն արդեն լցվել էր, նա սուս ու փուս քաշվեց դեպի մանուկը: Պառավն սկսեց հետևել նրան: Այծը կանգ առավ մի թփի տակ և երկար մնալուց հետո վերադարձավ դատարկ կրծքով: Պառավը մոտեցավ թփին և տեսավ մի հրաշագեղ երեխա: Պառավի ուրախությանն է՛լ չափ չկար:

- Այս լավ դառավ,– ասաց նա,– եթե մի քանի օր կաթից զրկվեցա, դրա փոխարեն Աստված ինձ մի որդի տվավ. կտանեմ, կպահեմ, կմեծանա, ինքն էլ ինձ կպահի:

Գրկեց երեխային, տարավ մոտիկ վտակում խշխշալի լողացրեց, փաթաթեց իր չարսավում և, ստեպ-ստեպ[3] համբուրելով՝ տարավ տուն:

Տղան մեծացավ և իրավի՛, դառավ պառավի ծերության նեցուկը, նրա պահապանը: Եվ որովհետև սկզբում այծն էր պահպանել նրան, այդ պատճառով նրա անունը դրին *Այծատուր*, ասում էին և «Այծի տղա» մականունով:

4

Այծատուրը դառել էր արդեն տասնըվեց-տասնըյոթ տարեկան և մի հրաշագեղ, խելոք, ժրաջան և ամենքին սիրելի երիտասարդ էր: Այս միջոցներին սովդաքարը մեծ քարվանով եկավ իջավ այս գյուղումը: Հյուրասեր գյուղացիք շրջապատեցին սովդաքարին և մեծ պատվով ընդունեցին: Ամենից առաջ նրա ձիու կապը բռնեց Այծատուրը, օգնեց նրան իջնել ձիուց և ինքն սկսեց ձին ման ածել, որ հանգստացնե հոգնածությունից: Երբ որ ձին կապեց և խոտ տվավ, սկսեց իրան՝ սովդաքարին ծառայել և կերակուր պատրաստել: Սովդաքարին շատ դուր եկավ Այծատուրը. նրա քաղաքավարի խոսք ու զրույցը, շարժմունքը, ճարպիկությունը սովդաքարի ուշադրությունն այնպես գրավեցին, որ ուզեց նրան իր մոտ վերցնել: Սկսեց հարցուփորձ անել, և տղան պարզամտությամբ պատմեց իր ծագումը, ինչպես որ լսել էր, և իբրև ապացույց իր ասածի ճշմարտության՝ վկա բերավ իր *Այծատուր* անունը:

Սովդաքարն իսկույն մատը կծեց:

- Հը՛մ,– ասաց իր մտքումը,– սա իմ վերցրած մանուկը պետք է լինի, և հենց այստեղ էլ հրամայեցի, որ սպանեն նրան, բայց բանից դուրս է գալիս, որ ծառաս չի կատարել իմ հրամանը, և հենց տարիքն էլ համապատասխանում է նույն տարվան:

- Այծատո՛ւր որդի,– ասաց սովդաքարը,– կուզե՞ս ինձ մոտ մնալ. ես քեզ կնշանակեմ գլխավոր վերակացու իմ բոլոր ունեցած-չունեցածի վրա. դու խելոք տղա ես երևում, լավ ապագա կունենաս:

- Ես այդպիսի բախտից փախչող չեմ,– ասաց Այծատուրը,– երբ որ դուք այդչափ ողորմած և բարի կլինեք դեպի ինձ, ես էլ կաշխատեմ երախտահատույց լինել և հույս ունեմ, որ ամոթով չեմ մնալ ձեզ մոտ:

Ինչ ասել կուզի, որ սովդաքարի նպատակը չար էր: Նա ոչ թե Այծատուրի բախտը, այլ նրա անբախտությունն ու մահն էր ուզում:

Այծատուրը, հուսադրելով իր խնամակալ պառավին, որ շուտով ետ կդառնա և նրան մենակ չի թողնի, մնաս բարև արավ, գնաց սովդաքարի հետ:

5

Մեծ հարստության տեր էր սովդաքարը: Երբ որ նրա քարվանի ծայրը բացվում էր, էլ վերջը չէր կտրվում: Հազարավոր ուղտեր, ձիանք և ջորիք միայն նրա՛ վաճառքն էին մի քաղաքից մյուս քաղաք տեղափոխում: Ի՛նչ ճոթեղեն[4], ի՛նչ ակնեղեն, ի՛նչ մրգեղեն ու համեմունք ասես, որ նա չուներ: Ով ինչ ուներ ծախելու՝ նրա առնելուն էր սպասում, ով ինչ գնելու ուներ՝ նրա ապրանքի գալուն էր սպասում: Երբ որ տանից դուրս էր գալիս, էլ տարիներով չէր վերադառնում. պատահում էր, որ ամիսներով ճանապարհ էր գնում, օրինակ՝ Հնդստանից մինչև Խորասան, Խորասանից մինչև Թիֆլիս, Թիֆլիսից մինչև Հաշտարխան: Տուն ուներ՝ ինչպես թագավորական պալատ. շահերն ու սուլթանները նրանից էին փող պարտք անում, նրա թանկագին ընծաներին սպասում:

Նա կին ուներ, բայց արու զավակ չուներ, այլ՝ մի աղջիկ միայն, որ ինչքան գեղեցիկ էր, նույնքան և բարի ու խելոք: Գոհարիկ էր անունը, և արդեն տասնըհինգ տարի լրացրած մի նախանձելի հարսնացու էր:

Սովդաքարն այժմ իր քարվանով դեպի տուն էր վերադառնում և հինգ օրից հետո պիտի հասներ: Մի նամակ գրեց, տվավ Այծատուրին և, մի լավ ձի տալով, ասաց.

- Այս նամակը կհասցնես մեր տուն և քո ձեռքով կտաս իմ կնոջը:

Այծատուրը, որ մի առիթ էր որոնում իր պարոնի հրամանը մտերմությամբ և անհապաղ կատարելու, նամակը ծոցումը դրավ և ձին նստեց թե չէ՝ թև առավ թռավ դեպի սովդաքարի տունը:

Մյուս օրը ճաշի ժամանակ հասավ սովդաքարի տունը: Ամառն էր. բավական շոգ օր էր: Իջավ ձիուցը, ձին կապեց մի ծառի ստվերում, իսկ ինքը մոտեցավ տան դռանը: Տեսավ՝ դուռը կողպած է, էլ չուզեցավ անհանգստացնել ներսը եղողներին. թեք ընկավ պատի տակին, և սաստիկ հոգնածությունից ու անքնությունից իսկույն քունը տարավ:

Մեր Այծատուրը այսպես քնի մեջ ով գիտե ինչ էր տեսնում երազումը, բայց արեգակի այրող ճառագայթների տակ կարմրել էր և քրտնել այնպես, ինչպես մայիսի կարմիր վարդը մարգարտյա ցողի կաթիլներով: Իր այս պատկերով նա ուղիղ Գոհարիկի սենյակի պատուհանի դիմացն էր։ Ով գիտե, ի՛նչ անհայտ դրդումից ստիպված Գոհարիկը բաց արավ սենյակի պատուհանը և հանկարծ որ չտեսավ Այծատուրի ցողաթաթախ վարդագեղ դեմքը, մնաց տեղնուտեղը մեխված. իր կյանքումը տեսած չէր մի այսպիսի հրաշագեղ պատկեր։ Է՛լ աչքը չհեռացրեց. հանգամանքը հաջող էր, որովհետև իրան գրավող երիտասարդը քնած էր և կարող չէր տեսնել նրան։ Այսպես որ շատ նայեց Գոհարիկը՝ մի նամակի ծայր նշմարեց տղայի ծոցից դուրս եկած, հետո էլ տեսավ ձին և ճանաչեց։

- Սրան անպատճառ իմ հայրս կլինի ուղարկած իր գալուստն իմաց տալու,– ասաց աղջիկն իր մտքումը և, առանց երկար մտածելու՝ իջավ վերնից և Այծատուրի ծոցից նամակը կամացուկ դուրս քաշեց ու կրկին թռավ դեպի վեր՝ իր սենյակը։

Գոհարիկը բաց արավ նամակը և կարդաց հետևյալը.

«*ԻՄ ՍԻՐԵԼԻ ԱՄՈՒՍԻՆ*

Այս գրաբեր երիտասարդը քեզ մոտ հասնի թե չէ՝ սիրով կընդունես, որ ոչ մի կասկած չտանե, և սրով կլինի թե հրով, թույնով կլինի թե պարանով՝ անհապաղ վերջ կտաս դրա կյանքին։ Ես հինգ օրից այդտեղ կլինեմ և դրան չպիտի տեսնեմ կենդանի։

Քո ամուսին»։

Գոհարիկը կարդաց այս նամակը և իր ո՛չ աչքերին և ո՛չ ականջին չհավատաց։ Ո՛չ, երևի հայրս ուզեցել է գրել ահա՛ ինչ՝ և սկսեց գրել հետևյալը.

«*ԻՄ ՍԻՐԵԼԻ ԱՄՈՒՍԻՆ*

Այս գրաբեր երիտասարդը քեզ մոտ հասնի թե չէ՝ իսկույն իմ Գոհարիկս դրան կտաս և կպսակես, այնպես որ մինչև իմ գալս՝ ամեն ինչ վերջացած լինի։

Քո ամուսին»։

Գոհարիկն այս նամակը գրեց կարծես անգիտակցաբար, առանց իրան որևէ հաշիվ տալու և տարավ դրավ Այծատուրի ծոցումը: Այս գործողությունը կատարելուց հետո Գոհարիկը սուս ու փուս վեր բարձրացավ, այրեց իր հոր նամակը և, որպեսզի Այծատուրին երկար չթողնե արևի տակ, ուրախ-ուրախ ներս մտնելով մոր սենյակը՝ ասաց.

- Մայրիկ, նայի՛ր, մեր դռանը մի անծանոթ երիտասարդ կա քնած: Նա ձիով է եկել, իսկ ձին հայրիկինն է. ուրեմն՝ նա մի լրաբեր պետք է լինի: Հարկավոր է նրան զարթեցնել և վեր կանչել:

Ծառաները ուրիշ տեղ էին գնացել, տանը ոչ ոք չկար, բացի մորից ու աղջկանից: Մայրը իջավ ներքև և Այծատուրին զարթեցրեց:

Այծատուրը ներողություն խնդրեց տիրուհուց և, ծոցիցը նամակը հանելով՝ տվավ իրան: Տիրուհին նամակը կարդաց և, տղայի երեսին նայելով, մի առանձին ուրախություն և հաճույք զգաց:

- Դու գիտե՞ս՝ այս նամակումն ի՛նչ է գրած,- հարցրեց տիրուհին:

- Ո՛չ, ինձ հայտնի չէ, տիրուհի՛:

- Երևում է, որ հայտնի չէ, եթե ոչ՝ էլ ի՞նչ կտաներ քունդ: Գնանք վերև, ես այնտեղ քեզ կհայտնեմ, թե ինչ է գրած:

Տիրուհու նպատակն էր տեսնել, թե ի՛նչ ներգործություն կանե աղջկա վրա հոր կամքը:

Տիրուհու սիրալիր ընդունելությունը բավական քաջություն տվավ Այծատուրին, թեև նա առանց այս էլ իր հոգեկան անմեղ վիճակից դուրս չէր կարող գալ. նա ո՛չ ամոթխած էր և ո՛չ հանդուգն. ազատ էր երկու ծայրերից էլ՝ իբրև բնության անարատ զավակ:

Երբ որ վերև բարձրացան, նրանց դիմավորեց Գոհարիկը և սկսեց հարցուփորձ անել հոր մասին, նրա առողջության, իսկ մորից հարցրեց, թե ի՛նչ է գրել հայրը:

Այծատուրը միայն հեքիաթներումն էր լսած Գոհարիկի նման գեղեցկուհիների մասին, և ինքն իրան շատ երջանիկ զգաց, որ այնպիսի մի դիցուհու նվաստ ծառան պիտի լինի: Նա չէր կարող մտքովն անգամ անցկացնել, որ կարող է ծառայից է՛լ ավելի բարձր լինել և նրան իրան կողակից և լծակից համարել:

- Անունդ ի՞նչ է, որդի՛,– հարցրեց տիրուհին:

- Աստվածատուր է,– պատասխանեց տղան՝ Այծատուր անունից ամաչելով:

- Աստվածատո՛ւր... Գիտե՞ս, Աստվածատո՛ւր, իմ ամուսինս գրել է, որ դու զաս թե չէ՝ իմ աղջիկը քեզ տամ. սա՛ է ահա իմ աղջիկը: Ես չեմ կարող ընդդեմ կենալ նրա կամքին, և իմ կողմից արգելք չկա. բայց եթե դու կամ սա հոժար չեք լինիլ, այդ բանումը ես մեղավոր չեմ լինի, պատասխանատուն դո՛ւք կլինեք:

Այս ասելով տիրուհին նամակը տվավ աղջկանը:

Այծատուրը այնպես կարծեց, թե՝ երազումն է տեսնում այս անցքը, մնաց լուռ և վեր քաշված, ոչինչ չկարաց խոսել: Իսկ Գոհարիկն ասաց.

- Ես հնազանդ եմ իմ հոր կամքին, բայց չեմ կարող բռնությամբ տիրել մի երիտասարդի սրտի վրա. գուցե նա համաձայն չէ:

Այծատուրը տեսավ, որ իր տեսածը երազ չէ, և ո՛չ հանաք են անում իր հետ, բոլոր ուժը մի տեղ հավաքելով՝ ասաց.

- Ես ոչ պակաս հնազանդ եմ իմ տիրոջ կամքին. նա որ ինձ հրամայե, թե՝ գնա՛ ջուրն ընկիր, կընկնիմ, ուր մնաց, որ նա ինձ ջուրը չի ձգում, այլ հանում է ջրից:

- Ուրեմն, ամեն ինչ վերջացած է,- ասաց տիրուհին և կանչեց ծխատեր հոգևորականին, որին ցույց տալով իր ամուսնու նամակը խնդրեց, որ շուտով պսակի ծեսը կատարե:

6

Հինգ օրից հետո սովդաքարը եկավ: Հենց որ տան գավիթը[5] մտավ՝ տեսավ Այծատուրին իր աղջկա հետ ուրախ-զվարթ ճեմելիս իր հոյակապ տան պատշգամբի վրա:

- Այս ի՞նչ խաղ է,– մտածեց նա. - երևում է, որ իմ գրածի հակառակ սա ամուսնացել է իմ աղջկա վրա: Ուրեմն, ես էլ ինձ այնպես ցույց կտամ, որ իբր թե իմ կամքն էլ այդպես է եղել:

Ներս մտավ ուրախ-զվարթ, բարևեց ամենքին և, դառնալով տղային ու աղջկան, հարցրեց կնոջը.

- Արդյոք կարո՞ղ եմ շնորհավորել:

- Այո՛, այո՛,– ասաց կինը.– ինչպես որ գրել էիր, թե՝ մինչև իմ գալը պսակված պրծած լինին, ես էլ անհապաղ կատարեցի քո կամքը:

Այստեղ մարդը գլխի ընկավ, որ իր նամակի բովանդակությունը փոխված է, և կասկած տարավ Այծատուրի վրա, թե նա ի՛նքը կլիներ փոխած, և մտածեց վրեժխնդիր լինել:

Մյուս օրը գնաց իր այգին, այգեպանին պատվիրեց մի խոր հոր փորել և ամբողջ գիշեր կրակ վառել նրանում. իսկ վաղը առավոտյան,– ասաց,– մի մարդ կուղարկեմ այստեղ. հենց մտնի թե չէ՝ բռնեցեք և ձգեցեք նույն հորի մեջ և վրան նոր ցախ ածեցեք և այրեցեք:

Սովդաքարն ինչպես ասաց, այգեպաններն էլ այնպես պատրաստեցին: Երեկոյան ընթրիքի ժամանակ սովդաքարը, դառնալով Այծատուրին, ասաց.

- Ես թեպետ գրեցի, որ պսակն առանց ինձ կատարվի, բայց հիմա տեսնում եմ, որ շատ եմ շտապել: Այդ նրա համար արի, որ ինձ շատ դուր եկար: Ի՞նչ կասեն քաղաքացիք. չե՞ն ասիլ, թե՝ ինչո՞ւ ժլատություն արավ և պսակն առանց հրավերքի կատարեց: Վաղը պետք է մեծ հրավերք սարքեմ, և ես ինքս կտեսնեմ բոլոր պատրաստությունը: Քեզ կխնդրեմ միայն, որ գնաս այգին և այնտեղ թարմ մրգեղենի պատրաստությունը ի՛նքդ տեսնես, չմոռանաս նաև՝ թարմ ծաղիկներից բազմաթիվ փունջեր շինել տալ:

Մյուս օրը Այծատուրը վեր կացավ, պատրաստվեց, որ գնա այգի: Ճանապարհին, աղոթատան մոտովն անցնելիս, միտն ընկավ, որ օրը կյուրակե[6] է, և ամբողջ ժողովուրդը աղոթքի է կանգնած: «Գնամ, ես էլ կատարեմ իմ աղոթքը, Աստծուն փառաբանություն տամ. դեռ վաղ է, չեմ ուշանալ ճաշվա համար հարկավոր եղածը պատրաստել»:

Այծատուրը մտավ աղոթատուն և երկար մնաց այնտեղ:

Սովդաքարի սիրտը տրըփում էր անհանգստությունից. նրա համար մի

ժամը տարու չափ երկարանում էր: Մի երկու ժամից հետո շտապեց դեպի այգին, որ տեսնե՝ իր հրամանը կատարվա՞ծ է արդյոք: Այգին մտավ թե չէ՝ նրան ցիմ-ցիմ[7] վերցրին այգեպանները և ձգեցին հրաբորբոք հորի մեջ և իսկույն նորանոր ցախ ու փայտ թափեցին մեջը: Դեռ հորը չընկած՝ շատ աղաղակեց, թե՝ ես ձեր տերն եմ, ձեր աղան եմ, բայց ոչ ոք չլսեց, կարծես ամենքն էլ խլացել ու կուրացել էին:

Այս դեպքից երկու ժամ անցած՝ Այծատուրը գնաց: Նրան ընդունեցին իբրև իրանց տիրոջը և հայտնեցին, որ իր հրամանը կատարված է:

- Ի՞նչ հրաման,– հարցրեց Այծատուրը և իմացավ, որ սովդաքարն ընկել է ուրիշի համար փորել տված հորը:

Այստեղ հեքիաթաբաններն ասում են, թե՝ այգեպանների աչքումը Այծատուրն իրանց տիրոջ նման էր երևացել, իսկ սովդաքարը՝ մի ուրիշի: Ասում էլ են, թե՝ ճակտի գրածը չի ջնջվիլ, և ուրիշի համար հոր փորողը ի՛նքը կընկնի նրա մեջ:

Տողատակեր

1. **Սովդաքար** - *վաճառական*
2. **Ծննդկան** - *նորածին երեխայի մայր*
3. **Ստեպ-ստեպ** - *շարունակ, անդադար, հաճախակի*
4. **Ճոթեղեն** - *կտորեղեն*
5. **Գավիթ** - *նախասրահ*
6. **Կյուրակե** - *կիրակի*
7. **Ցիմ-ցիմ** - *կենդանի, ամբողջովին*

ՀՆԱՐԱԳԵՏ ՋՈՒԼՀԱԿԸ

(Ավանդություն)

1

Շահ-Աբասի ժամանակ հեռու աշխարհից դերվիշի[1] հագուստով մի մարդ է գալիս Սպահան քաղաքը: Քաղաքի ընդարձակ հրապարակի մեջ այդ դերվիշը մի մեծ շրջան է քաշում փայտով, ինքն էլ կշտին նստում լուռ ու մունջ: Անցուդարձ անողները նայում են և զարմանալով հարցնում, թե՝ դու ո՞վ ես, այս ի՞նչ բան է, որ դու քաշել ես. արդյոք մի թալիսման չէ՞ սա, և մեզ համար բարի՞, թե՞ չար թալիսման է... Դերվիշը բնավ չի խոսում: Ամբողջ քաղաքը վարանման մեջ է ընկնում, թե՝ սա ի՞նչ կնշանակե արդյոք: Վերջը իմաց են տալիս Շահ-Աբասին, թե՝ այսպիսի մի դերվիշ է եկել...

Շահ-Աբասը իր գիտնականներից մեկին ուղարկում է, որ տեսնե ի՞նչ բան է, ի՞նչ է դերվիշի ուզածը, ինչո՞ւ է ժողովրդին սարսափի մեջ գցել:

Գիտնականը գնում է և ասում դերվիշին. — Ո՛վ մարդ, ես հասկանում եմ քո միտքը: Քո շրջանը նշանակում է երկինք: Դատարկ է մեջը: Այդ նշանակում է, որ դու ուզում ես երկինքը կապել, որ ոչ մի ամպ չլինի այնտեղ, որ է՛լ անձրև չգա, սով ընկնի մեր աշխարհքը: Գիտե՛մ, գիտե՛մ, որ դու կարող ես այդ բոլորն անել, բայց խղճա՛ մեզ, այդպես բան մի՛ անիլ, ինչ որ ուզես՝ քեզ կտա թագավորը...

Դերվիշը բնավ չխոսեց և գիտնականի երեսին անգամ չնայեց: Բայց ժողովուրդը, լսելով գիտնականի բացատրությունը, ավելի մեծ երկյուղի մեջ ընկավ: Էլ չէին ասում, թե՝ գուցե սխալ էր գիտնականի բացատրությունը, այլ դրա հակառակ՝ լուն ուղտ շինելով, պատմում էին իրար, թե. «Բա չե՞ք ասիլ, դերվիշը մի ամենազոր մարդ է, այսինչ երկրում հեղեղ և կարկուտ է թափել, բոլոր բնակիչներին կոտորել, այնինչ տեղ յոթը տարի շարունակ կապվել է երկինքը, ոչ մի կաթիլ անձրև չի եկել, սով է ընկել երկիրը, բոլորեքյանք[2] կերել են միմյանց...»: Մյուս օրը Շահ-Աբասն ուղարկեց մի ուրիշ գիտնական:

— Գիտե՛մ, գիտե՛մ, ով ես դու, մա՛րդ Աստուծո,— ասում է գիտնականը:— Քո շրջանը նշանակում է երկիրս: Դատարկ է մեջը: Դրանով ուզում ես ասել, որ ժանտախտով պիտի դատարկես մեր երկիրը: Խնայի՛ր մեզ. խնայի՛ր, ի սեր Ամենակալին, այդպես բան մի՛ անիր, ինչ որ ուզենաս՝ քեզ կտանք:

Դերվիշը դարձյալ մնաց լուռ: Ավելի ևս սաստկացավ ժողովրդի երկյուղը, և նորանոր առասպելներ տարածվեցին քաղաքի մեջ:

Բոլոր գիտնականները հաջորդաբար գնացին դերվիշի մոտ, և բոլորն էլ, ունքը շինելու տեղ, աչքն էլ հանեցին, փոխանակ ժողովրդի կասկածը փարատելու, նրան ավելի երկյուղի ու սնահավատության մեջ գցեցին:

2

Թագավորը կարծում էր, որ դերվիշի արածը մի հասարակ հանելուկ պիտի լինի, և իրան համար շատ ամոթ էր համարում, որ այդ հասարակ հանելուկը լուծող մի գիտնական չունի: Այսպիսի մտատանջությունով նա մեկ օր ծպտված ման էր գալիս Սպահանի Հայոց թաղումը, ուր հանդիպեցավ մի տարօրինակ բանի: Մի տանիքի վրա ցրեն կար փռած աղունի համար, ոչ ոք չկար մոտը, բայց մի երկայն եղեգ կար ցցված, որ ինքն իրան անդադար տարուբերվելով քշում էր ճնճղուկներին: «Այս հրաշքի գաղտնիքը պետք է տան մեջը փնտրել»,— ասաց թագավորն ու ներս գնաց տուն և այնտեղ տեսավ մի ջուլհակ, որ կտավ էր գործում:

Երբ որ թագավորը ներս մտավ՝ ողջունեց ջուլհակին, ջուլհակը նայեց նրա վրա, իսկույն ոտքի կանգնեց, խոր գլուխ տալով պատասխանեց նրա ողջույնին, հետո սկսեց շարունակել իր գործը: Ջուլհակի աջ ու ձախ կողմին մի-մի օրորոց կար դրված: Երբ որ նա սկսեց գործել՝ օրորոցներն էլ սկսեցին օրորվիլ տանիքի ինքնաշարժ եղեգի պես: Օրորոցում եղած երեխաները ծերունու թոռներն էին, որոնց մայրերը, տան մի անկյունում նստած՝ ճախարակով բամբակ էին մանում կտավի համար: Իր հարսներին գործից չզցելու համար հնարագետ ջուլհակը տանիքի եղեգից մի թել էր կապել, թելի մեկ ծայրը փաթաթել կտավի սանրին, որ իր տարուբերվելովը շարժում էր եղեգը: Օրորոցներից նմանապես թելեր ուներ կապած, որոնց հակառակ ծայրերը իր աջ ու ձախ մատներին էր փաթաթել: Աջ ձեռքով մաքուքը[3] նետելիս՝ աջ կողմի օրորոցն էր օրորվում, ձախով նետելիս՝ ձախ կողմինը: Այսպիսով, նա մեկ անգամից երեք գործ էր կատարում:

Թագավորն այդ ամենը նկատեց և գովեց իր մտքումը նրա հնարագիտությունը, միայն նրա ոտքի կանգնելով խոր գլուխ տալը թագավորի մեջ կասկած ձգեց, թե՝ չլինի՞ իրան ճանաչեց: Այս բանն ստուգելու համար թագավորը մի մութ հարցմունք արավ նրան.

— Չլինի՜մ, չլինի՜մ...

— Մի՞թե, մի՞թե...— պատասխանեց ջուլհակը:

Թագավորը, «չլինիմ, չլինիմ» ասելով՝ ուզեց ասել ծերունուն. «Եթե ինձ ճանաչեցիր՝ չլինի թե երևցնես այդ բանը, թող մեր մեջը մնա»: Իսկ ծերունին պատասխանեց՝ «Մի՞թե, մի՞թե», այսինքն՝ «Մի՞թե ես հիմար եմ և այդքանը չգիտեմ»:

— Քանիսի՞ մեջն ես, վարպե՜տ,– հետո հարցրեց թագավորը:

— Երկուսս լրացրել, երեքի մեջն եմ մտել,— պատասխանեց ջուլհակը:

Թագավորի այս հարցմունքը ջուլհակի հասակին էր վերաբերում: Ջուլհակը պատասխանեց, որ երկու ոտքով ման գալն արդեն վերջացրել է, հիմա գավազան է գործ ածում՝ իբրև երրորդ ոտք, մեկ խոսքով՝ ծերացել է:

Թագավորն այսպիսի շատ մութ հարցմունքներ արավ և բոլորի պատասխանն էլ ստացավ դարձյալ մութ կերպով: Տեսավ, որ ծերունի հայը մի հնարագետ և հանճարի տեր մարդ է թե՛ գործով և թե՛ խոսքով, մտածեց, որ միայն սա՛ կարող է դերվիշի պատասխանը տալ:

— Դու, որ այդչափ հնարագետ ես,— ասաց թագավորը,— եթե մի քանի սագ ուղարկեմ քեզ մոտ՝ կարո՞ղ ես փետրել նրանց:

— Դրա քաջ վարպետն եմ ես,— ասաց ջուլհակը:

3

Այս պատասխանն ստանալուց հետո թագավորը գնաց: Շատ չանցավ՝ ջուլհակի մոտ եկան թագավորի գիտնական նազիր-վեզիրները:

«Ահա՛ եկան թագավորի սագերը, իրա՛վ որ լավ փետրելու թռչուններ են»,— ասաց ջուլհակը ինքն իրան:

Թագավորը տուն գնալով սաստիկ բարկացել էր գիտնականների վրա և սպառնացել էր, որ եթե գոնե մի մարդ չգտնեն, որ դերվիշին պատասխան տա, նրանց բոլորին էլ կաքսորե: Այսպես նեղի գալով՝ որոշեցին դիմել հնարագետ ջուլհակին, որի համբավը նրանցից մեկը լսել էր:

— Վարպե՛տ եղբայր, կարող չե՞ս արդյոք մի պատասխան տալ մեր տարօրինակ հյուրին, որ ժողովրդի վրա սարսափ է տարածել,— ասացին գիտնականները և պատմեցին դերվիշի դեպքը, որ արդեն հայտնի էր ջուլհակին:

— Ինչո՞ւ չէ... կարող եմ... բայց մեծ ծախք կպահանջվի դրա համար: Պետք է ձեռք բերել մի կախարդական գավազան, մի անմահական սխտոր և մի ոսկի ձու ածող հավ:

Գիտնականները մնացին ապշած:

— Դրա ծախքը մե՛նք կվճարենք,— ասացին նրանք ուշքի գալով,— միայն՝ մենք չենք կարող գտնել այդ բաները, ինչ որ դու ես ասում:

— Երեք բան է իմ ուզածը, և ես ի՛նքս կգտնեմ, միայն՝ ամեն բանի համար մի գլխարկ լիքը ոսկի է պետք: Դուք երեք հոգի եք, ամենքդ ձեր գլխարկովը մեկ ոսկի կբերեք, ես էլ կգամ դերվիշին պատասխան կտամ:

Գիտնականները ճարահատած համաձայնեցին: Գնացին երեք գլխարկ ոսկի բերին, տվին ջուլհակին: Այսպես փետրելով նրանց, ինչպես պատվիրել էր թագավորը, վեր կացավ առավ իր հոնի գավազանը, մի գլուխ հոտած սխտոր, ոտի մեկը կոտրած մի հավ, և գնաց սարսափ տարածող դերվիշի մոտ:

Հավաքվեցին բոլոր քաղաքացիք, ներկա էր և թագավորը՝ իր բոլոր իշխաններով:

Ջուլհակը չխոսեց դերվիշի հետ. նա լուռումունջ իր գավազանի ծայրով մի խոր ակոս քաշեց շրջանի մեջտեղով ծայրե ի ծայր և այսպիսով դերվիշի շրջանը երկու հավասար մասի բաժանեց և նստեց նրա դեմ հանդիման:

Դերվիշը երկար մտածեց, գլուխը թափ տվավ. վերջը մի գլուխ սոխ հանեց, դրավ առջևը:

Ջուլհակը, առանց երկար մտածելու, իսկույն իր սխտորը հանեց, դրավ իր առջևը: Բարկացավ դերվիշը և իր ջեբից հանեց մի բուռ կորեկ և շաղ տվավ ամբողջ շրջանի մեջ:

Ջուլհակը փեշի տակից հանեց իր հավը, որ իսկույն կտկտալով կերավ բոլոր կորեկը:

Դերվիշն էլ մինչև վերջը չսպասեց, իսկույն վեր կացավ և մռմռալով հեռացավ-գնաց...

Թագավորը մոտեցավ ջուլհակին և խնդրեց, որ բացատրե այդ հանելուկի նշանակությունը:

— Ո՛ղջ լինի թագավորը,— ասաց ջուլհակը:— Այս մարդը մի խելագար դերվիշ է: Երևակայել է, որ ինքը մի շատ զորեղ իմաստուն մարդ է և կարող է մեր ամբողջ աշխարհքին տիրել: Իր քաշած շրջանով ուզում էր մեզ հասկացնել, թե իրա՛նն է բոլոր մեր երկիրը: Ես չուզեցա հասկացնել նրան, որ այդ խելագարություն է, այլ՝ կես արի մեջտեղից, որով ուզեցա ասել՝ թե կեսն էլ իմն է: Նա բարկացավ և իր սոխով ինձ պատերազմ հայտնեց կամ ուզեց ասել՝ մեր մեջ դառնություն կծագի, կռիվ կլինի: Ես էլ իմ սխտորով հասկացրի նրան, որ ես փախչող չեմ, թեկուզ կռվից էլ վատթար բան պատահի: Նա կորեկով ինձ սպառնաց, որ իր զորքերն անհամար են: Ես էլ իմ հավով ցույց տվի, որ ահա՛ այսպես կջարդեմ ես քո անհամար զորքը: Դրա վրա նա տեսավ, որ է՛լ չի կարող մեզ վախեցնել, փախավ-գնաց...

Քաղաքացիք շատ ուրախացան, որ վերջապես ազատվեցին դերվիշի տալիք երևակայական սովից ու մահից, և ամենքը միաբերան գոչեցին. «Կեցցե՛ ջուլհակը»:

Շահ-Աբասը, որ շատ արհեստասեր թագավոր էր, գովեց ջուլհակին և հետո հարցրեց.

— Ի՞նչ արիր իմ սագերին, լավ փետրեցի՞ր, թե՞ ոչ...

— Ո՛ղջ լինի թագավորը, այո՛, լա՛վ փետրեցի, ահա՛ նրանց փետուրները,— ասաց ջուլհակը և թագավորի առջևը դրավ մի պարկ ոսկի:

— Քե՛զ են արժանի այդ ոսկիքը,— ասաց թագավորը,— դու ավելի օգտակար գործադրություն կգտնես դրանց համար: Մի այդքան էլ իմ գանձարանից ստացիր և մի մեծ գործարան բաց արա. թող ծաղկի քո արհեստը իմ երկրիս մեջ: Այսուհետև իմ պալատի դռները միշտ բաց են քեզ համար, թող իմ հովանավորությունը լիուլի տարածվի քո իմաստուն ժառանգների և քո ազգի վրա:

Տողատակեր

1. **Դերվիշ** - *մահմեդականների թափառաշրջիկ կրոնավոր, խև*
2. **Բոլորեքյան** - *բոլորը, ամենքը, բոլորը միասին*
3. **Մաքուր** - *մաքոք*

ՄԱՆՈՒԿ-ԽԱՆ

(Ավանդություն)

Ինչպես մեծերի մեջ կան տխմար և իմաստուն մարդիկ, մանուկների մեջ էլ կան տխմարներ ու իմաստուններ: Իմաստությունը հասակից կախումն չունի, այդ մի շնորհք է, որ Աստված նրան է տալիս, ում ընտրում է ինքը: Այսպիսի ընտրվածներ շատ քիչ են լինում թվով: Ամեն մարդ կարող է իմաստությունը սիրել, իմաստասեր լինել, բայց ո՛չ իմաստուն: Սողոմոն իմաստունը տասներկու տարեկան ժամանակ արդեն իմաստուն էր: Դանիել մարգարեն նույնպես իմաստուն էր շատ փոքր հասակից: Այսպիսի իմաստուն մանուկներ հայոց մեջ ևս շատ են եղել: Եվ թեպետ դրանց պատմությունը հեքիաթների կարգն է ընկել, բայց ճշմարիտ եղած բաներ կան: Ահա՛ այդպիսի մի մանուկի պատմություն պիտի անեմ:

* * *

Թիֆլիս քաղաքի փողոցով մի մարդ էր գնում դեպի քաղաքի շուկան՝ ձվով բարձած մի էշ առաջը գցած: Նրա հետևից էլ մի ուրիշ մարդ մի գիժ եզն էր առաջն արած տանում դեպի սպանդանոց: Եզնատերը բղավում է իշատիրոջը.

— Իշիդ կապը բռնի՛ր, մի կո՛ղմ քաշվիր․ եզս գիժ է, հարու կտա[1]:

Մի քանի անգամ կանչում է այսպես, բայց իշատերը չլսելն է դնում, մինչև եզը հասնում է և իր եղջյուրներով զարկում կթոցներին ու վայր գլորելով կոտրտում ձվանը: Այս ժամանակ իշատերը բռնում է եզնատիրոջ օձիքը և տանում դատարան:

Այս դեպքին ներկա էին շատ մանուկներ և նայում էին նրանց կռվին: Մանուկներից մեկը՝ մի աշխույժ և կայտառ երեխա, երբ տեսավ, որ դրանք դատաստանի են դիմում, նրանց հետևից կանչեց.

— Եզնատերը համրանա՛, եզնատերը համրանա՛:

Այս խոսքն իմացավ եզնատերը և, երբ դատավորի մոտ գնացին, իշատերն իր զանգատն արավ, վնասը պահանջեց, դատավորը դարձավ եզնատիրոջը և հարցրեց, թե ի՞նչ ունի ասելու, նա իրան համր ձևացրեց և ձեռքով հասկացրեց դատավորին, որ լեզու չունի:

— Այս մարդը համր է,— ասաց դատավորը,— դու վկաներ բեր, որ քո զանգատը ուղիղ է:

— Տե՛ր իմ,— պատասխանեց իշատերը,— սա սուտ է համր ձևանում, ընդհակառակն՝ քանի անգամ բղավեց հետևիցս, թե՝ մի կո՛ղմ քաշիր էշդ, եզս գիժ է, հարու կտա...

— Շա՛տ լավ, ինչո՞ւ ուրեմն չկատարեցիր այդ մարդու ասածը, ուրեմն, էլ ի՞նչ ես ուզում սրանից:

Հետո դատավորը եզնատիրոջը հարցրեց, թե՝ ինչո՞ւ է համրանում, քանի որ խոսել գիտե:

— Տե՛ր իմ, այս իմ խելքի բանը չէր,— պատասխանեց եզնատերը,— այլ՝ Աստուծո ողորմությունն էր, որ ինձ վրա հասավ մի երեխայի բերանով: Երբ որ այս մարդը ինձ քաշքշելով ձեզ մոտ էր բերում, մի շնորհալի մանուկ կանչեց հետևիցս. «Եզան տերը համրանա՛»: Ես էլ նրան լսելով համրացա, և ահա, ինչպես տեսաք, այդ մարդն իր բերանով խոստովանեց, որ ես քանի անգամ կանչեցի իրան, թե՝ էշդ մի կո՛ղմ քաշիր, եզս գիժ է:

— Շա՛տ լավ, գնա՛,— ասաց դատավորը,— դու արդար ես. միայն՝ այն երեխային ուղարկիր ինձ մոտ, ես կուզեմ տեսնել նրան:

Այս դեպքից հետո հայտնի եղավ շատերին, որ իրանց մեջ մի իմաստուն մանուկ կա, և ով որ տեսնում էր նրան՝ գլուխ էր վայր բերում, ինչպես մեծ մարդու, և հարգում ու պատվում նրան, ինչպես Աստուծո ընտրածի:

* * *

Բուն բարեկենդանի կիրակի երեկոն էր: Ամեն տանը մեծ խնդություն և ուրախություն կար: Տխուր էր միայն քաղաքի մեջ մի նշանավոր կին՝ իր աղախնու և երեխանց հետ: Դրանք ոչինչ չունեին ուտելու:

Տիկնոջ մարդը երևելի հարուստ վաճառական էր: Երկար ժամանակ էր, ինչ որ հեռացել էր քաղաքից և կնոջ համար ապրուստ չէր ուղարկել: Կինն սկսել էր տան կայքը քիչ-քիչ ծախել և նրանով կառավարվել էր մի կերպ, վերջն սկսել էր ձեռագործություն անել, բայց դրանով այնքան վարձատրություն չէր ստանում, որ բավական լինի իր ապրուստին: Այդ օրվա ձեռագործին ընդամենը երկու շահի[2] էին տվել, մի շահու յուղ ու հաց էր առնուլ տվել, խաշու[3] շինել, մի շահու էլ՝ խունկ ու մոմ:

Այս տխրալի րոպեին մեկ էլ հանկարծ դուռը թխկթխկացրին: Կնոջ ամուսինն էր նա, որ նոր էր եկել օտարությունից:

— Ո՞վ ես,— հարցնում են ներսից, բայց մարդը խորամանկությամբ իր անունը չի տալիս, իր կնոջ հավատարմությունը փորձելու համար:

— Ես եմ,— ասում է,— ի՞նչ եք հարցնում, մի՞թե չեք ճանաչում:— Եվ այս ասում է ձայնը փոխած:

Հարցնողը աղախինն էր, իսկ կինը բաց էր արել պատուհանը, որ եթե օտար մարդ լինի ներս եկողը, իսկույն ինքն իրան վայր գլորե տան երրորդ հարկից: Այնքան տարի խեղճություն էր քաշել, բայց ոչ ոքի հայտնած չէր իր չքավորությունը, արատավորած չէր իր մաքուր անունը, լավ էր համարել մեռնել, քան թե որևէ անպատվություն բերել իր անվանը: Մարդը երբ համոզվեց, որ օտարի առջև իր դուռը փակ է եղել, նոր հայտնեց իր անունը իր սեփական ձայնով, թե՝ ես Ավազն եմ, և դուռն իսկույն բացվեց իր առջև:

Ներս գնաց տուն, բարևեց կնոջը՝ չորս կողմին նայելով, և տունն անշուք ու ամեն զարդ ու զարդարանքից զուրկ գտնելով՝ մնաց ապշած, թե այս ինչ է նշանակում:

— Այս ի՞նչ բան է, ինչո՞ւ եք այսպես,— հարցրեց:

— Դո՛ւ ողջ լինիս,— ասաց կինը,— ի՞նչ է եղել:

— Զարմանում եմ,— ասաց մարդը,— մի՞թե մեր այսինչ ծառան քեզ չի հասցրել իմ ուղարկած գոհարը:

— Ոչինչ չեմ ստացել նրանից,— ասաց կինը.— բայց նա այժմ այլևս ծառա չէ, այլ՝ քաղաքիս առաջին հարուստն է. տներ է շինել հոյակապ պալատների նման, շինել է և մի մեծ եկեղեցի իր անունով, թագավորի առաջին սիրելին է այժմ:

— Հասկացա՛. ուրեմն, իմ ուղարկած հարստությունը իրան է սեփականել և ձեզ մատնել այս թշվառությանը: Շա՛տ լավ, ես կիմանամ, թե վաղն ի՛նչ օյին կբերեմ նրա գլխին:

Հիմա դատարկեցե՛ք խուրջինս[4], այնտեղ ուտելու բան շատ կա, այս երեկոյիս բավական է մեզ. վաղն Աստված ողորմած է:

Մյուս օրը մեծ պասի երկուշաբթի օրն էր: Քաղաքի բոլոր թաղերում մի-մի խանություն էին հաստատել, և մեծ-մեծ աղա մարդիկն անգամ բուրդը դուրս մուշտակներ էին հագել, փափախները՝ նույնպես, երեսներին ալյուր քսել, շրջապատվել փառաշներով[5], որոնք նույնպես ծաղրական շորեր էին հագել: Ամեն անցնողի կանչում էր խանը և, մի բանում մեղադրելով, նրանից մի տուգանք էր առնում: Այս խաներից ամենից նշանավորը Մանուկ-խանն էր:

Մեր իմաստուն մանուկին խան էին շինել, և նա դատաստան էր անում ոչ ծաղրածությամբ, այլ՝ բոլորովին լուրջ կերպով: Բոլոր մեծ ու փոքր մնացել էին հիացած՝ տեսնելով, որ մի տասներկու տարեկան պատանի մարդկանց սրտերի խորքերն է թափանցում, նրանց վատ արարքները երեսներին զարկում և հրամայում իր փառաշներին, որ ծեծեն անխնա և որոշած տուգանքն առնեն: Բայց և շատերին, որոնք զրկված էին,

խեղճ էին և թշվառ, նրանց էլ կանչում էր, մխիթարում, խրատում և հավաքած տուգանքներից մի բան տալիս, որ տանեն իրանց պակասությունը հոգան:

Հենց ա՛յս միջոցին Մանուկ-խանը նկատեց, որ մի մարդ, երեսի գույնը նետած՝ անց է կենում շտապ-շտապ, բռունցքը սեղմելով և պռոշները կծոտելով: Իսկույն հրամայեց իր փառաշներին, որ բռնեն այն մարդին: Մարդին բռնեցին և բերին Մանուկ-խանի առջևը կանգնացրին: Այս մարդը Ավազ վաճառականն էր:

— Ի՞նչ մարդ ես դու և ո՞ւր ես գնում այդպես կատաղած,— հարցրեց Մանուկ-խանը:

Վաճառականը, տեսնելով, որ սա հանաք չի անում և պատրաստ է մինչև անգամ ծեծել տալու, ասաց.

— Խա՛ն, գլխիդ արևիդ մատաղ, ես մի գանգատ ունիմ, արդար դատաստան արա: Այսինչ ժամանակ այսինչ մարդու ձեռքով ես Բաղդադից մի հրաշալի գոհար ուղարկեցի իմ կնոջ համար: Երեկ երեկոյին եկա և իմացա, որ մարդը իմ ամանաթս տեղ չի հասցրել: Այսօր գնացի իրան ասացի, նա թե՝ ես տվել եմ կնոջդ, նա որ շռայլ լինի և վատնե՝ ես ի՞նչ մեղավոր եմ: Եվ սկսեց կնոջս վրա վատ-վատ բաներ խոսել: Գնացի թագավորին գանգատվեցի, թագավորը կանչեց նրան, նա էլ՝ իր հետ երեք վկա բերավ, որոնք միաբերան հաստատեցին, որ մարդն իմ գոհարը տվել է կնոջս: Ի՞նչ է մնում ինձ անել այժմ, թե ո՛չ մահու չափ պատժել կնոջս: Ահա՛ և այն մարդիկը, որոնք անցնում են:

— Շա՛տ լավ,— ասաց Մանուկը:— Գրագիրնե՛ր, գրեցե՛ք այս մարդու գանգատը, իսկ դուք, փառաշնե՛ր, բռնեցե՛ք այն չորսին էլ և բերե՛ք այստեղ:

Փառաշները բռնեցին երբեմնի ծառա, իսկ այժմ՝ քաղաքի աղաներից մեկին և նրա երեք վկաներին: Մանուկ-խանը հրամայեց, որ վկաներին հեռացնեն իրարից և ջոկ-ջոկ սենյակում փակեն: Հետո դառնալով թագա հարուստին՝ ասաց.

— Այս մարդը քեզ ի՞նչ գոհար է տվել, ի՞նչ գույն ուներ, ի՞նչ ձև ուներ, ի՞նչ մեծություն, ի՞նչ ծանրություն և ի՞նչ զորություն:

Մարդն ասաց, որ գոհարը մի քար էր՝ կատվի աչքի չափ և նման: Ցերեկը խավար էր երևում, իսկ գիշերը փայլում էր: Թե ի՞նչ ծանրություն ուներ՝ չգիտեմ, չեմ կշռել, և թե ի՞նչ զորություն ուներ՝ նույնպես չգիտեմ, չեմ փորձել:

— Դո՛ւ ասա. ի՞նչ զորություն ուներ գոհարը,— հարցրեց վաճառականին:

— Իմ գոհարն այն զորությունն ուներ, որ ինչ դատարկ քսակում էլ դնեիր, իսկույն ոսկով կլցվեր,— պատասխանեց Ավազը:

— Շա՛տ բարի: Իսկ դու ի՞նչ արիր այն գոհարը, հանձնեցի՞ր տիրոջը,— հարցրեց մեղադրվողին:

— Այո՛, հանձնել եմ,— պատասխանեց թագա հարուստը:

— Շա՛տ լավ, տարե՛ք սրան մի առանձին սենյակ և բերե՛ք վկաներից մեկին:

— Դու տեսա՞ր,— հարցրեց վկային,— որ այն մարդը այս մարդու կնոջը հանձնեց սրա ուղարկած ամանաթը:

— Այո՛,— պատասխանեց վկան:

— Ի՞նչ բան էր։

— Քար էր։

— Ի՞նչ ձև ուներ։

— Կլոր էր։

— Ի՞նչ գույնի քար էր։

— Սպիտակ։

— Ի՞նչ մեծություն ուներ։

— Ահա՛ այսչափ կլիներ,— ասաց նա՝ ցույց տալով իր ձեռքի բռունցքը։

— Թանա՛ք քսեցեք սրա ամբողջ բռունցքին, և նրանով թող դրոշմե թղթի վրա քարի մեծությունը։

Հրամանը կատարվեց։ Թազա հարուստը, սուտ վկաներ վարձելով՝ նրանց ասել էր, որ քար է եղել իր ստացածն ու տվածը, բայց մոռացել էր ասել, թե ինչպիսի՛ քար էր։

— Հիմա տարե՛ք սրան իր սենյակը և մյուս վկային բերե՛ք։

Մյուս վկան էլ ցույց տվավ, որ քարի մեծությունը մի թաթաչափ էր, ձևը տափակ էր, գույնը՝ սև։

Երրորդ վկան ցույց տվավ, որ քարի մեծությունը եղունգի չափ էր, գույնը՝ կարմիր, ձևը՝ քառանկյունի։

Մանուկ-խանն այս ամենը գրել տվավ և հետո բոլորին երես առ երես բերելով՝ կարդաց ամենքի ցուցմունքները։ Սուտ վկաները սարսափի մեջ ընկան, ամանաթ ուրացողը ամոթահար եղավ։

Բոլոր հանդիսականները միաձայն գոռացին.

— Կախեցե՛ք դրանց, կախեցե՛ք, խեղդեցե՛ք, սպանեցե՛ք։

— Սպասեցե՛ք,— ասաց Մանուկ-խանը և, դառնալով ուրացողին, ասաց.

— Այս րոպեիս ե՛տ դարձրու այս մարդի ապրանքը, և քեզ կազատեմ, եթե ոչ՝ կիրամայեմ, և իսկույն կգլխատեն քեզ:

Թագավորի մոտ գնալիս ուրացողը գոհարը տարել էր հետը, որ եթե բանը բացվի՝ ետ դարձնե: Ծոցիցը հանեց գոհարը և տվավ Մանուկ-խանին:

Մանուկ-խանն էլ գոհարը հանձնեց տիրոջը և ստորագրություն առավ նրանից, որ իր ապրանքն ստացավ:

Ժողովուրդը շատ գոհ մնաց այդ արդար դատաստանից և Մանուկ-խանին գովասանելով մինչև երկինք բարձրացրեց: Այս դատաստանի լուրը հասավ մինչև թագավորի ականջը: Թագավորը կանչեց Մանուկ-խանին և ամեն բան մանրամասն իմանալով՝ մեծ պարգևներ տվավ նրան և իր մեծ իշխանների կարգը դասեց:

Մինչև այսօր էլ Մեծ պասի երկուշաբթի օրը շատերն են խան դառնում Թիֆլիսում, բայց Մանուկ-խանի պես խան միայն մեկ անգամ է եղել և այլևս չի կրկնվել:

Տողատակեր

1. **Հարու տալ** - *պոզահարել*
2. **Շահի** - *մանրադրամ*
3. **Խաշու** - *ջրալի կերակուր լոբով, մսով, ձավարով և այլն*
4. **Խուրջին** - *ուսին կամ գրաստի վրա դնելու, բրդից գործված երկաչքանի տոպրակ*
5. **Փառաշ (փարրաշ)** - *արքունիքի ստորին պաշտոնյա*

ԱՍԼԱՆ-ԲԱԼԱ

1

Եղել է, չի եղել՝ մի թագավոր: Մեկ օր այս թագավորի որսորդներից մեկը գալիս է նրա մոտ և ասում.

— Թագավորն ապրած կենա, ես էսօր մի զարմանալի բան տեսա մեր որսորդության անտառում: Մի էգ ասլան տեսա և նրա հետ մի մանուկ՝ յոթը կամ ութ տարեկանի չափ: Մանուկն ու ասլանը խաղում էին իրար հետ, ինչպես մայր ու որդի: Մեկ՝ ուզեցի նետ ձգել, ասլանին սպանել, բայց մեկ էլ՝ վախեցի, ասացի՝ վա՛յ թե մանուկին դիպչի, կամ ասլանը վիրավորվի ու հարձակվի վրաս. սրա համար սուսուփուս ետ փախա:

Այս որ լսեց թագավորը՝ շատ զարմացավ և հրամայեց, որ մի քանի հազար մարդով գնան շրջապատեն անտառը, ասլանին սպանեն կամ փախցնեն, իսկ երեխային ողջ-ողջ բռնեն, բերեն:

Թագավորի հրամանը կատարվեց: Երեխային բռնեցին և բերին: Մի կայտառ և սիրուն տղա էր. աչքերը խոշոր, ճակատը լայն, գանգուր մազերը առյուծի ճանկերով սանրված ու փռված ուսերի վրա, մեջքը բարակ, կուրծքն ու թիկունքը լայն:

Տասը հոգով հազիվ էին կարողացել բռնել և կապոտել, բայց շատերին ճանկռոտել էր սուր-սուր եղունգներով: Խեղճը մերկ էր և համր, խոսել չգիտեր, այլ՝ մռնչում էր առյուծի պես. չգիտեր, որ ինքը մարդ է և ո՛չ առյուծ:

Տեսան, որ արձակ պահելու հնար չկա, նրան կապեցին երկաթե շղթայով և սկսեցին քիչ-քիչ ձեռնասովոր անել և ընտելացնել: Նրան անվանում էին *Ասլան-Բալա*, այսինքն՝ *առյուծի ձագ*, բայց թագավորի որդին՝ Վուրգը, որ շատ սիրեց նրան հենց առաջին օրից, նրա անունը դրավ *Արսեն*: Վուրգն էր պահում Արսենին, նրան հաց ու ջուր տալիս և ամեն տեսակ համադամ կերակուրներ, որ նա ուտում էր յոթը մարդու չափ: Վուրգը հայելու մեջ Արսենին ցույց տվավ նրա պատկերը, որ նա տեսնե, թե ինքը մարդ է և ո՛չ առյուծ: Եվ ճշմարիտ, որ նա առյուծի ծնունդ չէր, այլ՝ մարդու: Ձագը կորցրած մի առյուծ պատահմամբ գտնում է մորը կորցրած մի ծծկեր երեխայի և տանում է ծիծ տալիս, պահում:

Արսենը մի քանի օրվա մեջ շատ մեղմացավ և այնքան սիրեց Վուրգին, որ բոլորովին անձնատուր եղավ նրան: Վուրգն էլ արձակեց նրան կապանքներից, լողացրեց, գլուխը սանրեց, երկար ու սուր-սուր եղունգները կտրատեց, իր հագուստի նման հագուստ հագցրեց և սովորեցրեց նրան խոսել, երգել, խաղալ և բոլոր այն բաները, ինչ որ ինքը գիտեր: Երեք ամիս չանցած՝ Արսենի վրա ոչ մի վայրենության նշան չմնաց, այլև երևաց, որ նա շատ շնորհալի է և իմաստուն: Նրա լսողությունը, տեսողությունը, հոտառությունը տասնապատիկ, քսանապատիկ ավելի էին զարգացած, քան թե սովորական մանուկներինը: Նրա լեզուն այնքան ճարտար չէր, ինչքան սիրտը, որ լուռ ու մունջ հայտնում էր նրան, թե ի՛նչն է լավ և ի՛նչը վատ, ի՛նչն է չար և ի՛նչն է բարի: Սրտի իմացությունը, այն, որ ասում են. «Սիրտս ասում է, սիրտս չի տալիս, սիրտս իմացավ, սիրտս քաշեց»,— ահա այս սրտի իմացությունը, որ ուսումնական մարդիկն անվանում են բնազդ (*բնազդում-բնազդեցություն*), Արսենի մեջ չափից դուրս զարգացած էր, և նա շատ բան իմանում էր, առանց նրա փորձն առնելու:

Ինչքան որ Վուրգը Արսենին կրթեց, բան սովորեցրեց, մի այնքան էլ ինքը նրանից սովորեց: Վուրգը կրթեց Արսենի լեզուն, միտքը, Արսենն էլ կրթեց Վուրգի մարմինն ու սիրտը: Արսենը սիրում էր խաղալ, վազել, սիրում էր սար, ձոր, անտառ. տունը նրա համար մի տեսակ բանտ էր թվում, նա իր հետ քաշում, տանում էր և Վուրգին և զանազան մարզություններով կազդուրում էր նրա քնքուշ կազմվածքը: Այսպիսով, ինչքան որ Արսենը փոխվեցավ՝ վայրենությունից քաղաքավարի մարդ դառնալով, մի այնքան էլ Վուրգը փոխվեցավ՝ ընկնելով բնության ծոցը. նա ուժեղացավ, ճարպիկացավ, առաջվան վախկոտությունը մոռացավ, անվեհեր սիրտ ստացավ և քաջություն: Այսպես Վուրգն ու Արսենը միմյանց կրթելով եղան ինչպես մի հոգի և մի մարմին, մինչև դառան տասնյոթ-տասնութ տարեկան:

2

Մեկ անգամ զբոսնելու էին դուրս եկել գետափը: Աղջկերքը կժերով ջուր էին տանում գետիցը: Նրանց մեջ կար և մի պառավ՝ նիհար ու կնճռոտ դեմքով: Վուրգի մոտով անցնելիս պառավը խեթ աչքով նայեց Վուրգի վրա: Վուրգին դուր չեկավ պառավի այս խոժոռ հայացքը:

— Այս պառավի կուժը պիտի կոտրեմ,— ասաց Վուրգն Արսենին և, դեռ ընկերոջ պատասխանը չառած՝ մի քար նետեց պառավի հետևից, որ ուղիղ կուժին դիպավ և կոտրեց: Ջուրը թափվեց և ողողեց խեղճ պառավին:

Թրջված պառավը ետ նայեց և երբ տեսավ, որ թագավորի որդին էր այդ չարությունը անողը, ասաց.

— Ա՜յ որդի, ի՞նչ անեծք տամ քեզ… Անտես-Աննմանի սիրովը վառված տեսնեմ քեզ. նրա համար այրվիս, տանջվիս, որ սիրտս հովանա։

3

Պառավի անեծքը սիրո հրեշտակի նետի պես ցցվեց Վուրգի սրտումը։ Վուրգն սկսեց տխրել, նիհարել։ Նա, որ Արսենից ջոկվելու սովորություն չուներ, միայնակ էր ընկնում սար ու ձոր և առանձնության մեջ ողբում, լաց լինում, Անտես-Աննմանի անունը տալիս, դեպի նրան թռչում հոգով ու սրտով, նրան գովում երգերով, նրան կանչում օգնության։ Անտես-Աննմանը պատկերանում էր նրա երևակայության մեջ իր աննման գեղեցկությամբը։ Նա աչքերը խփում էր այդ ժամանակ, ծունկ չոքում, փառաբանում, զմայլում այն աստիճան, որ ուշքը գնում էր գլխից, նվաղում, վայր ընկնում։

Այս այն սերը չէ, որ մեր ժամանակ մեր աշխարհումը կա։ Սա սեր էլ չէ իսկապես, այլ՝ մի զորեղ փափագ, մի ուժգին իղձ, մի սաստիկ ցանկություն, մի մուրազ և ուրիշ այնպիսի զգացում, որ մարդ ունենում է իր սրտի ուզած երջանկությունը ձեռք բերելու համար։ Այսպիսի իղձ մարդը կարող է ունենալ և ուսում, գիտություն ձեռք բերելու համար, իր հղացած նշանավոր միտքը իրագործելու համար և ուրիշ շատ բաների։

Հին ժամանակները քաջ երիտասարդները իրանց հերոսությունը նրանով էին ցույց տալիս, որ սար ու ձոր էին ընկնում և իրանց ուզած լավ բանը ձեռք բերում կամ մտքումը դրած քաջությունը կատարում։ Իհարկե, այդ բաների ձեռք բերելը պետք է շատ դժվար լիներ և ո՛չ խաղ ու պար, պետք է ամեն մարդու գործ չլիներ, եթե ոչ՝ էլ ի՞նչ քաջություն, էլ ի՞նչ հերոսություն կարող էր համարվել։

4

Արսենից չէր կարող ծածուկ մնալ Վուրգի սրտմաշությունը։ Նա հեռվից հսկում էր և տեսնում էր ամեն բան։ Նա այս բանը լավ առիթ էր համարում թե՛ իր քաջությունը փորձի ենթարկելու և թե՛ ցույց տալու իր անհուն սերը, որ ուներ դեպի Վուրգը։ Եվ ահա մեկ օր գտնում է նրան անտառումը և ասում.

— Եղբա՜յր, ես տեսնում եմ, որ դու հալումաշ ես լինում, ինձանից ինչո՞ւ ես թաքցնում քո վիշտը։ Էլ ես ո՞ր օրվա համար եմ, որ քեզ քո մուրազին չհասցնեմ: Երթա՛նք, երթա՛նք, լավ է հուսով մեռնել գործի մեջ, քան թե անհույս սատկել անգործության մեջ: Պառավի անեծքը իսկապես անեծք չէ, այլ՝ մի շատ գեղեցիկ օրհնություն: Եթե նա անիծած չլիներ, դու և՛ այդ օրը չէիր ընկնիլ, և՛ ոչ էլ, ուրեմն, կաշխատեիր ձեռք բերել աշխարհիս ամենից գեղեցիկը:

Արսենի այս խոսքերից սաստիկ հուզվեց Վուրգը, գրկեց նրան և արտասուքն աչքերին համբուրեց նրան՝ սիրահար պատանու ջերմ համբույրով:

— Արսե՛ն ջան, Արսե՛ն,— բացականչեց նա,— որքա՛ն մեծահոգի ես դու: Ես չէի ուզում իմ վշտին և կրելիք նեղություններիս մասնակից անել քեզ: Դու ինչո՞վ ես մեղավոր. կուժը ե՛ս կոտրեցի, տանջվողն էլ ե՛ս պետք է լինիմ: Բայց ի՞նչ կարող եմ անել ես առանց քեզ: Այսուհետև իմ մուրազը քո ձեռին է, իմ կյանքը քո բռնումն է. իմ գլխումս է՛լ խելք չի մնացել, դու պետք է ինձ առաջնորդես, դու պետք է ինձ կա՛մ կյանք տաս և կա՛մ մահ:

— Ոչ թե մահ, այլ՝ կյանք միայն,— ասաց Արսենը:— Զորացի՛ր և մի՛ վհատվիր. մենք շուտով ճանապարհ կընկնենք: Եվ ժամանակ է արդեն, որ մենք մեր ուժն ու շնորհքը ցույց տանք, էլ ուրիշ ի՞նչ բանի ենք պետք. գութան չենք վարում, տավար չենք պահում, պատերազմ էլ չկա, որ կռիվ գնանք, ինչո՞ւ համար ենք ապրում աշխարհիս երեսին, ինքս էլ չգիտեմ: Չրի ապրելն ի՞նչ կվայելե տղամարդին:

— Բայց հայրս թույլ կտա՞ արդյոք, կամ ինչպե՞ս հայտնենք նրան:

— Իմաց կտանք մի կերպ: Գիտեմ, որ թույլ չի տալ, բայց մեզ կբացատրե մեր ձեռնարկության դժվարությունը, մեր նպատակին հասնելու անկարելիությունը և, առանց մեր հարցնելու՝ ի՛նքը կհայտնե տեղն ու ճանապարհը, որ մենք չգիտենք:

5

Թագավորը բացի Վուրգից ուներ և մի աղջիկ, գեղեցկությամբ ոչ պակաս, քան Անտես-Աննմանը: Աստղիկ էր անունը: Սա նույնքան սիրում էր Արսենին, ինչքան և Վուրգը: Իմանալով եղբոր միտքը՝ հորը հորդորում էր, որ թույլ չտա նրանց այդպիսի մի վտանգավոր ճանապարհորդություն անելու:

— Ո՞վ է եա եկել այնտեղից, որ դրանք եա գան,— ասում էր Աստղիկը:—

Կանչի՛ր, խրատի՛ր դրանց, որ այդպես բան չանեն: Ո՞վ է լսած, որ չտեսած աղջկա վրա սիրահարվին. այդ մի խենթություն է, ուրիշ ոչինչ:

Թագավորը կանչեց երկուսին էլ և ասաց.

— Ամեն բան հայտնի է ինձ: Շատ ցավում եմ, որ այդպիսի մի ցնորական վիշտ է ընկել որդուս սիրտը, բայց չեմ կարող թույլ տալ ձեզ: Այդ չտեսնված աղջկան համար շատ թագավորների որդիք են կոտորվել, շատ զորք է փչացել, ես ինքս մասնակցել եմ այդ կռիվներին, օգնության եմ գնացել ուրիշներին: Նա կենում է Յոթը-Լեռան քամակին, Սև Բերդումը: Քառասուն եղբայր ունի՝ մեկը մյուսից աժդահա: Քառասուն գունդ զորք էլ որ լինի՝ նրանց ոչինչ չեն կարող անել: Ամեն մեկը մի ահագին կաղնի ծառ պոկած՝ զորքերին այնպես են սրբում պատերազմի դաշտումը, ինչպես մենք սրբում ենք մեր կալերը ցախավելով: Ի՞նչ խելք կլինի, ուրեմն, ձեր կողմից՝ գնալ և այդ դևերի ճանկն ընկնիլ:

— Ների՛ր ինձ, հա՛յր թագավոր, որ համարձակվեմ քեզ հետ վիճել,— ասաց Արսենը:— Ոչ մի ուժ աշխարհիս երեսին չի կարող Աստուծո կամքին հավասարվիլ: Ուժն Աստծու ձեռին է. երբ ուզենա՝ կզորացնե, երբ չէ՝ կթուլացնե և զորեղ դևին մի երեխա կջինե: Դու ասում ես, որ շատերն են կռվել և հաջողություն չեն ունեցել, բայց արդյոք այդ շատերի մեջ եղե՞լ է մի մարդ, որ իր սնունդն առյուծից լինի առած: Ո՞վ տվավ առյուծին այդ գութը, որ ինձ պահե, պահպանե, եթե ո՛չ Աստված: Արդյոք այդ կռվողների մեջ եղե՞լ է մեկը, որ Վուրգի նման սիրահարված լիներ, և կամ մի որևէ պառավ իր անեծքով կամ օրհնությունով նրա մեջ ձգած լիներ Աննմանի սերը: Ինչո՞ւ չկարծել, որ այս հիշած բոլոր դեպքերի մեջ մի աներևույթ կապ կա, և դրանք նրա համար են այսպես միացել, որ ձեռք բերեն այն, ինչ որ ուրիշները չեն կարողացել:

— Շատ խելոք ես խոսում, Արսե՛ն,— ասաց թագավորը,— դու լավ պատգամախոս կլինիս, և ամեն հրաշագործություն կհաջողի քեզ, քանի որ քո մանկությունն ի՛նքը մի հրաշք է: Բայց պետք է գիտենաս, որ քուրմ է եղել թե հրաշագործ՝ թագավորի հրամանովն են անում, ինչ որ անում են, իսկ թագավորը նրանց գործի է դնում իր օգտին, առանց նրանց ինքն անձամբ հավատալու: Դու կարող ես, այո՛, քրմապետ լինել, բայց ո՛չ ինձ հավատի բերելու համար: Իմ ասածը ասած է:

— Հա՛յր,— խոսեց Վուրգը,— միևնույն է, եթե չգնամ էլ, այս ցավով պիտի մեռնիմ ես: Ես արդեն մեռած կլինեի, եթե Արսենի հուսատու հորդորները չլինեին: Եթե թույլ չտաս մեզ գնալ, իմ հուսահատվիլս ու մեռնիլս միասին կլինի: Գթա՛ ինձ, օրհնի՛ր մեզ և ճամփա դիր:

— Մի՛ հավատար, հա՛յր,— մեջ ընկավ Աստղիկը:— Ո՞վ է մեռել սիրուց, որ եղբայրս մեռնի: Պարապությունից խենթություն է եկել վրան: Պատերազմ հայտնիր Անդաս թագավորի դեմ, թող երթա՝ այնտեղ ցրվե իր ցնորքները…

— Քո՛ւյր իմ, սիրելի՛ քույր…— բացականչեց Վուրգը՝ աղաչողական հայացք ձգելով Աստղիկի վրա:

— Եղբա՛յր իմ, սիրելի՛ եղբայր,— պատասխանեց Աստղիկը՝ այնպիսի մի հայացք ձգելով Արսենի վրա, որի մեջ ամփոփված էր մի ամբողջ վեպ:

Վուրգն իմացավ, որ քույրը նույնպես սիրահարված է, և եթե իր սերը պահանջում էր հեռանալ, քրոջ սերը, ընդհակառակն, պահանջում էր չհեռանալ:

— Գնանք, գնանք,— ասաց Արսենը:— Մենք մեզ կհանձնենք Աստուծո կամքին, ինչպես նա կտնօրինե, մենք էլ այնպես կվարվենք:

6

— Վճռվա՛ծ է,— բացականչեց Արսենը Վուրգի ներկայությանը, իբր ինքն իրան խոսելով.— պետք է գնանք, պետք է գնալ անպատճառ… Ես Աստղիկի սիրույն ինձ արժանի չեմ համարիլ, մինչև նրա եղբորը չհասցնեմ իր մուրազին: Ո՞վ եմ ես, ո՞վ է իմ հայրը, մայրը… *Ասլան-Բալա*… դատարկ հնչյուն, որ ոչ մի եղանակ չունի: Ի՞նչ եմ արել, ինչո՞վ եմ բարձրացրել այդ անունը, ինչո՞վ եմ պատվել իմ առյուծ դայակիս կաթի արժեքը… Ո՛չ, ես առյուծի կաթ չեմ ծծել, ուրեմն… Գնանք, գնանք, Վո՛ւրգ… Դեռ հայտնի չէ, թե՝ մեր երկուսից ո՞րն է ավելի սիրահարված, և որի՞ առջև կան ավելի խոշոր բարոյական խոչընդոտներ: Գնանք, հոգի՛ս, գնանք փետրավորվենք սիրո թևերով և սլանանք դեպի վեր և վեր… Ա՛հ, ի՞նչ օր կլինի, երբ մենք արդեն Սև Բերդումը կլինենք…

Մեր քաջերը, այսպես ոգևորված, գնացին թանգարանը, ընտրեցին իրանց ուզած զենք ու զրահը, վերցրին մեկ-մեկ հատ հին պապական աղոթած թրեր, որոնցով քար ու երկաթ կարելի էր կտրել, թամքեցին թռչկան ձիաները և, «որսի ենք գնում» ասելով, ձիանը հեծնելն ու անհետանալը մեկ արին: Օրեր անցան, մեր տղերքը չերևացին: Նոր գլխի ընկան, թե՝ ո՛ւր կլինին գնացած…

Յոթը-Լեռան քամակին, Սև Բերդումը Անտես-Աննմանի հսկա եղբայրները մեծ տոն էին կատարում իրանց արած հաղթությունների համար: *Յոթը դևի* գլուխ էին կտրել և յոթն աղջիկ ազատել գերությունից: Իրանք էլ յոթը եղբայր էին ընդամենը, թեև նրանց համբավը քառասունի էր հասել, յոթն էլ պսակվել էին գերությունից ազատված յոթն աղջկերանց վրա: Ամենքն էլ ուրախ ու զվարթ էին, տխուր էր միայն Անտես-Աննմանը:

- Ինչո՞ւ այդչափ տխուր ես, քո՛ւյր իմ,– ասաց մեծ եղբայրը:– Յոթը եղբայր ունիս, յոթն էլ քեզ համար գլուխը ետ դրած, հիմա էլ՝ յոթը հարս ունիս, ամենքն էլ քո աղախինդ լինելու պատրաստ, թեև բոլորն էլ մեծ իշխանների և թագավորների աղջկերք են: Եթե մեկ հոգս ունիս, ասա՛ մեզ, մենք պատրաստ ենք կատարելու քո ամեն մի չնչին քմույշն[1] անգամ:

- Ես ինքս էլ չգիտեմ, թե ինչի՛ եմ տխուր,– ասաց Աննմանը.– այս գիշեր մի երազ տեսա, երևի նրանից է…

- Ի՞նչ ես տեսել, ի՞նչ ես տեսել, ասա՛ մեզ,– կրկնեցին բոլոր եղբայրները:

- Երազումս տեսնում էի երկնքից իջած երկու հրեշտակ, մինը քան զմյուսը գեղեցիկ: Մեկը թուր ուներ ձեռին, իսկ մյուսը՝ մի փունջ ծաղիկ: Թրավորը թուրը շողշողացնում էր ձեր գլխներին, իսկ փնջավորը դեմ էր անում ինձ իր հոտավետ փունջը: Այս երազիս մեջ էի, մեկ էլ պատուհանիս առջև մի թռչնիկի ձայն լսեցի, որ երգում էր. «Վո՛ւրգ-Վո՛ւրգ-Վո՛ւրգ»: Այս անվան վրա ես զարթնեցի և մի կերպ եղա, քիչ մնաց սիրտս զնում էր: Կարծես թռչնիկը այն հրեշտակի անունը տվավ, որ ինձ մի փունջ ընծայեց, և ինչքա՛ն գեղեցիկ էր նա, ինչքա՛ն, ինչքա՛ն…

Ասաց քույրը և արտասուքն աչքերին հեռացավ եղբայրներից, որ իր ներքին հուզմունքն ու շփոթությունը ծածկե նրանցից:

- Մեր քույրն իր բութան[2] ստացել է,– ասաց մեծ եղբայրը,– եթե այդ բութա տվողը գա՝ մենք պիտի հաղթվենք: Սրի շողշողալը մեր հաղթվելն է նշանակում:

- Եվ կարծեմ ժամանակն էլ է, որ մեր քույրն իր մուրազին հասնի,– ասաց փոքր եղբայրը,- բավական է, որքան որ արյուն թափեցինք դրա համար: Այսուհետև ով որ գա՝ իմ գլխի վրա տեղ ունի:

- Այդ շա՛տ լավ ես ասում,– ասաց մի ուրիշը,– բայց կարելի է թե՝ եկողը նրա Վուրգը չէ, այլ՝ մի ուրիշը, մի՞թե մենք պետք է ամեն եկողի տանք մեր քույրը:

- Ո՛չ, ո՛չ,- ձայն տվին ամեն կողմից,- թող մեր գլխին թուր շողշողա, և մեր քույրը իր ուզածին գնա:

Այսպես խոսեցին եղբայրները, բայց ամենի սիրտն էլ այնպիսի մի ահ ընկավ, որ մինչև այդ օրը նրանցից ոչ մեկն զգացած չէր:

8

Մեր տղերքը ուղիղ յոթն օր ճանապարհ գնացին, ճամփին շատ չար ու բարի տեսան, շատ տեղ հայտնեցին իրանց ճամփորդության նպատակը, շատերից սարսափելի վտանգներ լսեցին, բայց իրանք աներկյուղ շարունակեցին իրանց ճամփան, մինչև հասան Սև Բերդի սահմանը:

Մի անտառապատ և բարձր լեռան վրա էր Սև Բերդը: Երբ մոտեցան բերդին, իջան մի գեղեցիկ ծաղկավետ հովտի մեջ մի աղբյուրի վրա:

- Դու փայտ հավաքիր և կրակ վառիր,– ասաց Արսենը,– իսկ ես մեկ կբարձրանամ դեպի այս ձորի խորքը, կարելի է՝ մեկ որս ճանկեմ: Հետքեր շատ կան, այստեղ լավ որսի տեղ է:

Արսենը գնաց, իսկ Վուրգը, փոխանակ փայտ հավաքելու, սկսեց ծաղիկ քաղել և շատ ճաշակով մի գեղեցիկ փունջ կապեց: Մինչև Վուրգն իր փունջը կկապեր, Արսենը եկավ՝ մի ահագին վարազ շալակած:

- Ո՞ւր է կրակը,- հարցրեց Արսենը:

- Կրակը սրտո՛ւմս է,- պատասխանեց Վուրգը:– Ես Անտեսիս համար տես ի՛նչ գեղեցիկ փունջ եմ կապել:

- Ուրեմն, դու դեռ ջուրը չտեսած՝ ոտներդ հանել ես արդեն: Լա՛վ, անց կենանք, ուրեմն, այդ ջրովը, մոտենանք բերդին և այնտեղ վառենք կրակը, որ շուտ նկատեն մեզ և գան. տեսնենք՝ ի՞նչ են ասում:

- Ես էլ եմ կարծում, որ այդպես լավ կլինի: Ինչ լինելու է, թող շո՛ւտ լինի:

Բարձրացան մինչև բերդի պարսպի տակը, որտեղ կրակ վառեցին և ամբողջ վարազը, փորը միայն դատարկած, քաշեցին մի հաստ ձողի վրա և սկսեցին խորովել։ Այսպես գիտությամբ արավ Արսենը, որ տեսնողը իրանց հասարակ մարդիկ չհամարե, այլ՝ հսկաներ։

Հենց որ բարձրացավ կրակի ծուխն ու բոցը և հասավ մինչև ամպերը՝ հսկաները վեր նայելով նկատեցին այդ և իրանցից մեկին ուղարկեցին, որ տեսնե՝ ի՞նչ բան է, ովքե՞ր են եկողները, և շուտով լուր բերե։

- Ահա՛ գալիս է մեկը,– ասաց Արսենը,– դու վեհանձն եղիր, տեղիցդ չշարժվես, այլ միայն՝ դեպքին հարմար հրաման տուր ինձ, որ նրանք նկատեն, որ դու իմ պարոնն ես, ես՝ քո ծառան։

Մի ահդահա մարդ էր եկողը։ Թեև պակաս հսկաներ չէին և Արսենն ու Վուրգը, բայց նրա համեմատությամբ փոքր էին։

- Ի՞նչ մարդիկ եք,– կանչեց հսկան հեռվից...

Արսենը ձեռքով արավ, թե՝ մո՛տ եկ, տեսնենք ի՛նչ ես ասում։

Հսկան մոտեցավ, և երբ տեսավ ամբողջ վարազը խորովելիս՝ ահ ընկավ սիրտը, բայց իր երկյուղը ցույց չտալով սկսեց բարկանալ, թե՝ ինչպե՛ս են համարձակվել իրանց որսերին դիպչել։ Կռացավ, որ շամփուրը վեր առնե, շպրտե, Արսենը բռնեց նրա օձիքից և այնպես հեռու մղեց, որ հսկան կոճղի պես գլորվեց։ Սաստիկ զայրացած վեր կացավ տեղիցը և կպավ Արսենին։ Արսենը, որ արդեն փորձել էր հսկայի ուժը, բռնեց նրա ականջներից և այնպես քաշեց, որ գլուխը խփեց գետնին և ծունր դնել տվավ իր առաջին։ Այդ ժամանակ Վուրգն այլևս չուզեց պարապ մնալ, արձակեց հսկայի կաշվի պինդ գոտին և նրանով կապոտեց նրա կռները։ Կաշկանդված հսկային հետո կապեցին մի հաստ ծառից, և իրանք սկսեցին իրանց նախաճաշիկը։

- Սկիզբը լավ է,– ասաց Արսենը, տեսնենք վերջը ի՞նչ կլինի։– Հետո, դառնալով հսկային, ասաց.

- Մենք եկել ենք ձեզ մոտ հյուր, և դուք այդպե՞ս եք ընդունում ձեր հյուրերին։ Կուզե՞ս մի կտոր միս տամ, կեր։– Այս ասելով՝ մի մեծ կտոր մոտեցրեց հսկայի բերանին։ — Իսկ դուք այդպե՞ս եք հյուրասիրում ձեզ մոտ եկողին,— ասաց հսկան։— Արձակեցե՛ք և այնպե՛ս հրավիրեցեք ինձ ճաշի։

— Բայց հետո՞, խոսք տալի՞ս ես,— ասաց,— որ չես փախչիլ և քո եղբայրներին իմաց տալ։ Կամ, եթե խոսք էլ տաս՝ ո՞վ կհավատա քո խոսքին։ Բայց որ հավատաս, թե մենք վատ մարդիկ չենք, տե՛ս այս թուրը. մի հարվածով կարող էի այս րոպեիս թռցնել գլուխդ, բայց կյանքդ քեզ եմ բաշխում, որովհետև իմ պարոնն այսպես է կամենում, արյուն թափելու հրաման չի տալիս:

Այս խոսակցության ժամանակ, մեկ էլ տեսան, որ մի ուրիշ հսկա էլ է գալիս: Նա որ տեսավ իր եղբորը ծառից կապած՝ ջանը դող ընկավ, բայց է՛լ ավելի բարկացավ, քան առաջինը և, առանց հարցուփորձի, ուղղակի հարձակվեց մեր տղայոց վրա: Արսենն առաջ անցավ և նրա ականջներն էլ զգեց ճանկը և չոքացրեց առջևը՝ ասելով.

— Նախ երկրպագությո՛ւն տուր մեզ. մենք հասարակ հողեղեն չենք, այլ՝ ձեր հոգիառ հրեշտակներն ենք:

Այս խոսքի վրա ահագին հսկան այնպես դողդողաց, ինչպես մի նապաստակ՝ որսկան շան ճանկերում: Սրան ավելի հեշտությամբ կապռտեցին եղբոր կողքին:

Հետո եկան երրորդը, չորրորդը՝ մինչև յոթներորդը:

— Ո՞ւր են ձեր մյուս եղբայրները,— գոռաց Արսենը,— թող գան ձեզ օգնեն:

— Էլ ուրիշ եղբայր չունինք,— ասաց ամենից մեծը,— այս ենք, որ կանք:

— Շա՛տ լավ,— ասաց,— հիմա ի՞նչ փրկանք կտաք մեզ, որ ձեզ ազատենք: Տեսնո՞ւմ եք ահա, որ ձեր կյանքը մեր ձեռին է, մի-մի հարվածով կարելի է թռցնել ձեր բոլորիդ գլխները:

Եվ Արսենն սկսեց թուրը շողշողացնել նրանց գլխներին... Այս միջոցին մի ձայն հասավ Արսենի ականջին.

— Ո՛հ, խնայեցե՛ք, խնայեցե՛ք իմ եղբայրներին. այդ դո՛ւք չէիք, որ հաղթեցիք դրանց, այլ՝ ճակատագիրը:

Արսենը ետ մտիկ տվավ և տեսավ, որ մի աղջիկ է գալիս՝ սպիտակ քողն երեսին:

— Ես գործ չունիմ նրա հետ,— ասաց Արսենը Վուրգին,— նա քո՛ բաժինն է. ինչ կուզես՝ արա:

— Ո՜հ, երկի՜նք, օգնի՜ր ինձ,— բացականչեց Վուրգը և փունջը ձեռին մոտեցավ աղջկանը և ծնկաչոք թավզա[3] արավ՝ ասելով.

— Ո՜վ իմ Անտես-Աննման, ա՛ռ այս փունջն ինձանից, սրա հետ քեզ եմ նվիրում ես նաև իմ սիրտն ու հոգին:

— Կընդունեմ այդ ընծան, որովհետև տվողը Վուրգն է:

— Որտեղի՞ց գիտես դու իմ անունը, ո՜վ իմ նազելի:

— Երկնքի թռչուններն ասացին ինձ,– պատասխանեց աղջիկը և, քողն երեսից ետ քաշելով, ասաց.

— Ահա՜ ես էլ քեզ նվեր:

Վուրգը, տեսնելով Աննմանի գեղեցկությունը, սիրտն սկսեց թրթռալ, հազիվ կարողացավ գրկել նրան և համբուրել, բայց աղջիկը նույնպես նվաղեց, և երկուսն էլ ուշաթափվեցին:

— Եղբայրս վայելեց մարդկային կյանքի միակ երջանիկ րոպեի քաղցրությունը. այսուհետև թեկուզ մեզ կոտորեն, էլ հոգ չունիմ,- ասաց Արսենը և ուրախության արտասուքն աչքերին մոտեցավ հսկաներին և ամենքի էլ կապանքներն արձակեց:

Հսկաները նույնպես հուզվեցան սրտի խորքից, մանավանդ՝ որ նախապատրաստված էին արդեն իրանց քրոջ երազից: Մի քանիսը վազեցին տուն, որ պատրաստություն տեսնեն հյուրերի համար, մի քանիսն էլ, Արսենին իրանց մեջն առած՝ ճամփա ընկան դեպի տուն, գովելով նրա տղամարդությունը: Իսկ Վուրգն ու Աննմանը ամենից հետո էին գնում և շուտ-շուտ կանգ առնում, իրար երեսին մտիկ տալիս, մեկ մեկով հիանում, զմայլում և միմյանց պատմում իրանց տեսած երազները:

Մեր քաջերին երեք օր պահեցին հսկաները և ամեն օր մի նոր ուրախության հանդես սարքեցին: Երեք օրից հետո ճամփա դրին մեծ բահր ու բաժինքով[4]:

Երբ տուն հասան, մի նոր կերուխում սարքեց թագավորը և երկու պսակ միասին կատարեց՝ Վուրգին Անտես-Աննմանի հետ, իսկ Արսենին՝ Աստղիկի: Այս հարսանիքումը, ինչպես ամեն հեքիաթի հարսանիքում, նույնպես երեք խնձոր վայր ընկան ուղղակի երկնքից, միայն այս անգամ խնձորները ասողի և լսողի համար չէին, այլ՝ մեկը հավատի և քաջության համար, երկրորդը՝ հույս և առաքինության, և երրորդը՝ սիրո և ուժի համար:

Տողատակեր

1. **Քմույշ** - *քմայք, քմահաճույք*
2. **Բութա** - *հույս, ապավեն*
3. **Թավազա անել** — *մատուցել, հրամցնել*
4. **Բահր ու բաժինք** - *հարկ ու բաժինք, օժիտ*

ՔԻ՛Չ ԷԼ, ՔԻ՛Չ ԷԼ

Առասպելն ու իրականը (երկու հակապատկեր)

1

Մեկ աղքատ մարդ մի որդի ուներ մինուճար՝ Քաջիկ անունով: Քաջիկը շատ սրամիտ էր և շատ խելոք, միայն թե՝ շատ դյուրագրգիռ էր և շուտ բարկացող: Նա չէր վերցնում ո՛չ մի դառը խոսք, ո՛չ մի կոպիտ վարմունք, և այս պատճառով էլ՝ ոչ մի վարպետի մոտ երկար չէր մնում մի արհեստ սովորելու համար: Հայրը մի վարպետից մյուսի մոտ էր տանում, մի արհեստից հանում, մյուս արհեստի էր տալիս, բայց որովհետև բոլոր արհեստավորներն էլ միատեսակ կոպիտ վարվեցողություն ունեին, այդ պատճառով էլ Քաջիկը ոչ մեկի մոտ երկար չէր մնում:

Մեկ օր էլ հայրն ասաց.

— Ես որտե՞ղ գտնեմ քեզ համար այնպիսի վարպետ, որ քո բնությանդ հարմար լինի: Մեր աշխարհի օրենքն այնպես է, որ վարպետը պետք է աշակերտին խրատե, հանդիմանե, ծեծե, որ նա մարդ դառնա:

— Այդ շատ լավ ես ասում, հա՛յր,— պատասխանեց Քաջիկը,— բայց ի՞նչ անեմ, ես չեմ կարողանում վերցնել: Երբ որ ինձ հետ մարդավարի չեն վարվում, գլուխս շշմում է, աչքերս մթնում, էլ ոչինչ չեմ տեսնում, ոչինչ չեմ լսում: Իմ կոպիտ վարպետներս կարծում են, թե ես գիտությամբ եմ կուրանում ու խլանում, և ավելի են բարկանում ու ավելի ծեծում,— այս ասաց Քաջիկը և սկսեց լաց լինիլ:

Հայրը խելոք մարդ էր. գիտեր, որ Քաջիկի ասածն ուղիղ է, բայց ի՞նչ աներ խեղճը, կոպիտ վարպետներին բարեկրթել չէր կարող, մնացել էր տարակուսած և չգիտեր ո՛ւր տաներ յուր որդին: Վերջը մտածեց, որ տանե մի ուրիշ քաղաք, գուցե կարողանա յուր որդու բնությանը հարմար մի վարպետ գտնել: Այսպես մտածելուց հետո հայր ու որդի վճռեցին, պատրաստություն տեսան և ճանապարհ ընկան դեպի մի ուրիշ քաղաք: Շատ գնացին թե քիչ, Աստված գիտե, մինչև հասան մի աղբյուրի, նստեցան աղբյուրի մոտ, որ ճաշեն, հանգստանան և հետո շարունակեն իրանց ճամփան: Մի փոքր որ հանգստացան՝ հայրը բերանքսիվայր ընկավ աղբյուրի վրա, մի կուշտ խմեց և ասաց.

— Ուխա՛յ...

Այս խոսքի վրա հանկարծ մի մարդ դուրս եկավ աղբյուրից՝ երկար հասակով ու մորուքով, և ասաց.

— Ե՛ս եմ Ուխայը, ի՞նչ եք ուզում ինձանից:

Այս որ տեսան, հայր ու որդի մնացին իրար երեսի մտիկ տալիս, զարմացան, ապշեցան և չիմացան՝ ինչ պատասխան տան: Վերջը հայրն ասաց.

— Ուխա՛յ ապեր, մենք քեզ չկանչեցինք և ոչինչ չենք ուզում քեզանից: Մենք ճանապարհորդ ենք. սա իմ որդին է, տանում եմ մի վարպետի տամ, որ մի արհեստ սովորի:

Ուխայն ասաց.

- Տուր ի՛նձ, ես դրան լավ արհեստ կսովորեցնեմ և լավ կպահեմ: Ես գիտեմ դրա բնությունը, դա ամեն մարդու մոտ չի կենալ, ամեն արհեստ չի սովորիլ, բայց ինձ մոտ կմնա:

Հայրը չիմացավ՝ ինչ պատասխան տար խորհրդավոր Ուխային, որովհետև կարծում էր, թե գուցե նա մարդ չէ, այլ՝ սատանա է կամ հրեշտակ, բայց Քաջիկն ասաց.

— Հա՛յր, ես կերթամ նրա մոտ, երևում է, որ սա մի հնարագետ մարդ պիտի լինի, ես սրա արհեստը կսովորեմ:

Հայրն ասաց.

— Թող քո կամքը լինի:— Եվ որդին տվավ Ուխայ ապորը:

Ուխայ ապերը մի քսակ ոսկի տվավ հորը և ասաց.

— Մի տարուց հետո կգաս էլի այս աղբյուրի մոտ, կխմես և կասես՝ *ուխա՛յ*, ես էլի դուրս կգամ և քո որդին քեզ կհանձնեմ:

Այս ասելուց հետո Քաջիկի ձեռքից բռնեց և անհայտացավ աղբյուրի մեջ...

2

Ուխայը մի ճարպիկ ձեռնածու էր, այսինքն՝ աչքակապ, *ֆոկուսնիկ*, և միննույն ժամանակ մի չլսված ու չտեսնված կախարդ: Նրա բնակարանը մի առանձնացած տեղ էր. երկրի երեսի՞ն էր արդյոք, թե՞ գետնի տակին՝ հայտնի չէ, և այնքան հրաշալի մի շենք էր, որ լեզվով պատմել չի լինիլ: Բոլոր պատերը, սյուները, հատակը, առաստաղը, վերնածածկը, գավիթը[1], պարիսպը, մի խոսքով՝ ամբողջ շինությունը յուր բոլոր մասներով շինված էր արծաթից, ոսկուց, ադամանդից, յաղութից[2], զումրուխտից և ամեն գույնի գոհարներից ու անգին քարերից, և շինված էր այնպիսի վարպետությամբ ու ճաշակով, որ արեգակի ճառագայթները վրան ընկնելով՝ ամբողջ տունը ամեն մի րոպեից հետո մի նոր ձև, մի նոր պատկեր էր ստանում, որ մարդ նայելիս չձանձրանա, չկշտանա: Նա ուներ և ընդարձակ այգի՝ ամեն տեսակ ծառ ու ծաղկով զարդարված, միշտ փթթած, միշտ դալար՝ թե՛ ամառ և թե՛ ձմեռ, բայց ո՛չ մի խոտ, ո՛չ մի թուփ, ո՛չ մի ծառ կամ ծաղիկ բուսեղեն չէր, իսկական, բնական բույս չէր, այլ՝ ով գիտե ինչից էին շինված և ինչպես: Ավազաններ կային տեղ-տեղ՝ հրաշալի ավազաններ, մարջանից[3] շինած խողովակներով և մարմարիոնից շինած հյուրիների[4] չքնաղ անդրիներով[5], որոնց գլուխների վրա դրած ոսկե սափորներից ականակիտ շատրվանները մինչև հիսուն կանգուն[6] վեր էին խփում և ցնցողնած վայր թափվում՝ ծիածանի բոլոր գույներովը զարդարված: Բայց... ջուր չէր այդ թափվածը, այլ՝ ով գիտե, գուցե ադամանդի, այսինքն՝ բրիլիանտի ու ալմաստի հալվածք էր կամ մի այլ զարմանալի հեղուկ:

Թռչուններ կային տեսակ-տեսակ, ամեն ցեղի և ամեն գույնի, որոնք թևերը շարժելով երգում էին հազար ձայնով, բայց... չէին թռչում, որովհետև նրանց թևերը փետուրից չէին, նրանք իսկական թռչուններ չէին, բայց այնպես էին շինված, որ մի մեղմ հով փչելիս՝ նրանց մեջ սարքած մեքենան շարժել էր տալիս նրանց թևերը, և նրանց կտուցից դուրս էր գալիս մի զմայլելի երգ, և թեպետ ամեն մեկը մի ջոկ ձայնով ու եղանակով էր երգում, բայց բոլորի ձայնը մեկտեղ խառնվելով մի զարմանալի ներդաշնակություն էր հառաջ գալիս, դառնում էր մի սքանչելի մեղեդի, որ մարդ լսելուց չէր կշտանում: Այդ մեղեդին յուր եղանակը փոխում էր փչած քամու կամ հովի փոխվելու հետ...

Այսպես Ուխայը ամեն ինչ ուներ, բայց բոլորն էլ ճարտարության գործ էր և ո՛չ բնության: Մի կին ուներ միայն, որ ճշմարիտ, իսկական կին էր, շատ գեղեցիկ ու խելոք, և հմուտ՝ յուր մարդու բոլոր գիտությանը և արվեստին: Նրանք չունեին ո՛չ խոհանոց, ո՛չ խոհարար և ո՛չ ծառա: Ճաշելու ժամանակ սեղան էին նստում և ինչ որ ուզում էին՝ իսկույն դրվում էր սեղանի վրա ոսկեղեն ամաններով: Քաջիկը ո՛չ տեսած և ո՛չ լսած էր. այնպիսի՛

համաղամ կերակուրներ կային: Եթե նրա սիրտը երբեմն յուր թանապուրն էր ուզում կամ մախոխը[7]՝ իսկույն դրվում էր նրա առաջին: Երբ որ ծարավում էին՝ վերցնում էին դատարկ բաժակը, և նա իսկույն լցվում էր պարզ ու զովարար ջրով: Հագնել էին ուզում, իսկույն պատրաստ էր լինում հագուստը՝ ինչ ձևի և ինչ կտորից որ ուզենային: Եվ այսպես ամեն ցանկություն, ամեն փափագ կատարվում էր իսկույններթ: Քաջիկին սկզբում շատ տարօրինակ էր թվում այս ամենը, բայց հետզհետե ընտելացավ և հաշտվեցավ այս զարմանալի վիճակի հետ:

Այսպես մի քանի օր որ անցավ՝ Ուխայն ասաց Քաջիկին.

— Տե՛ս, ահա մենք որդի չունինք, եթե դու լավ սովորես իմ արհեստը, ես քեզ կորդեգրեմ, դու կդառնաս իմ որդին և կպահպանես ինձ ու իմ կնոջը մեր ծերության ժամանակ:

Այս հույսով Ուխայն սկսեց սովորեցնել Քաջիկին յուր կախարդության արհեստը: Նա սովորեցնում էր կերպարանափոխվելու հնարքը, թե ինչպե՛ս պետք է մարդ յուր ուզած բանը դառնա, օրինակ՝ ձի, թռչուն, քար, ծառ և ուրիշ բան, ինչ որ ուզենա:

Ամեն մի ջոկ բան դառնալու համար մի ջոկ ասելիք կար, այն ասելիքը որ սովորեր և ասեր՝ իսկույն կդառնար յուր ուզած բանը:

Քաջիկն սկսեց սովորել և վարժության համար ինչ ասես դառնում էր. ձի էր դառնում և չափ ընկնում[8] դեսուդեն. մուկն էր դառնում, ծակուծուկ մտնում. կատու էր դառնում, մլավում. շուն էր դառնում, հաչում. թռչուն էր դառնում, թռչում. ծառ էր դառնում, ճղները տարածում դեսուդեն. քար էր դառնում, մի տեղ ցցվում կամ վայր ընկնում. դերվիշ[9] էր դառնում և չանաղը[10] ձեռքն առած երգում, փայ ուզում, աշըղ էր դառնում, սազ ածում և խաղ ասում կամ մի նոր մարաքա[11] սարքում...

Ուխայի կինն ավելի շատ բան էր սովորեցնում Քաջիկին և շատ սիրում էր նրան: Նա սկսեց այնպիսի բաներ էլ սովորեցնել, որ մարդուն հաճելի չէր: Թեպետ այդ բաները նա ծածուկ էր սովորեցնում, բայց սատանա և խորամանկ Ուխայից ի՞նչ կծածկվեր: Ուխայն ամեն գաղտնիք չէր ուզում հայտնել Քաջիկին, այդ բանը դեռ վաղ էր համարում, չէր ուզում յուր հացը բոլորովին կտրել և տալ ուրիշին: Երբ որ գլխի ընկավ, որ Քաջիկն ավելի է հառաջ գնացել, քան թե պետք էր, սկսեց խեթ աչքով նայել նրա վրա, և վերջը բանը մինչև այնտեղը հասավ, որ ուզեց սպանել նրան:

Բայց կինն էլ պակաս խորամանկ չէր: Նա էլ, երբ որ իմացավ մարդու միտքը՝ ուզեց ազատել Քաջիկին, և ասաց նրան, որ խելագար ձևանա և այնպես ցույց տա, որ իբր թե էլ ոչինչ չի կարողանում սովորել, և ինչ որ սովորել է, բոլորն էլ մոռացել է:

Քաջիկը ձևացրեց իրան իբրև խելագար՝ յուր սովորած արվեստի բոլոր ճարտարությամբ, դեղնեց, սփրթնեց և սկսեց խենթ ու խելառ ինչ ասես դուրս տալ գլխիցը և այնպիսի վտանգավոր բաներ անել, որ միայն խելագարը և գլխից ձեռք վերցրած մարդը կաներ:

— Խե՛ղճ տղա,— ասաց մեկ օր էլ կինը մարդուն,— շատ բան սովորելուց գժվեցավ... Խորամանկ Ուխայը հեշտ և շուտ խաբվող չէր: Նա ամեն հնար գործ դրավ, որ իմանա, թե արդյոք Քաջիկն ստո՞ւյգ խելագար է, թե՞ ձևանում է միայն, բայց ի վերջո բոլորովին համոզվեցավ, որ Քաջիկի խելագարության մեջ ոչինչ կեղծիք չկա...

Հենց այդ ժամանակները Քաջիկի հայրը եկավ աղբյուրից խմեց, *ուխա՜յ* ասաց: Ուխայն իմացավ և իսկույն Քաջիկին տարավ տվավ հորը և ասաց.

— Որդիդ հիվանդացավ, և ինչ որ սովորել էր, մոռացավ: Տար տուն, երբ որ լավանա՝ էլի՛ բեր ինձ մոտ:— Այս ասելուց հետո նրան մի քսակ ոսկի տվավ և ինքն անհայտացավ:

3

Ուխայը չասաց, թե՝ քո որդին խելագարվել է, և լավ էր, որ չասաց. եթե ասեր՝ շատ վատ կլիներ Քաջիկի համար, նա այնուհետև ինչ խելոք բան էլ որ աներ, հորը խենթություն պիտի թվար:

Ճանապարհին հայրն սկսեց հանդիմանել որդուն և ասել, որ նա կարողանալու չէ մարդ դառնալ:

— Մարդ որ չդառնամ,— պատասխանեց որդին,— մի՞թե մի ուրիշ կենդանի էլ չեմ կարող դառնալ, օրինակ՝ ձի, էշ, ուղտ...

— Ի՞նչ ասել կուզի որ կարող ես. ի՞նչ կա ավելի հեշտ, քան թե էշ դառնալը, դժվարը միայն մարդ դառնալն է...

— Այդպես չէ, հա՛յր, մարդ դառնալու համար ոչինչ դժվարություն չկա. մենք մարդ ենք ու մարդ, էլ ի՞նչ հարկ կա մարդ դառնալ, բայց ուրիշ բան է, եթե մարդը կարողանա էշ դառնալ, ձի դառնալ, քար դառնալ, ծառ դառնալ...

— Այդպես չէ, որդի՛, ով որ օրինավոր մարդ չէ, նա մի որևիցե կենդանու է նման. հապա չե՞ս լսել, որ ասում ենք՝ այսինչ մարդը հիմար էշ է, փլանը կոպիտ արջ է, փստանը անզգա խոզ է, այսինչը խաբեբա աղվես է, այնինչը գիժ գոմեշ է, Մարկոսը մի խորամանկ օձ է, Կիրակոսը վախկոտ նապաստակ է, Մաթոսը մի կատաղած շուն է...

— Ո՛չ, հայրի՛կ, ես ուրիշ բան եմ ասում, դու՝ ուրիշ: Ախր, ես ուսում եմ առել, շատ բան եմ սովորել, դու իմ ասածը, իմ լեզուն չես կարող հասկանալ:

— Ինչո՞ւ չեմ հասկանալ, որդի՛, եթե մարդավարի խոսես: Ես ասում եմ՝ մարդ դառնալն է դժվար, դու ասում ես՝ էշ դառնալն է դժվար, այստեղ ի՞նչ կա չհասկանալու, այդ ի՞նչ ուսում է...

— Այս այն ուսումն է, որ ես կարող եմ ուղտ դառնալ, բայց դու չես կարող...

— Աստված մի՛ արասցե, ես չեմ ուզիլ ուղտ դառնալ: Ինչո՞ւ մարդ դառնալը թողած՝ ուղտ դառնալը սովորեցիր, մի՞թե մեզանում քիչ ուղտեր կան... Ով որ լսի, մեզ ի՞նչ կասի, չի՞ ասիլ՝ փլանը յուր տղին տարել է տվել ուսումի, որ մարդ դառնա, բայց նա ուղտ է դառել...

Այսպես հայր ու որդի վիճելով շարունակեցին իրանց ճանապարհը, մինչև հասան մի մացառուտ տեղ: Այնտեղ Քաջիկը ետ ընկավ և, մի թուփի քամակ անցնելով՝ դառավ մի եղնիկ և վազելով գնաց հոր առաջը: Հայրն ուզեց բռնել, չկարողացավ: Եղնիկը չէր փախչում, այլ մինչև անգամ բռնել էր տալիս և մեկ էլ հանկարծ դուրս պրծնում: Հայրը կանչեց Քաջիկին, որ հասնի օգնե, բայց Քաջիկը չերևաց, մինչև եղնիկը փախավ ընկավ մացառուտը, նոր այնտեղից դուրս եկավ Քաջիկը: Հայրը բարկացավ որդու վրա, թե՝ ինչո՞ւ շուտ չեկավ և սիրուն եղնիկը ձեռքից փախցնել տվավ: Քաջիկը ծիծաղեց միայն և ոչինչ չասաց, մի քիչ որ առաջ գնացին, նա էլի ետ մնաց, դառավ մի ձիու քուռակ և գնաց հոր առաջին կանգնեց: Հայրն ուզեց բռնել, բայց քուռակը բռնել չէր տալիս: Կանչեց որդուն, որդին չերևաց, մինչև քուռակը փախավ, անհայտացավ, նոր երևաց որդին, բայց ուշ էր: Հայրը դարձյալ հանդիմանեց որդուն, թե՝ ինչո՞ւ ուշացավ, և սկսեց պատմել, թե ինչքա՜ն գեղեցիկ էր քուռակը, կասեիր մի քաշած պատկեր էր, և անպատճառ մի հրեղեն կամ ծովաձիու քուռակ էր:

Այսպես, մինչև տուն հասնելը որդին շատ չարչարեց հորը՝ զանազան բաներ դառնալով: Հենց որ հայրը հոգնում էր և ուզում էր նստել՝ Քաջիկը մի առիթ էր գտնում, ծածկվում և, ծածուկ մի բան դառնալով՝ հոր առաջն ընկնում վազում, հայրն ընկնում էր հետևիցը և բավական տեղ վազում էր. և մինչև տուն համարյա վազելով գնաց խեղճը:

Երբ որ տուն հասան, մյուս օրը որդին պատմեց հորը, որ ճանապարհին պատահած բոլոր բաներն ի՛նքն էր: Հետո ասաց.

– Ես հիմա մի լավ ձի կդառնամ, դու ինձ տար ծախիր, միայն իմ սանձը չծախես: Այս ասելուց հետո մտավ գոմը և այնտեղ դառավ մի կարմիր ձի, և այնքան գեղեցիկ, որ տեսնողը կասեր՝ ո՛չ ուտեմ, ո՛չ խմեմ, միայն սրա շենք ու շնորհքին մտիկ տամ: Հայրը տարավ բազար, և բոլոր տեսնողները մնացին հիացած: Հազար մանեթ գին դրավ, և մեկը, առանց խոսելու, հանեց տվավ փողը և ձին առավ տարավ: Հայրը սանձը չտվավ և փողի հետ տարավ տուն: Առնողը տարավ ձին և սկսեց խաղացնել, բայց չկարողացավ սանձահարել, և հրաշալի կենդանին, իրեղեն ձիու նման թև առած թռավ անհայտացավ: Մի ժամից հետո նա իրանց տանն էր և առաջվան Քաջիկն էր: Այսպես մեր Քաջիկը մի քանի անգամ ձի դառնալով և ամեն անգամ ուրիշ գույնով և ավելի թանկ գնով ծախվեցավ:

Մեկ օր էլ, երբ որ հայրը նրան բազար էր դուրս բերել, մի քոսակ մարդ մոտեցավ, ձեռքը քսեց ձիու բաշին, աչքերին, շատ հավանեց, գովեց և հարցրեց գինը: Հայրն ասաց, որ գինը տասը հազար մանեթ է՝ առանց սանձի:

— Իսկ սանձն ի՞նչ արժե,— հարցրեց քոսակը:

— Սանձը ծախու չէ,— պատասխանեց հայրը:

— Սո՛ւտ ես ասում, կծախե՛ս,— ժպտալով ասաց քոսակը,— երևի ուզում ես մի բան էլ սանձի համար գզլես[12]: Ես առանց սանձի չեմ առնիլ, որովհետև այս սանձն ինձ ավելի է դուր գալիս, քան թե ձին, և այս պատճառով ես մի հազար մանեթ էլ սանձի համար կավելացնեմ:

— Չեմ կարող տալ, թեկուզ երկու հազար մանեթ տաս...

— Ի՞նչ անխելք մարդ ես... դե լա՛վ, տասը հազար էլ սանձի համար կտամ:

Այս որ ասաց քոսակը, բոլորի բերանը բաց մնաց, թե՝ գիժ խոմ չէ այս մարդը, որ վեց շահանոց սանձին տասը հազար մանեթ է տալիս:

— Գիժն ավելի չտվողն է,— ասացին շատերը և սկսեցին մեղադրել ձիավաճառին, թե ինչո՛ւ այդպիսի մի առասպելական գնով չի ծախում սանձը: Ինքը՝ հայրը, մնաց զարմացած այդ գնից և, շշկլվելով՝ սանձն էլ հետը ծախեց: Քոսակը քսան հազար մանեթ համրեց տվավ հորը և ձիու սանձն առավ ձեռքը: Երբ որ քոսակը ձիու սանձը ձեռքն առավ՝ ամենքն էլ նկատեցին, որ ձիու աչքերից արտասուքի խոշոր կաթիլներ թափվեցին: Հայրն էլ տեսավ և զղջաց, ուզեց ետ առնել ձին, բայց քոսակը ժամանակ չտվավ. նա հեծավ ձին և մի ակնթարթի մեջ անհայտացավ:

Այս քոսակը Ուխայն էր, և ճանաչել էր Քաջիկին:

4

Ուխայը ձին տարավ յուր դռանը կապեց, ինքը մտավ տուն, առավ մեծ դանակը և սկսեց սրել, որ նրանով Քաջիկին մորթե: Կինը նայեց պատուհանից և ճանաչեց Քաջիկին: Մինչև մարդը դանակը կսրեր, կինը թաքուն վայր իջավ և սանձը վեր առավ ձիու գլխից: Քաջիկն իսկույն մի աղավնի դառավ և թռավ դեպի տուն: Ուխայը դուրս եկավ և տեսավ, որ ձին չկա, աչքովն ընկավ աղավնին, և իսկույն ինքն էլ մի բազե դառավ և ընկավ աղավնու հետևիցը: Աղավնին տեսավ, որ բազեն հետևիցն է ընկել, իսկույն իմացավ, որ Ուխայն է. յուր ուժը կրկնապատկեց, որ նրա ճանկը չընկնի: Այսպես աղավնին փախավ, բազեն էլ՝ նրա հետևիցը, մինչև հասան մի գյուղ, և հենց այն էր՝ քիչ էր մնում որ բազեն բռներ աղավնուն և քրքրեր՝ աղավնին իսկույն մի կարմիր խնձոր դառավ վայր ընկավ մի տան հերթից[13]: Այդ տանը հարսանիք կար: Նորափեսան յուր մակարներով[14] սեղան էին նստած և ուրախություն էին անում: Նորափեսի առաջին, ինչպես սովորություն է, շատ մրգեղեն կար, որ բերել էին բարեկամները իբրև թագավորի մազա[15]: Հերթից վայր ընկած կարմիր խնձորն էլ դրին թագավորի առաջին՝ կարծելով, թե բարեկամներից մեկը կլինի վայր ձգած զվարճության համար: Բայց շուտով ամենքի ուշադրությունը դարձավ այդ խնձորի վրա, ամենքը նկատեցին, որ այդ խնձորը հասարակ խնձոր չէ: Ամենքն էլ ձեռքներն առան խնձորը, հոտոտեցին, հիացան և գովեցին, ամեն մեկը մի բան ասաց, և վերջումը մեկն էլ ասաց, որ այս խնձորը հասարակ խնձոր չէ. սրան մարդ չի վայր գցել հերթիցը, և ի՞նչ հարկ կար. սա անպատճառ երկնքից է վայր ընկել և այն խնձորներիցն է, որ հեքիաթների մեջ հարսանիքի վերջին երկնքից վայր է ընկնում:

Բազե դառած Ուխայը Քաջիկի խնձոր դառնալը որ տեսավ և իմացավ, որ նույն տանը հարսանիք կա, ինքն էլ աշըղ դառավ և սազը ձեռքին մտավ հարսանքատուն: Աշըղին պատվով ընդունեցին և նստեցրին փեսայի դեմուդեմը: Աշըղը լարեց սազը և սկսեց այնպիսի երգեր երգել և այնպիսի եղանակներ ածել, որ բոլորովին մոռացնել տված խնձորի ներկայությունը, միայն ինքը աչքը խնձորից չէր հեռացնում: Վերջը, երբ որ ուզում էին նրան մի լավ պարգև տալ, այսինքն՝ նորահարսի գործած մի ջուխտ նախշուն գուլպա և մի ջուխտ կարմիր տրխատան[16], աշըղը վեր չառավ, և խաղով հասկացրեց, որ յուր ուզածը միայն կարմիր խնձորն է...

Նորափեսան չուզեց աշըղի խաթրը կոտրել, վեր առավ խնձորը, որ տա իրան, բայց խնձորը վայր ընկավ ձեռքիցը և, մի բուռը կորեկ դառնալով, փռվեց հատակի վրա: Ամենքը ետ-ետ քաշվեցան, որ տեսնեն այդ ինչ հրաշք էր, արդյոք խնձո՞րն էր, որ կորեկ դառավ, թե՞ խնձորը մի աման էր կորեկով լիքը, այդ միջոցին հանկարծ մի հավ լույս ընկավ և սկսեց կտկտալով հավաքել կորեկը: Հենց որ բոլորն արդեն վերջացնելու վրա էր՝ կորեկի մեկն ասեղ դառավ և թռավ ցցվեց նորահարսի կրծկալի մեջ. հավն էլ իսկույն մի բարակ թել դառավ և թռավ անցավ ասեղի ծակը և ուզեց ասեղը յուր հետ թռցնել, բայց ասեղը հաղթեց թելին և թռավ ընկավ կրակի շեղջի մեջ: Թելը կրակումն այրվեց իսկույն, իսկ ասեղը դուրս թռավ և դարձավ մեր Քաջիկը և զարմացրեց հանդիսականներին:

Թեպետ Քաջիկն էլի Քաջիկ դառավ և ազատվեց Ուխայից, որ արդեն մոխիր էր դարձել, բայց ինքն էլ այրվեցավ բավականին և ոչ միայն յուր առաջվան գեղեցկությունն ու թարմությունը կորցրեց, այլև՝ իր ձեռք բերած շնորհքը, յուր սովորած արհեստը: Է՛լ չկարողացավ մի ուրիշ բան դառնալ, նրա բոլոր ասելիքները, բոլոր աղոթքներն ու թալիսմանները կորցրին իրանց զորությունը Ուխայի այրվելու հետ...

5

Շատ ցավում է մարդ, որ մի բան է կորցնում, թեկուզ այդ բանը շատ փոքր լինի: Երեխան, երբ որ երազումը դանակ է գտնում և մյուս օրը տեսնում է, որ գտած դանակը չկա, սկսում է լաց լինել: Ուրեմն, ինչքա՛ն կցավեր Քաջիկը, որ ոչ թե երազումը գտած դանակ էր կորցրել, այլ՝ յուր շնորհքը, յուր բոլոր ուսումը, այն էլ՝ այնպիսի ուսում, որ ոչ ոք չգիտեր, բացի իրանից: Նա շատ դարդ արավ և վերջը մտածեց, որ գնա Ուխայի կնոջ մոտ, պատմե եղելությունը և նորից ձեռք բերե յուր գիտությունը: Այս մտքով ճանապարհ ընկավ դեպի Ուխայի բնակարանը, բայց... էլ ոչինչ չկար... ամեն ինչ ցնդել էր օդի մեջ. ո՛չ մի հետք, ո՛չ մի նշան անգամ չէր մնացել: Քաջիկին թվում էր, թե ուրեմն՝ ամեն ինչ երազումն էր տեսել, դանակ գտնող երեխայի նման, բայց չէ՝ նա աշկարա[17] տեսնում էր յուր այրված կաշին, յուր չեչոտված և այլանդակված կերպն ու կերպարանքը:

Այսպես դարդ անելով՝ մեր Քաչիկը ճանապարհ ընկավ դեպի ուրիշ երկիր, որ գուցե կարողանա մի նոր արհեստ սովորել և յուր այրված կաշին առողջացնել: Շատ գնաց թե քիչ, Աստված գիտե, վերջը հասավ մի ծովեզերյա քաղաք: Այս քաղաքումը նա լսեց, որ ծովումը մի կղզու վրա մի երևելի բժիշկ է կենում, և նա ամեն ցավի դեղ գիտե, ամեն ցավ բժշկում է: Նա շաբթենը երկու անգամ դուրս է գալիս յուր նավակով և ամեն հիվանդի ասում է, թե ինչո՛վ պիտի բժշկվի, շատ անգամ դեղերն էլ ինքն է տալիս և ոչինչ չի առնում ո՛չ դեղի և ո՛չ բժշկության համար:

Այս լուրը շատ ուրախացրեց Քաչիկին: Մյուս օրը բժշկի դուրս գալու օրն էր: Քաչիկը գնաց ծովափ և մյուս հիվանդների հետ կանգնեց: Անթիվ հիվանդներ կային ոչ միայն մոտիկ տեղերից, այլև՝ շատ հեռավոր երկրներից: Շատերը մերձիմահ ընկած էին մահիճների մեջ, նրանց բերել էին պատգարակներով: Բժիշկը դուրս եկավ ափը և ամենից առաջ դժվար հիվանդների մոտ գնաց, նրանց ամենքին էլ դեղ տալով՝ իսկույն ոտքի կանգնեցրեց և, մի քանի խորհուրդ տալով՝ ճանապարհ ձգեց, պատգարակով բերածները վերադարձան իրանց ոտքով: Հետո մոտեցավ ավելի թեթև հիվանդներին և որին դեղ տվավ, որին՝ խորհուրդ, ամենից վերջը մոտեցավ Քաչիկին և ասաց.

— Դու կգաս ինձ հետ, քեզ ինձ մոտ կբժշկեմ:— Այս խոսքն այնպես քաղցրությամբ և մտերմաբար ասաց, որ կարծես նրա մոտիկ բարեկամը և ծանոթը լիներ:

Քաչիկը բժշկի հետ նստեց նրա նավակի մեջ, և թիավարելով գնացին բժշկի բնակարանը:

Բժշկի կղզին մի փոքր կղզի էր, և բացի իրանից ոչ ոք չէր կենում այնտեղ: Նա էլ ուներ Ոււխայի նման լավ տուն ու տեղ, լավ այգի, բայց բոլորն էլ հասարակ, բնական, ինչպես սովորաբար լինում են աշխարհի լավ տներն ու այգիները, միայն ավելի գեղեցիկ, ավելի ճաշակով էր շինված: Նրա պարտիզի մեջ ամեն տեսակ խոտ ու ծաղիկ կար. այդ բույսերը աճում, ծաղկում էին և անուշահոտությամբ լցնում ամբողջ պարտեզը: Նրանք ամենքն էլ պետքական էին, ամեն մինը մի քանի ցավի դեղ էր: Նրա տունը զարդարած էր գեղեցիկ կահ-կարասիքով: Մի մեծ սենյակ գրքերով էր լիքը, մի քանիսը՝ հազար ու մեկ տեսակ բաներով: Այդտեղ կային զանազան հանքեր, չորացած բույսեր, հեղուկ և չորացրած դեղեր:

Բժիշկն սկսեց Քաչիկին հարցուփորձ անել, և երբ որ իմացավ նրա գլխի անցքը՝ ասաց.

– Ուրեմն, դու կմնաս ինձ մոտ, ես քեզ այն բաները կսովորեցնեմ, ինչ որ վայել է մարդուն գիտենալ, քո առաջվան սովորածդ մի անբնական և ցնորական բան է եղել և ցնորքի պես էլ ցնդել է օդի մեջ: Ես քեզ կսովորեցնեմ բժշկություն, բայց առաջ քեզ կբժշկեմ, որ դու հավատաս իմ դեղերի զորությանը:

Այս ասելուց հետո Քաջիկին մերկացրեց և մի տեսակ յուղ քսեց նրա բոլոր մարմնին և երեսին: Մյուս օրը մեր Քաջիկն այնպես էր, ինչպես մորից նոր ծնած. նա ոչ միայն բոլորովին լավացավ, առողջացավ, այլև ավելի թարմացավ, գեղեցկացավ, քան թե առաջ էր:

Բժիշկը, որքան որ նշանավոր բժիշկ էր, մի այնքան էլ շնորհալի դաստիարակ էր: Ինչ որ ուրիշը մի տարումը հազիվ կարող էր սովորեցնել, նա մի քանի օրումն էր սովորեցնում: Քաջիկն էլ լավ աշակերտ էր, և նրա ուշիմությունն էր, որ գրավում էր բժշկին, եթե ոչ՝ նա իզուր տեղը յուր անցավ գլուխը ցավի մեջ չէր գցի: Տեսավ, որ մի շատ շնորհալի տղա է Քաջիկը, ուզեց մի հիշատակ թողնել իրանից հետո, որ յուր տեղը բռնող մեկը լինի: Քիչ ժամանակից հետո մեր Քաջիկը դարձավ բժշկի քաջ օգնականը, և ամեն անգամ, երբ բժիշկը դուրս էր գալիս ցամաք՝ հիվանդներին բժշկելու, Քաջիկին էլ հետն էր տանում, որ տեսնի, թե՝ որ տեսակ հիվանդին ի՞նչ տեսակ դեղով է բժշկում: Դժվար հիվանդներին բերում էին կղզին և իրանց մոտ էին բժշկում: Դրանք այնպիսի հիվանդներ էին լինում, որոնց պետք էր լինում վիրահատություն: Պատահում էր, որ շատերի փորը կտրում էին, ներսի վերքերը մաքրում, վրան դեղ ածում, փորը նորմեկանց կարում, առողջացնում: Այսպես անցավ մի ժամանակ, շատն ու քիչն Աստված գիտե, և Քաջիկը շատ բան սովորեց, բայց որքան շատ սովորեց, այնքան շատացավ սովորելու փափագը, և նրան այնպես էր թվում, թե դեռ ոչինչ չգիտե, որովհետև սկսեց իմանալ, թե ինչքա՜ն բաներ կան գիտենալու, որ ինքը դեռ չգիտե:

Բժիշկը որքան որ բարի մարդ էր և ամեն բան սովորեցնում էր Քաջիկին, բայց Քաջիկը կասկածում էր միշտ, թե՝ նա էլի շատ բան պիտի գիտենա, բայց իրան չի հայտնում: Ճշմարիտ որ բժիշկը շատ բան ծածկում էր նրանից և հենց յուր անձը, յուր կյանքը, յուր ով լինելը նրանից ծածկած էր պահում, ոչ ոք չգիտեր նրա ով լինելը: Նրա մի քանի սենյակները միշտ կողպված էին, և Քաջիկը չգիտեր՝ ի՞նչ կա նրանցում, և ինչո՞ւ է ծածկած պահում: Քաջիկը յուր տարակույսները չէր հայտնում վարպետին, բայց ինքն էլ չէր բավականանում յուր սովորածով, միշտ փորձեր էր անում և շատ բժշկական գյուտեր էլ արավ, որոնց մասին հաշիվ չէր տալիս յուր վարպետին: Վարժապետի ու աշակերտի այս անհարմար հարաբերությունը վերջ ստացավ հետևյալ դեպքով:

Մեկ անգամ մի հիվանդ բերին իրանց հետ կղզի: Բժիշկն այդ հիվանդին տարավ մի ջոկ տուն, դուռը ներսից կողպեց, որ Քաջիկը ներս չգնա: Սրանով արդեն երևացրեց, որ շատ բան ծածկում է Քաջիկից: Քաջիկն այս տեսնելով շատ նեղացավ, բայց և՝ ուզեց տեսնել, թե ի՛նչ է անում հիվանդին: Թաքուն բարձրացավ տանիքի վրա, նայեց լուսամուտից և տեսավ, որ հիվանդի գլխի սկավառակը վերցրել է, ուղեղի վրա մի ինչ-որ բղոճ կա, ուզում է մաշով վերցնել, բայց բղոճը չանգերը մեկնում է ուղեղի փառի վրա, բժիշկը ետ է քաշում մաշան: Ետ քաշելու պատճառն այն էր, որ բժիշկն ուզում էր բղոճն այնպես վերցնել, որ նա յուր չանգերով ուղեղի փառը չպատռե: Քաջիկը երբ որ տեսավ, թե շատ է չարչարվում բժիշկը և հնար չունի անվնաս վերցնելու բղոճը, է՛լ չդիմացավ և բղավեց տան հերթիկից.

— Մաշան տաքացրո՛ւ, վա՛րպետ, մաշան տաքացրո՛ւ...

Այս որ լսեց բժիշկը՝ ունելին (*մաշան*) դեն գցեց և դուրս եկավ: Քաջիկն էլ տանիքից իջավ ու փախավ՝ կարծելով, թե վարպետը դուրս եկավ, որ բարկանա վրան կամ ծեծե: Մի ժամու չափ թաք կացած մնաց Քաջիկը, հետո կրկին սրտապնդեց և բարձրացավ տանիքի վրա, որ տեսնե՝ ի՛նչ արավ վարպետը: Նայեց տեսավ, որ վարպետը չկա, իսկ հիվանդը միևնույն դրության մեջ թմրած ընկած է: Այս որ տեսավ՝ իջավ տանիքից և ներս գնաց, մաշան տաքացրեց և բղոճի մեջքին դրավ թե չէ՝ բղոճը չանչերը ներս քաշեց, կուչ եկավ, և Քաջիկը վեր առավ դեն ձգեց: Սկավառակը դրավ տեղը, դեղը քսեց, փաթաթեց, հոտ տվավ հիվանդի քթին, և նա իսկույն փռշտաց, վեր կացավ և ինքն իրան բոլորովին առողջ զգաց:

Հիվանդին բժշկելուց հետո Քաջիկը գնաց յուր վարպետին փնտրելու: Շատ ման եկավ, և ամբողջ կղզին տակնուվրա արավ, բայց վարպետին չգտավ: Ետ դառնալիս Քաջիկը տեսավ մի արձանի վրա գրված հետևյալ ոտանավորը.

> Մարդս ինչքան էլ լինի գիտնական,
> Նրա ուղեղը մազի է նման.
> Մի չնչին բանից մազը կըկտրի,
> Եվ իմաստունը կդառնա անբան:

Այս ոտանավորը կարդալուց հետո Քաջիկը մտածեց, թե չլինի՞ յուր վարպետը խելագարվել է և ինքն իրան ծովն է ձգել: Եվ ով գիտե, գուցե հենց այդպես էլ էր:

6

Բժշկի անհայտանալուց հետո Քաջիկն ընկավ խոր տխրության մեջ: Ի՜նչ չարաբախտ աշակերտ եմ ես, ասում էր ինքն իրան, առաջին վարպետս կրակն ընկավ, սա էլ ընկավ ջուրը, ով գիտե ինչպես կլինի իմ էլ վախճանը: Ես էլ մահկանացու եմ, ես էլ պետք է մեռնիմ, բայց ինձանից հետո էլ ո՞վ կիմանա, թե որ ցավն ինչպես էին բժշկում: Եվ ի՜նչ հարկ թաքցնելու: Գիտությունը թաքցնելը լավ բան չէ: Արի ես աշակերտներ կհավաքեմ ամեն երկրից և ամենքին էլ բժշկություն կսովորեցնեմ...

Ճշմարիտ որ՝ Քաջիկի ժամանակ ով որ մի օգտակար բան գիտեր, ուրիշին չէր հայտնում, չէր սովորեցնում: Ամեն մի բան գիտցող հայր յուր որդուն էր սովորեցնում յուր գիտցածը, նրան էր հայտնում յուր արհեստի գաղտնիքը և այն էլ այն ժամանակ, երբ որ մեռնելիս էր լինում: Հանկարծ մեռնողներն ու ժառանգ չունեցողները իրանց գիտությունն էլ հետները տանում էին մյուս աշխարհք...

Քաջիկը մնաց նույն կղզու վրա և շարունակեց յուր վարպետի գործը: Նա բաց արավ կողպած սենյակները և նրանցում գտավ շատ բժշկարաններ և այն գրքերից սովորեց այն բոլոր բաները, ինչ որ չէր սովորեցրել նրան յուր վարպետը: Հետո յուր մոտ ժողովեց ամեն կողմից շատ աշակերտներ և ամենքին էլ սովորեցրեց բժշկության արվեստը: Նրա աշակերտներն էլ աշակերտներ ունեցան, և այսպիսով բժշկության արվեստը տարածվեցավ ամեն տեղ: Քաջիկի աշակերտները ամեն տեղ գովում էին իրանց վարպետին և ասում էին, որ նա կարող է մեռածներին էլ կենդանություն տալ, բայց այդ բանը չի անում, որովհետև Աստծու հրամանին ընդդեմ է համարում:

Ճշմարիտ որ՝ Քաջիկը գտել էր մեռածին կենդանություն տալու դեղը, բայց երկար ժամանակ գործ չէր դնում: Վերջը, ասած է. «Մեծ մարդիկների սխալն էլ մեծ կլինի»: Նա սկսեց մի քանի փորձեր անել: Դրա համար բարկացավ Գաբրիել հրեշտակը և մտքումը դրեց պատժել Քաջիկին:

Մեկ անգամ Քաջիկը ժողովեց յուր աշակերտներից ավելի հմուտներին և ասաց նրանց.

— Ես շատ եմ ծերացել, էլ առաջվան ուժը չունիմ: Ուզում եմ վերանորոգվիլ, ջահիլանալ, բայց առանց ձեր օգնության կարող չեմ: Ես մի դեղ կխմեմ և կթմրեմ կամ կմեռնեմ, դուք կկտրեք իմ փորս ու կուրծքս, այսինչ դեղերով կլվանաք բոլոր փորոտիքս ու թոքերս, կվերցնեք և գլխիս սկավառակը, ուղեղիս խորշերը կմաքրեք այսինչ դեղերով և կսրսկեք այսինչ դեղերը, հետո կմիացնեք ամեն բան ինչպես գիտեք: Երբ ամեն բան կվերջացնեք ահա այս շիշի դեղը կածեք բերանս, սա մի կենարար հեղուկ է և իմ սեփական գյուտս է: Երբ որ կկատարեք ճշտությամբ բոլոր իմ ասածներս ես կիայտնեմ ձեզ այս հեղուկի ձեռք բերելու հնարը:

Աշակերտները պատրաստակամություն հայտնեցին և պատրաստեցին իրանց վիրահատության սուր-սուր դանակները: Քաջիկը մի դեղ խմեց, թմրեց, աշակերտները ճարտարությամբ կատարեցին ամեն բան: Մնաց վերջին կենարար հեղուկը, որ պիտի ածեին բերանը: Գաբրիել հրեշտակը աներևութապես կանգնած էր նրանց մոտ և, նրանց արածը մի տեսակ օյինբազություն համարելով՝ ծիծաղում էր: Վերջին հեղուկը որ ուզեցան ածել Քաջիկի բերանը՝ հրեշտակը խփեց թևովը, և շիշը վայր ընկավ աշակերտի ձեռքիցը, և բոլոր հեղուկը վայր թափվեց ցնդեց, մի կաթիլ միայն ընկավ Քաջիկի բերանը: Այդ մի կաթիլը կես շունչ և կես կյանք տվավ Քաջիկին, և նա կանչեց.

— Քի՜չ էլ. քի՜չ էլ...

Ուզում էր ասել, «էլի՜ մի քանի կաթիլ կաթեցրեք»,— չիմանալով, թե ի՜նչ փորձանք է պատահել 22ի գլխին:

Այսպես ահա խեղճ Քաջիկը մինչև այսօր էլ կա՝ ո՛չ մեռած և ո՛չ կենդանի, և անդադար կանչում է.

— Քի՜չ էլ, քի՜չ էլ...

Այսպիսի մի վախճան է ունեցել և երևելի Լոխման հեքիմը[18]: Նա էլ յուր կյանքի վերջումը Քաջիկի նման մի փորձ է արել և մինչև այսօր կանչում է բարակ ձայնով. «*Բիր ուզ... բիր ուզ*»: Բերանն այնքան բաց չի լինում, որ կարենա ասել. «*Բիր ազ, բիր ազ*»,– որ նշանակում է՝ *մի քիչ, մի քիչ*, այսինքն՝ *մի քիչ էլ, մի քիչ էլ*...

ԲԱՅԱԹԻՔ

Հրեշտա՛կ ջան, քի՛ չ էլ, քի՛ չ էլ,
Խնդրում եմ քի՛ չ էլ, քի՛ չ էլ,
Կյանքիս թելը մի՛ կտրիլ,
Թող ապրիմ քի՛ չ էլ, քի՛ չ էլ...
Ասում եմ քի՛ չ էլ, քի՛ չ էլ,
Խնդրում եմ քի՛ չ էլ, քի՛ չ էլ։
Քաջիկի օրն եմ ընկել,
Կանչում եմ քի՛ չ էլ, քի՛ չ էլ...

Տողատակեր

1. **Գավիթ** - *նախասրահ*
2. **Ցաղութ** - *հակինթ, շափյուղա*
3. **Մարջան** - *բուստ, կորալ*
4. **Հյուրի** - *հուրի, առասպելական գեղեցկուհի*
5. **Անդրի** - *կիսանդրի՝ արձան, քանդակ*
6. **Կանգուն** - *երկարության չափի միավոր (մոտավորապես կես մետր)*
7. **Մախոխ** - *ձավարով և թթվաշ համեմունքներով պատրաստված ջրալի կերակուր, ապուր*
8. **Չափ ընկնել** - *արշավասույր վազել*
9. **Դերվիշ** - *մահմեդականների թափառաշրջիկ կրոնավոր, խև*
10. **Չանաղ** - *կավե խոր աման*
11. **Մարաքա** - *հետաքրքիր, ուշագրավ բան*
12. **Գջլել** - *պոկել, խլել, կորզել*
13. **Հերթ** - *երդիկ*
14. **Մակար** - *հարսանիքում փեսայի ազապ ընկերը*
15. **Մազա** - *աղանդեր, ատամի տակ գցելու բան*
16. **Տրխատան** - *տրեխաթել*
17. **Աշկարա** - *ակնհայտ, բացահայտ*
18. **Հեքիմ** - *բժիշկ*

ԱՆԱՀԻՏ

Ա

Մի ժամանակ Աղվանից աշխարհի թագավորանիստ քաղաքը Պարտավն էր, որ այժմ ավերակ է և ասվում է Բարդա։ Դա գտնվում էր այժմյան Գանձակի և Շուշվա մեջտեղը՝ Թարթառ գետի վրա։ Այդտեղ էր Վաչե թագավորի հոյակապ ապարանքը՝ իր ընդարձակ ծառաստանով, որ երկարումեկ ձգված էր Թարթառի ափովը։ Այդ հինօրյա արհեստական անտառը բնականից գերազանցում էր իր հսկայական չինարներով ու բարդիներով, որոնց բարձրության ստվերի տակ ծածկվում էին քաղաքի նույնիսկ ամենաբարձր աշտարակները։ Նրա չորս կողմով քաշված ամուր պարիսպը վանդակի պաշտոն չէր կատարում բնավ այն թեթևաշարժ ու արագավազ այծյամների ու եղջերուների համար, որոնք այնտեղ խմբերով զբոսնելու և խաղալու ազատ ասպարեզ ունեին։

Մեկ անգամ Վաչե թագավորի միամոր որդին՝ Վաչագանը, որ մի նորահաս երիտասարդ էր, պալատի պատշգամբի վրա կռթնած նայում էր իրանց այդ ծառաստանին։ Եղանակը գարնանային էր և առավոտյան արևաբացին։ Աշխարհի բոլոր երգեցիկ թռչունները, կարծես խոսք մեկ արած՝ հավաքվել էին այդ ծառերի վրա, որ մի ընդհանուր նվագահանդես սարքեն և իրար հետ մրցեն։ Մինն իր սրինգն էր փչում, մյուսն իր փողը, բայց հաղթանակը խոսողն էր տանում։ Սոխակն էր այդ խոսողը՝ բյուլբյուլն Աղվանից, սիրահար սրտերի միակ մխիթարիչը։ Նա որ սկսում էր նվագել իր բյուրաղի[1] քնարը, իսկույն լռում էին մյուսները և, ականջները սրած՝ նրան էին լսում և նրա դայլայլիկի բյուրավոր ելևէջներից դաս առնում։ Մինը սովորում էր նրա ծլվլոցը, մյուսը՝ նրա կլկլոցը, մինը՝ շվշվալը, մյուսը՝ սուլելը, և մեկ էլ հանկարծ ամենքը միասին, միախառն ձայնով սերտում էին իրանց սովորած եղանակները։

Արդյոք սրա՞նց էր ականջ դնում Վաչագանը այնպես լուռ, այնպես ակնապիշ։ Ոչ... Ուրիշ հոգս, ուրի՛շ ցավ կար նրա սրտումը. սրանք միայն սաստկացնում էին նրա ցավը և խոր տխրության մեջ ձգում նրան։

Այս տխուր մտմտուքից հանեց Վաչագանին նրա մայրը՝ Աշխեն թագուհին, որ այդ պահուն մոտեցավ նրան և, մոտը նստելով, հարցրեց.

— Վաչի՛կ, ես տեսնում եմ, որ դու սրտումդ մի ցավ ունիս, բայց թաքցնում ես մեզանից: Որդի, ասա՛ ինձ, ինչո՞ւ համար ես այդպես տխուր:

— Մա՛յր, ճշմարիտ ես ասում,— պատասխանեց որդին,— աշխարհիս փառքն ու վայելչությունը աչքիս չեն երևում: Ուզում եմ հեռանալ աշխարհիցս, գնալ անապատ: Ասում են՝ Մեսրոպ վարդապետը կրկին եկել է Հացիկ, իր շինած վանքումը միաբանություն է հաստատել, աշակերտներ ժողովել, ուզում եմ ես էլ գնալ այնտեղ: Մա՛յր, դու չգիտես, թե ինչքա՛ն լավ գյուղ է այդ Հացիկը: Այնտեղի թե՛ տղերքը և թե՛ աղջկերքը այնպես սրամիտ, այնպես գեղեցիկ են, որ եթե տեսնես՝ կմնաս հիացած:

— Ուրեմն, նրա՞ համար ես գնում Հացիկ, որ այնտեղ տեսնես քո սրամիտ Անահիտին:

— Մա՛յր, դու որտեղի՞ց գիտես նրա անունը:

— Մեր պարտիզի սոխակները բերին ինձ այդ համբավը: Սիրելի՛ Վաչիկ, ինչո՞ւ ես մոռանում, որ դու Աղվանից թագավորի որդին ես: Թագավորի որդին կա՛մ թագավորի, կա՛մ մեծ իշխանի աղջիկ կուզի և ոչ թե՝ մի գեղջկուհի: Վրաց թագավորը երեք աղջիկ ունի, կարող ես ընտրել նրանցից որին կամենաս: Գուգարաց բդեշխն ունի մի շատ գեղեցիկ աղջիկ, որ իր միակ ժառանգն է, իր հարուստ կալվածների միակ տիրուհին: Սյունյաց իշխանն ունի դարձյալ մի շատ սիրուն աղջիկ, վերջապես՝ մեր հազարապետի[2] Վարսենիկն ի՞նչ պակաս աղջիկ է. մեր աչքի առջև մեծացած, մեր ձեռքով կրթված…

— Մա՛յր, ես արդեն ասացի, որ պիտի երթամ վանք, բայց եթե դուք ուզում եք, որ ես անպատճառ ամուսնանամ, ապա գիտացեք, որ իմ ուզածը միայն և միայն Անահի՛տն է…

Այս ասաց Վաչագանը և, ամոթից կարմրելով, վազեց դեպի պարտեզ, ինչպես մի ծանր բեռնից ազատված փախստական գերի…

Բ

Վաչագանի քսան տարին նոր էր լրացել: Նա երկայնացել էր իրանց պարտեզի բարդիների նման, բայց շատ քնքուշ, դժգույն և վատառողջ էր:

Մանկությունից կրոնական կրթություն ստանալով մեծն Մեսրոպի աշակերտների մոտ՝ մտադիր էր իր վարդապետների օրինակին հետևել, քաշվել մի վանք, աշակերտներ պատրաստել և քարոզչության նվիրվել: Բայց նրա այդ ձգտումը հակառակ էր իր ծնողաց կամքին, ըստ որում՝ ի՛նքն էր նրանց միակ զավակը, ի՛նքն էր Աղվանից թագավորության միակ ժառանգը:

«Որդյա՛կ իմ Վաչագան,— ասում էր հայրը շատ անգամ,— դու գիտես, որ իմ հույսը միայն դու ես, դո՛ւ պետք է մեր տան ճրագը վառ պահես, մեր օջախի հիշատակը՝ կենդանի: Պետք է, ուրեմն, ամուսնանաս, ինչպես որ աշխարհիս օրենքն է»:

Որդին միայն կարմրում էր հոր այդ առաջարկությունը լսելիս և չէր իմանում՝ ի՞նչ պատասխան տա, ըստ որում՝ ամուսնության վրա նա չէր մտածել և չէր էլ ուզում մտածել: Բայց հայրը նրան հանգիստ չէր տալիս, և նույն առաջարկությունը, ավելի գրավիչ խոսքերով, նա անում էր շաբաթը մի քանի անգամ: Հոր այդ ստիպմունքներից ազատ մնալու և նրան ուշ-ուշ տեսնելու համար ինքն իրան որսորդության տվավ Վաչագանը, թեև զբոսասեր չէր, այլ՝ ավելի սիրում էր շարունակ տանը նստել և կարդալ: Այնուհետև առավոտները վեր էր կենում շատ վաղ և ընկնում սար ու ձոր և երեկոները շատ ուշ ետ դառնում: Երբեմն երեք-չորս օրով ուշանում էր և ծնողացը տարակուսության մեջ ձգում: Շատ իշխանների որդիք ուզում էին նրան ընկերանալ և նրա հետ միասին ման գալ, բայց ինքը չէր հոժարում: Նա հետը վերցնում էր միայն իր մտերիմ և քաջ ծառային՝ Վաղինակին, որ մի պնդակազմ և քաջառողջ տղամարդ էր, և իր հավատարիմ շունը՝ Զանգին, որ թեև դեռ լակոտ, բայց արդեն մի ահագին գամփռ էր: Սրանց հանդիպող մարդիկը չէին իմանում, որ մինը թագավորի որդին է, և մյուսը՝ նրա ծառան, ըստ որում՝ երկուսն էլ միևնույն հասարակ որսորդի հագուստն ունեին հագած, երկուսն էլ՝ միևնույն նետաղեղը ուսներին և լայնաշեղբ դաշույնը կախած գոտիկներից, միայն պաշարի պարկը Վաղինակն էր կրում: Շատ անգամ իջնում էին զանազան գյուղերում, և Վաչագանը, իբրև մի օտար մարդ, ծանոթանում էր գյուղացոց կյանքին, տեսնում էր նրանց ամենօրյա հոգսերն ու կարիքները, նկատում էր, թե ովքե՛ր են բարություն անում և ովքե՛ր՝ անիրավություն: Հանկարծ շատ կաշառակեր դատավորներ հեռացվում էին իրանց պաշտոնից, և նրանց տեղ լավերն էին նշանակվում, շատ գողեր բռնվում ու պատժվում էին, շատ նեղության մեջ ընկած տներ ու համայնքներ օգնություն էին ստանում թագավորից՝ առանց իմաց տալու նրան իրանց նեղությունը: Այսպես մի աներևույթ զորություն ամեն տեղ ամեն բան տեսնում էր և հոգացողություն անում: Այս տեսնելով՝ ժողովուրդն սկսեց հավատալ, որ Վաչե թագավորը Աստծու պես իմանում է, թե՝ ո՛ւմ ինչ է պետք, և ո՛վ է պատժի կամ վարձատրության արժանի մի բան արել: Էլ ոչ մի տեղ ո՛չ գողություն էր լինում և ո՛չ մի ուրիշ անարդարություն: Բայց ոչ ոք չէր իմանում, որ այդ լավ փոփոխության միակ պատճառը թագավորի որդին էր:

Վաչագանի այս տեսակ թափառական ճանապարհորդությունը իր համար էլ ունեցավ լավ հետևանք: Նա ավելի զվարթացավ և առույգացավ: Նա սկսեց ավելի ուժեղանալ և ճարպիկանալ՝ քան թե առաջ էր: Մոտիկից տեսնելով ժողովրդի հոգսերը՝ նա զգաց, թե ինչքա՜ն բարիք կարող է անել մի թագավոր իր երկրի համար, և սկսեց փոքր առ փոքր ճգնվելու միտքը թողնել: Նրա սրտի սերն արդեն վառվելու հատկություն էր ստացել, հարկավոր էր միայն մի առիթ, մի շփումն, որ ցոլային նրա լուսափայլ ճառագայթները, այդ առիթը շուտով վրա հասավ:

Մեկ օր իրանց սովորական որսորդության ժամանակ Վաչագանն ու Վաղինակը հասան մի գյուղ և նստեցին նրա աղբյուրի մոտ, որ հանգստանան: Շատ դադրած[3] ու քրտնած էին: Գյուղի աղջկերքը եկել էին աղբյուրից ջուր տանելու և հերթով լցնում էին կուժերն ու փարչերը[4]: Վաչագանը սաստիկ ծարավել էր: Նա ջուր ուզեց, և աղջիկներից մինը լցրեց փարչը և ուզեց Վաչագանին տալ, բայց մի ուրիշ աղջիկ նրա ձեռքից խլեց փարչը և դարտկեց: Ինքը նորից լցրեց, բայց էլի դարտկեց: Վաչագանի թուքը ցամաքել էր, և անհամբեր սպասում էր, թե՝ երբ պետք է արդյոք իրան ջուր հասցնեն, բայց մեր անծանոթ աղջկա հոգը չէր այդ. նա կարծես խաղ էր անում, լցնում, դարտկում էր և այդ կրկնեց չորս-հինգ անգամ, միայն վեցերորդ անգամին տարավ, իրան անծանոթ որսորդին տվավ:

Վաչագանը երբ որ խմեց և փարչը տվավ Վաղինակին՝ ինքն սկսեց խոսեցնել աղջկանը և հարցրեց, թե՝ ինչո՞ւ նա իսկույն չբերավ ջուրը. չլինի՞ թե կատակ անել ուզեց կամ բարկացնել: Աղջիկը նրան պատասխանեց.

— Մենք սովորություն չունինք մի օտար երիտասարդի հետ կատակ անել, մանավանդ՝ երբ նա ջուր է ուզում: Բայց ահա՛ ինչ էր իմ միտքը: Ես տեսա, որ դուք դադրած ու քրտնած եք, իսկ այդ վիճակի մեջ սառը ջուրը վնաս է մարդուն, դրա համար ես գիտությամբ ուշացրի, մինչև դուք մի փոքր հանգստանաք և հովանաք:

Աղջկա խելոք պատասխանը զարմացրեց Վաչագանին, բայց գեղեցկությունն ավելի ևս հիացրեց նրան: Նրա աչքերը խոշոր, թուխ-թուխ և վառվռուն էին, ունքերը՝ կարծես վրձինով քաշած, գլուխը բաց էր, և ծամերը փռված թիկունքի վրա, ճակատը՝ լայն, քիթ ու պռոշը՝ նկարածի պես: Ոչինչ զարդ ու զարդարանք չուներ, հագուստը մի կարմիր մետաքսե շապիկ էր, որ նրա վայելչակազմ հասակը ծածկում էր մինչև ոտները, և մի ասեղնագործած բաճկոնակ, որով կոճկված էր նրա բարակ մեջքն ու լայն կուրծքը: Ոտքերը բոբիկ էին, բայց նոր լվացված կաթնաղբրի ջրով՝ բամբակի պես սպիտակին էին տալիս: Այսպես էր Անահիտի արտաքին կերպարանքը, բայց նրա դեմքի գծագրության, նրա աչքերի մեջ մի այնպիսի գրավիչ զորություն կար, որ իսկույն կախարդեց Վաչագանին և ապշեցրեց նրան:

— Անունդ ի՞նչ է,— հարցրեց Վաչագանը:

— Անահիտ,— պատասխանեց աղջիկը:

— Ո՞վ է քո հայրը:

— Իմ հայրը մեր գյուղի նախրչի Առանն է: Բայց ինչո՞ւ ես ուզում իմանալ, թե իմ անունն ինչ է, կամ ով է իմ հայրը:

— Ոչի՛նչ, հենց այնպես հարցնում եմ. հարցնելը հո մե՞ղք չէ:

— Եթե հարցնելը մեղք չէ՝ խնդրեմ, դու էլ ինձ ասես, թե ինքդ ո՞վ ես, ո՞րտեղացի ես:

— Սո՞ւտ ասեմ, թե՞ ճշմարիտ:

— Ո՛րը քեզ արժան կհամարես:

— Իհարկե, ես արժան կհամարեմ ճշմարիտը, իսկ ճշմարիտն այս է, որ ես հիմա չեմ կարող ուղիղն ասել, թե ես ով եմ, բայց խոսք եմ տալիս մի քանի օրից հետո հայտնել:

— Շա՛տ լավ: Շնորհեցեք ինձ փարչը, և եթե էլի ջուր եք կամենում՝ բերեմ:

— Ո՛չ, շնորհակալ ենք. դու լավ խրատ տվիր մեզ, այդ կհիշենք միշտ և քեզ չենք մոռանալ:

Անահիտն առավ փարչը և հեռացավ:

Գ

Երբ որ մեր որսորդները ճանապարհ ընկած գնում էին դեպի տուն՝ Վաչագանը հարցրեց Վաղինակին.

— Վաղինա՛կ, դու մեր Բարդումը տեսա՞ծ ես սրա պես գեղեցիկ աղջիկ:

Վաղինակը պատասխանեց.

— Ես լավ չնկատեցի նրա գեղեցկությունը, իմացա միայն, որ իրանց գյուղի նախրչու աղջիկն է:

— Չես նկատել, բայց լավ ես լսել: Այդ նրանից է, որ քո ականջներն ավելի սուր են, քան թե աչքերդ, բայց քո սուր ականջները շատ սխալ են լսում:

— Ո՛չ, սխալ չեն լսում, աղջիկն ի՛նքն ասաց, որ իր հայրը իրանց գյուղի նախրչին է:

— Շա՛տ լավ, բայց դրանից ի՞նչ դուրս եկավ, ես կարծում եմ, որ այդ հանգամանքը նրա հրաշալի գեղեցկությունից ո՛չ մի մազ չպակսեցրեց և նրա արժանավորությունն ավելի ևս բարձրացրեց:

— Ուրեմն դու, երբ որ թագավոր դառնաս, մի նախրչական շքանշան հնարի՛ր և նրանով բարձրացրու քո իշխաններին:

— Նախրչական նշանն այնքան բարձր է, Վաղինա՛կ, որ կարելի չէ տալ ո՛չ մի իշխանի: Այդ նշանը կարող են կրել միայն թագավորներն ու հայրապետները: Դու չգիտե՞ս միթե, որ այն գավազանը, որ տրվում է թագավորներին և հայրապետներին՝ հովվական նշան է:

— Հովվակա՛ն, բայց ոչ թե նախրչական:

— Հովիվն ու նախրչին ինչո՛վ են զանազանվում միմյանցից, եթե ոչ նրանով, որ հովիվը միայն այծ ու ոչխար է արածացնում, իսկ նախրչին՝ ամեն ինչ. ոչխար, այծ, տավար, գոմեշ, ձի, էշ, ջորի և մինչև անգամ՝ ուղտ: Եվ թագավորի պաշտոնն ավելի նախրչության է նման, քան թե հովվի, ըստ որում՝ նրա ժողովուրդը միայն ոչխարներից ու այծերի՛ց չէ բաղկացած, այլ՝ շատ տեսակ կենդանիներից: Մի՞թե քեզ հայտնի չէ, որ Աստված ամենից շատ նախրչիներին է սիրել. ի՞նչ են եղել Աբրահամ, Մոսես, Դավիթ, եթե ո՛չ մի-մի նախրչի: Ո՞վ էր Աստծուն ավելի սիրելի՝ Եսա՞վը, որ մեզ նման որսորդ էր, թե՞ Հակոբը, որ նախրչի էր: Իմ կարծիքով, նախրչի են եղել աշխարհիս բոլոր արդար մարդիկը՝ Աբելից սկսած մինչև այս գյուղի նախրչին, որ այսքան գեղեցիկ ու խելոք աղջիկ ունի:

— Քեզ հետ վիճել կարելի չէ, իշխա՛ն. քիչ էլ որ խոսեցնեմ, դու Մեսրոպ վարդապետի քարոզները կկարդաս գլխիս: Թող գեղեցիկ լինի նախրչու աղջիկը. ասած է «Աչքի սիրածը տգեղ չի լինիլ»: Բայց ես կարծում եմ, որ եթե այդ աղջիկը լիներ մի երկրագործի աղջիկ՝ դու չէիր ասիլ, որ Կայենը երկրագործ էր, բայց կասեիր. «Երկրագործ են եղել աշխարհիս բոլոր լավ մարդիկը՝ Ադամից սկսած մինչև այս գյուղի երկրագործը, որ մի այսքան սիրուն աղջիկ ունի»:

— Վաղինա՛կ, մի րոպե թող քո սրախոսությունդ և ինձ ուղի՛ղն ասա. Անահի՞տն է գեղեցիկ, թե՞ մեր հազարապետի աղջիկ Վարսենիկը:

— Ես կարծում եմ, որ իբրև իշխանուհի՝ հազարապետի աղջիկն է գեղեցիկ, իսկ իբրև նախրչուհի՝ այդ գեղջկուհին. մինը մյուսի տեղը չի բռնիլ:

— Բայց ո՞րը կլինի ավելի խելոք՝ Անահի՞տը, թե՞ Վարսենիկը:

— Ես ոչ մեկի խելքը չեմ չափել, բայց կարծում եմ, թե՝ Վարսենիկը շատ լավ գիտե, որ մեր Թարթառի ջուրը ոչ ոքի վնաս տված չէ՛, և այդ պատճառով՝ երբ որ դու նրանից ջուր ուզես, նա հարկ չի համարիլ քո Անահիտի պես նազ ու սազ անել և թուքդ ցամքած թողնել:

— Վաղինա՛կ...

— Հրամայի՛ր, իշխան...

— Վաղինա՛կ, դու ինձ չե՛ս սիրում...

— Իշխա՛ն, ես հասկանում եմ քո միտքը: Ես տեսա, որ այդ առասպելական Անահիտի թերթևունքները նետերի պես ցցվեցան սրտիդ մեջ, բայց ցավում եմ, որ այդ վերքը քո մեջ պիտի անբժշկելի դառնա...

Վաչագանն այլևս չխոսեց և ընկավ մի խոր մտածության, մի երևակայական աշխարհի մեջ: Լռեց և Վաղինակը: Միայն Զանգին սովորականից դուրս ավելի ուրախ էր թռչկոտում ու խաղում, կարծես մի նոր որսի հոտ լիներ առած:

Դ

Նախընթաց դեպքից մի քանի օր անցած թագավորն ու Վաղինակը երկար խոսակցություն ունեին։ Խոսակցության առարկան Վաչագանն էր։

— Վաղինա՛կ,— ասաց թագավորը,— դու մի փոքր երեխա ես եղել, որ մեր տունն ես եկել, ես քեզ հարազատ որդու պես եմ պահել։ Այսօր դու ինքդ որդու տեր ես և կարող ես զգալ, թե ի՛նչ է որդեսիրությունը։ Մեր Վաչագանը քեզ եղբորից չի զանազանում և միայն քե՛զ է հայտնում իր սրտի գաղտնիքը։ Դու պետք է իմանաս նրա միտքը և հայտնես մեզ, որ մենք մեր ձեռքից եկած հնարը գործ դնենք։

Վաղինակը պատասխանեց.

— Հա՛յր թագավոր, Վաչագանն այնքան գաղտնապահ է, որ ինձ էլ չի բաց անում իր սիրտը, միայն այս վերջին օրերս ես նրա մեջ մեծ փոփոխություն եմ նշմարում։ Ես կարծում եմ, որ նա սիրահարված է Անահիտ անունով մի աղջկա վրա։

— Ո՞վ է այդ Անահիտը։

— Դա Հացիկ գյուղի նախրչու աղջիկն է։

— Նախրչո՛ւ...

— Այո՛։

— Այդ նախրչու Անահիտը մի աստվածուհի պետք է լինի, ուրեմն, որ կարողացել է Վաչագանին այդպես կախարդել և կակղացնել[5] նրա քարացած սիրտը։

— Հայր թագավոր, ես միշտ փտնում[6] եմ այդ աղջկանը, ծիծաղում եմ Վաչագանի վրա, բայց զուր է անցնում իմ աշխատությունը, և կարծում եմ, որ պիտի զուր էլ անցնի, ըստ որում՝ այդ աղջիկը ճշմարիտ որ մի աստվածուհի է. նրա գեղեցկությունը մի հիացք է, իսկ խելքի մասին հրաշքներ են պատմում։ Ասում են՝ գյուղի ծերերը նրա խորհրդին են դիմում ամեն դժվար հանգամանքներում։ Ո՛չ մի երիտասարդ նրա քաջությունը չունի, ո՛չ մի օրիորդ՝ նրա ձեռքի ճարտարությունը։ Նրան անվանում են «Անտառների թագուհի», ըստ որում՝ իր հոր նախրից երբ որ մի ապրանք է կորչում կամ գողացվում, նա իսկույն, մի կրակոտ ձի հեծած՝ սար ու ձոր է ընկնում և որտեղից լինի՝ գտնում բերում է։ Այս տեղեկությունները ես հավաքել եմ Վաչագանից ծածուկ և ոչինչ չեմ հայտնել, որ ավելի նս չտաքանա, բայց ինչպես ես տեսնում եմ, նա առանց այս էլ նրանից ձեռք վերցնողը չէ։ Ես հույս ունիմ, որ ինքը եթե ձեզ չհայտնե, մայր թագուհուց չի թաքցնիլ։ — Եթե այդպես է՝ ես կհայտնեմ մորը։ Շնորհակալ եմ, որ ինձ նախապատրաստեցիր քո տված տեղեկություններով։

Վաղինակը ճշմարիտ որ լավ նախապատրաստեց թագավորին։ Նա Անահիտի գովասանքը, իր կարծիքով, չափազանցության հասցրեց ավելի այն մտքով, թե՝ բան է, եթե որդու կողմից զիջում չլինի, գոնե ծնողաց կողմից լինի, որ Վաչագանի մուրազն անկատար չմնա։ Ահա՛ այս խոսակցությունից հետո էր, որ մայրն իմացավ որդու տխրության գաղտնիքը։

Ե

Թագուհին երբ որ իմացավ Վաչագանի վճռական խոսքը, թե՝ նա միայն Անահիտին կուզի և ուրիշ ոչ ոքի, հայտնեց թագավորին, որ իրանց որդին Հացիկ գյուղի նախրչու աղջկանն է հավանել, և պատմեց բոլորը, ինչ որ ինքը լսել էր։ Այս լուրը շուտով տարածվեց ամբողջ պալատի մեջ։ Բոլոր ծառաներն ու նաժիշտներն իմացան։ Մյուս օրը ամբողջ քաղաքը դղրդում էր այդ նոր համբավով։ Գյուղացիք ուրախացան, որ թագուհին իրանցից կլինի, և նրա օրով իրանք շատ բախտավոր կլինին։ Մեծ-մեծ իշխանները տխրեցան, թե՝ ինչո՞ւ թագավորի որդին ռամիկ նախրչուն իրանցից բարձր համարեց։ Վաճառականները ծիծաղում էին, թե՝ երևի թագավորի որդին խելքը կորցրել է, որ փոխանակ հարուստ օժիտով աղջիկ ուզելու՝ մի աղքատի աղջիկ է ուզում։ Պակաս չէին և սրախոս մարդիկ, որոնք այդ առիթով զանազան առասպելներ էին հնարում և պատմում սրան-նրան։

Ահա՛ թե ինչ էին ասում այդ սրախոսները.

— Բաբի՛կ, ասում են՝ մեր թագավորի որդին նախրչու աղջիկ է ուզում, լսե՞լ ես...

— Այդպես չէ, սիրելի՛ Սադոկ, դու սխալ ես լսել։ Այդ նախրչին իսկապես նախրչի չէ, այլ՝ թագավոր է, բայց որովհետև իր հպատակները բոլորն էլ անասուններ են, այդ պատճառով նրան *նախրչի* են ասում։ Հիմա մենք որ հիմար լինինք, մի՞թե դրա համար պետք է մեր թագավորին *տավարած* անվանեին։ Մեր թագավորի խնամացուն մի շատ իմաստուն թագավոր է.

նա իմանում է բոլոր անասունների լեզուն, այդպես մեկ էլ Սողոմոն իմաստունն է եղել:

— Ի՜նչ ես ասում… մի՞թե անասուններն էլ ունին թագավոր:

— Ինչո՞ւ ես զարմանում: Հապա չե՞ս լսել, որ ասում են՝ մորեխների թագավորը, օձերի թագավորը, մրջյունների թագավորը, մեղուների թագուհին: Եվ մարդիկն էլ դեռ այն ժամանակն են սկսել թագավոր ունենալ, երբ նրանց խելքը անասունների խելքից բարձր չի եղել:

— Ես այդ գիտեմ, բայց չեմ լսած, որ տավարներն էլ ունենան թագավոր: Մեկ էլ, որ ասենք՝ օձերի թագավորը օձ է, մորեխներինը՝ մորեխ, բայց տավարներինը մի՞թե մարդ է:

— Հապա մարդ որ չլիներ, էլ ինչպե՞ս աղջիկ կունենար, էլ ո՞ւմ կուզեր մեր թագավորի որդին, երևի մարդ է, որ աղջիկ ունի, և այն էլ՝ գիտե՞ս ինչպե՜ս աղջիկ. շատ գեղեցիկ և շատ իմաստուն: Ասում են՝ այդ աղջիկը մարդու չի գնում, և դեռ հայտնի չէ, թե արդյոք մեր թագավորի որդուն կուզի՞, թե՞ ոչ:

— Ի՜նչ ես ասում:

— Հապա դու ի՞նչ ես կարծում…

Զ

Թագավորն ու թագուհին տեսան, որ չեն կարողանում Վաչագանի միտքը փոխել, մի երեկո խորհուրդ արին և վճռեցին, որ ընդունեն նրա ընտրությունը:

Թագավորն ինքը շատ բարի մարդ էր, նա սրտով հակառակ չէր ամենևին որդու ընտրությանը: Նա մինչև անգամ ուրախ էլ էր, որ իր որդին բոլոր հպատակների վրա հավասար աչքով է նայում և մեկը մյուսից բարձր չի դասում: Նա միայն վախենում էր, թե՝ միգուցե դրանով գոռոզ իշխաններին գրգռե իր դեմ: Բայց երբ որ իմացավ, թե՝ գյուղացիք շատ ուրախ են այդ բանին, և Անահիտն էլ բարձր համբավ է ստացել նրանց մեջ, ի՜նքն սկսեց համոզել թագուհուն, որ հոժարի այդ բանին…

Մյուս օրը կանչեցին Վաղինակին, հայտնեցին իրանց հոժարությունը և, նրա հետ երկու պատվավոր և իշխան մարդ ևս դնելով, մեծամեծ ընծաներով ուղարկեցին Հացիկ՝ հարսնախոսության:

Երբ որ դրանք հասան նախրչի Առանի տունը՝ Առանը նրանց սիրով ընդունեց և շնորհավորեց նրանց գալը: Անահիտը տանը չէր: Հյուրերը նստեցին սրահումը՝ մի նոր գորգի վրա, որ Առանը փռեց իսկույն և ինքն էլ նստեց նրանց կշտին:

Խոսակցության նյութը ամենից առաջ դարձավ նոր գորգը, որ իր գեղեցիկ նախշերով, գույների պայծառությունով և գործվածքի նրբությունով գրավեց հյուրերի ուշադրությունը:

— Այս ի՜նչ հրաշալի գորգ է,— ասաց Վաղինակը,— տանտիկինդ կլինի գործած, անշուշտ:

— Ո՛չ, ես կին չունիմ, ահա հինգ տարի է, որ կինս վախճանվել է: Այդ գորգը մեր Անահիտի գործածն է: Բայց ինքը չի հավանում, ասում է՝ իմ ուզածիս պես դուրս չեկավ: Մեկ նորը հինել է, ահա՛ այն ծածկված ոստայնն է, հույս ունի, որ այն պիտի իր ուզածի պես դուրս բերե:

— Մեր թագավորի պալատումն էլ չկա մի այսպիսի զարդ,— ասաց իշխաններից մինը, հետո դառնալով Առանին՝ ավելացրեց,— շատ ուրախ ենք, որ քո աղջիկն այսքան շնորհալի է: Քո Անահիտի համբավը մինչև թագավորի ականջն է հասել: Եվ ահա՛ մեզ ուղարկել է քեզ մոտ խնամախոսության: Թագավորը կամենում է, որ քո Անահիտը տաս իր միունձար որդուն՝ Վաչագանին, որ իր թագաժառանգն է:

Իշխանը, այս առաջարկությունն անելով՝ սպասում էր, թե Առանը կամ չի՛ հավատալ, կամ թե՝ սաստիկ ուրախանալուցը վեր կթռչի տեղիցը: Բայց Առանը ո՛չ այս արավ և ո՛չ այն, այլ՝ գլուխը քաշ գցեց և սկսեց ցուցամատը գորգի նախշերով սահեցնել: Նրան այդ մտածությունից հանեց Վաղինակը՝ ասելով.

— Ինչո՞ւ տխրեցիր, Առա՛ն եղբայր, մենք քեզ ուրախություն ենք բերել և ո՛չ տխրություն: Մենք քո աղջիկը բռնի տանելու չենք: Այդ կախված է քո միակ կամքից. եթե կուզես՝ կտաս, չես ուզիլ՝ չես տալ. մեզ հարկավոր է միայն, որ դու ուղիղն ասես, թե դու ինչպե՛ս կկամենաս՝ տա՞լ, թե՞ չտալ:

— Իմ պատվական հյուրեր,— պատասխանեց Առանը,— ես շատ շնորհակալ եմ, որ մեր տեր թագավորը իր ճոխ պալատի համար իր ծառայի աղքատիկ խրճիթից մի զարդ է ուզում տանել: Գուցե այդպիսի մի զարդ, ինչպես ասացիք գորգի համար, չկա նրա պալատի մեջ, բայց ճշմարիտն ասում եմ ձեզ՝ իմ ձեռին չէ տալն ու չտալը: Ահա կգա ինքը, իրան կհարցնեք. եթե կհոժարի, ես ոչինչ չունիմ ասելու: Հենց այս խոսակցության ժամանակ եկավ Անահիտը, որ իրանց այգումն էր եղել, ձեռին մի զամբյուղ խաղողով, դեղձով և տանձ ու խնձորով լիքը: Գլուխ տվավ հյուրերին, որոնց մասին իրան իմաց էին տվել, որ քաղաքից եկած իշխաններ են, և զամբյուղը ներս տանելով՝ միջի եղածը դարսեց մի նոր կլեկած մեծ սինու մեջ և բերավ դրավ հյուրերի առջև: Ինքը գնաց իր ոստայնի մոտ, վեր առավ նրա երեսից սավանը և սկսեց շարունակել իր կիսատ թողած գործը: Իշխաններն սկսեցին նայել, որ տեսնեն՝ ինչպե՞ս է գործում Անահիտը, և մնացին ապշած նրա արագաշարժ մատների ճարպիկության վրա:

— Անահի՛տ, ինչո՞ւ ես մենակ գործում,— հարցրեց Վաղինակը,— ես լսել եմ, որ դու աղջիկ աշակերտներ շատ ունիս:

— Այո՛, ունիմ մի քանի հոգի,— պատասխանեց Անահիտը,— բայց որովհետև հիմա այգեկութ է, արձակել եմ: Այստեղ էլ լինին, չեմ բանեցնիլ սրա վրա: Այս մեկ հատը ես մենակ պետք է գործեմ:

— Լսել եմ, որ դու քո աշակերտներին կարդալ էլ ես սովորեցնում:

— Այո՛, սովորեցնում եմ: Հիմա մեզանում ամեն մարդ պարտական է կարդալ գիտենալ: Այս վերջին օրերս էլի եկավ ծերունի Մեսրոպը և սաստիկ պատվեր տվավ, որ ամեն մարդ կարդալ սովորե, որ ամեն մարդ ի՛նքը կարդա Ավետարանը և հասկանա: Հիմա մեր հովիվներն էլ գիտեն կարդալ և միմյանց սովորեցնում են իրանց հոտն արածացնելիս: Այժմ եթե մեր անտառները պտտես՝ բոլոր հաստ ծառերի կեղևները գրոտած կտեսնես: Անցյալ օրը ես մի ծառի վրա տասը տուն սաղմոս կարդացի: Մեր բերդերի պարիսպները, ժայռերի ճակատները ածխագրերով լցրել են: Մեկը Ավետարանից մի տուն գրում է կամ այնքան է գրում, ինչքան անգիր գիտե, հետո մյուսներն են շարունակում: Ահա՛ այսպես սար ու ձոր լցվել է գրերով:

— Մեր մեջ ուսումն այդչափ տարածված չէ, ըստ որում՝ մերոնք ծույլ են, բայց ես հույս ունիմ, որ երբ քեզ տանենք մեր քաղաքը՝ դու մեր ծույլերին արիաջան կշինես: Մի րոպե թող քո գործը, Անահի՛տ, և եկ այստեղ, քեզ բան ունինք ասելու: Տե՛ս, ահա՝ քեզ համար ինչե՛ր է ուղարկել մեր թագավորը:

Վաղինակն այս ասելով՝ բաց արավ մի կապոց և նրա միջից հանեց ոսկի զարդարանքներ և մետաքսե հագուստներ:

Անահիտն այդ բաները տեսնելով՝ ամենևին չհափշտակվեց և չտեսի նման չզարմացավ, այլ՝ համեստ կերպով հարցրեց.

— Կարելի՞ է արդյոք իմանալ, թե այդ պատիվն ինչո՞ւ համար է արել ինձ թագավորը:

— Մեր թագավորի որդին՝ Վաչագանը, քեզ տեսել է աղբյուրին. դու նրան ջուր ես տվել, և նա քեզ շատ հավանել է: Հիմա թագավորը մեզ ուղարկել է, որ քեզ նշանենք իր որդու վրա: Ահա ա՛յս մատանի է, ա՛յս ապարանջան է, ա՛յս մանյակ է, սրանք կոճակներ են, մի խոսքով՝ քեզ համար են այս ամենն էլ:

— Ուրեմն, իմ տեսած որսորդը թագավորի որդի՞ն է եղել:

— Այո՛:

— Նա շատ լավ երիտասարդ էր: Բայց արդյոք գիտե՞ մի որևիցե արհեստ:

— Նա թագավորի որդի է, Անահի՛տ, նրան ի՞նչ արհեստ է հարկավոր. ողջ աշխարհի տերը նա՛ է, ամենքն էլ նրա ծառաներն են: — Գիտեմ, որ այդպես է, բայց ո՞վ գիտե, աշխարհք է, այսօրվան ծառաների տերը վաղը կարող է ի՛նքը լինել ծառա, թեև նա թագավոր էլ լինի եղած: Արհեստը մի այնպիսի բան է, որ ամենայն մարդ պիտի գիտենա, թե՛ ծառա լինի, թե՛ տեր, թե՛ թագավոր և թե՛ իշխան:

Այսպես որ ասաց Անահիտը՝ իշխանները մնացին իրար երեսի մտիկ տալիս: Նայեցին Առանին, տեսան, որ նա շատ հավան է աղջկա ասածին: Հետո դարձան Անահիտին ու կրկին հարցրին.

— Ուրեմն, դու թագավորի որդուն չպիտի ուզես միայն նրա համար, որ նա արհեստ չգիտե՞:

— Այո՛, և այս ամենը, ինչ որ բերել եք, ետ կտանեք և կասեք, որ ես իրան շատ հավանում եմ, միայն թող ներե ինձ, որ ես ուխտ եմ դրել՝ արհեստ չգիտցող մարդու չգնալ: Եթե կամենում է, որ ես իր ամուսինը լինիմ, թող նախ և առաջ մի արհեստ սովորի:

Իշխանները տեսան, որ Անահիտը հաստատ է իր ասածին, էլ չստիպեցին: Նույն գիշերը մնացին Առանի տանը: Անահիտը նրանց լավ հյուրասիրություն ցույց տվավ և մի թագավորի հեքիաթ պատմեց, թե ինչպե՛ս նա շատ արհեստներ է սովորել, հետո իր ժողովրդին էլ սովորեցրել և դրանով իր երկիրը շատ հարստացրել: Իշխանները, տեսնելով, որ ճշմարիտ է Անահիտի ասածը, ամաչում էին, որ իրանք ոչ մի արհեստ չգիտեն, միայն Վաղինակն սկսեց պարծանքով ասել, որ ինքը շատ լավ ոսկերչություն գիտե, թե ինքն այդ սովորել է թագավորի պալատական վարպետից: Մյուս օրը վեր կացան, գնացին և ինչ որ տեսել, լսել էին՝ մի առ մի պատմեցին թագավորին: Թագավորն ու թագուհին երբ լսեցին Անահիտի վճիռը, շատ ուրախացան՝ կարծելով, թե Վաչագանը չի ընդունիլ նրա առաջարկությունը և ձեռք կվերցնե նրանից. բայց երբ կանչեցին իրան և հայտնեցին՝ նա ասաց.

— Շատ ուղիղ է ասել Անահիտը. ամենայն մարդ պետք է մի արհեստ գիտենա, թագավորն էլ մարդ է, նա էլ պետք է գիտենա մի արհեստ:

— Ուրեմն, դու հոժա՞ր ես մի արհեստ սովորելու,— հարցրեց մայրը:

— Այո՛:

— Բայց ուղի՛ղն ասա, ինչո՞ւ համար ես ուզում սովորել. արհեստի կարևորությո՞ւնն զգալով, թե՞ Անահիտին արժանանալու համար:

— Երկուսն էլ... ինչո՞ւ թաքցնեմ,— պատասխանեց Վաչագանը և հեռացավ իսկույն, որ երեսի կարմիրը ծածկե իր ծնողներից...

Թագավորը տեսավ, որ որդին հոժար է մի արհեստ սովորելու, խորհրդի կանչեց իշխաններից մի քանիսին, և նրանք միաձայն վճռեցին, թե՝ նրան վայելուչ արհեստը լավ դիպակ[7] գործելն է, որ չկա իրանց երկրի մեջ և հեռավոր երկիրներից են բերել տալիս շատ թանկ գնով: Մարդիկ ուղարկեցին և խորին Պարսկաստանից մեկ հմուտ վարպետ բերել տվին Վաչագանի համար: Մի տարվա մեջ Վաչագանն այնպես սովորեց դիպակ գործելը, որ իր ձեռքով նուրբ ոսկեթելից մի բաճկոնացու գործեց Անահիտի համար և Վաղինակի ձեռքով ուղարկեց նրան ընծա:

Անահիտը, ստանալով այդ ընծան, ասաց.

— Հիմա ոչինչ չունիմ ասելու.

Երբ կանճարանա,
Ջուլհակ կըդառնա:

Հայտնեցե՛ք թագավորի որդուն իմ հոժարությունը և իմ կողմից էլ իմ նոր գործած գորգը տարե՛ք նրան ընծա:

Վաղինակը վեր առավ գորգը և, ձին հեծնելով, շտապեց դեպի Բարդա, որ մի րոպե առաջ ավետե Վաչագանին Անահիտի հոժարությունը:

Սկսեցին հարսանիքի պատրաստություն տեսնել, և յոթն օր, յոթը գիշեր հարսանիք արին: Այդ հարսանիքը մի չտեսնված մեծ տոնակատարության պես եղավ բոլոր երկրի համար: Գյուղացոց ուրախությանն էլ չափ չկար: Նրանք ուրախանալու առիթներ շատ ունեին, նախ՝ որ շատ սիրում էին թագավորին և նրա որդուն. երկրորդ՝ որ Անահիտը նրանց մեջ մեծ համբավ էր ստացել, և նրա գթության վրա մեծ հույս ունեին. երրորդ՝ որ թագավորը հարսանիքի օրը հրաման էր հանել, որ երեք տարի ժամանակով գյուղացոց բոլոր հարկերը ընծայված լինին: Եվ դրա համար էլ գյուղացիք երկար ժամանակ երգում էին.

Անահիտի հարսանիքին ոսկի արև փայլեցավ.
Անահիտի հարսանիքին ոսկի անձրև թափվեցավ.
Մեր արտերը ոսկի դառան, մեր հորերը լցվեցան.
Մեր հարկերը անհետացան, մեր ցավերը վերացան.
Շա՛տ ապրի Ոսկեծղին[8]՝
Մեր մայր թագուհին...

է

Անահիտի փառավոր հարսանիքին ներկա չէր Վաղինակը: Մեկ օր թագավորը նրան մի հանձնարարությունով ուղարկեց Պերոժ քաղաքը, որ շատ հեռու չէր Բարդայից, և այն գնալն էր, որ գնաց. էլ ետ չեկավ: Շատ հարց ու խնդիր եղան, ման եկան, որոնեցին, բայց Վաղինակը կորավ ու կորավ:

Վաղինակին որոնելու գնացող մարդիկ լուր բերին թագավորին, թե՝ անհայտ եղած մարդիկ շատ կան, և ոչ ոքի հայտնի չէ, թե ինչպե՛ս են անհետանում այդ մարդիկը և ո՛ւր են կորչում:

Թագավորը կարծեց, թե՝ երևի ավազակ գերեվաճառներ կան, նրանք են գալիս գողանում և տանում Կովկասյան լեռներում բնակող բարբարոս ազգերի մեջ վաճառում: Ճարպիկ լրտեսներ ուղարկեց այն երկրները, նրանք գնացին, գյուղեգյուղ, քաղաքեքաղաք ման եկան, բայց ոչ մի հետք չգտնելով՝ ետ դարձան հուսահատ:

Վաղինակի այդպես անհետ կորչիլը մեծ ցավ պատճառեց թագավորին: Նա ցավում էր ոչ միայն նրա համար, որ նրան որդու պես էր սիրում, այլև՝ նրա համար, որ իր երկրի մեջ մի այդպիսի անսովոր բան էր պատահում, և ինքը չէր կարողանում հետքը գտնել:

Այս դեպքից հետո շատ չանցած՝ թագավորն ու թագուհին վախճանվեցան, խորին ծերության հասած: Բոլոր երկիրը սուգ պահեց նրանց համար մինչև քառասուն օր: Քառասուն օրից հետո հավաքվեցին բոլոր քաղաքացիք և Վաչագանին իր հոր տեղը նստեցրին:

Վաչագանը, իր նախնյաց գահը բարձրանալով, ուզեց իր երկիրը այնպես բարեկարգել, որ էլ ոչ մի հոգի ոչ մի բանից դժգոհ չլինի, ամենքն էլ ուրախ լինին, ամենքն էլ՝ բախտավոր: Իր ամենամոտիկ խորհրդակիցը Անահիտն էր: Առաջ նրա հետ էր խորհրդակցում միշտ և հետո ժողովրդից խելացի մարդկանց հրավիրում խորհրդի և նրանց հայտնում իր միտքը: Բայց Անահիտը այսքանը բավական չհամարեց, և մեկ օր նրա հետ սկսեց այսպես խոսել.

— Տե՛ր իմ թագավոր, ես տեսնում եմ, որ դու քո երկրիդ մասին մանրամասն ու ստույգ տեղեկություններ չունիս: Քո հրավիրած մարդիկը ամեն բան ուղիղը չեն ասում: Նրանք քեզ միամտացնելու և ուրախացնելու համար ասում են՝ ամեն բան լավ է և կարգին, ամենքն էլ գոհ են իրանց վիճակից: Ո՞վ գիտե, ինչե՛ր են լինում այս րոպեիս քո երկրիդ մեջ, որոնց մասին այդ մարդիկը ոչ մի տեղեկություն չեն տալիս քեզ: Դու ժամանակ առ ժամանակ պետք է զանազան հագուստով ու կերպարանքով ման գաս երկրիդ մեջ, երբեմն աղքատի ձևով մուրացկանություն պետք է անես, երբեմն մշակի հագուստով պիտի երթաս նրանց հետ մշակություն անես, երբեմն՝ վաճառականություն, մի խոսքով՝ ամեն վիճակի մեջ էլ պետք է մտնես, որ ամեն վիճակի էլ մոտիկ ծանոթանաս: Աստված ամենի համար էլ քեզանից հաշիվ է պահանջելու. դու նրա փոխանորդն ես քո երկրիդ վրա, պետք է ամենայն ինչ տեսնես, և ըստ այնմ քո անելիքդ անես: — Դու շատ ճշմարիտ ես ասում, Անահի՛տ,— ասաց թագավորը:— Հանգուցյալ հայրս այդ սովորությունն ուներ, ինչ որ դու ասում ես. միայն ծերության ժամանակ է՛լ չէր կարողանում կատարել իր ուզածը: Ես իմ որսորդության ժամանակ համարյա միևնույնն էի անում, բայց հիմա ինչպե՞ս անեմ. ես որ երթամ՝ ո՞վ կկառավարի իմ տեղս:

— Ես ի՛նքս կկառավարեմ, և այնպես կանեմ, որ ոչ ոք չի իմանալ, որ դու բացակա ես:

—Շա՛տ լավ. ես հենց վաղը կարող եմ ճանապարհ ընկնիլ։ Քսան օր

ժամանակ եմ դնում, երբ որ քսան օրն անցնի, և ես չգամ՝ իմացի՛ր, որ ես
կենդանի չեմ կամ մի փորձանքի մեջ եմ ընկել։

Բ

Վաչագան թագավորը, հասարակ շինականի հագուստով ծպտված,
ճանապարհի ընկավ դեպի իր երկրի հեռավոր կողմերը։ Շատ բան տեսավ,
շատ բան լսեց, բայց ամենից անցավ այն, ինչ որ նա տեսավ իր վերադարձին
Պերոժ քաղաքումը։

Պերոժ քաղաքը, որ այժմ անհետացած է, գտնվում էր Կուր գետի ափումը։
Բնակիչները կռապաշտ պարսիկներ էին։ Կային և հայ քրիստոնյաներ, բայց
շատ սակավ էին և չունեին ո՛չ քահանա և ո՛չ աղոթատուն։

Քաղաքի կենտրոնումը կար մի շատ ընդարձակ հրապարակ, որ քաղաքի
շուկան էր. նրա չորս կողմն էին գտնվում բոլոր արհեստավորների և
վաճառականների խանութները։

Մի օր այդ հրապարակումը նստած էր Վաչագանը, մեկ էլ տեսավ՝ ահա՛ մի
խումբ մարդիկ են գալիս և բերում են իրանց հետ մի փառավոր և սպիտակ
մորուքով ծերունի՝ աջ ու ձախ բազուկները բարձրացրած։ Ծերունին շատ
ծանր էր գալիս. նրա առջև սրբում էին ճանապարհը և աղյուսներ դնում
ոտների տակին։ Վաչագանը մոտեցավ մի մարդու և հարցրեց, թե՝ ո՞վ է այդ
ծերունին։ Մարդը պատասխանեց.

— Սա մեր մեծ քրմապետն է, մի՞թե չես ճանաչում։ Տես որքա՜ն սուրբ է, որ
ոտը գետնին չի դնում, որ չլինի թե՝ մի որևիցե միջատ ընկնի ոտքի տակը և
սպանվի։

Հրապարակի ծայրումը մի կապերտ փռեցին, և քրմապետը չոքեց նրա վրա,
որ հանգստանա։ Վաչագանը գնաց նրա դիմացը կանգնեց, որ տեսնի՝ ի՞նչ է
խոսում այդ մարդը կամ ի՞նչ է անում։ Քրմապետը շատ սրատես էր. նա էլ
Վաչագանի վրա նայեց և, նկատելով նրա օտարական լինելը և առաջին
անգամ իրան տեսնիլը՝ ձեռով արավ, որ գնա մոտը։ Վաչագանը մոտեցավ։

— Դու ո՞վ ես, ի՞նչ գործի ես,— հարցրեց քրմապետը։

139

— Ես մի օտար բանվոր եմ,— պատասխանեց Վաչագանը,— եկել եմ այս քաղաքը մշակության:

— Շա՛տ լավ, կգա՛ս ինձ հետ, ես քեզ գործ կտամ և լավ կվարձատրեմ: Վաչագանը, գլուխ տալով՝ հոժարություն ցույց տվավ և գնաց կանգնեց նրա հետ եղած մարդկանց մոտ:

Քրմապետն իր մոտ եղած քուրմերին մի քանի խոսք փսփսաց, և նրանք ցրվեցան այս ու այն կողմ և մի քանի րոպեից վերադարձան այլևայլ պաշարներով՝ մշակների շալակը տված: Երբ որ բոլոր քուրմերը եկան՝ քրմապետը վեր կացավ և միննույն հանդիսով ճանապարհ ընկավ դեպի իր բնակարանը: Վաչագանն էլ լուռ ու մունջ հետևեց նրան՝ ավելի հետաքրքրությունից շարժված, որ տեսնի՝ ինչո՞վ են զբաղված այդ քուրմերը, կամ ի՞նչ մարդ է քրմապետը, ի՞նչ բարեգործություններ ունի, որ այդպես սուրբի պես պաշտվում է: Այսպես գնացին մինչև քաղաքի ծայրը:

Այդտեղ քրմապետը, օրհնելով ճանապարհի ձգող ջերմեռանդ կռապաշտներին, ետ դարձրեց, մնացին միայն իր քուրմերը և բեռնակիր մշակներն ու Վաչագանը: Դրանք շարունակեցին իրանց ճանապարհը և, հեռանալով քաղաքից մոտ երկու վերստ՝ հասան մի պարսպապատ շենքի և կանգ առան նրա երկաթի դռան մոտ: Քրմապետն իր գրպանից հանեց մի ահագին բանալի, բաց արավ դուռը և, ամենին ներս անելով՝ կրկին կողպեց: Այստեղ Վաչագանը մի անսովոր սարսուռ զգաց՝ տեսնելով, որ այստեղից իր կամքով դուրս գնալու հնար չի ունենալու: Վաչագանի հետ եղած մշակներն էլ առաջին անգամն էին մտնում այս շենքի մեջ: Նրանք ամենքն էլ, իրար երեսի նայելով, սկսեցին փսփսալ, թե՝ ո՞ւր բերին մեզ այս մարդիկը: Վերջապես, պարսպի կամարակապ ճանապարհն անցնելուց հետո, դրանց առջև բացվեց մի շատ ընդարձակ հրապարակ, որի մեջտեղը կար մի գմբեթահարկ մեհյան՝ մանր խուցերով շրջապատված: Մշակների բեռները ցած դնել տվին այդ խուցերի մոտ, և նրանց՝ Վաչագանի հետ միասին, քրմապետը տարավ մեհյանի մյուս կողմը, այնտեղ բաց արավ մի նոր երկաթի դուռ և ասաց.

— Գնացե՛ք ներս, այդտեղ ձեզ գործ կտան:

Նրանք մոլորվածի պես լուռ ու մունջ ներս մտան, և քրմապետն այդ դուռն էլ փակեց նրանց քամակից: Այստեղ մեր օտարականները նոր ուշքի եկան, նոր աչք բաց արին և տեսան, որ մի ստորերկրյա ճանապարհի վրա են կանգնած:

— Տղե՛րք, ի՞նչ տեղ ենք մենք, չգիտե՞ք,— հարցրեց Վաչագանը։

— Ես գիտեմ, որ մենք թակարդի մեջ ենք ընկել, է՛լ այստեղից ազատվելու չենք,— ասաց մեկը։

— Բայց չէ՞ որ այս մարդը սուրբ մարդ է, մի՞թե այդպես բան կանի,— ասաց մի ուրիշը։

— Ինչո՞ւ չի անիլ. երևի այս սուրբ մարդը գիտե, որ մենք մեղավոր ենք, սրա համար մեզ բերավ ձգեց իր քավարանը, որ մեղքներս ապաշխարենք։

— Տղե՛րք, կատակի ժամանակ չէ,— ասաց Վաչագանը։— Ես կարծում եմ, որ այդ դաժան ծերունին սուրբի անուն առած մի զարհուրելի դև է, և մենք կանգնած ենք այժմ նրա դժոխքի ճանապարհի վրա։ Տեսե՛ք՝ ինչպե՛ս խավար է, ինչպե՛ս մութ, և դեռ ով գիտե՝ ի՛նչ տանջանքներ կան մեզ համար պատրաստված։ Բայց ինչո՞ւ ենք քարացել կանգնել այստեղ. էլ հավիտյան բացվելու չէ՛ այս դուռը, եկե՛ք առաջ գնանք, տեսնենք՝ ո՞ւր է տանում մեզ այս անդառնալի ճանապարհը։

Այդ ճանապարհով բավականին առաջ գնացին, և հանկարծ նրանց աչքին մի ճրագի աղոտ լույս երևաց։ Գնացին դեպի ճրագը, և նրանց առջև բացվեց մի լայն քարահատակ, որի չորս կողմից լսվում էին խառնաշփոթ աղաղակներ։ Վեր նայեցին և տեսան, որ մի արհեստական քարայրի մեջ են գտնվում։ Դա շինված էր ցորենի հորի պես. վերևից սկսել էին փորել ժայռը, և որքան ցած էին իջել, այնքան լայնացրել էին, և այս կերպով միապաղաղ քարի մեջ շինել էին մի ստորերկրյա գմբեթաձև ընդարձակ սրահ։

Մեր կալանավորները մի կողմից՝ ապշած զննում էին անելանելի բանտը, մյուս կողմից՝ խլշած ականջ էին դնում, որ տեսնեն՝ որտեղի՞ց էին գալիս խառնաշփոթ ձայները։ Հենց ա՛յս միջոցին նրանց դիմացը երևաց մի ստվեր, որ հետզհետե մոտենալով ու թանձրանալով՝ մարդու նմանություն առավ։ Վաչագանն առաջ գնաց դեպի այդ ստվերը և բարձրաձայն կանչեց.

— Ո՞վ ես դու, սատանա՞ ես, թե՞ մարդ. մոտեցիր մեզ և ասա՛, որտե՞ղ ենք գտնվում մենք։

Ուրվականը մոտեցավ և դողդողալով կանգնեց նորեկների առջև։ Դա մի մարդ էր, մեռելի կերպարանքով, աչքերը խոր ընկած, այտերը ցցված, մազերը թափված, մի մերկ կմախք, որի բոլոր ոսկորները համրվում էին: Այդ կենդանի մեռյալը, սրացած ծնոտիքը հազիվ շարժելով, հեկեկալով ու կակազելով, ասաց.

— Եկե՛ք իմ հետևիցս, ես ձեզ ցույց կտամ, թե ի՞նչ տեղ եք ընկել դուք:

Գնացին մի նեղ անցքով և մտան մի ուրիշ բույն. այնտեղ տեսան սառը գետնի վրա վայր թափված մերկ մարդիկ, որոնք աղեկտուր տնքոցով փչում էին իրանց վերջին շունչը: Այդտեղից անցան մի ուրիշ որջ և այնտեղ տեսան կարգով շարված ահագին կաթսաներ, որոնց մեջ կերակուր էին եփում մի քանի մեռելագույն մարդիկ: Վաչագանը մոտեցավ այդ կաթսաներին, որ տեսնե՝ ի՞նչ է նրանցում եփվածը, և երբ տեսավ, քստմնելով ետ քաշվեց և ընկերներին չասեց, թե ի՛նչ էր տեսածը: Այդտեղից մտան մի ավելի երկար սրահ և այդտեղ տեսան զանազան արհեստավորներ խառնիխուռն աշխատելիս. մի քանիսը մի-մի բան էին ասեղնագործում, մյուսները նրանց կողքին մի-մի բան էին հյուսում, մի քանիսը կար էին անում, մյուսները՝ ոսկերչություն: Այսպես հարյուրաչափ մարդիկ այստեղ աշխատում էին աղոտ լույսի տակ, ամենքն էլ մեռելի գույն առած: Այս ամենը ցույց տալուց հետո առաջնորդող մարդը կրկին տարավ նրանց առաջվա սրահը և այնտեղ ասաց.

— Այն դիվական ծերունին, որ ձեզ խաբել բերել է, մեզ ամենիս էլ նա՛ է բերել այստեղ: Թե քանի ժամանակ է, որ ես այստեղ եմ, ինձ հայտնի չէ, որովհետև այստեղ օր ու գիշեր չկա, այլ՝ կա միայն մի անվերջ խավար: Այսքանը միայն գիտեմ, որ ինձանից առաջ և ինձ հետ եկող մարդիկը կոտորվել են ամենքն էլ: Այստեղ բերում են երկու տեսակ մարդիկ, արհեստավոր և անարհեստ: Արհեստավորներին աշխատեցնում են մինչև իրանց մահը, իսկ արհեստ չգիտցողներին տանում են սպանդանոց, որ ես ձեզ ցույց չտվի, և այնտեղից բերում են այն խոհանոցը, որ դուք տեսաք: Ահա մի այսպիսի զարհուրելի տեղ է այս տեղը: Ծերունի դևը մենակ չէ, նա ունի հարյուրավոր գործակիցներ, որոնք ամենքն էլ քրմեր են: Այս դժոխքի վրա է նրանց բնակարանը:

— Դու ա՛յս ասա՝ հիմա մեզ ի՞նչ են անելու,— հարցրեց Վաչագանը:

— Միննույնը կանեն, ինչ որ մյուսներին: Ով որ ձեզանից արհեստ գիտե՝ կապրի մինչև մեռնիլը, իսկ ով որ չգիտե՝ նրան կտանեն սպանդանոց: Ես հիմա մեռելատանն եմ, բստ որում՝ հայտնեցի, որ է՛լ աշխատելու ուժ չունիմ: Բայց Աստված հոգիս չի առնում, երևի ուզում է ինձ լույս աշխարհի արժանացնել. և գիտե՞ք, ես հավատում եմ, որովհետև երազումս ինձ երևաց մի կինարմատ՝ գլխին թագաձև սաղավարտ, ձեռին երկսայրի սուր, մի իրեղեն ձիու վրա նստած, և ասաց ինձ. «Մի՛ հուսահատվիր, Վաղինա՛կ, ես կգամ շուտով և ձեզ ամենիդ կազատեմ»: Ես վաղուց մեռած կլինեի, եթե այդ հրաշագեղ թագուհին ինձ հույս տված չլիներ. նրա տված հույսը իմ հոգուս սնունդ է տալիս, և ինչքան թույլ եմ մարմնով, այնքան ուժեղ եմ հոգով: Ա՜խ, ի՜մ Վաչագան, որտե՞ղ ես, ինչո՞ւ ես մոռացել քո Վաղինակին...

Վաչագանը, որ մինչև այս ժամանակ մի թմրած վիճակի մեջ էր, և պատմողի խոսքերը միայն դնգդնգացնում էին նրա ականջի թմբուկը՝ առանց տպավորվելու մտքի վրա, վերջին խոսքերից սթափվեց նա իբրև մի խոր քնից և սկսեց հիշել երազի նման «թագուհի», «Վաղինակ», «Վաչագան» բառերը: «Ուրեմն, սա մեր Վաղինակն է»,— մտածեց նա: Այս մտածելով և ուշքի գալով՝ ուզում էր վրան ընկնել և գգվել, ուզում էր հայտնել, թե՝ ի՜նքն է Վաչագանը, բայց մեկ էլ չհավատալով իր ականջին՝ կրկին հարցրեց, թե ո՞վ է նա և ինչպե՞ս է ընկել այստեղ:

Վաղինակն իր պատմությունն սկսեց շատ հեռվից և Վաչագանին անծանոթ առարկայից: Իսկ այդ միջոցին Վաչագանն սկսեց մտածել, որ լավ չի լինիլ, եթե ինքը հանկարծ հայտնե իր ով լինիլը, ըստ որում՝ մի այդպիսի հայտնություն, թե՛ ուրախություն և թե՛ կսկիծ լինելով՝ կարող էր սրի պես կտրել նրա կյանքի բարակցած թելը: Այս պատճառով ընդհատեց նրա պատմությունը՝ ասելով.

— Քո անունդ, ինչպես լսեցի, Վաղինա՞կ է:

— Վաղինակ է, այո՛, Վաղինակ... ես մի ժամանակ...

— Եղբա՛յր Վաղինակ, շատ խոսելը քեզ շատ վնաս է: Ապրի՛ր մինչև քո երազը կատարվի: Ես հավատում եմ քո երազին և շնորհակալ եմ, որ հայտնեցիր մեզ: Այսուհետև մենք էլ կապրինք այդ հույսովը: Լավ կանես, որ քո մյուս արհեստակիցներին էլ հայտնես քո երազը: Ես ինքս երազ մեկնող եմ, հավատացնում եմ քեզ, որ երազդ պիտի կատարվի տեսածիդ պես: Բայց ահա ոտքի ձայն է գալիս, դու գնա՛ քո տեղը:

Ժ

Վաչագանի հետ եկածները թվով վեց հոգի էին: Հարցրեց նրանց, թե արդյոք մի որևիցե արհեստ գիտե՞ն: Մինն ասաց, որ գիտե կտավ գործել, երկրորդը դերձակություն գիտեր, երրորդը մետաքսագործ էր, մյուս երեքը ոչ մի արհեստ չգիտեին:

— Վնաս չունի, որ դուք արհեստ չգիտեք,— ասաց Վաչագանը,— ես կասեմ, որ դուք ամենքդ ինձ արհեստակից եք, իսկ ես շատ լավ արհեստ գիտեմ:

Ոտնաձայնը, արձագանք տալով, հետզհետե մոտեցավ, և նրանց առջև կանգնեց մի դաժանատեսիլ քուրմ՝ հետն առած մի խումբ զինված մարդիկ:

— Դո՞ւք եք նոր եկածները,— հարցրեց քուրմը:

— Այո՛, ծառաներդ ենք,— պատասխանեց Վաչագանը:

— Ձեզանից ո՞վ է արհեստ իմանում:

— Մենք ամենքս էլ գիտենք,— ասաց Վաչագանը,— գիտենք շատ թանկագին դիպակ գործել: Մեր գործվածքի մի կշիռը հարյուր կշիռ ոսկի կարժե: Մենք մեծ գործարան ունեինք, բայց պատահմամբ կրակ ընկավ այրվեց, և մենք ընկանք պարտքի տակ ու խեղճացանք: Եկանք քաղաք, որ մի գործ գտնենք մեզ համար, հանդիպեցանք մեծ քրմապետին, և նա մեզ բերավ այստեղ:

— Շա՛տ լավ. բայց մի՞թե ճշմարիտ այդչափ թանկ կարժե ձեր գործվածքը:

— Մեր ասածի մեջ սուտ չկա, չէ՞ որ պիտի ստուգեք: — Իհարկե, ես շուտով կիմանամ, թե՝ որքա՞ն ճշմարիտ է ձեր ասածը. հիմա ասացե՛ք՝ ի՞նչ նյութեղեն և գործիքներ են հարկավոր, որ ես բերեմ:

Վաչագանը հայտնեց մի առ մի, թե ինչ ու ինչ է հարկավոր: Մի քանի ժամից հետո ամեն ինչ պատրաստ էր: Քուրմը պատվիրեց, որ երթան արհեստատունը, այնտեղ աշխատեն և նրանց հետ կերակրվին:

— Այնտեղ մեր գործը լավ չի հաջողիլ,— ասաց Վաչագանը:— Մեզ հարկավոր է ջոկ և ընդարձակ տեղ, և այս տեղը ամենից հարմար է: Մեր գործի նրբությունը պահանջում է առատ լույս, աղոտ լույսի տակ ոչինչ չենք կարող կատարել. իսկ ինչ վերաբերում է մեր կերակուրին, պետք է գիտենաք, որ մենք մսակեր չենք, սովոր չենք այդ կերակուրին. հենց որ միս ուտենք, իսկույն կմեռնինք, և դուք կզրկվիք այն մեծ օգուտից, որ մեզանից կարող եք ստանալ: Ճշմարիտն եմ ասում, որ մեր գործի մի քաշը հարյուր քաշ ոսկի կարժե…

— Շա՛տ լավ,— ասաց քուրմը,— ես ձեզ համար կուղարկեմ հաց և բուսեղեն կերակուր, դուք կունենաք և առատ լույս, բայց եթե ձեր գործը այնպես չլինի, ինչպես խոստանում եք, ես ձեզ ամենից սպանդանոց կուղարկեմ և սպանելուց առաջ ենթարկել կտամ չարաչար տանջանքների:

— Մեր ասածի մեջ ոչինչ սուտ չկա. եթե ուզում եք մեր խոստացած շահն ստանալ, պետք է միայն կատարեք մեր ուզածը:

Քուրմը կատարեց իր խոստումը: Նրանց համար ուղարկում էր սպիտակ հաց, կանաչեղեն, կաթ, մածուն, պանիր և զանազան չոր ու թարմ մրգեր: Վաղինակն էլ մասնակցեց այդ սնունդին, մյուսներին էլ նշխարքի պես բաժանում էին ծածկաբար սպիտակ հացից, որ հաղորդության տեղ էր բռնում և կենաց հացի պես կենդանություն տալիս նրանց: Վաղինակը նոր սնունդի ազդեցությունով հետզհետե կազդուրվեց և կենդանի մարդու կերպարանք առավ: Վաչագանն սկսեց իր գործը և իր ընկերներին էլ իրան օգնական շինեց: Կարճ միջոցում պատրաստեց մի կտոր շատ պատվական դիպակ այնպիսի նախշերով, որոնց եթե ուշադրությամբ զննեին և իմանային նրանց խորհուրդը՝ նույն դժոխքի պատմությունը պիտի կարդային նրանց մեջ:

Քուրմը եկավ, տեսավ պատրաստած դիպակը և մնաց հիացած: Վաչագանը, ծալելով իր գործքը ինչպես պետք էր և հանձնելով քուրմին, ասաց.

— Ես առաջ ասացի, որ մեր գործվածքի մի կշիռը հարյուր կշիռ ոսկի կարժե, բայց հիմա հարկավոր եմ համարում ասել, որ սա իմ ասածի կրկնապատիկը կարժե, ըստ որում՝ սրա վրա կան այնպիսի թալիսմաններ, որ հագնողին միշտ զվարթ և ուրախ կպահեն: Այս կա միայն, որ հասարակ մարդիկը սրա գինը չեն իմանալ: Սրա գինը կիմանա միայն Անահիտ թագուհին, և բացի նրանից ոչ ոք չի էլ համարձակիլ հագնիլ մի այսպիսի թանկագին գործվածք:

Արծաթամոլ քուրմը աչքերը չորս բաց արավ, երբ որ իմացավ դիպակի իսկական արժեքը: Այս մասին նա խորամանկ քրմապետին ոչինչ չհայտնեց և մինչև անգամ ցույց չտվավ նրան: Ուզեց, որ թագուհու տեսությանը միայն ի՛նքն արժանանա, և նրանից առած ավելի ոսկիքը ի՛նքը վայելի…

ԺԱ

Անահիտը Վաչագանի բացակայության ժամանակ լավ էր կառավարում երկիրը, և ամենքն էլ գոհ էին՝ առանց իմանալու, թե նա՛ է կառավարողը, բայց ինքը սաստիկ մտատանջության մեջ էր ընկել, ըստ որում՝ քանի օրից արդեն տասն օր էլ անցել էր, բայց թագավորը չէր վերադարձել: Նա գիշերը հանգիստ չուներ. սարսափելի երազներ էր տեսնում և հանկարծ վեր թռչում: Ամեն բան փոխվել էր նրա աչքում, և ամեն ինչ մի անսովոր հատկություն ստացել: Զանգին անդադար ոռնում ու վնգստում էր և, թագուհու ոտներն ընկնելով աղիողորմ կերպով կլանչում ու նրան ավելի ևս մտատանջության մեջ ձգում: Վաչագանի ձին անընդհատ խրխնջում էր մայրը կորցրած քուռակի պես և, իր ախորժակը կորցնելով՝ օրեցօր նիհարում էր: Մարի[9] հավերը կանչում էին աքաղաղի պես, իսկ աքաղաղները, փոխանակ լուսաբացին կանչելու՝ երեկոյին էին ծկլթում փասիանի ձայնով: Պարտիզի տխակներն ընդհատել էին իրանց ծլվլոցը, և նրանց տեղ լսվում էր գիշերները բուերի վայունը: Այլևս չէին քչքչում Թարթառի կոհակները՝ ուրախ-ուրախ թռչկոտելով, այլ, վա՜շ-վի՜շ-վա՜շ-վի՜շ անելով՝ անցնում էին պարսպի տակով տխուր ու տրտում: Արիասիրտ Անահիտը մի անսովոր երկյուղի մեջ էր ընկել, և ի՛ր իսկ ստվերը նրա առջև վիշապի պես էր ձգվում: Մի հասարակ թխկոցից, մի սովորական գոչյունից նա վեր էր թռչում և սարսռում: Երբեմն ուզում էր կանչել իշխաններին և հայտնել նրանց թագավորի բացակայությունը և անհայտանալը, բայց վախենում էր, թե՝ միգուցե դրա հետևանքը վատ լինի, մի ապստամբություն ծագի երկրի մեջ և խռովություն ընկնի:

Մեկ առավոտ էլ, սաստիկ սրտնեղած, ման էր գալիս պարտիզումը, երբ իր ծառաներից մինը ներս եկավ և հայտնեց նրան, թե՝ մի օտար վաճառական է եկել և ասում է, որ մի երևելի բան ունի վաճառելու թագուհուն: Անահիտի սիրտն սկսեց մի անսովոր կերպով տրոփել: Հրամայեց, որ շուտով ներս բերեն այն մարդուն:

Ներս եկավ մի դաժան կերպարանքով մարդ, խոր գլուխ տվավ թագուհուն և արծաթե սինու վրա դրած մի ոսկե դիպակ դրավ թագուհու առջև: Անահիտը վեր առավ, քննեց դիպակը և, ուշ չդարձնելով նախշերի վրա, հարցրեց գինը:

— Իր կշռովը երեք հարյուր կշիռ ոսկի կարժե, ողորմա՛ծ թագուհի: Ուզում եմ ասել, որ ինձ վրա այդքան է նստել միայն գործքն ու նյութը, իսկ աշխատանքն էլ թողնում եմ քո ողորմության կամքին:

— Մի՞թե այդքան թանկ կարժե:

— Ո՛ղջ լինի թագուհին, դրա մեջ կա մի այնպիսի զորություն, որ անգնահատելի է: Դրա վրա եղած նկարները հասարակ նախշեր չեն, այլ՝ թալիսմաններ են, իսկ այդ թալիսմանները այն զորությունն ունին, որ դրա հագնողին միշտ զվարթ, միշտ ուրախ կպահեն: Դրա հագնողը կյանքի մեջ տխրություն չի տեսնիլ:

— Մի՞թե այդպես,— ասաց Անահիտը և սկսեց բաց անել դիպակը և ուշի-

ուշով զննել նրա նկարները, որոնք ոչ թե թալիսմաններ, այլ՝ ծաղկագրեր էին: Անահիտը լուռ ու մունջ կարդաց նրանց մեջ հետևյալ խոսքերը.

«Իմ անմա՛ն Անահիտ, ես ընկել եմ մի սոսկալի դժոխքի մեջ: Այս դիպակ բերողը նույն դժոխքի վերակացուներից մեկն է: Ինձ մոտ է և Վաղինակը: Դժոխքը գտնվում է Պերոժ քաղաքից դեպի արևելք, մի պարսպապատ մեհյանի հատակում: Եթե շուտ օգնության չհասնես՝ մենք կորած ենք հավիտյան:

Վաչագան»:

Անահիտը մեկ անգամ կարդալով չբավականացավ, երկրորդ և երրորդ անգամ էլ կարդաց, ըստ որում՝ իր աչքերին չէր հավատում. կարդաց և չորրորդ անգամ, միայն այս անգամ ոչ թե կարդում էր իսկապես, այլ մտածում էր, թե ինչ անելու է: Աչքը ձգած գրերին՝ երկար մտածելուց հետո դարձավ դեպի վաճառականի հագուստի մեջ ծպտած քուրմը և ուրախ դեմքով ասաց.

— Դու ճշմարիտ ես ասում, քո դիպակիդ նկարները ուրախացնելու զորություն ունին: Ես այսօր շատ տխուր էի, բայց այս րոպեիս մի անպատմելի ուրախություն եմ զգում: Իմ կարծիքով՝ այս դիպակը անգնահատելի է: Եթե սրա համար իմ թագավորության կեսը պահանջեիր՝ ես խնայելու չէի: Բայց գիտե՞ս ինչ կա, իմ կարծիքով՝ ոչ մի գործ կարող չէ իր գործողից ավելի զորավոր լինել: Այսպե՞ս է, թե՞ ոչ:

— Թագուհին ո՛ղջ լինի, քո կարծիքը շատ ճշմարիտ է. արարածը կարող չէ հավասարվիլ արարողին:

— Եթե դու էլ գիտես, որ այդպես է, պետք է բերես ինձ մոտ սրա գործողին, որ ես վարձատրեմ նրան նույնպես, ինչպես և քեզ: Դու էլ լսած կլինիս, որ ես արհեստին մեծ նշանակություն եմ տալիս և պատրաստ եմ ամեն մի լավ արհեստավորին նույնպես վարձատրել, ինչպես իմ ամեն մի քաջ զորականին: — Ողորմա՛ծ թագուհի, ես տեսած չեմ դրա գործողին և չեմ ճանաչում: Ես մի վաճառական մարդ եմ, այս կտորը գնել եմ Հնդկաստանումը մի հրեայից, իսկ հրեան գնել էր մի արաբից, արաբն էլ՝ ո՞վ գիտե ումից կամ ո՛ր աշխարհից:

— Բայց դու, կարծեմ, ասացիր, թե՝ գործն ու նյութը այսքան կարժե, և չասացիր, թե՝ ես այսքանով եմ գնել. դրանից երևաց, որ դու ի՛նքդ ես գործել տվել:

— Ողորմա՛ծ թագուհի, ինձ այդպես էին ասել Հնդկաստանումը, ես էլ…

— Սպասի՛ր, որտե՞ղ է քո Հնդկաստանը. այստեղից մինչև Պերոժ կլինի՞:

— Ո՛չ, ողորմած տիրուհի, Պերոժը մեր կշտին է, իսկ Հնդկաստանը երեք-չորս ամսվա ճանապարհ է:

— Բայց գիտե՞ս, եթե ես ուզենամ՝ կարող եմ քո Հնդկաստանը մինչև Պերոժ մոտեցնել: Կարո՞ղ ես ասել ինձ, թե՝ դու ո՞վ ես, ի՞նչ տեղացի ես, ի՞նչ ազգից ես, ի՞նչ կրոնի ես, որտե՞ղ ես ծնվել, որտե՞ղ ես կենում, այժմ ի՞նչ գործի ես ծառայում:

— Ողորմա՛ծ թագուհի…

— Լռի՛ր, ես քեզ ողորմելու չեմ. քո բերած թալիսմաններդ ինձ հայտնեցին քո ով լինելդ: Ծառանե՛ր, բռնեցե՛ք այս մարդուն և ձգեցե՛ք մթին բանտի մեջ:

ԺԲ

Վաչագանն իր ազատվելու մասին էլ ո՛չ մի կասկած չուներ: Կամենալով ընկերների մեջն էլ ազատության հույսը սաստկացնել՝ դարձավ դեպի Վաղինակը և ասաց.

— Եղբա՛յր Վաղինակ, մի երազ էլ ես տեսա բոլորովին քո տեսածի նման: Ես այնպես եմ կարծում, թե՝ մենք հենց այսօր թե այս գիշեր պիտի ազատվինք: Բայց գիտե՞ս ինչ կա, Վաղինա՛կ, մենք եթե այս խավարից հանկարծ լույս աշխարհ դուրս գանք՝ դրսի լույսը մեզ համար այնքան սաստիկ կլինի, որ մենք ոչինչ չենք տեսնիլ, և կարելի է թե՝ մեր աչքերը վնասվին էլ: Այս բանը ես նրա համար եմ ասում, որ երբ դուրս գալու կլինինք և կտեսնեք, որ լույսը ծակծկում է կամ ոչինչ չեք տեսնում, փակեցե՛ք աչքներդ, մինչև քիչ-քիչ սովորեք: Ես շատ եմ տեսել մթին բանտից դուրս եկած մարդիկ, նրանցից եմ իմանում:

— Երանի՜ թե դուրս գանք միայն այս սպանդարանից[10], թեկուզ աչքներս կուրանա, վնաս չունի. բայց, վարպե՛տ եղբայր, քո այդ ասածդ մի բան ձգեց միտս, որ չեմ կարող չասել: Մի անգամ ես ու թագավորի որդին որսորդություն անելիս իջանք մի աղբյուրի մոտ՝ շատ դաղրած ու քրտնած: Մոտակա գյուղի աղջկերքը շրջապատել էին աղբյուրը և հերթով լցնում էին իրանց ամանները: Իշխանս ջուր ուզեց, աղջիկներից մինը լցրեց փարչը, որ բերի տա իրան, մի ուրիշ աղջիկ առավ նրա ձեռից փարչը և դարտկեց: Հետո ի՛նքն սկսեց նորից լցնել, բայց էլի դարտկեց, և այսպես կրկնեց նա քան թե երեսուն անգամ, սուտ չեմ կարող ասել, լավ միտս չէ: Իմ բարկությունս սաստիկ եկավ, բայց իշխանիս շատ հաճելի թվաց աղջկա վարմունքը, մանավանդ, երբ նա ջուր բերելուց հետո հայտնեց, թե՝ իր միտքը չար չէր, այլ, տեսնելով, որ հոգնած ու քրտնած ենք, հարկավոր համարեց ուշ հացնել սառը ջուրը, մինչև մենք փոքր-ինչ շունչ առնենք և հովանանք: Հիմա քո ասածն էլ նրա ասածի նման է. և գիտե՞ք արդյոք, գուցե հենց այն ջուր տվող աղջիկն է այժմ մեր թագուհին: Վաչագանը նրան տեսնելուց հետո է՛լ ուրիշ աղջիկ չուզեց. վճռաբար ասաց. կուզեք՝ նա՛ է, չեք ուզիլ՝ նա՛ է: Թագավորը, ճարահատած՝ ինձ ուղարկեց նրա հոր մոտ հարսնախոսության, բայց աղջիկը չհոժարեց, թե՝ ես արհեստ չգիտցողին չեմ ուզիլ: Ես այն ժամանակ մտքումս ծիծաղեցի, բայց էլի իշխանս իմացավ նրա խելացի միտքը և մի տարումը սովորեց շատ գեղեցիկ դիպակ գործել՝ բոլորովին քո գործածիդ պես: Իսկ ես, երբ որ ընկա այդ դժոխքի մեջ, նոր իմացա նրա խոսքի նշանակությունը:

— Բայց դու ինձ ա՛յս ասա, եղբա՛յր Վաղինակ, պատճառն ի՞նչ է, որ մենք թագուհուն ենք տեսնում երազներումս և ոչ թե թագավորին:

— Ո՞վ գիտե, այդ բանը դու ինձանից լավ կիմանաս, ըստ որում՝ երազի մեկնողը դու ես և, ների՛ր ինձ, որ երեսիդ ասեմ, ասածիս մեջ կեղծավորություն չկա. դու իմ աչքումս մի շատ իմաստուն մարդ ես երևում. դու որ կարողացար դժոխքի արբանյակներից մարդու կերակուր ստանալ. դու էլի շատ բան կարող ես անել, և ես դեռ զարմանում եմ, որ մի հրաշքով հանկարծ չես չքացնում այս տարտարոսը[11] և մեզ ամենիս փրկություն տալիս: Եթե Աստված տա, որ մենք այս դժոխքից ազատվենք, ես հավատացած եմ, որ թագավորն իսկույն կկանչե քեզ և իր ամենամոտիկ խորհրդակիցը կանե:

— Եվ այդ, իհարկե, քո շնորհիվ կլինի, ըստ որում՝ թագավորին ես ծանոթ չեմ: Բայց ով գիտե, թե ինքը թագավորն ի՛նչ վիճակի մեջ է այժմ, գուցե նա էլ մի ուրիշ դժոխքի մեջ է ընկել և ինձ նման զարբաբ[12] է գործում: Բա էլ ո՛ր օրվան համար է ջուլհակ դառել:

— Քո խոսքերդ խորհրդավոր են թվում ինձ... բայց չէ՛... ինչպե՞ս կարելի է, որ իմ Վաչագանին քո օրն ընկած տեսնեմ, լավ է, որ ես մեռնիմ այս բոպեիս:

— Իմ խոսքերիս մեջ ոչինչ խորհրդավոր բան չկա, եղբա՛յր Վաղինակ, ես այն եմ ասում, ինչ որ սրտինս է: Իմ կարծիքով՝ թագավորն էլ մեզ նման մի մահկանացու մարդ է, մեզ նման ամեն փորձությունների ենթակա: Մենք հիվանդանում ենք, նա էլ է հիվանդանում. մեզ սպանում են, գերի են տանում, նրան էլ են այդպես անում: Նա էլ է ջուրն ընկած ժամանակ մեզ պես խեղդվում, կրակն ընկած ժամանակ մեզ պես այրվում, նրա կերածն էլ է մի փոր հաց, այն էլ՝ գուցե ավելի դառն…

— Այդ շատ ճշմարիտ ես ասում, վարպե՛տ եղբայր, բայց իմ կարծիքով՝ թագավորն այնքան խոհեմ պետք է լինի, որ ինձ նման լոկ հետաքրքրությունից շարժված՝ քրմապետի հետևից չերթա և ընկնի նրա դժոխքի մեջ:

— Այդ մի՛ փորձանք է, եղբա՛յր Վաղինակ: Մի՞թե թագավորը կարող է կարծել, որ սուրբ քրմապետը մի զարհուրելի դև է. մի՞թե նա կարող է կարծել, թե՝ կան այնպիսի մարդիկ, որոնք քստմնելի եղեռնագործությունը իրանց համար մի զվարճություն են համարում: Չէ՛, Վաղինակ, աշխարհիս երեսին ոչ մի մահկանացու ազատ չէ փորձանքից. այս օրվան բախտավորը կարող չէ իմանալ, թե՝ վաղն ի՛նչ անբախտության մեջ պիտի ընկնի: Բայց ուրիշ բան է, եթե վերահաս վտանգը առջևդ կանգնած երևում է իր իսկական կերպարանքով: Խելքը գլխին մարդը երբ որ պատահում է մի վարար գետի՝ գլխապատառ ներս չի ընկնում, այլ փնտրում է նրա ծանծաղուտը: Դու ինչ կուզես ասա՛, բայց մեր տեսած երազը ցույց է տալիս, որ թագավորը նմանապես ընկած է մի փորձանքի մեջ, և իմ սիրտն ասում է, որ նա կազատվի միայն այն ժամանակ, երբ որ կազատվինք մենք ինքներս:

— Եվ, իհարկե, նա ի՛նքը կլինի ազատած մեզ իր դիպակագործության շնորհիվ: Իմ սիրտս էլ ասում է, որ այս րոպեիս ես լսում եմ իմ թագավորի ձայնը. այդ ձայնը հենց առաջին անգամ լսելիս թափանցել է սրտիս մեջ: Բայց արդյոք հավատա՞մ իմ ականջին, ի՞նչ կասես, ասա՛ ինձ կտրական:

— Ո՛չ, ո՛չ, մի՛ հավատար. բայց հավատա՛ այն ձայնին, որ դրսից կլսես: Ականջ դրեք, ահա՛ ձայներ են լսվում, կարծես դժոխքի դուռն է դղրդում, երևի փրկիչն արդեն մոտեցել է. իմա՛ց տվեք ամենքին, որ զան այստեղ պատրաստ կենան…

ԺԳ

Անահիտը, երբ որ բանտարկեց ծպտած քուրմին, իսկույն փչել տվավ պատերազմական փողերը: Ահագին փողերի այդ հանկարծական որոտալը հայտնի նշան էր, որ մի մեծ վտանգ է պատահել աշխարհին: Մի ժամ չանցած՝ բոլոր քաղաքացիք թափվեցին պալատի առջև և այդտեղ սկսեցին խռնիլ ու տատանիլ լճացած հեղեղի պես: Ոչ ոք չէր իմանում, թե ի՞նչ է պատահել, ամենքը շնչասպառ միմյանց էին հարցնում և ոչ մեկից մի որոշ պատասխան չէին ստանում: Հանկարծ պատշգամբի վրա երևաց Անահիտը՝ ոտից մինչև գլուխ սպառազինված և, դեպի ժողովուրդը դառնալով, այսպես խոսեց.

«Ձեր թագավորի կյանքը վտանգի մեջ է: Այս րոպեիս իմացա, թե ի՞նչ տեղ է ընկել: Նա գնացել էր իր երկրի մեջ պտտելու, որ ժողովրդի կարիքներն ու հոգսերն աչքովը տեսնի: Չար մարդկանց է հանդիպել և ընկել է մի տարտարոսի մեջ: Էլ ուրիշ բան չունիմ հայտնելու ձեզ առայժմ: Ժամանակ չպետք է կորցնել: Ով որ սիրում է իր թագավորին, ում համար թանկ է նրա կյանքը՝ շուտով ձիավորվի և գա իմ հետևից: Մենք պետք է կեսօր չեղած հասնենք Պերոժ քաղաքը: Ես արդեն պատրաստ եմ և ձեզ եմ սպասում: Դե՛հ, գնացե՛ք և շուտով պատրաստվեցեք»:

Մի ակնթարթի մեջ ցրվեցավ ժողովուրդը, գոչելով՝ կեցցե՛ թագավորը, կեցցե՛ թագուհին, և մի ժամ չանցած՝ արդեն ամենքը զինված պատրաստ էին: Քաջասիրտ օրիորդներն ու տիկիններն էլ, երբ որ իմացան, թե՝ թագուհին պիտի առաջնորդե զորքին, նմանապես զրահավորվեցին ու ձիավորվելով շրջապատեցին թագուհուն:

Մի կատարյալ հիացք էր Անահիտը սպարապետի զգեստի մեջ: Կրակոտ ձիու վրա նստած, ոսկեզօծ զրահով պատած, մազերը սաղավարտի մեջ ամփոփած, լայնաշեղբ թուրը կապած, վահանը թիկունքին կախած: Այս բոլորը նրա արեգնատիպ դեմքի և հրավառ աչքերի հետ մի ահեղ կերպարանք էին տվել նրան:

Երբ քաղաքից դուրս եկան տափարակ դաշտը, Անահիտը դարձրեց ձիու գլուխը և, այս ու այն կողմ քշելով՝ հրամաններ արձակեց և, մի քանի րոպեի մեջ կարգավորելով ամբողջ այրուձին, գոչեց բարձրաձայն՝ «հառա՜ջ», և ինքն առաջ անցնելով ասպանդակեց ձին և մի վայրկյանի մեջ աներևութացավ: Հեռվից երևում էր միայն ձիու բարձրացրած թանձր փոշին, որ ամպի պես մինչև երկինք էր հասնում: Երկու ժամից հետո նա իր հրեղեն ձիով կանգած էր Պերոժ քաղաքի հրապարակի մեջ մեն-մենակ: Կռապաշտ քաղաքացիք, նրան երկնքից իջած մի նոր աստված համարելով՝ խուռն բազմությունով չոքեցին նրա առջև և գլխները մինչև գետին կորացրին:

— Ո՞ւր է ձեր քաղաքապետը,— գոչեց Անահիտը սպառնալից ձայնով:

Ծունկ չոքածներից մինը վեր կացավ և դողդողալով ասաց.

— Ծառա՛դ եմ, այստեղի քաղաքապետը: — Դո՛ւ ես ուրեմն, որ այնքան անհոգ ես, որ չգիտես, թե՝ ի՛նչ է գործվում քո աստվածների բնակարանում:

— Ծառադ եմ, ես ոչի՛նչ չգիտեմ:

— Դու կարելի է թե չգիտես էլ, թե՝ որտե՛ղ է գտնվում ձեր տաճարը:

— Ինչպե՞ս չգիտեմ, ծառադ եմ, շա՛տ լավ գիտեմ:

— Առա՛ջ անցիր, ուրեմն...

Կես ժամ չանցած՝ ամբողջ քաղաքը գլված գնում էր Անահիտի հետևից: Երբ որ մոտեցավ մեհյանի պարիսպներին՝ քուրմերը կարծեցին, թե՝ ուխտավորների մեծ բազմություն է եկողը, շտապով բաց արին դուռը: Բայց երբ ներս խռնվեց ժողովուրդը, երբ տեսան զրահավորված հրաշագեղ ասպետի սպառնալից դեմքը և իրանց ուշ չդարձնելը, մի անսովոր սարսափի մեջ ընկան: Անահիտը մի րոպեի մեջ գտավ տարտարոսի դուռը և, դառնալով քաղաքապետին՝ հրամայեց.

— Բաց արեք ահա՛ այս դուռը:

Մինչդեռ քաղաքապետի հրամանով մի քանի անձինք պատրաստվում էին կոտրատել դուռը, ծերունի քրմապետը, վերահաս վտանգը տեսնելով, դուրս եկավ իր մեհենական զգեստով, որ ժողովրդի վրա սարսափ ձգե և ետ մղե: Երբ որ իր սպիտակ շուրջառը ձգած, քրմապետական երկճյուղ ու երկայն թագը գլխին դրած և գավազանը ձեռին դուրս եկավ ուռած ու փքված՝ ժողովուրդը ճանապարհ բաց արավ և ետ քաշվեց ահ ու դողով: Նա մոտեցավ Անահիտին և պատգամախոսի ձայնով աղաղակեց.

— Ի՞նչ ես ուզո՛ւմ, ի՞նչ ես անո՛ւմ, ե՛տ քաշվիր այդտեղի՛ց:

Անահիտը, բարկությունը հազիվ զսպելով, ասաց.

— Ես հրամայում եմ, որ այս դուռը բացվի՛:

— Ո՛վ է կարող հրամայել այստե՛ղ, բացի ինձանի՛ց: Այս դո՛ւռը մեր սրբարանի դո՛ւռն է. այստե՛ղ է գտնվում մեր նախնյաց փոշի՛ն, այստեղ է մեր անշեջ կրակարա՛նը. տեսե՛ք ահա՛ այն ծո՛ւխը, որ մինչև երկի՛նք է բարձրանո՛ւմ: Աստվածների բարկությունը մի՛ շարժեք: Ցրվեցե՛ք, հեռացե՛ք, կորե՛ք, ինչպե՛ս եք համարձակվում ձեր պի՛ղծ ոտներով կոխոտե՛լ այս սո՛ւրբ վա՛յրը:

Քրմապետի ահեղագոչ սպառնալիքը սնապաշտ ժողովրդի վրա սարսափ բերավ. ամենքը կորագլուխ ետ քաշվեցին, բայց նրանց մեջ կային և քրիստոնյաներ, որոնք պինդ կանգնեցին իրանց տեղերը՝ կասկածելով, որ այդ ծածկարանումը մի սարսափելի գաղտնիք պիտի լինի թաքնված: Նրանք միաբերան գոչեցին.

— Բացվի՛, բացվի՛ այդ տարտարոսի դուռը:

Քրմապետը տեսավ, որ իր հրամանին ընդդիմացողներ կան, երեսը դարձրեց դեպի մեհյանը և, ձեռքերը մեկնելով՝ աղաղակեց.

— Ո՛վ հզոր աստվածնե՛ր, ձեր սուրբ տաճարը պղծվո՛ւմ է, օգնությո՛ւն հասցրեք…

Այս ձայնի վրա մեհյանի դուռը բացվեց, և նրա միջից դուրս թափվեցին մի խումբ սպառազինված դաժանատեսիլ մարդիկ: Սրանք քուրմերն էին, որոնք վերահաս վտանգը տեսնելով՝ անձնապաշտպանության էին պատրաստվել: Քրմապետը հրամայեց նրանց, որ դուռը պահպանեն և ոչ ոքի թույլ չտան մոտենալ:

Անահիտի համբերությունը հատավ սաստիկ բարկությունիցը: Դարձրեց ձիու գլուխը և, ետ նայելով՝ տեսավ, որ քաղաքի վրա ամպի պես փոշի է բարձրացած, իմացավ, որ զորքը մոտեցել է: Այդ հանգամանքից ավելի ևս սրտապնդվելով՝ ուզեց ինքը մենակ վերջացնել ամեն բան և մի րոպե առաջ տեսնել իր Վաչագանին: Ձախ ձեռքն առավ վահանը և, աջով սուրը հանելով, դարձավ դեպի քուրմերը և գոչեց.

— Վերջի՛ն անգամ հրամայում եմ ձեզ՝ զինաթա՛փ լինել և բանա՛լ այդ դժոխքի դուռը:

Քուրմերը պատրաստվեցին դիմադրելու: Անահիտի իմաստուն ձին իմացավ տիրուհու մտադրությունը, մի թեթև ապանդակի հարված ստանալուն պես կոխկոտեց քավթառ քրմապետին և հարձակվեց քուրմերի վրա: Կայծակի արագությամբ երեքի գլուխը թռցրեց Անահիտը և իսկույն ետ մղեց ձին: Քուրմերը նրան շրջապատեցին և վիրավորեցին ձին: Անահիտը պաշտպանողական դիրք բռնեց, բայց ձին իր հարձակմունքը շարունակում էր. նա միանգամից թե՛ առջևից և թե՛ հետևից էր հարձակվում և հարվածներ էր, որ տալիս էր աքացիներով: Քուրմերը կռվում էին ամենահուսահատ և կատաղի կերպով: Անահիտի կյանքը անխուսափելի վտանգի մեջ էր: Այդ որ նկատեցին քրիստոնյաները՝ քուրմերի քամակից հարձակվեցին: Քուրմերը շփոթվեցին և երեսները դարձրին, որ պաշտպանվին: Անահիտը, օգուտ քաղելով այդ հանգամանքից, կրկին հարձակվեց և էլի մի քանի գլուխ թռցրեց և մի քանիսին ոտնատակ տվավ: Կռապաշտները տեսան, որ քրիստոնյաներն օգնում են Անահիտին, կարծեցին, թե՝ կռիվը կրոնական է, իսկույն անցան քուրմերի կողմը և սկսեցին քարե կարկուտ թափել քրիստոնյաների վրա: Այդ միջոցին Անահիտի սաղավարտը վայր ընկավ մի քարի հարվածից, որ դիպավ նրա ծայրին: Նրա խիտ և երկայն մազերը փռվեցին և ծածկեցին ամբողջ կազմվածքը ամեն կողմից, բացի հրացայտ աչքերից: Նրա այդ տեսքը մի նոր սարսափ ձգեց ամբոխի վրա, որոնք իրանց քարե կարկուտը դադարեցրին իսկույն: Այդ հանգամանքից էլ օգուտ քաղեց Անահիտը, մի անգամ էլ հարձակվեց քուրմերի վրա և մի քանիսին մահացու վերք տալով գետին գլորեց: Հենց ա՛յդ ժամանակ վրա հասան զորքի առաջապահ նիզակավորները օրիորդների և տիկինների հետ, և իրանց թագուհուն հուսահատ կռվի մեջ տեսնելով՝ միաձայն աղաղակեցին և հարձակվեցին քուրմերի վրա: Մի րոպե չանցած՝ կենդանի մնացած քուրմերը փախան. ամբոխը ետ քաշվեց, և բաց հրապարակի վրա մնաց Անահիտը՝ շրջապատված քաջասիրտ օրիորդներով ու տիկիններով: Քրիստոնյաներից մինը բերավ նրա սաղավարտը, որ ազատել էր ամբոխի ձեռից: Անահիտն իջավ ձիուցը ողջ-առողջ, կարգավորեց իր մազերը և սաղավարտը դրավ գլխին: Հրաման արձակեց, որ եկող զորքը շրջապատե մեհյանը, որի մեջ պատսպարվել էին բոլոր քուրմերը և ներսից դուռը փակել: Հետո, դառնալով դեպի ամբոխը, ասաց. «Եկեք այստեղ կարգով կանգնեցե՛ք հանդարտ, որ տեսնեք՝ ի՛նչ կա ձեր սուրբ քրմապետի սրբարանումը»,— և հրամայեց դուռը կոտրտել:

Մի զարհուրելի տեսարան բացվեց ժողովրդի առջև: Դժոխային որջից դուրս սողացին բազմաթիվ հոգիք, որոնք նոր գերեզմանից հանած դիակների էին նմանում: Շատերը վերջին շնչումն էին և ոտքի վրա կանգնել չէին կարողանում: Նրանց ուրախության լացն ու կոծը, ճիչն ու աղաղակը մարդու սիրտ էին կտրատում: Ամենից հետո դուրս եկան Վաչագանն ու Վաղինակը՝ գլխները քաշ գցած: Թագուհին ճանաչեց Վաչագանին և նշանացի արավ իր մարդկանցը, որ նրան տանեն իրան համար պատրաստելի վրանը: Վաչագանը գնաց Վաղինակի ձեռքից բռնած, որ աչքերը խփած կույր աղքատի պես հետևեց նրան: Մյուս բոլոր դուրս եկողներին հրապարակի վրա նստեցնելուց հետո Անահիտը հրամայեց զինվորներին, որ ներս գնան և ամեն բան, ինչ կա-չկա, դուրս տան: Զինվորները մտան դժոխքի մեջ և այնտեղից դուրս բերին նոր մեռած մարդկանց դիակներ, նոր կտրած գլուխներ, կթոցներով լիքը մարդկային լեշեր, մարդամսով լիքը կաթսաներ, զանազան արհեստի գործիքներ և պարագաներ…

Կռապաշտները, որ արդեն ամոթահարված և քստմնած էին, այդ ծայրահեղ եղեռնագործությունը տեսնելով՝ է՛լ չհամբերեցին և բարձրաձայն աղաղակեցին.

— Մե՛ծ է քրիստոնեից Աստվածը, դժո՛խք է մեհյանը, դևե՛ր են կուռքերը, սատանա՛յք են քուրմերը, կոտորե՛նք, ջնջե՛նք, սատկացնե՛նք սրանց…

— Ո՛չ, ո՛չ,— գոչեց թագուհին,— սպասեցե՛ք, չմոտենա՛ք տաճարին, ձեռք չտա՛ք քուրմերին, նրանց պատժելու իրավունքն ի՛մն է: Մեզ հարկավոր է նախ և առաջ այս թշվառների հոգսը քաշել:

Եվ սկսեց հարցնել ամեն մեկին առանձին, թե՝ նա ո՛վ է, ի՛նչ տեղացի է: Մեկն ասում էր՝ իմ անունս Առնակ է, ես Բաբիկի որդին եմ: Այդ անունը բարձր ձայնով կրկնում էր քաղաքապետը, և ահա՛ մի ծերունի մարդ դողդողալով մոտենում էր և հեկեկալով ասում. «Ո՞ւր է իմ որդիս»: Երկրորդի մայրն էր լույս ընկնում և ուշաթափ ընկնում իր մինուճար որդու վրա, երրորդի քույրը, չորրորդի եղբայրը: Շատ քչերը մնացին անտիրական, այդպիսիներին էլ թագուհին առավ իր խնամակալության տակ. դրանց թվումն էին և Վաչագանի արհեստակիցները: Այդ թշվառներին տերվետեր անելուց հետո թագուհին կամեցավ անձամբ զննել քուրմերի սպանդարանը: Քաղաքապետի և մի խումբ զինվորների հետ ներս գնաց և նավթավառ լուցկիներով զննեց նրա ամեն մի քունջ[13] ու պուճախը: Ո՛ր կողմը նայում էր, մարդկային արյունի հետքեր էր նշմարում և անհամար ոսկորներ՝ այս ու այն անկյունում թափած:

— Այս զարհուրելի տարտարոսը կարճ ժամանակում գլուխ բերված բան չէ,— ասաց նա քաղաքապետին,— սրա վրա շատ տարի ու շատ մարդիկ պիտի լինին աշխատած, իսկ այդ մարդիկը մի անգամ այստեղ ընկնելուց հետո է՛լ լույս աշխարհք չեն տեսել:

— Ողորմա՛ծ թագուհի, ես մեղավոր եմ, որ խիստ հսկողություն չեմ ունեցել, բայց մի այսպիսի բան իմանալու համար քո իմաստությունն ունենալու է: Ամեն տարի միայն մեր քաղաքից, եթե քիչն ասեմ, հարյուր մարդ է անհայտացել, բայց ես միշտ կարծել եմ, թե՝ լեռնեցիք են գերի տարել: Այդ գարշելի քուրմերին մենք ոչ միայն սուրբերի տեղ ենք ընդունել, այլև կարծել ենք, թե՝ դրանք շատ ժրաջան և արհեստասեր մարդիկ են, իրանց ձեռքի աշխատանքովն են ապրում և ո՛չ ժողովրդի հաշվով և արյունով: Ո՞վ կկարծեր, թե՝ այն թանկագին հյուսվածքներն ու գործվածքները, որ դրանք ամենայն օր բերում էին շուկա վաճառելու, իրանց ձեռքի գործքը չի եղել, ո՞վ կկարծեր, որ մեր պաշտած քրմապետը մի կերպարանափոխված դև է եղել և անմեղ մարդկանց արյան ծարավի…

Վերջապես դուրս եկան այդտեղից և գնացին դեպի տաճարը: Բախեցին տաճարի դուռը, որ քուրմերը բաց անեն և անձնատուր լինին, բայց ներսից ձայն հանող չեղավ: Դուռը կոտրտեցին զինվորները և ներս գնացին, բայց ներսը մարդ չգտան, վերև նայեցին, և մի նոր տեսարան բացվեց նրանց առջև. բոլոր քուրմերը և քրմապետը կախվել էին առաստաղից և դեռ ճոճվում էին իրանց պաշտած հնդկացի կուռքերի դիմաց: Երբ որ այդ մասին հայտնեցին թագուհուն՝ նա ասաց.

— Այդ մահը շատ թեթև է դրանց համար, բայց վնաս չունի, թողեք այդպես մնան, միայն թո՛ւյլ տվեք ժողովրդին, որ ներս գնան և երկրպագություն տան իրանց սուրբերին:

Դրսումը ամբոխված և գրգռված մարդիկը հեղեղի պես ներս թափվեցին և կատաղի կերպով հարձակվեցին կուռքերի վրա և ջարդուփշուր արին իրանց երեկվան պաշտած աստվածներին: «Ի՛նչ հեշտ են ջարդվում այս գարշելիները, մինչդեռ մենք կարծում էինք, թե՝ անհպելի և անմատչելի են»,— ասում էին շատերը: Դուրս տվին բոլոր անոթներն ու սպասները, քարուքանդ արին խորաններն ու ծածկարանները, անթիվ ոսկի և արծաթ գտան, բայց առանց մի բան հափշտակելու և գողանալու՝ ամեն ինչ տարան թափեցին հրապարակի մեջ, թագուհու առջև. իսկ թագուհին կարգադրեց, որ քուրմերի բոլոր այդ ունեցած-չունեցածը բաժանվին դժոխքից ազատվածներին: Երբ որ մեհյանի մեջ էլ ոչինչ չմնաց, ամեն ինչ տակն ու վրա արին՝ իրանց արդար զայրույթի վերջին մրուրը թափեցին խեղդամահ եղած քուրմերի գլխին: Ցած բերին դժոխքի արբանյակներին և ամենքին կտոր-կտոր անելով դուրս նետեցին պարսպից, որ գազաններին լափ դառնան:

Մնացած անելիքը թագուհին հանձնեց իր հարյուրապետներից մեկին, իսկ ինքը գնաց իր վրանը, ուր նրան անհամբեր սպասում էր Վաչագանը: Երկու սիրելիները նստեցին իրար կողքի և միմյանց նայելուց չէին կշտանում: Վաղինակը մոտեցավ թագուհուն, համբուրեց նրա ձեռքը և, մյուս կողքին նստելով՝ սկսեց հեկեկալ մորը գտած երեխայի պես: — Դու ոչ թե այսօր ես փրկել մեզ, իմ աննմա՛ն թագուհի, այլ՝ շատ օրեր սրանից առաջ, երբ ես տեսա քեզ երազումս, հենց ա՛յդ զգեստիդ մեջ:

— Դու սխալվում ես, Վաղինակ,— ասաց Վաչագանը,— թագուհին այն ժամանակը փրկեց մեզ, երբ որ քեզ ասաց. «Ձեր թագավորի որդին արհեստ գիտե՞»: Մի՞տդ է, որ դու էլ մի կուշտ ծիծաղել էիր:

— Ա՜խ, ճշմարիտ է. ի՞նչ ասեմ: Եվ ես, որ այն ժամանակը շատ անհավատ էի, միայն հիմա եմ սկսել հին լսածներիս հավատալ: Մեսրոպ վարդապետը որ մեզ քարոզում էր, թե՝ «Եթե Քրիստոս դժոխք չիջներ, դժոխքը չէր կործանվիլ»,— ես նրա այդ ասածի վրա էլ էի ծիծաղում, բայց հիմա իմ թագավորն անձամբ ցույց տվավ, որ Մեսրոպը ճշմարիտ էր ասում:

— Հանգստացի՛ր, Վաղինակ, այդ մասին մենք հետո շատ կխոսինք,— ասաց թագուհին, նոր արդեն զգալով, որ ինքն էլ է սաստիկ հոգնած:

— Ես ինչպես տեսնում եմ, քեզ նմանապես հարկավոր է հանգստանալ,— ասաց Վաչագանը թագուհուն:— Դու հիմա հանգստացիր, մնացածը ես ինքս կհոգամ: Թագուհին քաշվեց վրանի մյուս բաժինը, ուր նրա համար փափուկ փռվածք էին արել օրիորդներն ու տիկինները: Այդտեղ նա հանեց իր զենքն ու զրահը և ուղարկեց Վաչագանին, իսկ ինքը, փռվածքի վրա թիկն տալով՝ ուզեց իբր հանգստանալ, բայց նրա երևակայությունն այնպես գրգռված էր, նրա սիրտը՝ այնպես վրդովված, որ հանգստանալ չէր կարողանում: Մեկ՝ ուզում էր լիասիրտ ուրախանալ իր սիրելու ազատությունովը, բայց մեկ էլ՝ թվում էր նրան, թե դեռևս շրջապատված է կատաղի քուրմերով, և ինքը մե՛րթ հարձակողական և մե՛րթ պաշտպանողական դիրք է բռնում: Մերթ ուզում էր իր արդար վրեժը հագեցած համարել, հիշելով, թե ինչպե՛ս էին թավալգլոր լինում դաժան քուրմերի գլուխները, բայց հանկարծ նրա առջև պատկերանում էին մարդամսով լիքը կաթսաները, և նոր արդեն սկսում էր ամբողջ մարմնով զինահարվիլ[14] ու զարզանդիլ ու սարսռիլ… Ահի այս խառնիխուռն տպավորությունները նրանից շուտ չհեռացան, իսկ այժմ ավելի չարչարում, քան թե հանգստություն էին տալիս:

Վաչագանը շատ լավ գիտեր, որ Անահիտը ինչքան որ քաջ էր, նույնքան և փափկասիրտ էր: Գիտեր, որ նա կարող էր վրեժխնդրության հոգվով վառված անխնա կոտորել իր թշնամիներին, բայց նրա քնքուշ սիրտը կարող չէր հեշտությամբ մարսել մի այդպիսի կոշտ գործողություն: Այս պատճառով շտապեց Անահիտից առնել իր զենքն ու զրահը: Նա լվացվեց, մաքրվեց, փոխեց իր հագուստը, հագավ զրահը, կապեց արքայական թուրը և, դուրս գալով վրանից՝ երևաց զորքին, որ նրա տեսությանն սպասում էր անհամբեր: Հենց որ երևաց Վաչագանը և ողջույն տվավ՝ զորքն ուրախության աղաղակ բարձրացրեց: Թագավորը հայտնեց նրանց իր շնորհակալությունը: Այդ միջոցին քաղաքապետը եկավ թագավորի ոտներն ընկավ, շնորհավորեց նրա ազատությունը և հայտնեց, որ ճաշ է պատրաստել կանաչ դաշտումը զորքի համար: Թագավորը հրաման տվավ զորականներին, որ երթան ճաշեն և ուրախություն անեն, իսկ ինքը գնաց Անահիտի մոտ, ուր արդեն օրիորդներն ու տիկինները ճոխ սեղան էին սարքել և թագավորի գալուն էին սպասում, որ հացի նստեն: Այստեղ էր և Վաղինակը՝ փոխած իր հնոտիքը և գեղեցիկ հագուստով զուգված: Այդպես գեղեցիկ և ուրախ ճաշ չէր արած Վաչագանը իր բոլոր կյանքումը: Այն ուրախությունն ու զվարճությունը, որ անում էին օրիորդները, Վաղինակին էլ մի այնպիսի հոգեկան զմայլանքի մեջ էին ձգել, որ նա կարծում էր, թե՝ երանելյաց աշխարհի մեջ է և հրեշտակների հետ է խնդում, ուրախանում: Անահիտն էլ ազատվեց հոգեմաշ ցնորքներից և մի բաժակ գինուց հետո ի՛նքն էր առաջնորդում օրիորդներին ու տիկիններին սրախոսություն անելիս:

Այսպես ուրախ ճաշելուց հետո փողերը նշան տվին, որ ժամանակ է ճանապարհ ընկնելու դեպի տուն: Առաջ ընկան թագավորն ու թագուհին, նրանց կողքին օրիորդներն ու տիկինները, իսկ հետևից բոլոր զինվորները, որոնք միաձայն երգում էին մի ազգային հաղթական երգ: Երբ որ հասան Պերոժ քաղաքի հրապարակը՝ բոլոր քաղաքացիք, մեծ ու փոքր, այր ու կին միաբերան աղաղակեցին.

— Կեցցե՛ թագավորը, կեցցե՛ թագուհին, կորչի՛ն քուրմերը, կործանվի՛ն կռատուները[15], քրիստոնյա՛, քրիստոնյա՛ կուզենք լինել:

Թագավորը նրանց պատասխանեց, որ շուտով կգա հայրապետը և նրանց կմկրտե (և հիրավի՛, երկու օրից հետո եկավ Աղվանից Շուփհաղիշե կաթողիկոսը շատ քահանաներով և եպիսկոպոսներով և բոլոր պերոժցոց տարավ Կուրի եզրը, ուր մերկացան ամենքը և, սպիտակ սավանով սփածված[16], մտան գետը՝ փոքր մանուկներին գրկերն առած: Կաթողիկոսը մկրտության համառոտ կարգը կատարեց և ամենքին հրամայեց երեք անգամ ընկղմվել ջրումը և դուրս գալ: Այսպես լուսավորվեցին պերոժցիք քրիստոնեական լուսով: Բայց մենք դառնանք մեր պատմությանը):

ԺԴ

Երբ որ թագավորն ու Վաղինակը ողջ-առողջ տուն հասան՝ նրանց դիմավորեց Զանգին և, մերթ մեկի, մերթ մյուսի ոտներին փաթաթվելով, այնպես էր վնգվնգում, որ կարծես ամեն բան գիտեր, ամեն բան լսել էր:

Մյուս օրը բանտից հանեցին դիպակավաճառ քուրմին, որ դատեն հրապարակավ և դատապարտեն: Երբ որ դատավորները ժողովվեցին և ուզում էին դատել նրան թագավորի ներկայությանը՝ Վաղինակը մոտեցավ և խնդրեց թագավորից, որ այդ դաժան ծերի կյանքն ու մահը իրան հանձնե։

— Դու ինչպե՞ս ես ուզում պատժել սրան,— հարցրեց թագավորը։

— Այդ մասին ես ու Զանգին կմտածենք,— պատասխանեց Վաղինակը։— Դրա մահվան կերպովը միայն կարող եմ թեթևացնել հիշողությանս մեջ իմ կրած կսկիծը։ Այն գարշելիները հեշտ պրծան, նրանց բախտին չպիտի արժանացնեմ սրան։

— Բայց, Վաղինա՛կ, դու մոռանում ես, որ քրիստոնեին անվայել է վրեժխնդրությունը։ Ինչպես տեսնում եմ, դու սրան տանջել ես ուզում։

— Ո՛չ, ես ուզում եմ միայն, որ դրա սև հոգին Զանգուն հանձնեմ և թողնեմ նրա կամքին, որ ինչպես ուզենա, այնպես հանե…

— Տա՛ր, տա՛ր, շանսատա՛կ արա սրան,— ասացին միաբերան դատավորները։

Թագավորն էլ չուզեց Վաղինակի խնդիրը մերժել։ Վաղինակը, քուրմի ձեռները կապոտած, տարավ մի ձորի մեջ և, այնտեղ բաց թողնելով, ասաց Զանգուն.

— Զանգի՛, տե՛ս, սա է այն մարդը, որ ինձ քանի տարի տանջել է սոսկալի տանջանքով, ինձ այնպես բան է ուտեցրել, որ դու չես տեսել քո օրումը։ Զանգի՛, տանջի՛ր այս մարդուն, որ մի քիչ սիրտս հովանա։ Դե՛, գազա՛ն է սա, բռնի՛ր, կծի՛ր, պի՛նդ, պի՛նդ…

Զանգին մի ոստյունով հարձակվեց քուրմի վրա և, մի ակնթարթի մեջ բուկը հախռելով[17]՝ խեղդեց և մռմռալով ետ քաշվեց իսկույն։

— Ա՜խ, Զանգի՛, այդ ի՞նչ հեշտ պրծացրիր դու այդ անիրավին։ Մի՞թե ես քեզ այդպես ասացի։ Այդպես հո ո՛չ մի բարեգութ դահիճ չէր անիլ, ինչպես որ դու արիր։

Վաղինակը շատ զղջաց, որ Զանգուն դահճի պաշտոն տվավ, և թագավորին գանգատվեց, բայց թագավորը շատ ուրախացավ, որ Զանգին այնքան բարի է եղել։

* * *

Վաչագան թագավորի այս արկածքի լուրը տարածվեց բոլոր քաղաքներում և գյուղերում: Այդ մասին խոսում էին մինչև օտար երկրներում էլ և ամենայն տեղ Անահիտի և Վաչագանի գովասանքն էին անում: Ազգային երգիչները, գյուղեգյուղ և քաղաքեքաղաք պտտելով, այդ անցքի պատմությունն էին անում երգերով: Ափսո՛ս, որ այդ երգերը մեզ չեն հասել, բայց ինչ որ արել են Վաչագանն ու Անահիտը իրանց աշխարհի համար, այդ բանը հեքիաթի ձևով պատմում են մինչև այսօր էլ: Այդ հեքիաթի գլխավոր միտքն այն է, որ՝ «Թագավորի կյանքը արհեստն է փրկել»: Այս լավ միտք է, և ինչ ժողովրդի մեջ որ գտնվում է մի այսպիսի սրբացած ավանդություն, դա ցույց է տալիս, թե ուրեմն՝ այն ժողովուրդը մեծ նշանակություն է տալիս արհեստներին, աշխատասիրությանը, որից գլխավորապես կախված է ժողովրդի բախտավորությունը: Այդ բախտավորությունը ևս առավել ապահովանում է, երբ որ երկրի թագավորն ինքն անձամբ օրինակ է տալիս ժողովրդին և հովանավոր ու պաշտպան է դառնում արհեստին:

Եվ ճշմարի՛տ, մեր պապերը, որ շատ աշխատասեր և արհեստասեր էին, այդ անցքից հետո ևս առավել ուշադրություն դարձրին արհեստների վրա: Ամբողջ աշխարհումը էլ ո՛չ մի հոգի չէր գտնվում, որ մի որևիցե արհեստ չիմանար, և շատ արհեստներ մեր աշխարհում մինչև վերին կատարելագործության հասան: Աղջկերքը սովորում էին առհասարակ գործվածքներ անել. բրդից գործում էին զանազան գորգեր և շալեր, բամբակից՝ կտավեղեն, մետաքսից՝ նուրբ կերպասներ: Կար, ձև, հյուսվածք՝ ամենը գիտեին: Ամեն երկրագործ ի՛նքն էր շինում իր բոլոր գործիքները, իր գութանն ու սայլը, իր զենքն ու զրահը, իր պղնձեղեն ու կավեղեն ամանները, իր տունն ու կարասիքը: Ամառը երկիրն էր գործում[18], ձմեռն իր արհեստը բանեցնում: Եվ աշխատում էին ոչ թե ջոկ-ջոկ, այլ՝ խմբովին, միասին: Տեսնելու բան էր, թե ինչպե՛ս գյուղի բոլոր առույգ երիտասարդները, ահագին կռանները ձեռքներին, զարկ զարկի հետևից կարկուտի պես թափում էին մի կտոր երկաթի վրա, որից ուզում էին մի խոփ շինել կամ կացին, կամ թուր և այլն: Այսպես միասին էին հերկում իրանց դաշտերը և միասին հնձում արտերը:

Հոգևորականությունն այն ժամանակ մի ծրիակեր դասակարգ չէր: Բոլոր վանքերը մի-մի գործարան էին, ուր պատրաստում էին ազնիվ մագաղաթ, գրում էին, կազմում էին և, բացի սրանից, իրանց բոլոր հագուստներն ու կարասիքը իրանց ձեռքովն էին պատրաստում: Նրանք ասում էին.

«Ուսումն ու արհեստը պետք է այնպես հյուսված լինին միասին, ինչպես Վաչագան թագավորի դիպակը՝ իր խորհրդավոր թալիսմաններով»:

Կարող եք, ուրեմն, երևակայել, թե՝ ի՞նչ կլիներ մի ժողովուրդ այնպիսի հոգևորականների օրով, մանավանդ՝ այնպիսի մի թագավորի, ինչպիսին Վաչագանն էր, որ ժողովրդի զավակն էր, նրա հայրն ու եղբայրը: Ի՞նչ կլիներ Անահիտի պես մի թագուհու օրով, որ երկրի համար դառավ հարազատ ու սնուցիչ մայր. և ահա՛ ինչ էր ասում ժողովուրդը Անահիտի մասին.

«Նա մեր գետերը ծածկեց լաստերով ու կամուրջներով, մեր ծովերն ու լճերը՝ նավերով ու նավակներով: Նա մեր դաշտերը ողողեց ջրանցքներով ու առուներով, մեր քաղաքներն ու գյուղերը՝ սառն աղբյուրներով: Նա մեր սայլերին հարթ ճանապարհներ տվավ, մեր գութաններին՝ ընդարձակ երկիր: Նա կործանեց դժոխքը և մեր աշխարհը շինեց մի եդեմական դրախտ: Կեցցե՛ Անահիտը, կեցցե՛ հավիտյան»:

Տողատակեր

1. **Բյուրաղի** - հազարավոր լարեր ունեցող
2. **Հազարապետ** - երկրի տնտեսական գործերի կառավարիչ
3. **Դաղրած** - հոգնած, բեզարած
4. **Փարչ** - կավե կամ պղնձե բռնակավոր գավաթ
5. **Կակուղ** - փափուկ
6. **Փտնել** - վատաբանել, փնովել
7. **Դիպակ** - մետաքսյա ոսկեթել և արծաթաթել կտոր և դրանից կարված զգեստ
8. **Ոսկեծղի** - ոսկեթև, ոսկեբազուկ
9. **Մարի** - էգ թռչուն
10. **Սպանդարան** - սպանդանոց, սպանության վայր
11. **Տարտարոս** - հունական դիցաբանության մեջ՝ դժոխք
12. **Զարբաբ** - դիպակ
13. **Քունջ** - անկյուն
14. **Չինահարվել** - սարսռալ, փշաքաղվել
15. **Կռատուն** - կուռքերի տուն, հեթանոսական տաճար, սրբարան
16. **Սփածված** - ծածկված, վրան գցված
17. **Հախռել** - խժռել, լափել
18. **Երկիր գործել** - զբաղվել երկրագործությամբ, հողի մշակմամբ

ԱՐԵԳՆԱԶԱՆ ԿԱՄ ԿԱԽԱՐԴԱԿԱՆ ԱՇԽԱՐՀ

(Հայկական հին զրույցներից առած մի վեպիկ)

1

Շատ հին ժամանակ, երբ աշխարհքս լիքն էր հրաշքներով, և երբ բարի ու չար ոգիները անընդհատ պատերազմ էին մղում իրար դեմ, ահա՛ այդ ժամանակ Մասիսի ստորոտում կենում էր մի ծերունի իշխան՝ Արման անունով:

Արմանն ուներ երեք զավակ՝ մորից որբ մնացած: Նրանցից երկուսն աղջիկ էին՝ մինը քան զմյուսը գեղեցիկ, իսկ երրորդը՝ ավելի ևս չքնաղ և չնաշխարհիկ, միայն բարի ոգիները նրա ինչ լինելը թաքցրել էին հողեղեններից: Այդպես էին կամեցել բարի ոգիները իրանց համար հայտնի նպատակով, և մի ուրիշ ժամանակով, երբ որ ժամանակը լրանար, այնուհետև նա կա՛մ աղջիկ և կա՛մ տղա պիտի դառնար: Բայց Արմանը նրան չէր որոշում աղջիկներից, և երեքին էլ միաձև աղջկա հագուստով էր պահում: «Թող սա էլ աղջիկ համարվի,— ասաց նա,— մինչև բարի ոգիների կամքը կատարվի»,— և անունն էլ դրավ Արեգնազան՝ միատեսակության համար, որովհետև մեծի անունը դրել էր Զանազան, իսկ երկրորդինը՝ Զարմանազան:

Արեգնազանը մեծացավ աղջկա պես. և թեպետ հավատացած էր, որ ինքն աղջիկ է և աղջիկներից էլ՝ ամենից գեղեցիկը, բայց ատելով ատում էր աղջկան վայել բաները: Նա չէր սիրում բուրդ զզել, թել մանել, կար ու գործ անել և, դրա հակառակ, երբ մի լավ ձի կամ մի զենք էր տեսնում՝ խելքը գնում էր: Մայր չուներ, որ նրան ստիպեր, տնարարություն սովորեցներ, իսկ հայրը, կարծես գիտությամբ, ոչ միայն այդ մասին ոչինչ հոգս չէր անում, այլև նրան իր հետ որսի էր տանում և ձի հեծնել ու զենք գործածել էր սովորեցնում:

Այսպես անցավ մի ժամանակ. մեկ օր Արմանը կանչեց իր զավակներին և ասաց.

— Ես ծառայում էի մեր բարի թագավորին, և նա ինձ շատ սիրում էր: Ահա՛

այս դաշտերն ու անտառները, այս սարերն ու ձորերը, որ հիմա մեր ձեռին են, բոլորը թագավորն է ընծայել ինձ իմ հավատարիմ ծառայության համար: Երբ որ ձեր մայրը վախճանվեց՝ սաստիկ տխրություն եկավ վրաս: Վեր առա ձեզ, քաշվեցի այս խաղաղ վայրերը և, տխրությունս փարատելու համար, գլուխս որսորդության տվի: Դուք հիմա մեծացել եք, իսկ ես՝ ծերացել: Դուք այստեղ մեծանում եք, ինչպես վայրի եղջերուները: Ի՞նչ կլինի ձեր վերջը, եթե այստեղ մնաք. իհա՛րկե, շատ վատ: Ապագա թշվառությունից ձեզ ազատելու համար ես մտածել եմ, որ ձեզանից մեկին, տղայի հագուստով, ուղարկեմ թագավորի մոտ ծառայելու: Թագավորը սիրով կընդունի և իմ տեղը ժամանակով նրան կտա: Այդպիսով, ձեզանից մեկը կարող է մյուսներիդ էլ տանել իր մոտ: Հիմա ո՞րդ կուզենաք գնալ:

— Ե՛ս կերթամ, հայրի՛կ,— ասաց մեծ աղջիկը:

— Ես էլ, հայրի՛կ, ես էլ,— մեջ ընկավ միջնակը:

Արեգնազանը լուռ էր:

— Իսկ դու, Նազանի՛կ, դու չե՞ս կամենալ,— հարցրեց հայրը Արեգնազանին. կարծես ուզում էր, որ գնացողը նա՛ լիներ անպատճառ:

— Ինչո՞ւ չէ, հայրի՛կ. բայց երբ որ իմ մեծ քույրն ուզում է, ես ինչո՞ւ արգելք լինիմ նրան:

— Այստեղ արգելքի բան չկա, հոգի՛ս. ինձ համար դուք երեքդ էլ մեկ եք, միայն՝ դեռ չգիտեմ, թե՝ ձեզանից ո՞րն ավելի հարմար կլինի:

— Ես ամենից հարմարն եմ, հայրի՛կ,— ասաց մեծը,— որովհետև ես ամենից մեծն եմ:

— Շա՛տ լավ, բայց ես առանց պայմանի ոչ մեկիդ չեմ ուղարկելու: Եթե դու կամենում ես՝ կերթաս, ուրեմն, կփոխես հագուստդ, կընտրես զենք ու զրահ, և առավոտը շատ վաղ քո ձին կհեծնես, կերթաս որսորդության. եթե դատարկ չվերադառնաս, քեզ կուղարկեմ թագավորի մոտ:

Մյուս առավոտուն մեծ աղջիկը, ինչպես պատվիրել էր հայրը, ճանապարհ ընկավ դեպի դաշտ՝ մի բան որսալու համար: Երբ որ մտավ մի խոր ձորի մեջ և ուզում էր անցնել մյուս կողմը, նրա առաջը կտրեց մի դիմակավորված ձիավոր՝ ոտից մինչև գլուխ զինավորված: Աղջիկը նրան որ տեսավ՝ այնպես վախեցավ, որ քիչ մնաց լեզուն կապվի. սաստիկ երկյուղից մնաց կաշկանդված, փախչիլ անգամ չկարողացավ: Ձիավորը մոտեցավ նրան ու ասաց.

— Ա՛յ տղա, սիրո՛ւն տղա,
Ո՞ւր ես գնում այդպես մենակ.
Ինչո՞ւ փափուկ անկողնիցդ
Դուրս ես եկել անժամանակ:

Աղջիկը պատասխանեց կմկմալով.

— Ես… ես… գնում եմ…
Ոչ… ոչ… չեմ գնում…
Հա… հա… պիտի գնամ…
Ի՞նչ երեսով ետ դառնամ…

Ձիավորն ասաց սպառնալով.

— Դու գնո՞ւմ ես, ո՞ւր ես գնում,
Ո՞ւր ես փախչում դու ձեր գեղից.
Ե՛տ դառ իսկույն, թե չես ուզում,
Որ գլուխդ թռչի տեղից…

Այս ասելով ձիավորը հանեց թուրը և բարձրացրեց, որ զարկե աղջկանը, բայց նա բղավեց.

— Վա՜յ, վա՜յ, մի՛ զարկիր, մի՛ զարկիր, ես աղջիկ եմ, ես աղջիկ եմ, ահա՛, ահա՛, ետ եմ դառնում:

— Որ աղջիկ ես, ուրեմն՝ գնա ձեր տուն, ձեր հավերին կուտ տուր: Տղամարդի հագուստ ունենալը բավական չէ, պետք է տղամարդի սիրտ էլ ունենալ: Էլի լավ էր, որ ինձ պատահեցար և ո՛չ մի ուրիշին,— ասաց ձիավորը և անհայտացավ:

Աղջիկը դողդողալով վերադարձավ տուն:

— Է՜... ո՞ւր է բերած որսդ,— հարցրեց հայրը,— ինչո՞ւ այդպես շուտ վերադարձար:

— Ճանապարհին ջերմս բռնեց, հայրի՛կ, գլուխս ցավում է,— պատասխանեց աղջիկը:

Մյուս օրը միջնակին ուղարկեց: Նա էլ մեծին պատահած փորձանքին հանդիպեց. նրա պես վախեցած վերադարձավ տուն:

Երրորդ օրը Արեգնազանին ուղարկեց: Նրան ևս հանդիպեց միևնույն ձիավորը և ասաց.

— Ա՛յ տղա, սիրո՛ւն տղա,
Ո՞ւր ես գնում այդպես մենակ.
Ինչո՞ւ փափուկ անկողնիցդ
Դուրս ես եկել անժամանակ:

Արեգնազանը պատասխանեց բարկանալով.

— Քեզ ի՞նչ, թե ես ո՛ւր եմ գնում.
Ուր գնում եմ, այդ ե՛ս գիտեմ.
Ես չեմ գնում, որ քեզ նման՝
Խաղաղ մարդոց ճամփեն կտրեմ:

— Ուրեմն, ես ավազա՞կ եմ.
Դո՞ւ ես ասում ինձ այդ բանը.
Այս րոպեիս դու կստանաս
Քո այդ խոսքիդ պատասխանը:

— Այո՛, թե դու ավազակ ես,
Ցույց է տալիս քո դիմակը.
Բայց թե՝ ինչպե՛ս տղամարդ ես,
Այդ թող տեսնե իմ նիզակը...

Այս ասելով Արեգնազանը հարձակվեց նրա վրա, ասելով.

— Դե՛ն ձգիր դիմակդ, տեսնեմ՝ դու ի՞նչ մարդ ես, եթե ոչ՝ այս րոպեիս կթռցնեմ գլուխդ:

Ձիավորն ընդդիմացավ, վահանով պաշտպանվեց և թրով հարձակվեց Արեգնազանի վրա: Արեգնազանը նույնպես պաշտպանվում էր վահանով և հարձակվում թրով: Մի ժամ շարունակ տևեց նրանց կռիվը, և ոչ մեկը չկարողացավ զարկել մյուսին. զարկերը վահաններին էին դիպչում: Միայն Արեգնազանը հետզհետե զորանում էր, իսկ նրա հակառակորդը՝ թուլանում: Վերջը Արեգնազանը մի ճարպիկ ոստյունով թռավ իր ձիուցը, հակառակորդի փողպատից[1] բռնելով վայր գլորեց ձիուց և հենց այն է՝ ուզում էր, որ մի հարվածով գլուխը թռցներ, նա իսկույն վեր առավ դիմակը...

— Ա՜խ, հայրի՛կ, հայրի՛կ,— բացականչեց Արեգնազանը.— այս ի՞նչ փորձանքի մեջ էիր գցում դու ինձ... եթե մի փոքր ուշ վեր առնեիր դիմակդ՝ ինձ հայրասպան պիտի շինեիր:

Հայրը մոտը նստեցրեց Արեգնազանին և նրա վրան նայելուց չէր կշտանում: Մի փոքր շունչ առնելուց հետո ասաց.

— Ապրի՛ս, ապրի՛ս, Արեգնազան,
Ծլիս, ծաղկիս, զորանաս,
Հիմա գիտեմ, որ իմ տեղը
Դո՛ւ անպատճառ կստանաս:

Իզուր չեմ քեզ սովորեցրել
Զենք ու զրահ գործածել.
Ի՛նքըդ գիտես, որ ամենքից
Քե՛զ եմ սիրել առավել:

Թող սա՛ լինի, ասացի ես,
Արու զավակ ինձ համար,
Սրա անվախ, անահ սիրտը
Քաջ տղամարդի է հարմար:

Էլ աղջիկ չես այսուհետև,
Չմոռանա՛ս այդ բնավ.
Դու աշխատիր, որ ստանաս
Բարի անուն, մեծ համբավ:

Արքայական ապարանքը
Մի մեծ բույն է փորձության.
Եթե սխալ մի քայլ անես՝
Դու կորած ես հավիտյան:

Այժմ գնա՛, դու իմ հոգյա՛կ,
Օրհնությունս քեզ հետ տար,
Եղի՛ր բարի, մեծահոգի,
Եղի՛ր անմեղ ու արդար…

2

Երբ որ Արեգնազանը ներկայացավ թագավորին և հայտնեց, որ ինքը Արմանի որդին է, թագավորը շատ ուրախացավ։

— Ես այնպես էի կարծում,— ասաց թագավորը,— որ մեր Արմանը հասած տղա չունի։ Անունդ ի՞նչ է, տղա՛ս։

— Տերությանդ ծառա՝ Արեգ։

— Արե՛գ… շա՛տ լավ անուն է և քեզ բոլորովին հարմար։ Ուրա՛խ կաց, տղա՛ս, քեզ այստեղ լավ կպահեն։ Եթե մի նեղություն, մի կարիք ունենաս՝ ինձ հայտնիր։ Վաղը պիտի որսի երթանք, դու էլ կգաս ինձ հետ։

Թագավորը մինուճար մի աղջիկ ուներ, Նունուֆար անունով։ Այնքան գեղեցիկ էր Նունուֆարը, որ արեգակին ասում էր՝ «Դու մի՛ դուրս գա, ե՛ս եմ դուրս գալու»։

Երբ որ թագավորը խոսում էր Արեգնազանի հետ՝ Նունուֆարը վարագույրի հետևից թաքուն նայում էր նրա վրա և զմայլում։ «Սա իսկ և իսկ այն պատկերն է, որին քանի անգամ տեսել եմ ես երազումս»,— ասում էր Նունուֆարն ինքն իրան…

Մյուս առավոտը որսական փողերը հնչեցին։

Հազարից ավելի ձիավոր դուրս եկան, բոլորն էլ զինավորված լայնակամար նետաղեղներով, երկայնակոթ նիզակներով և այլ զենքերով։ Իրանց հետ ունեին բազմաթիվ զամփռներ, բարակներ[2], բազեներ… Մի խոսքով՝ որսի ամեն պատրաստությունով։

Անցան գնացին, հասան մի լայնատարած դաշտ, չորս կողմից ահագին անտառներով շրջապատված։ Որսական շներով անտառներից դուրս փախցրին բոլոր էրեներին[3] դեպի դաշտ, շղթայաձև շրջապատեցին ամբողջ դաշտը և, բոլոր որսերին կալմեջ արած, սկսեցին անխնա կոտորել։

Արեգնազանը թագավորի մոտից չէր հեռանում և նրանից էլ քիչ չէր կոտորում: Որսասպանության այս թունդ միջոցին թագավորը մի եղջերվի հետևից ձին չափ գցելիս, ինչպես պատահեց, վայր ընկավ ձիուցը, թեև անվնաս, միայն ձին խրտնեց, փախավ, թագավորը մնաց հետիոտն և իսկույն ընկավ մի արջի առաջ: Արջը հետևի ոտների վրա կանգնեց, բերանը բաց արավ և հենց որ ուզում էր թագավորին իր գիրկն առնել, ջարդել՝ Արեգնազանը մի ակնթարթի մեջ նետի պես սլացավ իր ձիով և թրի մի հարվածով կես արավ արջի գլուխը և վայր գլորեց ամեհի գազանին: Թագավորն ազատվեցավ, և Արեգը դարձավ նույն օրվա հերոսը:

— Ա՜յ քեզ բախտ... ինչո՞ւ ե՛ս չէի մոտիկ թագավորին...— ասում էին որսորդներից շատերը...

Թագավորին սույն օրվա պատահած դեպքի լուրը շուտով քաղաք հասավ, և պատանի որսորդի արած քաջության համբավը մի րոպեում տարածվեց ամբողջ քաղաքի մեջ:

Տեսնելու բան էր, թե ինչպիսի՜ աղաղակ էին բարձրացնում քաղաքացիք որսորդների վերադարձին:

— Կեցցե՜ թագավորը, կեցցե՜ քաջ Արեգը,— գոռում էին միաբերան և երգում.

Ո՞վ է ազատել մեր թագավորին
Արջի ճանկերից, հա՜յ, արջի ճանկերից...
Մեր քաջ Արեգը, սիրուն պատանին.
Նա՜ է ազատել արջի ճանկերից,
Արջի ճանկերից, հա՜յ, արջի ճանկերից...

Երկայն նիզակը բերանն է կոխել,
Գլուխը թրով մեջտեղից կիսել,
Ամեհի գազանին գետին կործանել,
Մեր թագավորին անվնաս պահել
Արջի ճանկերից, հա՜յ, արջի ճանկերից:

Արեգն է սիրուն արեգակի պես,
Նոր է դուրս եկել որսական հանդես,
Արջի գլուխը արավ երկու կես,
Մեր թագավորին ազատեց այսպես
Արջի ճանկերից, հա՜յ, արջի ճանկերից...

Արեգն է դյուցազն, քաջ ու անվեհեր,
Կեցցե՛ հավիտյան, կեցցե՛ շատ օրեր.

Եթե նա այսօր այնտեղ չլիներ՝
Մեր թագավորին էլ ո՞վ կազատեր
Արջի ճանկերից, հա՜յ, արջի ճանկերից:

Արեգնազանը, այս ցույցերը տեսնելով, ասում էր ինքն իրան.

— Ա՜խ, ի՜նչ լավ բան է տղա լինելը. երանի՜ ես ճշմարիտ տղա լինեի: Աղջիկը որտեղի՞ց կարող էր այս պատվին արժանանալ...

— Դու այսօր ցույց տվիր ինձ քո շնորհքդ, Արե՛գ,— ասաց թագավորը,— այսուհետև դու ինձնից անբաժան կմնաս: Ապրի՛ս, տղա՛ս, ապրի՛ս: Դու մի հազվագյուտ էակ ես. գեղեցկության և ջահելության հետ շատ հաշտ չէ քաջությունը, բայց Երկինքն ուզեցել է քեզ մի բացառություն համարել: Վաղը դու մեր ձիաներից կընտրես քեզ համար ամենալավը, իմ զենք ու զրահներից՝ ամենից ընտիրները: Դու ժամանակով դյուցազանց կարգը կընկնիս, և հենց այժմ էլ մի փոքրիկ դյուցազն ես...

Թագավորը շատ ուրախ էր, որ մի փոքրիկ դյուցազն է գտել, բայց Նունուֆարի ուրախությունը սահմանից անց էր կացել:

— Սրան Երկինքն է ուղարկել ինձ համար,— ասում էր Նունուֆարը ինքն իրան,— բանն այնպես է գնում, ինչպես որ պետք էր ցանկանալ: Բայց ես ե՞րբ պիտի տեսնեմ նրան երես առ երես, կամ նա ինձ ե՞րբ պիտի տեսնի: Ա՜խ, ինչքա՜ն ցանկանում եմ, որ հենց ա՛յս րոպեիս նա իմ մոտս լինի, մենք միասին կխոսինք, ես նրան կասեմ... նա ինձ կասե... Եվ ինչո՞ւ չկանչել, ինչո՞ւ չխոսել: Հայրս նրան որդու պես է սիրում, որովհետև իր բարեկամի որդին է. նա ազատ էլ ու մուտ ունի բոլոր պալատում: Այո՛, այո՛, պետք է կանչել: Է՜յ, ո՞վ կաք այդտեղ,— կանչեց Նունուֆարը, և ներս մտավ մի աղախին:

— Այս րոպեիս կերթաս Արեգի մոտ և կասես, որ գա ինձ մոտ. ասա՝ «Ե՛կ, ինձ տես»...

Աղախինը գնաց և կանչեց Արեգին:

— Չեմ կարող գալ,— պատասխանեց Արեգը:

— Ինչո՞ւ չեք կարող, պարո՛ն. նա հրամայել է,— պնդեց աղախինը:

— Ես նրա մոտ գործ չունիմ, հասկանո՞ւմ ես…

— Պարո՛ն, նա ասում է. «Ե՛կ, ինձ տես»… հասկանո՞ւմ ես…

— Գնա՛ ասա. «Ո՛չ կգամ և ո՛չ կտեսնեմ քեզ»…

Աղախինը գնաց:

Նունուֆարը, Արեգի մերժումը լսելով՝ այնպես սառավ ու տաքացավ, այնպես կարմրեց ու սփրթնեց փոփոխակի, որ աղախինը, այդ տեսնելով՝ սարսափի մեջ ընկավ:

Նունուֆարի սիրտն ուզում էր տրաքիլ, գլխի սկավառակն ուզում էր բարձրանալ: Նա անդադար այս ու այն կողմն էր ընկնում, մե՛րթ դուռն էր բաց անում, մե՛րթ պատուհանը. նրա սենյակը դարձավ մի հնոց և նրան այրում, խորովում էր:

— Մերժո՛ւմ… արհամարհա՛նք… ի՛նձ, ի՛նձ, ո՛հ, գլուխս, գլուխս տրաքում է, տրաքում…

Աղախինը, տեսնելով իր տիրուհու անսահման սրտնեղությունը, վստահացավ ասել.

— Տիրուհի՛, ես զարմանում եմ, որ դու մի այդպիսի դատարկ բանի համար սիրտդ շուռ ես բերում: Նա գուցե սաստիկ ամաչում է, և դրա համար է, որ չեկավ: Երբ որ լսեց, որ դու կանչում ես իրան, ամոթից կարմրեց, վարդ կտրեց և ինչքա՛ն գեղեցիկ էր…

— Ասա՛, ասա՛, խոսիր, շարունակիր… ես չլսեցի քո բոլոր ասածները… Ո՛հ, որքա՛ն ստոր եմ ես հիմա նրա աչքումը, որքա՛ն ստոր… Բայց նա սխալվում է, այնպես չէ՞. նա սխալվում է… Նունուֆարը, երկար ժամանակ հոգեպես տանջվելով, թուլացավ և ընկավ անկողին: Թագավորին իմաց տվին. նա գնաց տեսավ, բժիշկներ կանչեց. հավաքվեցան բոլոր բժիշկները, հույս տվին թագավորին, թե՝ հիվանդությունը վտանգավոր չէ և շուտով կբժշկեն, բայց դրա հակառակ, քանի գնաց՝ Նունուֆարի տկարությունը վտանգավոր դարձավ. բժիշկները հուսահատվեցան և ուղղակի հայտնեցին, որ չեն կարողանում իմանալ ոչ ցավի պատճառը և ո՛չ նրա բժշկելու հնարը:

Շատ տխրեց թագավորը։ Նունուֆարը նրա միակ զավակն էր, միակ մխիթարությունը, իր թագավորության միակ ժառանգուհին։ Ամբողջ պալատը և համարյա ամբողջ քաղաքը տխրության մեջ ընկավ։ Արեգնազանն էր միայն անտարբեր մնացողը։ Նրա հոգը չէր ամենևին, և չէր էլ երևակայում, որ ի՛նքն է նրա տխրության միակ պատճառը։

Նունուֆարին փոքրիշատե սփոփողը և ուրախ տրամադրություն տվողը թագավորի ծաղրածուն էր, իսկ նրա վրա հսկողն ու խնամք տանողը վեզիրի կինն էր։

Վեզիրի այրի կինը մի հասած տղա ուներ։ Նա կարծում էր, որ թագավորին արժանավոր փեսացու միայն իր տղան կարող է լինել և ոչ մի ուրիշը։ Այս պատճառով նա գիշեր-ցերեկ չէր հեռանում Նունուֆարի մոտից. աշխատում էր նրան առողջացնել և միևնույն ժամանակ նրա սերը գրավել։

— Տիրուհի՛, ի՞նչ կտաս, որ ես քեզ բժշկեմ,— ասաց մեկ երեկո ծաղրածուն։

— Ի՞նչ պիտի տամ, հիմա՛ր, եթե մի հնար գիտես՝ էլ ո՞ր օրվան համար ես պահում։

— Այդ լավ ասացիր. ինձ պես հիմարին ո՞վ բան կտա. ուրիշ բան է, եթե ես մի հիմար բժիշկ լինեի։ Սպասի՛ր, ես պիտի տեսնեմ՝ քո խելքդ գլխո՞ւմդ է, թե՞ քեզանից խռովել է, գնացել է ուրիշի գլուխ մտել։

— Այդ ինչպե՞ս պիտի իմանաս։

— Ա՛յ ինչպես։ Եթե տասնից երկու պակսեցնես՝ կարո՞ղ ես էլի նորմեկանց տասը շինել։

— Ինչո՞ւ չէ. տասնից կպակսեցնենք երկու, կդառնա ութ. ութի վրա երկու կավելացնենք, կդառնա էլի տասը։

— Այդ ինչպե՞ս կարելի է. տասնից որ երկու գցես[4], էլ ինչպե՞ս կարող ես կպցնել նրան։ Հիմա որ քո մի կուռը կտրենք, մեկ էլ նորմեկանց տեղը դնենք, կկպչի՞...

— Այդպես չէ, հիմա՛ր։ Եթե դու ունենաս տասը խնձոր, նրանցից երկուսն ուտես՝ տեղը չի՞ մնալ ութ։ Հիմա այս տիկինը, որ քեզ երկու խնձոր տա, կավելցնես մնացած ութի վրա, էլի կունենաս տասը խնձոր։

— Հա՜, հիմա հասկացա։ Ուրեմն՝ դու այնպես ես հաշվում, որ կերած խնձորների տեղը կարելի է ուրիշ խնձորներ դնել։

— Իհա՛րկե, կարելի է։

— Իսկ ես այնպես էի կարծում, թե՝ կերածը կերած է, կորածը՝ կորած, մեռածը՝ մեռած. էլ դրանք ետ չեն դառնալ։ Ուրեմն, այս տիկինն ինչո՞ւ է մեկ մնացել։ Սա մեկ մարդ ուներ, մեռավ. առաջ սա և իր մարդը երկու էին. հիմա եթե սրա վրա ուրիշ մեկ մարդ ավելացնենք՝ խոմ էլի կդառնա՞ երկու։ Բայց առաջվան մեկը վեզիր էր, ողորմի՛ իրան, խելոք մարդ էր կարծվում, երկրորդ մեկը թող լինի մեկ հիմար կարծվող ծաղրածու։ Այս հանգամանքը խոմ մեր հաշվին չի՞ դիպչիլ. տիկինը, որ հիմա մեկով պակաս է՝ առաջվա պես կդառնա երկու…

— Դու իմ հոգսը մի՛ քաշիր, հիմա՛ր,— ասաց տիկինը.— դեղ գիտես՝ քո տիրուհուդ համար արա. թող ես մեկ մնամ…

— Տիկի՛ն, իմ տիրուհին մեկ է, սրան ուրիշ մեկ չի պակսիլ, բայց ուզում է երկու դառնա։ Ես հիմա մտածում եմ, որ սրա համար մի այնպիսի «մեկ» գտնեմ, որ եթե սրա վրա ավելացնենք՝ դառնա էլի մեր առաջվան Նունուֆարը։

Ծաղրածուն մատը ճակատին դրավ և մի փոքր մտածելուց հետո բացականչեց.— Գտա՜, գտա՜…— Եվ սկսեց երգել.

Մե՛կ — րե՛գ, մեր Արեգ,
Չո՛րս — մո՛րս, գնաց որս.
Վե՛ց — նե՛ց, ըսպանեց
Մի արջիկ, մի աղջիկ…

Ես հաշվեցի և գտա
Մեր պալատում մի տղա,
Նրան տեսնող աղջիկը
Խելքը հացով կուլ կըտա։

Ես հիմար եմ, միշտ հիմար,
Ինձ ո՞վ կասի, թե՝ գտար
Իմ սիրելի տիրուհու
Ցավի համար դեղ ու ճար։
Յարալլալի, շարալլալի,
Հայդե՛, հիմա՛ր, դո՛ւրս արի…

Երգեց հիմարը և, մի քանի ոստյուններ անելով, դուրս փախավ…

Վեզիրի կինը «մատը կծեց» և ընկավ մտատանջության մեջ: «Ես հիմա հասկացա ամեն բան,— ասաց իր մտքումը:— Հիմարն իմ հաշիվը տակնուվրա արավ: Շա՜տ լավ. քո Արեգին մի այնպիսի տեղ ուղարկեմ, որ գնալն ըլի, գալը չըլի»…

— Մեր հիմարն այնքան հիմար չէ, ինչքան կարծվում է,— ասաց տիկինը Նունուֆարին:

— Այո՛, բայց այս անգամ շատ հիմարացավ,— պատասխանեց Նունուֆարը:

Մյուս առավոտը ամենից կանուխ վեզիրի կինը գնաց թագավորի մոտ:

— Ի՞նչ կա, ինչպե՞ս է աղջկանս առողջությունը,— հարցրեց թագավորը:

— Էլի այնպես է, տե՛ր թագավոր, ինչպես տեսել ես. բայց ես եկել եմ քեզ մի ուրախառիթ լուր հաղորդելու:

— Ի՞նչ լուր, ասա՛ շուտով, գուցե իմ աղջկանն է վերաբերում. ուրիշ ո՛չ մի լուր ինձ չի կարող ուրախացնել:

— Այո՛, այո՛: Այս գիշեր երազումս երևաց մեր թագուհին և ասաց ինձ, որ Նունուֆարի միակ դեղը «անմահական ջուրն է»:

— Ան-մա-հա-կան ջո՛ւր…— բացականչեց թագավորը,— բայց ո՞վ կարող է բերել այդ անմահական ջուրը, որի միայն անունն ենք լսած, իսկ իրան չենք տեսած: — Ես հարցրի այդ մասին թագուհուն, և նա ասաց, որ միայն Արե՛գը կարող է բերել…

— Արեգը… լա՛վ, ես կուղարկեմ Արեգին, թող երթա իր բախտը փորձե…

Թագավորը կանչեց Արեգին և առաջարկեց նրան գնալ անմահական ջրի:

— Գնա՛, տղա՛ս, եթե կարողանաս այդ ջրից բերել և իմ աղջկանս առողջացնել՝ ես նրան քեզ կտամ և նրա հետ իմ թագավորությունը:

— Այդ խոստումն էլ որ չլինի, տե՛ր արքա, ես պատրաստ եմ հնազանդիլ քո հրամանին,— ասաց Արեգը,— դու ինձ ասա միայն՝ որտե՞ղ է գտնվում այդ անմահական ջուրը:

— Նրա տեղն ո՞վ կիմանա, որդի՛: Նա մի առանձին պարգև է, մի առանձին ողորմություն և շնորհք, որ բարի ոգիները միայն իրանց ընտրածին են տալիս: Թեպետ լսած ենք, թե՝ նա մի աղբյուր է, թե՝ նրա վրա հսկում են աներևույթ ոգիները, որ նա երբեմն բխում և երբեմն անհայտանում է, բայց այդ ո՞վ գիտե: Դու երեսդ կդարձնես դեպի արևելք, կընկնես երկրե երկիր, աշխարհքե աշխարհք, ամեն տեղ հարցուփորձ կանես, կա՛մ կգտնես, կա՛մ չես գտնիլ. այդ քո ճակատագրից, քո բախտիցն է կախված. բայց ինչ էլ որ լինի՝ հաջողություն թե անհաջողություն, դու շատ բան կտեսնես և շատ բան կսովորես: Իմ գանձարանը բաց է քեզ համար. որքան կարող ես՝ հետդ ոսկի և ակնեղեն վերցրու. շատ տեղ հարկավոր կգա…

3

Արեգնազանը գնաց:

Զարմանալի մի էակ էր Արեգնազանը. միշտ աշխույժ ու զվարթ, միշտ անահ ու անհոգ. նեղության մեջ ընկած ժամանակ նս իր ուրախ տրամադրությունը չէր փոխում: Նա գնաց իր Բազիկ ձիով, որ երեք-չորս օրվան ճանապարհը մեկ օրումն էր անցնում: Նա պտտեց մի քանի թագավորություն, շատ տեղ հարցուփորձ արավ, շատ բան տեսավ, շատ նեղություններից ազատվեցավ, մինչև հասավ կախարդական աշխարհը, ուր ամեն մի քայլափոխում մի նոր հրաշք էր տեսնում, մի նոր զարմանալիք:

Մեկ օր սաստիկ արև էր: Շոգը որ շատ նեղեց Բազիկին՝ Արեգնազանը իջավ մի լճի մոտ, Բազիկին քաշեց կապեց մի խիտ ստվերի մեջ, ինքն էլ մոտը նստեց, հանեց իր ճամփի պաշարը և սկսեց ճաշել: Հենց այդ միջոցին մեկ էլ տեսավ, որ ահա՛ մի խումբ աղավնիներ թռած եկան և իջան լճի ափին՝ իրանից շատ մոտիկ: Նետաղեղը լարեց, որ մի որս անե, մեկ էլ տեսավ, որ բոլոր աղավնիները հանեցին փետուրները և, աղջկերք դառնալով, թափվեցան ջուրը լողանալու:

Արեգնազանը մնաց ապշած մի րոպե. հետո մտածեց նրանց հետ մի խաղ խաղալ և տեսնել՝ ի՞նչ կլինի հետևանքը: Կուզեկուզ մոտեցավ ափին՝ այնպես, որ իրան չտեսան, վերցրեց նրանցից մեկի փետուրները: Երկու մեծ թև էր աղավնու, մնացած փետուրներն էլ վրան:

Չանցավ մի քանի րոպե, բոլոր աղջկերքը դուրս եկան, հագան իրանց թևերն ու թռան, բայց մեկը, որ իր թևերը չգտավ, ամաչեց մերկ կանգնել ջրի ափին, իսկույն իրան գցեց ջուրը: Արեգնազանը, այդ նկատելով, թևերը ձեռին մոտեցավ աղջկանը: Աղջիկը, ջրումն ընկղմված, միայն գլուխը դուրս հանած, մոտեցավ Արեգնազանին և սկսեց երգել.

Ա՛յ տղա, սիրո՛ւն տղա,
Թնե՛րըս տուր, թնե՛րըս,
Թներըս տուր, թռչիմ գնամ,
Ինչ կամենաս՝ քեզ կըտամ:

Իմ օրումս չեմ տեսած
Քեզ պես սիրուն մի տղա,
Այդքան գեղեցկության մեջ
Միրտ չի լինիլ անզգա:

Խնայի՛ր ինձ, աղաչո՛ւմ եմ,
Թնե՛րըս տուր, թնե՛րըս,
Թներըս տուր, թռչիմ գնամ,
Ինչ կամենաս՝ քեզ կըտամ:

Եթե իրավ տղա ես՝
Կուզեմ դառնաս դու աղջիկ,
Որ քո սեռում չլինի
Քեզ հավասար գեղեցիկ:

Տե՛ս, ահա ես քեզ օրհնում եմ.
Թնե՛րըս տուր, թնե՛րըս,
Թներըս տուր, թռչիմ գնամ,
Ինչ կամենաս՝ քեզ կըտամ:

Աղավնի աղջիկը լռեց և, վիզը ծռած, մի ամենաքնքուշ ժպիտ բերանին՝ նայում էր Արեգնազանին և սպասում, որ իր թներն ստանա:

Արեգնազանին այնքան դուր եկավ Աղավնի աղջկա երգի եղանակը, որ ասում էր. «Ո՛չ ուտեմ, ո՛չ խմեմ, սա երգի, ես լսեմ»...

— Շարունակի՛ր, շարունակի՛ր, մի քիչ էլ երգիր,— խնդրեց Արեգնազանը:— Քո երգը ինձ շատ է դուր գալիս, դեռ այդպես բան լսած չկամ կյանքումս: Միայն մի բան ես չհասկացա, սիրո՛ւն աղջիկ: Դու ասում ես. «Եթե տղա ես, աղջիկ դառնաս».— այդ ինչպե՞ս կարելի է:

Աղջիկը շարունակեց երգել.

Ամենայն ինչ կարելի է,
Ո՛չ մի դժվար բան չկա.
Եթե իրավ աղջիկ դառար՝
Հիմա դարձի՛ր քաջ տղա:

Թող երեսիդ մորուք բըսնի
Թուխ ու երկայն բեղերով,
Թող կոշտանա սիրուն դեմքըդ
Հաստ ջիղերի գծերով:

Ո՜հ, տեսնում եմ, դու փոխվում ես...
Թնե՛րըս տուր, թնե՛րըս,
Թներըս տուր, թռչիմ գնամ,
Ինչ կամենաս՝ քեզ կըտամ:

Մի վայրկենական ուշաթափություն եկավ Արեգնազանի վրա, և նա զգաց մի անսովոր բան, բայց շատ հաճոյական: Նայեց ջրի երեսին, ուր, ինչպես հայելու մեջ, պատկերացավ մի դեմք, բոլորովին Արեգնազանին նման, միայն՝ նորածիլ բեղերով ու մորուքով: Այդ պատկերն առաջ մի քիչ խորթ թվաց Արեգնազանին, բայց հետո այնքան զմայլելի եղավ, որ վրան նայելուց չէր կշտանում:— Այս է՛ս կլինիմ անպատճառ,— ասաց ինքն իրան:— Ես հիմա ճշմարիտ որ *Արեգ* եմ:

— Սիրո՛ւն աղջիկ, դու տվիր ինձ այն, ինչ որ իմ միակ ցանկությունս էր. այժմ դու ազատ ես, ես չէի սպասում քեզանից այսպես բան. ուրեմն, դու ինձ կասես, դու անպատճառ կիմանաս, թե՝ որտե՛ղ է գտնվում անմահական ջուրը, որի համար ես ահա քանի ժամանակ է թափառում եմ:

Աղջիկն սկսեց երգել.

Որ ճանկ գցեց քեզ պես փեսա,
Հիմա հասար քո մուրազին՝
Եկար աղջիկ, կերթաս տղա:

Անմահական ջո՞ւր ես ուզում...
Թնե՛րըս տուր, թնե՛րըս,
Թներըս տուր, թռչիմ գնամ
Եվ իմ կտցով բերեմ տամ:

Գնա՛ օգնիր տկարներին,
Հոգի ու շունչ տուր քարերին.
Թե որ կուզես, ինչպես հիմա,
Մնալ փոխված այդպես տղա,

Իսկ եթե ոչ՝ լա՛վ գիտենաս,
Որ տղայից քար կըդառնաս,
Երբ քարացած քաղաքի մեջ
Կախարդ կընկան կըմոտենաս:

Թնե՛րըս տուր, թնե՛րըս,
Թներըս տուր, շուտ հագնեմ,
Թռչիմ գնամ և քեզ համար
Անմահական ջուր բերեմ...

Աղջկա վերջին խոսքերից շատ բան չհասկացավ Արեգը, բայց, չուզենալով այլևս ուշացնել նրան, թևերը տվավ իրան: Աղջիկը թևերը հագնելուն պես դարձավ աղունակ և թռավ գնաց: Մի քանի րոպե չանցած՝ մի փոքրիկ շիշ կտցին, անմահական ջրով լիքը, բերավ Արեգին տվավ և ինքը կրկին թռավ գնաց:

Արեգը ձին հեծավ և ճանապարհ ընկավ՝ ձիու հետ խոսելով.

— Բազի՛կ, ես հիմա տղա եմ, գիտե՞ս, էլ աղջիկ չեմ: Առաջ աղջիկ էի. այդ ոչ ոք չգիտեր, գուցե դու էլ չգիտեիր. հայրս պատվիրել էր, որ ոչ ոքի չասեմ, թե՝ ես աղջիկ եմ. բայց հիմա տղա դառա: Օ՜, որ գիտենաս, Բազի՛կ, ինչքա՜ն ուրախ եմ հիմա: Դու չես իմանում. թեպետ աղջիկն էլ լավ է, բայց տղային որտե՞ղ կհասնի: Ես հիմա չգիտեմ՝ ո՛ւր եմ գնում: Բազի՛կ, դու ի՛նքդ գնա՝ որ կողմ կուզես. այսուհետև ինձ համար միևնույն է... Բայց սպասի՛ր, ես մի աշտարակի ծայր եմ նշմարում, նա անպատճառ մի քաղաք կլինի, գնանք դեպի այն կողմը: Զարմանալի անհոգ եմ ես, Բազի՛կ. մեկ չես ասում, թե ինչո՞ւ այդ իմաստուն աղջկանը չհարցրիր, թե՝ ո՛վ դու գեղեցիկ և իմաստուն աղջիկ, ո՞ր կողմով պիտի ետ դառնամ ես իմ աշխարհը: Դեռ լավ էր, նա առանց իմ ասելուն՝ ինձ տղա դարձրեց. որ բանն ինձ մնար՝ ես դեռ էլի աղջիկ կլինեի: Ի՞նչ կարող էի մտածել, որ այդպես բան կարող է պատահել: Բայց երբ որ տեսա, թե այդպես բան լինում է, ինչո՞ւ չասացի՝ սիրո՛ւն աղջիկ, ինձ որ տղա դարձրիր՝ մեր Բազիկին էլ մարդ դարձրու, կամ եթե ոչ՝ գոնե խոսելու ձիրք տուր. հը՞, ի՞նչ կասես, Բազի՛կ:— Ոչի՛նչ, դու տղա դառար, ես էլի մնացի ձի:— Իրա՛վ, իրա՛վ, այդ լավ չեղավ: Մի բան տեսնելիս այնպես հափշտակվում եմ, որ բոլոր մնացած բաները մոռանում եմ. հետո միտս է գալիս, բայց ուշ է լինում…

Այսպես ձիու հետ խոսելով և նրա փոխանակ ինքը պատասխանելով՝ մեր վերանորոգված Արեգը դիմեց դեպի երևացող աշտարակը:

4

Երբ որ Արեգը մոտեցավ բարձր աշտարակին՝ հետզհետե երևացին և ուրիշ շատ տներ, և նրա առջև բացվեց մի մեծ քաղաք: Մոտեցավ քաղաքադռանը, տեսավ մի քանի մարդիկ կանգնած, հարցրեց նրանց.

— Տղե՛րք, ի՞նչ քաղաք է սա, և որտե՞ղ են իջնում օտարականները:

Մարդիկը ձայն չհանեցին:

— Ձե՛զ եմ ասում, տղե՛րք, չե՞ք հասկանում:

Ձայն չկա:

«Երևի խուլ են»,— մտածեց Արեգը և գնաց ձեռը դիպցրեց նրանց:

— Ո՜վ երկինք,— բացականչեց Արեգը,— այս ի՞նչ եմ տեսնում. այս ի՜նչ հիանալի արձաններ են, իսկ ես կարծեցի, թե ուղիղ մարդիկ են: Այս ինչքա՜ն ճարտար քանդակագործ է եղել սրանց շինողը…

Արեգը, կարծելով, թե իր տեսածներն ուղիղ շինովի արձաններ են, ներս մտավ քաղաքը, և նրա առջևը բացվեցին նորանոր տեսարաններ, բոլորն էլ քարեղեն:

Ահագին շուկա, կարգին խանութներ, թե՛ կրպակ, թե՛ տուն, թե՛ կատու, թե՛ շուն, ուտելիք ու հագնելիք, գեղեցիկ գործեր և ուրիշ զարդեր… բոլորը, բոլորը քարացած: Ո՛չ ծուխ, ո՛չ կրակ, ո՛չ ձայն, ո՛չ շունչ… կյանքի հետք ու նշույլ չկա…

— Ես հիմա՛ հասկացա. սա՛ է Աղավնի աղջկա ասած քարե քաղաքը,— ասաց Արեգը և սկսեց շրջել քաղաքի մեջ, ուր ամեն մի քայլափոխում մի նոր տեսարանի էր հանդիպում:

Մի տեղ մի խումբ մարդիկ կանգնած՝ որպես թե իրար հետ խոսում են. մեկի դեմքը բարկացած է և բերանը բաց, կարծես մյուսին հայհոյում լինի. մեկը ծիծաղում է, մյուսը լաց է լինում. մի կին, երեխան գրկած, ողորմություն է ուզում. մի տեղ հարսանիքի հանդես է իր ամեն սարք ու կարգով. հարսին տանում են փեսայի տուն: Մեկ խոսքով՝ եթե շարժման մեջ եղած մի քաղաք մի վայրկյանում տեղնուտեղը քարանա, ինչ պատկեր կստանա, ահա՛ այդպիսի մի պատկեր էր ներկայացնում քարացած քաղաքը: Մրգավաճառը միրգը քաշել է և կիսով չափ ածել առնողի զամբյուղը, մինչև մյուս կեսն ածելը քարացել են՝ ինքն էլ, կշեռքն էլ, առնողն էլ, միրգն էլ. ահա՛ այսչափ արագ էր եղել քարանալը:

— Խե՜ղճ մարդիկ,— ասաց Արեգը,— հող դառնալու էլ չեք արժանացել, այլ՝ դառել եք ծախու ապրանք: Ճշմարիտ, եթե մեկը այս անթիվ արձանները կարողանար տանել հեռու աշխարհքներ վաճառելու՝ անչափ հարստություն կդիզեր: Ահա՛ այն նորապսակ աղջկա արձանին, ով գիտե, իր քաշովը մեկ ոսկի կտային: Բայց ի՞նչ եմ մտածում ես էլ. այս թշվառությունն աշկարա տեսնողն էլ ի՞նչ կարող է հարստության վրա մտածել: Ահա՛ հարստություն՝ մեր առջև պատկերացած իր իսկական կերպարանքով… Ա՜խ, երանի՜ թե՝ սրանցից մեկը լեզվավորվեր և ինձ պատմեր իրանց գլխի անցքը: Արի՛ մեկ բղավեմ, ինչ կլինի՝ կլինի:

— Ո՛վ քաղաքացի՜ք… ինչո՞ւ եք քարացե՜լ…— կանչեց Արեգը:

— Քարացե՜լ…— արձագանք տվին բոլոր քարերը:

— Ք…ա՜…ր,— հանկարծ մի նոր ձայն լսվեցավ:

— Ահա ձայն լսեցի,— ասաց Արեգը և մեկ էլ բղավեց.— Ո՞վ կաք կենդանի՜…

— Ե…ե՜…ս,— պատասխանեց ձայնը:

Արեգը որոշ կերպով լսեց, թե որտեղի՜ց է գալիս ձայնը, գնաց դեպի այն կողմը: Մի գեղեցիկ ապարանք էր, առջևն ընդարձակ պարտեզ, բոլորն էլ քարացած: Մի փոքրիկ ծաղկոցում նա գտավ մի քարացած մարդու կենդանի գլուխ:

— Ո՞վ ես դու, ո՛վ մարդ,— հարցրեց Արեգը:

— Ջո՜ւր… ջո՜ւր…— պատասխանեց գլուխը, հազիվ կարողանալով խոսել:

— Ջո՞ւր ես ուզում:

— Ջո՛ւր... ջո՛ւր... տո՛ւր... տո՛ւր...

— Հայրի՛կ, ձեր քաղաքի ջուրն էլ է քարացել, ջուր չկա:

— Մի՛... մի՛... կա՛թ... կա՛թ...

— Մի կաթիլ ջուրը քեզ ի՞նչ կօգնե. քո ծարավը մի կարաս ջրով չի հագենալ: Ես ունիմ ինձ մոտ մի քանի կաթիլ ջուր, եթե կբավականանաս՝ չեմ խնայիլ քեզանից:

— Հա՛... հա՛... հա՛...

Արեգը հանեց անմահական ջրի շիշը և նրանից մի քանի կաթիլ կաթեցրեց կիսարձանի բերանը: Կենդանի գլուխը ոչ միայն կատարելապես զովացավ, այլև զգաց մի վերակենդանության ցնցում իր բոլոր մարմնի մեջ և սկսեց պարզապես ասել.

Դու բարի՛ հրեշտակ,
Որտեղի՞ց եկար,
Փախի՛ր, հեռացի՛ր
Մի առ ժամանակ.

Բայց ո՛չ, սպասի՛ր,
Ես էլ եմ գալիս...
Այո՛, գալիս եմ,
Նայի՛ր, մեկ նայի՛ր...

Կիսարձանը կենդանացավ և սկսեց քայլել, առաջ մի փոքր դանդաղ, հետո ավելի շուտ-շուտ, և սկսեց փախչիլ՝ իր հետևից կանչելով Արեգին. — Փախի՛ր, փախի՛ր, որդիս, ե՛կ իմ հետևիցս, մեզ հարկավոր է թաքչիլ. հիմա ուր որ է՝ պիտի գա քարացնող պառավ հրեշը: Արի՛, արի՛, մտնենք իմ ապարանքը, գոնե քեզ չգտնե:

Արեգը մնացել էր շփոթված, չէր իմանում, թե ի՛նչ աներ, բայց վերջը հետևեց փախչող մարդուն: Ձին քաշեց ներս, վարի հարկումը մի մութ անկյունում կապեց, իսկ ինքը վերև բարձրացավ այն մարդու մոտ:

— Ես չեմ հասկանում, թե՝ այդ ի՛նչ հրեշ է, որից այդքան վախենում ես դու,— ասաց Արեգը:

— Այդ հրեշը մի պառավ է, որդի՛, նա՛ է քարացրել մեր քաղաքը. ամեն օր

այս ժամանակին գալիս է նայում և զվարճանում իր չարության վրա. հիմա ուր որ է՝ պիտի գա, և եթե մեզ տեսնի կենդանի՝ իսկույն կքարացնե:

— Հիմա հասկացա: Բայց ինչպե՞ս է եղել, որ քեզ բոլորովին չէր քարացրել:

— Ավելի տանջելու համար: Ես այս քաղաքի թագավորն եմ. ինձ կասեն Անդաս թագավոր: Քավթառ հրեշը գլուխս կենդանի թողեց, ասելով.— Աչքերդ բաց եմ թողնում, Անդա՛ս, որ տեսնես քո թագավորության ոչնչությունը իմ զորության, իմ ուժի առջև:

— Ինչո՞ւմն է նրա զորությունը, կամ ինչո՞վ է նա ուժեղ, չգիտե՞ք:

— Նրա զորությունը իր գավազանների մեջն է: Նրա գավազանները մահ են սփռում ամեն տեղ: Նա մի գործիք է չար ոգիների ձեռքում և նրանցով է անում, ինչ որ անում է: Կամ, ո՞վ գիտե, գուցե հենց ինքը մի չար ոգի է՝ պառավի կերպարանք առած:

— Ի՞նչ ես կարծում, եթե դրա ձեռքից խլենք իր գավազանները…

— Բայց ինչպե՞ս կարելի է մոտենալ նրան. միայն բարի ոգիքը կարող են այդպիսի բան անել կամ այնպիսի մի մարդ, որ բարի ոգիների պաշտպանությունը իր կողմն ունի:

— Ինձ թվում է, որ բարի ոգիները կպաշտպանեն մեզ,— ասաց Արեգը և պատմեց Աղավնի աղջկա հետ հանդիպելը, նրա արածն ու ասածը…

— Օ՜… եթե այդպես է, ապա ուրեմն՝ դու մի բարի ոգի ես, երկնքից ուղարկված,— բացականչեց թագավորը:— Ես կարող եմ այժմ համարձակ դուրս գալ նրա առաջը, իսկ դու ինձ մոտ թաք կկենաս, և երբ հարձակվի ինձ վրա՝ դու իսկույն կբռնես նրան և զինաթափ կանես: Ահա՛, ահա՛ երևում է նա. տե՛ս, ամպերի մեջ, խնոցու վրա հեծած, օձե մտրակը ձեռին գալիս է:

— Տեսնում եմ, տեսնում… դու սիրտդ պի՛նդ պահիր, չվախենա՛ս, ես նրա հոգին կհանեմ:

Այս ասելով իջան պարտեզ: Արեգը թաք կացավ մի քարացած ծերունու քամակում:

Պառավը վայր իջավ թագավորի դիմացը, ձեռքն առավ իր երեք գավազաններից մեկը և սպառնալով ասաց.

Այս ի՞նչ եմ տեսնո՛ւմ,
Այստեղ ո՞վ եկա՛վ,
Այս կյանքն, այս հոգին
Սորան ո՞վ տվավ:

Հասե՛ք, ոգինե՛ր,
Հասե՛ք, շո՛ւտ հասեք,
Ձեր խեղճ պառավին
Եկե՛ք, օգնեցե՛ք:

Իսկ դու, գավազա՛ն,
Ինչպե՛ս ես զարկել,
Որ սա նորմեկանց
Ոտքի է կանգնել:

Հապա՛, գավազա՛ն,
Հապա՛ մեկ տեսնենք,
Քո զորությունը
Մեկ այժմ էլ փորձենք:

Գավազանը ձեռին հարձակվում էր պառավը, որ զարկեր թագավորին, ասելով՝

Քա՛ր էիր, Անդա՛ս,
Էլի քար դառնա՛ս.

այս միջոցին Արեգը բռնեց նրա մազերից և այնպես գետին փռեց, որ պառավը կիսաշունչ եղավ: Թագավորը, որ առանց ուղիղ քարանալու, այլ միայն երկյուղից մնացել էր քարացած, նոր սրտապնդվեց և մոտեցավ պառավին: Գավազանները խլեցին և պառավի ձեռք ու ոտքը կապեցին:

— Հիմա ի՞նչ պատժով պատժենք քեզ, զարշելի՛ պառավ,— ասաց թագավորը:

Պառավը պատասխանեց.

Ինչ պատիժ կուզեք, մե՛կ է ինձ համար,
Թող ձեր պատիժը ձե՛զ լինի հարմար:
Բայց այդ դու չէիր, Անդա՛ս թագավոր,
Այլ՝ տղայացած աղջի՛կ զորավոր…

Գրվա՛ծ է արդեն իմ ճակատագրում
Եվ ոգիների մատենագրում,
Թե՝ երբ մի աղջիկ կըդառնա տղա՛,
Քո թշվառ կյանքին նա՛ վախճան կըտա:

— Օ՛… եթե այդպես է՝ ես պատրաստ եմ,— ասաց Արեգը,— միայն՝ դու պետք է առաջ կենդանացնես այս քաղաքը:

— Թող այդպե՛ս լինի, թող կենդանանա՛,
Թող ամեն մեկը իր գործի՛ն կենա.
Ուրիշ չարություն շատ ունիմ արած,
Թող Բելիարը[5] նրանցով շատանա…

Ամպե՛ր, գոռացե՛ք,
Կայծակնե՛ր, զարկե՛ք,
Աղբյո՛ւրք, բխեցե՛ք,
Գետե՛ր, վազեցե՛ք:

Մարդ և անասուն,
Գազան և թռչուն,
Հասա՛վ ձեր ժամը,
Հիմա վե՛ր կացեք…

Պառավն իր խոսքը ավարտած-չավարտած՝ խորին լռությունը հանկարծ դղրդաց. քաղաքը մտքի արագությամբ կենդանացավ: Ամենքն էլ այնպես շարունակեցին իրանց կիսատ թողած գործերը, որ կարծես ո՛չ քարացած են եղել երբևիցե, ո՛չ բան: Աքաղաղը, որ իր կանչի կիսումն էր քարացել՝ մյուս կեսը հիմա ավարտեց. զուռնաչին, որ զուռնան բերանումն էր քարացել՝ շարունակեց ածելը. պար եկողն էլ, որ ձեռքերը բարձրացրած էր մնացել՝ շարունակեց իր պարը. խոհարարը շարունակեց մսի քափը քաշելը, և բոլորն այսպես... Ոչ մի մարդ, բացի թագավորից, չիմացավ, որ ինքը երբևիցե քարացած է եղել:

— Հիմա ի՞նչ անենք այս չար պառավին,— ասաց թագավորը:

— Գավազանները ձգենք ծովը,— պատասխանեց Արեգը,— իսկ պառավին թողնենք երթա, սրա զորությունը վերացած է այսուհետև:

Պառավը չուզեց կենդանի մնալ և ասաց նրանց.

— Ինձ է՛լ, ինձ է՛լ ծովը ձգեցեք,
Այնտեղից մոտ է Սանդարամետը[6],
Մահացու կյանքից ինձ ազատեցե՛ք,
Թող ինձ ընդունի Սատանապետը:

Լրացավ արդեն մի հազար տարին,
Որ ես գործիք եմ մեծ Բելիարի,
Միշտ չա՛ր գործեցի, չիմացա բարին,
Թող այժմ նորա կամքը կատարի:

Դեռ պառավն իր խոսքը չէր ավարտել, որ թագավորի մեծ վեզիրն ու սպարապետը եկան և, խոր գլուխ տալով թագավորին, ասացին.

— Տե՛ր արքա, բոլոր զորքը պատրաստ է, քո մեծության հրամանին ենք սպասում:

— Ինչո՞ւ համար եք պատրաստել զորքը,— հարցրեց թագավորը զարմանալով:

— Մենք կատարեցինք քո հրամանը. թշնամու զորքը մոտենում է, պետք է նրա առաջքն առնել:

— Սպասեցե՛ք, սպասեցե՛ք... այո՛, այո՛, ես հիմա հիշում եմ... այդ մեզանից ուղի՛ղ քառասուն տարի առաջ էր, ինչ որ ասում եք. մեր քարանալու օրն էր... թշնամու զորքերը եկան և, մեզ քարացած գտնելով, սարսափած փախան...

Վեզիրն ու սպարապետը իրար երես նայեցին և շշնջացին միմյանց.

— Թագավորը խելագարվել է… Այո՛, այո՛, զարմանալի՜ փոփոխություն, երեկ չէ՞ր, որ մոտն էինք. մեկ օրվա մեջ ծերացել է…

— Տեսնո՞ւմ եք դուք այս պառավին,— ասաց թագավորը,— սա՛ է մեր քաղաքի քարացնողը: Քառասո՛ւն տարի շարունակ սա մեր քաղաքը քարացրած պահեց…

Վեզիրն ու սպարապետը, թագավորին գլուխ տալով, համաձայնություն ցույց տվին, որ իբր թե հավատում են նրա ասածին, բայց իրար հետ շշնջալով՝ «հաստա՛տ խելագարված է սա», ասացին:

— Եթե սա չլիներ,— շարունակեց թագավորը, ցույց տալով Արեգին,— եթե սա չլիներ՝ մենք հավիտյան քարացած կմնայինք: Սա որ մի հրաշքով աղջկանից տղա էր դառել, և աղավնի դարձող աղջկանից անմահական ջուր էր ձեռք բերել, պատահմամբ ասեմ, թե Երկնքի տնօրենությունով, եկավ և ինձ կենդանություն տվավ իր ջրով, այս չար պառավին էլ բռնեց ու զինաթափ արավ: Այժմ այս պառավին ձե՛զ եմ հանձնում. տարե՛ք սրան ծովը ձգեցեք… ահա՛ այս գավազանները ևս ծովը ձգեցեք…

Վեզիրն ու սպարապետը դարձյալ սկսեցին շշնջալ՝ դեպի մի կողմ քաշվելով:

— Հաստա՛տ, հաստա՛տ խելագարվել է,— պնդեց վեզիրը:

— Դրան ի՛նչ կասկած,— կրկնեց սպարապետը:— «Սա՛, ասում է, աղջիկ է եղել, տղա է դառել, մի աղջիկ էլ աղավնի է դառել, ինքն էլ անմահական ջուր է խմել, իսկ մենք՝ որպես թե քառասուն տարի է, որ քարացած ենք եղել…»: Խելքը գլխին մարդը մի՞թե այդպիսի բաներ կխոսի:

Այս մարդոց կասկածը շատ բնական էր: Վեզիրը քարանալուց առաջ ճաշի էր նստած և գդալը ձեռին բերանը տանելիս քարացել էր, իսկ այսօր գդալը տարել էր բերանը և իր ճաշը վերջացրել, եկել: Սպարապետը, ոտքի մեկը ձիու ասպանդակումը դրած՝ հեծնել ուզելիս էր քարացել, և այսօր էր ոտը մյուս կողմն անց կացրել և հեծնել ձին ու եկել. էլ ուրեմն, ինչպե՞ս կարող էին երևակայել, որ երբևիցե քարացած են եղել:

— Գիտես ինչ կա, թագավո՛ր,— ասաց Արեգը ծածուկ:— Այս մարդիկը քո խոսքերին չեն հավատում և քեզ խելագար են համարում: Այս շատ վտանգավոր բան է. կարող են քեզ ճշմարիտ խելագար համարել և թագավորությունից զրկել: Հիմա դու սպասիր, տես՝ ես ինչ եմ անում, և ի՛նձ հետևիր:— Հետո, դառնալով վեզիրին ու սպարապետին, ասաց.

Եկե՛ք, պարոններ, եկե՛ք,
Մի՛ կասկածեք բնավին,
Տեսե՛ք՝ ինչպե՛ս եմ պատժում
Այս անըզգամ պառավին:

Այս ասելուց հետո, կախարդական գավազաններից մեկը ձեռին, մոտեցավ պառավին և ասաց.

Հրամանով
Բելիարի,
Ուրիելի,
Սադայելի[7]՝
Քա՛ր դառ, պառա՛վ, քա՛ր...

Ասաց ու զարկեց գավազանը: Պառավը դառավ մի քած[8] էշ և սկսեց խառանչել[9]...

— Ա՛յ քեզ բան,— բացականչեց Արեգը,— երևի այս գավազաններից ամեն մեկը մի ջոկ զորություն ունի, կամ գուցե իմ անեծքս էր իշավարի, և պառավն իր խառանչյունով ծիծաղում է ինձ վրա: Փորձենք երկրորդ գավազանը:

Սադայելի ահեղ սրով,
Տարտարոսի[10] մեծ զնդանով,
Քեզ զարկում եմ, անիծում եմ,
Քա՛ր դառ, պառա՛վ, քա՛ր...

Պառավը դարձավ մի սև ագռավ և ուզեց թռչիլ, բայց ոտները կապած էին, չկարողացավ...

— Սպասեցե՛ք, երրորդ գավազանը փորձենք:

Առավ երրորդ գավազանը և սկսեց ավելի թունդ անիծել՝ կարծելով, թե իր անեծքի թուլությունիցն է, որ պառավը քար չի դառնում:

Քարեկարկո՛ւտ,
Արյունանձրև՛,

Մե՛զ, մառախո՛ւղ,
Թանձր մռա՛յլ,
Խիտ աղջամո՛ւղջ,
Թունդ երկրաշա՛րժ,
Մահտարաժա՛մ[11],
Որո՛տ, կայծա՛կ,

Հրդե՛հ, կրա՛կ,
Նավթահեղե՛ղ
Դժոխային
Թափվի գլխիդ,
Ո՛վ սև ագռավ,
Դաhի՛ճ պառավ…
Քեզ զարկում եմ
Չա՛ր մահակով,
Դագանակո՛վ,
Որոտմունքի
Թո՛ւնդ մտրակով,
Կայծակների
Ահե՛ղ զարկով,
Անեծքս ա՛ռ,
Դարձի՛ր լեռ քար…

Ասաց ու զարկեց գավազանը, և պառավը դարձավ մի դաժանատեսիլ քարե արձան: Հետո, դառնալով վեզիրին ու սպարապետին, ասաց Արեգը.

Հիմա ամառն է, բայց դուք չըզիտեք.
Այս շոգ կրակին մուշտակ եք հագել.
Ձմեռն է եղել, երբ քարացել եք,
Էնդուր[12] եք հիմա այդ ձևով եկել:

Մա՛րդ ուղարկեցեք մի ուրիշ քաղաք,
Որ գնա բերե ձեր տարեթիվը,
Նրանով կիմանաք ձեր գլխի անցքը,
Կուղղեք ձեր այժմյան սխալ հաշիվը:

Եթե ոչ՝ ես ձեզ էշեր կըշինեմ,
Կամ սև ագռավներ՝ երթաք կռկռաք,
Որ այնուհետև ձեր թագավորը
Ինչ որ ձեզ ասե՝ իսկույն հավատաք…

— Օ՜… ես հիմա հավատո՛ւմ եմ, հավատո՛ւմ,— ասաց վեզիրը,— այս բոլորը աչքովս տեսնելուց հետո՝ էլ չե՛մ կարող չհավատալ… Ճշմարիտ որ ձմեռն է եղել, իսկ հիմա… ամառն է… այո՛, ամառն է…

— Ես էլ եմ հավատում, ես էլ… ես չեմ ուզում ո՛չ էշ և ո՛չ ագռավ դառնալ, իսկ քարանալու ախորժակ բնավ չունիմ… իրա՛վ, ի՛նչ շոգ է այսօր, քիչ է մնում, որ այրվիմ…

— Տե՛ր արքա, ճաշը պատրաստ է, թագուհին ձեզ է սպասում,— ասաց մի պալատական՝ խոր գլուխ տալով թագավորին:

— Երթա՛նք, երթա՛նք, մի կտոր հաց ուտենք,— ասաց թագավորը:— Ահա՛ քառասուն տարի է, որ պատառ չեմ դրել բերանս, բայց, ուղիղն ասեմ, չեմ էլ քաղցել: Միայն ծարավս շատ էր տանջում ինձ երբեմն, և ավելի ևս սաստկացավ, երբ լսեցի Արեգի ձայնը: Երևի իմ ծարավիլն էլ Երկնքի կամքովն էր, նրանով պիտի գտնեի իմ փրկությունը… Երթա՛նք, երթա՛նք, մի կտոր հաց ուտենք…

Անդաս թագավորը լավ կշտացրեց թե՛ Արեգին և թե՛ նրա Բազիկին: Արեգին պահեց թագավորը մինչև քանի օր. այդ քանի օրվան մեջ շատ թագավորներից դեսպաններ եկան և շնորհավորեցին Անդասի և նրա քաղաքի վերակենդանությունը: Նույն քաղաքից հազարավոր մարդիկ կային հեռավոր երկիրներ գնացած, որոնք իրանց քաղաքին պատահած պատուհասից վախենալով՝ չէին վերադառնում. այժմ եկան ավելի բազմացած թվով, որդոց և թոռանց տերեր դարձած, մինչդեռ քաղաքի աճելությունը, քարանալու պատճառով, դադարել էր:

Նորեկները, իմանալով, որ Արեգն է այն բարի հրեշտակը, որ հաղթել է չարին և կյանք տարածել չարի մահ սփռած տեղը՝ նրան աստվածավայել պատիվներ տվին ճոխ խնջույքներով: Թագավորն ինքը մի մեծ խնջույք տվավ, ուր ներկա էին հազարավոր անձինք: Ինքն էր բոլոր զվարճություններին ընթացք տվողը, ինքն էր առաջարկում կենաց թասերը: Երբ Արեգի կենաց բաժակը ձեռքն առավ, սկսեց խոսիլ թագավորը և ասաց.

— Ի՛նչ էինք երեկ և ի՛նչ ենք այսօր.
Դո՛ւ պատասխանիր, Անդա՛ս թագավոր.
— Քա՛ր էինք երեկ, քա՛ր անշունչ, կանգուն,
Իսկ այսօր՝ մարդիկ, կենդանի, շարժուն…

Ի՛նչ հեշտ պատասխան… բայց ո՞վ կըմբռնե,
Ո՞վ կըզգա, թե ի՛նչ սոսկալի բան է
Շարունակ տանջվիլ քա՛-ռա՛-սո՛ւն տարի,
Փշալի՛ց ձեռքում մի անգութ չարի…

Եվ ահա այդ խիստ, չա՛ր կապանքներից,
Անխորտակելի այդ շղթաներից
Մեզ ազատում է մի չքնաղ ոգի,
Ամեն տեղ սփռում և՛ կյանք, և՛ հոգի…

Ո՞վ էր այդ Քաջը, այդ Առաքինին.
Ահավասիկ Նա՝ Արեգ պատանին.
Սա՛ է, որ սրբեց իմ սուգն ու լացը.
Խմե՛նք Արեգի անգին կենացը…

Թագավորի այս առաջարկության վրա հազարավոր ձայներ, միասին «կեցցե՛ Արեգը» գոչելով, թնդացրին ամբողջ ապարանքը: Աշըղներն էլ, որ թագավորի ակնարկելուն էին սպասում, խմբովին հնչեցրին հիսնաղի քնարները[13] և երգեցին միաձայն.

Արի՛, բյուլբյո՛ւլ, ուրախացի՛ր,
Քո վարդն ահա՛ բացվել է.
Վերադարձի՛ր, էլ մի՛ վախիր,
Քո թագուհին բացվել է:

Արեգն իջավ Երկնքիցը,
Ամենայն տեղ կյանք սփռեց,
Քարերն ամեն հոգի առան,
Քո կարմիր վարդն էլ բացվեց:

Արի՛, բյուլբյո՛ւլ, ուրախացի՛ր,
Քո վարդուհին բացվել է.
Արի երգի՛ր, էլ մի՛ վախիր,
Քո թագուհին բացվել է…

Արեգը մեկ Արեգակ է,
Քաջ պատանու կերպ առած,
Սա բարի է, առաքինի,
Արևի պես ողորմած:

Արի՛, բյուլբյո՛ւլ, ուրախացի՛ր,
Քո վարդուհին բացվել է.
Արի երգի՛ր, էլ մի՛ վախիր,
Քո թագուհին բացվել է…

Աշըղները դեռ երկար կշարունակեին Արեգին գովասանել, եթե Արեգը, համեստությունից ստիպված, չընդհատեր նրանց իր հետևյալ պատասխանական ճառով.

Ես մի թույլ էակ, չնչին արարած,
Չգիտեմ արդյոք ի՞նչ ունիմ արած,
Որ ինձ տալիս եք այսքան փառք, պատիվ,
Այսքան գորովանք, մաղթանք անհաշիվ.

Ի՞նչ գտավ արդյոք Երկինքն ինձանում,
Ես այդ չգիտեմ և չեմ իմանում,
Որ ցույց է տալիս այսչափ սեր և գութ,
Հարթում է առջևս ամեն խոչ ու խութ.

Առյուծն իմ առջև քծնում է շան պես,
Վիշապը դառնում մի վախկոտ մողես,
Աղբյուր է բխում ապառաժ տեղում,
Դարավոր ճահիճն առաջիս ցամքում…

Եթե բոլորը, ինչ որ տեսել եմ,
Այժմ մի առ մի ձեր առջև պատմեմ,
Կըտեսնեք, որ սա մի բախտ է միայն
Եվ շնորհք Երկնի միջամտության…

Ուստի մենք Նրա՛ն և միայն Նրա՛ն
Պիտի համարենք պաշտելու արժան.
Նա՛ վերացրեց չարի զորություն,
Նրա՛ն պիտի տանք փառք և գոհություն…

* * *

Չնայած Արեգի համեստությանը՝ քաղաքացիք նրան դյուցազանց կարգը ձգեցին, որ երախտապարտ չմնան Երկնքի առջև: Եվ ահա՛ ինչպես: Տեսան, որ պառավի սոսկալի արձանից վախենում են բոլոր երեխաները և շատ մեծեր էլ՝ նրան տարան ծովը նետեցին: Նա ընկավ ուղղակի դժոխքի վրա և իր ուժգին զարկովը ամբողջ դժոխքը իր միջի չար ոգիների անթիվ լեգեոններովը[14] մի հազար մղոն[15] էլ ցած գլորեց... Դրանից հետո հավաքվեցան քաղաքի բոլոր ճարտարապետներն ու նկարիչները, քաշեցին Արեգի պատկերը՝ Բազիկի վրա հենած. նրա ձևով շինեցին մի ոսկեձույլ արձան: Այդ արձանը կանգնեցրին քաղաքի կենտրոնում եղած մեծ պարտեզումը, որ զբոսավայր էր ամենի համար, մանավանդ՝ երեխայոց, որոնք այնուհետև միշտ նրա չորս կողմումն էին խաղում և վրան նայելով՝ զմայլում: Արեգը չտեսավ իր արձանը. նա այդ ժամանակ արդեն գնացել էր: Նա երազումը տեսավ, որ Նունուֆարը վերջին շնչումն է, շտապեց վերադառնալ, որ գուցե կարողանա օգնություն հասցնել:

5

Նունուֆարը վերջին շնչումն է:

Էլ ո՛չ ծաղրածվի կատակները, ո՛չ վեզիրի կնոջ հոգատարությունը, ո՛չ հոր աղաչանքն ու հառաչանքը չեն ազդում նրա վրա:

Լեզու չունի, որ խոսի, ուժ չունի, որ ձեռքը շարժե:

Ակնապիշ նայում է դեպի վեր, կարծես Երկնքիցը լինի սպասում իր փրկությունը կամ ուզում լինի շուտով թռչիլ դեպի Երկինք:

Թագավորը և բոլոր պալատականները, ձեռքները խաչ արած, վիզները ծռած նայում էին Նունուֆարի երեսին և ախ ու վախ քաշելով՝ խոստովանում իրանց անզորությունը Ամենակարողի կամքի առջև:

Այս աղեկտուր րոպեին մեկ էլ լսվեցավ, որ Արեգը եկել է:

Նունուֆարի աղախինը ամենից շուտ վազեց Արեգի մոտ և շտապեցրեց նրան, ասելով.

— Շո՛ւտ արա, եկ տե՛ս, վերջին շնչումն է, աչքը քեզ է մնում...

— Ահա՛ գալիս եմ,— պատասխանեց Արեգը,— հիմա կգամ և կտեսնեմ քո Նունուֆարին...

Լուռ հանդիսականների միջով լուռ ու մունջ անցավ Արեգը, մոտեցավ

Նունուֆարի մահճին, հանեց անմահական ջրի շիշը, մի կաթիլ կաթեցրեց բամբակի վրա և քսեց Նունուֆարի մեռելատիպ շրթունքներին։

Նունուֆարի աչքերը պարզվեցան։ Արեգն այդ նկատեց և մի քանի կաթիլ կաթեցրեց ուղղակի բերանի մեջ։

Նունուֆարը երկու ձեռքով ծածկեց երեսը…

Նա տեսավ Արեգին և… ճանաչեց։

Նա մի նոր կյանք զգաց, կյանք՝ աշխուժով լի, երևակայությամբ ճոխացած…

Ձեռներով ծածկեց երեսը, որ երևակայությունն ամփոփե։ Ամփոփե երևակայությունը, որ այդ րոպեի երկնային զվարճությունն ու զմայլմունքը լիուլի վայելե։

— Արեգը եկել է,— ասում է նա ինքն իրան՝ երեսը ծածկած երկու ձեռքով, իբրև երկու վահանով, որ ուրիշ տպավորությունների տեղի չտան.— Արեգը եկել է,— կրկնում է Նունուֆարը,— և ես առողջ եմ, բոլորովին առողջ, շատ առողջ։ Ես զգում եմ, զգում եմ, որ շատ առողջ եմ, և… Արեգն էլ եկել է… Ես տեսա. նա ինձ մոտ կանգնած է այս րոպեիս։ Ես զգում եմ նրա ներկայության անմահական հոտը։ Անմահական էր նրա տված դեղը։ Հենց ինքն էլ մի անմահ Ոգի է։ Ինչպե՜ս մեծացել է, ինչպե՜ս առույգացել, ի՜նչ նորածիլ բեղեր ունի, ի՜նչ գանգուր մորուք… Բանամ երեսս, մեկ էլ նայեմ…

Նունուֆարը բաց արավ երեսը և նայեց Արեգի երեսին այնպիսի հայացքով, որ միայն մոր հայացքն է լինում իր երեխին՝ «հագա՜» կամ «ճիտա՜» ասելիս… և կրկին փակեց երեսը։

Այդ հայացքը, որի մեջ ամփոփված էր կենդանության հրափայլ ոգին, ամենքը տեսան, և ամենքն էլ, կարծես խոսք մեկ արած, միաձայն քրքիջ բարձրացրին՝ փա՜ռ-փա՜ռ ծիծաղելով։ Այդ ծիծաղից անմասն չմնաց և ինքը՝ Նունուֆարը։ Նա էլ ծիծաղեց. կարծես ուրիշների տեղիք տալուն էր սպասում, որ մի կուշտ ծիծաղի։ Այս էլ որ տեսան մի վայրկյան առաջ սգավոր հանդիսականները՝ բոլորովին միամտվեցան. էլ ուշադրություն չդարձրին Նունուֆարի վրա, և սկսեցին փոխ առ փոխ զգվել ու համբուրել Արեգին։ Թագավորը իր գիրկն առավ Արեգին և սկսեց երեխայի նման հեկեկալ։ Թագավորի ուրախության զգացումն անսահման էր։ Նա մի վայրկյանում երկու որդի էր գտել, մինը՝ կորած տեղից, մյուսը՝ մեռած տեղից։ Ամենքի աչքերից ուրախության և զմայլմունքի արտասուք հոսեց։

Հանդիսականների այս տեսակ իրարանցումից օգուտ քաղելով՝ Նունուֆարը ծտի պես վեր թռավ տեղից, փախավ մտավ մի այլ սենյակ, այնտեղ շուտով հագնվեցավ, զուգվեցավ թագուհու վայել զարդարանքներով և դուրս եկավ հանդիսականների մեջ այնպես ուրախ ու զվարթ և այնպես առողջ, որ հիացան ամենքը, բայց մանավանդ Արեգը, որի համար մի բոլորովին նոր արև ծագեցավ:

Եթե Արեգը մի վայրկյանում վերակենդանացրեց Նունուֆարին՝ հիմա էլ Նունուֆարը, իր գեղեցկության ազդեցությամբ՝ Արեգի այնպիսի երակները շարժեց, որոնց միջով կարծես մինչև նույն րոպեն դեռ արյուն չէր խաղացած: Արեգը մի նոր կյանք զգաց իր մեջ, մի նոր զգացմունք՝ անսահման հաճոյական, բայց ինքն իրան հաշիվ տալ չկարողանալով և միևնույն ժամանակ այդ իրան համար տարօրինակ զգացմունքը զսպել ուզենալով՝ սկսեց խոսիլ խելքը թռցրածի պես.

— Հիմա՛ եմ զգում, որ ես՝ էլ ես չեմ…
Բայց թե ես ո՞վ եմ՝ այդ էլ չգիտեմ.
Ինձ հափշտակեց Աղջիկ Աղավնին,
Եվ տեղս դրավ այժմյան Արեգին.
Անիրավ աղջիկն իմ ուշքս տարավ,
Արեգնազանիս լճի մեջ առավ,
Իր քաղցր երգով ինձ քնացրեց,
Եվ իմ տեղս նա մի ուրիշ դրեց…

Հանդիսականները բերանաբաց նայում էին և ոչ մի բան չէին հասկանում Արեգի ասածներից:

— Ափսո՛ս տղա, երևի խելքը կորցրեց,— ասում էին շատերը:

Վերջը Նունուֆարը մոտեցավ Արեգին և խղճալի կերպով ասաց.

— Արե՛գ, իմ հոգյա՛կ, ի՞նչ է այդ, ի՞նչ կա,
Գուցե իմ տեսքով քեզ դուր չի եկա.
Դու հանգիստ եղիր. ես կերթա՛մ, կերթա՛մ,
Որ ինձ չտեսնես էլ ո՛չ մի անգամ…
Ես սիրում եմ քեզ, գիտե Երկինքը.
Բայց այդ չի ուզում գուցե Նա Ինքը,
Որ չի թույլ տալիս քեզ՝ ինձ ճանաչել
Եվ, ինչպես որ կամ, ինձ այնպես տեսնել.

Երթամ, ուրեմն, իմ սև օրս լամ,
Քանի որ էլ քեզ՝ պիտի չերևամ:

— Ո՞ւր, ո՞ւր, սպասի՛ր, ես քեզ չե՛մ թողնիլ.
Առանց քեզ մի օր՝ էլ ես չե՛մ ապրիլ.
Թող երկինք, գետինք իրար խառնըվին,
Դու կըպատկանիս միայն Արեգին.
Թող ամբողջ աշխարհք տակնուվրա ըլի,
Էլ քեզ ինձանից ոչ ոք չի՛ խլի.
Արարած աշխարհ ես պտըտվեցա,
Գեղեցիկ, սիրուն շատերին տեսա,
Բայց քեզ պես չքնաղ, անհատ, աննման,
Քե՛զ է ստեղծել Երկինքը միայն.
Դու ի՛մն ես, ի՛մն ես, սիրո՛ւն Նունուֆար,
Իմ բոլոր կյանքս կըտամ քեզ համար.
Ինչ սիրտըդ ուզի, ինչ որ կամենաս՝
Հրամայի՛ր ինձ, իսկույն կստանաս:
Իմ ասածներս դու չհասկացար,
Էնդուր ես կարծում, թե՝ ինձ դուր չեկար.
Ես այն չե՛մ, այն չե՛մ, ում որ տեսել ես,
Նա գնա՛ց, կորա՛վ երևույթի պես.
Ես է՛լ եմ Արեգ, բայց ո՛չ առաջին,
Նրան գողացավ Աղջիկ աղավնին...

— Եթե այդպես է՝ ինձնից հեռացի՛ր,
Դու ինձ կյանք տվիր, վարձըդ ստացի՛ր:

— Ես չեմ կյանք տվել, ի՛նչ վարձ կամ ի՛նչ գին.
Դու ի՛նքդ ես իմ կյանքն, իմ սիրտն, իմ հոգին...

— Էլ ես կյանք չունիմ և պիտի մեռնիմ,
Երբ չկա Արեգ՝ էլ ինչո՞ւ ապրիմ...

— Իզուր մի՛ մեռնիլ, ես է՛լ եմ Արեգ,
Մի՞թե ես չունիմ նորա չափ արժեք...

— Բայց դու ուրիշ ես, ի՛նքըդ ես ասում...

— Այդ ես ինքս էլ լավ չեմ հասկանում...

— Սպասեցե՛ք, սպասեցեք, ես վերջ կտամ ձեր վեճին,— ասաց թագավորը։— Արեգ, ասա՛ ինձ, հոգիս, դու ո՞ւմ որդին ես։

— Արման իշխանի որդին էի մի ժամանակ, բայց հիմա չգիտեմ՝ էլի նրա՞ որդին եմ, թե՞ մի ուրիշի։

— Քո այդ պատասխանն է ահա, որ մենք չենք հասկանում, բայց քեզ լավ ենք ճանաչում։ Դու մեր Արեգն ես, միևնույն գեղեցիկ Արեգը, միայն մորուքդ է ավելացել ու բեղերդ… — Սպասի՛ր, սպասի՛ր, խնամի՛ թագավոր,— մեջ ընկավ ծաղրածուն։— Աչքդ լո՛ւյս, փեսադ եկել է, բայց ուրախությունից ինքն իրան կորցրել է, հիմա ման է գալիս՝ չի գտնում։ Արե՛գ եղբայր, ե՛կ՝ ես ու դու մի պայման անենք. ես դառնամ «դու», իսկ դու դառ «ես». այնուհետև Նունուֆարը կդառնա «իմ», իսկ հիմարը՝ «քեզ». համաձա՛յն ես…— ասաց ծաղրածուն և սկսեց երգել.

Ա՛խ, ես հիմար եմ անչափ,
Բայց ո՛չ այս տղայի չափ,
Ես որ մի աղջիկ գտնեմ՝
Էլ չեմ ասիլ. «Ես՝ ես չեմ…».
Յարալլալի, շարալլալի,
Հայդե՛, հիմար, պա՛ր արի…

Մինչդեռ ծաղրածուն այսպես երգով ու պարով զվարճացնում էր հանդիսականներին, ներս մտավ Արմանը։

Արեգն իր հորը տեսնելուն պես վազեց գիրկն ընկավ և մի քանի ուրախության բացականչությունից հետո փսփսաց ականջումը.

— Գիտե՞ս, հայրի՛կ, ես հիմա տղա՛ եմ, տղա՛, իսկ և իսկ տղա, ճշմարիտ տղա. կարո՞ղ ես երևակայել…

— Իհա՛րկե, տղա ես, հոգի՛ս, հապա ի՞նչ պետք է լինեիր…

— Բայց չէ՞ որ, հայրի՛կ, բայց չէ՞ որ… ախր՛ր…

— Դու առաջ էլ էիր տղա, հոգի՛ս, բայց այդ չգիտեիր դու, նոր ես սկսել ճանաչել քեզ. առաջ անմեղ էիր ինչպես հրեղեն, հիմա մարդ ես դառել հողեղեն, բայց այդ վնաս չունի, հոգի՛ս…

— Օ՛… եթե այդպես է, ուրեմն ես՝ է՛ս եմ եղել. վազեմ Նունուֆարին ասեմ…

Արմանը մոտեցավ թագավորին և սկսեց շշնջալ նրա ականջին բանի էությունը, իսկ Արեգը վազեց Նունուֆարի մոտ:

Երբ որ Արեգը նորից մոտեցավ Նունուֆարին՝ ավելի ուրախ ու զվարթ դեմքով, Նունուֆարը բռնեց Արեգի ձեռքից մի այնպիսի քնքուշ ժպիտով, որ Արեգը քիչ մնաց նորից թոցներ խելքը:

— Դու մեր Արեգն ես, այնպես չէ՞,— ասաց Նունուֆարը:

— Իհարկե, հոգի՛ս, հապա ո՞վ պետք է լինիմ,— պատասխանեց Արեգը:

— Ուրեմն, մենք է՛լ չենք բաժանվիլ միմյանցից: Եթե գիտենաս ինչքա՜ն մաշվել եմ քո կարոտով… Հիմա եկել ես և հանկարծ ասում ես՝ «Ես՝ ես չեմ». հապա ո՞վ ես, որ դու չես:

— Ո՛չ, ո՛չ, հիմա ես՝ է՛ս եմ. հիմարն ինձանից խելոք է… Արի՛ չոքենք թագավորի առջև, և նա օրհնե մեզ… Բայց, սպասի՛ր, հայրիկիս չհարցրի, թե՝ ո՞ւր են իմ քույրերը:

— Նրանք այստեղ են: Քո գնալուց հետո ես ձերոնց բերել տվի, որ քո կարոտը նրանցից առնեմ: Ես արդեն ուղարկեցի իմաց տալու, հիմա կգան ուր որ է…

— Ինչքա՜ն բախտավոր եմ ես, ուրեմն, որ այդքան բարի ես եղել դու… Ուրեմն, դեռ չշտապենք. գնանք մեր հագուստը փոխենք. հիմա՛ միտս ընկավ: Անդաս թագավորից ես քեզ համար էլ, ինձ համար էլ հարսանեկան հագուստ եմ բերել: Նա ընծայեց այդ հագուստները և խնդրեց, որ անպատճառ այդ ունենանք հագներիս մեր հարսանիքին, որին, իր ասելով, ինքը հոգվով ներկա կլինի: Ես չէի ընդունում, որովհետև այս րոպեի քաղցրությունն այն ժամանակ երևակայել չէի կարող: Շատ բաներ եմ տեսել, հետո կպատմեմ քեզ: Չեմ տեսել միայն քեզ պես մի չքնաղ էակ… Ինչքա՜ն գեղեցիկ ես դու, Նունի՛կ…

Այսպես խոսելով, ձեռք ձեռքի տված՝ դուրս եկան Արեգն ու Նունուֆարը, բայց երկար սպասեցնել չտվին:

Մի քանի րոպեից հետո տեսարանը՝ մի կախարդական ասեմ, թե երկնային, կերպարանք ստացավ:

Պալատի ընդարձակ դահլիճը լցվեցան թե՛ տղամարդիկ, թե՛ կանայք՝ շքեղ հագուստներով զարդարված: Այստեղ էին և Արեգի քույրերը:

Երբ որ Արեգն ու Նունուֆարը ներս մտան Անդասի ընծայած հագուստովը զարդարված՝ անթիվ անգին քարերի ճառագայթները, ծիրանի ծովից ծագող արեգակի պես, գույնզգույն լուսով լուսավորեցին ամբողջ դահլիճը: Չոքեցին թագավորի առջև, որ օրհնե իրանց:

Թագավորը մի քանի րոպե չկարաց խոսիլ, հազիվ էր կարողանում բռնել ուրախության արտասուքը: Վերջապես սկսեց օրհնել մեր նորապսակներին՝ ասելով.

Ո՛վ Երկինք,
Ես մի հողեղեն,
Մի թույլ արարած,
Որ չարն ու բարին
Դեռ լավ չգիտե,
Իմ սրտի՛ն նայիր,
Եվ ո՛չ իմ լեզվին.
Եվ քո՛ իսկ ձեռքով,
Ինչ որ բարի է՝
Դու այն տո՛ւր սրանց:

Ի՞նչ ունիս բարի,
Քո ծոցում պահած,
Որ մինչև այսօր
Ոչ մի հողեղեն
Դեռ չի ստացած,
Դու այն տո՛ւր սրանց:

Դու մինչ այսօր էլ
Շատ բան ես տվել.
Արև վառվռուն,
Աստղեր շողշողուն,
Զեփյուռ անշըշունչ,

Այեր[16] քաղցրաշունչ,
Անձրև հորդառատ,
Ցող մարգարտահատ.
Աղբյուրք զովարար,

Վտակներ վարար,
Գույն-գույն ծաղիկներ,
Ծառեր մրգաբեր,
Անտառներ մարմանդ[17],
Դաշտեր արգավանդ,
Լեռներ հովասուն,
Գետեր գալարուն,
Լճակներ վճիտ,
Սար, ձոր և հովիտ…
Այս ամեն բարիք,
Ո՛վ պայծառ Երկինք,
Թույլ տուր վայելեն,
Քեզ փառաբանեն…

Թագավորի օրհնությունն ավարտած-չավարտած՝ մի նոր լուսով լուսավորվեց դահլիճը: Մի ծիածան կապվեց, ծիածան անտես, աննման, հրաշալի՛ այնքան, որ ամպերում կապվող աղեղը նրա մոտ մի մռայլ ամպ կարելի էր համարել… Ի՛նչ լեզու կարող է պատմել, ի՛նչ գրիչ կարող է գրել, կամ ի՛նչ վրձին կարող է նկարել…

Ամենքն էլ նրան էին նայում և տեսնում էին, թե ինչպե՛ս էին կազմվում նրա գույները հետզհետե. կարծես աներևույթ ոգիք, արագ-արագ վազելով, երկնային մատներով մի նոր ծիածան լինեին հինում, և երկնքումը լինին կապելիս Արեգի ու Նունուֆարի հարսանեկան Կանաչ-Կարմիրը[18]: Հիրավի՛, այդ Կանաչ-Կարմիրը, թվում էր, թե՝ դահլիճի առաստաղից շատ ու շատ բարձր է և շատ հեռու:

Եվ ահա՛, երբ ծիածանն ամբողջապես պատրաստ էր, նրա վրայով, իբրև մի լուսեղեն սանդուղքով, ցած իջան մի խումբ երկնային թագուհիք՝ աստղերի ճառագայթներից և ձյունափայլ ամպերից գործած հագուստով մի-մի արեգակ… Բայց ի՛նչ արեգակ… եթե ցերեկ լիներ, և արեգակը նրանց տեսներ՝ ամպեղեն մի քող կքաշեր երեսին, որ տեղի տար նրանց լույսին…

Բոլոր երկնային օրիորդները, որոնք թվով մինչև ինը հոգի էին, երկ-երկու պսակաձև փունջեր ունեին ձեռներին՝ ո՛րը ցողից քաղած, ո՛րը ծաղիկների գույնից ու հոտից փնջած, ո՛րը վճիտ աղբյուրների բյուրեղացած ցոլքերից հավաքած, ո՛րը քաղցրաշունչ զեփյուռից ու զովարար հովերից հյուսած, ո՛րն արևի շամանդաղի[19] մեջ եղած գույնզգույն հյուլեներից[20] կազմած… մի խոսքով՝ լուսեղեն մատներով բնության բոլոր զարդերի ոգին էին քաղել ու փնջել: Այդ փունջերի անմահական բուրմունքովը լցվեցավ բոլոր դահլիճը:

Ամենից առաջ մոտեցան Աղբյուրիկը, Ցողիկը ու Ծաղիկը և, իրանց պսակները տալով Արեգին ու Նունուփարին, ասացին.

ԱՂԲՅՈՒՐԻԿ

Ես կարկաչյունն եմ Աղբյուրիկ,
Եկել եմ ձեզ աչքալուսիկ,
Բերել եմ ձեզ բյուրեղահյուս
Ականակիտ, վճիտ փնջիկ:

ՑՈՂԻԿ

Ես գոհարիկն եմ բույսերի,
Ես մարգրիտն եմ հովիտների,
Ահա՛ մի փունջ՝ ցողից քաղած
Հազարավոր կանաչների:

ԾԱՂԻԿ

Ես Ծաղիկն եմ մշտադալար,
Ես անթառամն եմ բեղմնարար,
Բոլոր ծաղկանց գույնն ու հոտը
Ահա՛ բերել եմ ձեզ համար...

Այսպես մոտեցան և մյուսները և, մի-մի բան ասելով, իրանց պսակները նվիրեցին Արեգին ու Նունուփարին...

Այս տեսարանը մի տխրություն և թմրություն բերավ հանդիսականների վրա: Շատերը բոլորովին վերացան ապշությունից: Ամենից շատ տխրեցան աղջկերքը: Նրանց գեղեցկությունն աղոտացավ, թխացավ ու մգացավ հրեղենների գեղեցկության մոտ: Երիտասարդները դարձան մի տեսակ ապուշ վայրենիք, նրանց վստահությունը բոլորովին անհետացավ...

Միայն Արեգն էր ուրախ, միայն նա էր ազատ այդ ընդհանուր ապշությունից:

Այդ հոգեկան թմրությունից հանդիսականներին սթափելու համար Արեգը դարձավ լուսեղեն հյուրերին և ասաց.

— Ո՜վ երկնային թագուհիք, դուք ձեր շնորհաբեր այցելությունովը ինձ չափազանց ուրախացրիք: Բայց, նայեցե՛ք, այս ի՜նչ ապշություն է, այս ի՜նչ տխրություն, որի մեջ ընկղմվել են ամենքը: Մի՛ զարմանաք: Այսպե՛ս ենք մենք՝ տկար հողեղեններս. ի՛նչ որ չափազանց բարի է, չափազանց գեղեցիկ, նույնը վայելելու կարողությունը չունինք մենք՝ մահկանացուներս: Ճշմարի՛տ, բարվո և գեղեցկի ճաշակից զուրկ արարածներ ենք մենք: Ներշնչեցե՛ք մեր սրտերի մեջ վսեմ զգացմունք և բարձրագույն կարողություն, որ ձեր երկնային շնորհաբերությունը լիապես վայելել կարողանանք: Խնդրում եմ՝ ուրախանաք, խնդաք և զվարճանաք իմ հարսանյաց հանդեսին և ուրախացնեք ամենքին երկնային ուրախությունով…

Բանից երևաց, որ մեր լուսեղեն օրիորդները, թեև մարմնացած, բայց չափազանց համեստ, չափազանց ամոթխած և երկյուղած են եղել. պետք է եղել, որ նրանց ստիպեն: Արեգի խոսքերից խրախուսվելով՝ առաջ անցավ Ծաղիկը և, իբրև կարգադրիչ, մի պար սարքեց: Ծիածանի կամարը, իբրև մի երկնային բյուրաղի[21] քնար, թրթռացրեց իր հազարերանգ թելերը և այնպիսի եղանակներ հնչեց, որ թե՛ հողեղենների և թե՛ նույնիսկ հրեղենների մեջ ձգեց հրաբորբոք մի աշխույժ: Ամեն ոք սկսավ թև առնել թռչիլ չափազանց ուրախությունից: Ծերերն անգամ թռչկոտում էին ու ջահիլների դանդաղկոտության վրա ծիծաղում: Հեշզիետե այնքան տաքացան, որ է՛լ զվարճություն չմնաց, որ չանեն: Ցողիկն ու Աղբյուրիկը այնքան զվարճացրին, որ էլ ոչ ոքի մեջ ուժ չմնաց շատ ծիծաղելուց: Մե՛րթ Արեգի մորուքիցն էին բռնում, մե՛րթ Նունուֆարի թշերը կսմթում և զանազան հաճոյական բաներ փսփսում նրանց ականջին…

Արեգը, Ցողիկի հետ պարելիս, մի խոր հայացք ձգեց նրա երեսին և փսփսաց ականջին.

— Ո՛վ համեստափայլ օրիորդ, ես կարծեմ ճանաչում եմ քեզ… Այո՛, ճանաչս գալիս ես, բայց չեմ վստահանում ասել. վախենում եմ, թե՝ միգուցե սխալված լինիմ:

— Սխալված չես, Արե՛գ,— պատասխանեց Ցողիկը,— ես նա ինքն եմ:

— Աղավնի աղջի՞կը:

— Այո՛: Սրանք էլ բոլորը իմ քույրերս են…

— Օ՜… դու իմ աստվածուհի՛ն ես… դու ինձ նորից ստեղծեցիր…

— Ո՛չ, Արեգ: Ես գիտեի միայն, որ դու ոչինչ չգիտես քո մասին: Այդ իմ մորս՝ Բարենանի կամքովն էր եղած: Նա ուրիշ հնար չուներ այն չար պառավին վերացնել աշխարհից: Պետք էր քեզ պես մի անմեղ և արդար անձն, որ մինչև անգամ չիմանար իր ինչ լինելը և ավելի աղջիկ, քան տղա համարվեր: Դու երբ որ ինձ մոտ տեսար քո կերպարանքը, տեսար, որ տղա ես, այսուամենայնիվ, դա քեզ համար մի խաղ էր, որ ես խաղացի, ինչպես որ դու, իմ թևերս վերցնելով, ուզեցար մի խաղ խաղալ: Միայն այս երեկոյին զգացիր, որ դու տղամարդ ես: Դու մեղադրում էիր ինձ, մենք թաքուն նայում էինք քեզ վրա և ծիծաղում…

Ցողիկի այս ակնարկությունից ամոթի զգացմունքը առաջին անգամ զգաց Արեգը, բայց այնքան սաստիկ էր, որ նա կարմրեց վարդի պես և ուզեց խոսակցության առարկան ուրիշ բանի վրա դարձնել. հանկարծ մյուս կողմից մի այնպիսի ծիծաղ բարձրացավ, որ ամենքն էլ այն կողմը դարձրին իրանց ուշադրությունը:

Ջանազանը և Զարմանազանը պարապում էին՝ մեկը վեզիրի տղայի հետ, մյուսը՝ սպարապետի: Ծաղիկը լսել էր նրանց փսփսոցը, նկատել էր, որ նրանք վաղուց աչքադրել են միմյանց, և այժմ էլ պսակվելու ցանկություն ունին, բայց ամաչում են ասելու:

— Նոր սե՛ր, նոր ուրախությո՛ւն,— գոչեց Ծաղիկը մի բարձրաձայն ծիծաղով և նորահարսներին քարշ տալով՝ տարավ թագավորի մոտ և ասաց.

— Մի պսակով ի՞նչ պետք է լինի, երեքը միասին կատարեցե՛ք:

Թագավորն ու Արմանը նրանց էլ օրհնեցին, և սկսվեց պսակների հանդեսը: Ցողիկը դարձավ իբր պսակաղիր Նունուֆարի, Ծաղիկը՝ Ջանազանի, իսկ Աղբյուրիկը՝ Զարմանազանի: Պսակի օրհնությունը կատարեց թագավորը Ծիածանի կամարի տակ, որ այդ փառավոր հանդեսին ավելի ևս շքեղություն էր տալիս: Թագավորն իր թագն էլ դրավ Արեգի գլխին, որով պսակեց նրան և՛ թագավոր միանգամայն:

Դրանից հետո հրեղեն օրիորդները շնորհավորեցին նորապսակներին և պատրաստվեցան երթալու: Հազար տեսակ քաղցրեղեններ և մեղրաջրեր մոտ բերին, բայց հրեղենք նրանց համը չառան: Նրանք ուրիշ խմելիքներ ունեին իրանց հետ բերած, նրանից խմեցին և խմեցրին նաև նորապսակներին, որոնք ակամա խմեցին, առանց նրա համն զգալու, բացի Արեգից, որին միայն էր տրված նրա երկնային ճաշակն առնելու շնորհքը: Վերջը մի շրջան կազմեցին երկրայինք, և մինչդեռ հրեղենք վերանում էին ծիածանի սանդուղքով, ասելով՝ մնացեք բարյա՜վ, բարյա՜վ… հողեղենք էլ նրանց բարի ճանապարհ էին մաղթում, երգելով.

Գնացե՜ք բարյավ, սիրո՜ւն աղջիկներ,
Դուք մեր Դաշտերի Անմահ Ոգիներ…
Այս ի՜նչ շնորհք էր, ինչքա՜ն մեծ բարիք,
Որ դուք մարմնացած մեզ երևացիք…
Ա՜խ, երանի՜ թե՝ միշտ մեզ մոտ մնաք,
Որ ձեր տեսության կարոտը չզգանք…
Գնացեք բարյա՜վ, բարյա՜վ, բարյա՜վ…

* * *

Հրեղեն աղջկերքը վերացան թե չէ՝ մեջտեղ եկավ ծաղրածուն, և սկսվեցավ մի նոր զվարճություն:

— Խնամի՜ թագավոր, շե՜ն կենա քո հոր օջախը… կերանք, խմեցինք, լիացանք…— ասաց ծաղրածուն և սկսեց երգել.

Ա՜խ, թագավոր, թագավոր,
Ինչո՞վ ասեմ շնորհավոր…
Ո՜չ հաց ունիս, ո՜չ գինի,
Այսպես հարսնիք կըլինի՞…
Յարալլալի, շարալլալի,
Այսպես հարսնիք կըլինի՜…

— Իրա՜վ, մի՞թե հաց չպիտի ուտենք,— ասաց թագավորը:— Մենք ամենքս էլ ամեն բան մոռացել ենք, որովհետև խելքներս կորցրել ենք, բացի հիմարից, որ խելք չի ունեցել կորցնելու…

— Դու սխալվում ես, թագավո՜ր,— պատասխանեց հիմարը,— ես տեսա, որ դուք ամենքդ էլ իմ հացը կտրել եք, գնացի մի ճոխ սեղան պատրաստել տվի, որ քաղցած չմնամ:— Այս ասելով՝ ծաղրածուն վազեց բաց արավ սեղանատան դռները, ուր, հիրավի՜, ճոխ ընթրիք կար պատրաստված:

Հյուրերն սկսեցին թագավորի հետնից ջուխտ-ջուխտ մտնել սեղանատուն: Ծաղրածուն՝ տեսնելով, որ ինքը մենակ պիտի մնա, վազեց մեզ ծանոթ վեզիրի կնոջ մոտ և, գլուխը վեր բերելով՝ երգեց.

Ով խելք ունի՝ սեր չունի,
Ով սեր ունի՝ տեր չունի.
Խեղճն ամենից հիմարն է,
Որ ոչ մի ընկեր չունի:
Արի՛, տիկին, ես ու դու
Շիտակ խոսք տանք մեկմեկու,
Թե՝ «դու իմն ես, ես՝ քոնը».
Համաձա՞յն ես, ձե՛ռքըդ տու…

Ասաց ծաղրածուն և, տիկնոջ ձեռքից բռնելով, մյուսների հետ մտավ սեղանատուն…

* * *

Մյուս առավոտուն սկսվեցավ հարսանիքի տոնախմբությունը քաղաքացոց ու գյուղացոց համար և տևեց մինչև քառասուն օր և քառասուն գիշեր: Ամեն մեկ օրը մի րոպեի պես էր անցնում. այնքա՜ն զվարճալի էին: Ի՜նչ խաղեր, ի՜նչ պարեր, ի՜նչ ծաղրածություններ, մրցություններ և հազար ու մի տեսակ օյիններ…

Կեր ու խումին բնավ հաշիվ չկար: Տասը հազար միայն եզ ու կով մորթեցին, քան հազար ոչխար, թո՛ղ վայրի կենդանիները՝ եղջերուները, եղնիկները, վարազները, թո՛ղ և թռչունները՝ թե՛ տանու և թե՛ վայրենի: Քառասուն հազար սոմար[22] միայն բրինձ գնաց փլավի համար, ինչքա՜ն եղ կերթար նրան, ինչքա՜ն չամիչ… հիսուն հազար կարաս միայն գինի խմվեցավ՝ չհաշված մյուս քաղցրահամ և դառնահյութ խմիչքները…

Քառասուն օրից հետո Արեգը մի թեթև ճանապարհորդություն արավ Նունուֆարի հետ Վանա ծովի վրա: Երբ որ ծովի ամենախոր տեղն էին հասել, Արեգը հանեց չար պառավի կախարդական գավազանները, որոնք անհայտ մետաղից էին, դժոխքի կրակով մխված[23], և ասաց.

Ո՜վ գավազաններ, գնացե՛ք անդունդ,
Որ էլ չերևաք աշխարհիս վրա.

Իշխանությունը չար ոգիների
Թողե՛ք մեզանից իսպառ վերանա:

Ո՛վ զավազաններ, գնացե՛ք անդունդ,
Որ ոչ մի մարդու էլ չը իշացնեք.
Կորե՛ք հավիտյան, որ էլ ոչ ոքի
Ագռավ չշինեք և կամ քարացնեք:

Թող թագավորե բնության կարգը,
Էլ այսուհետև նա չխանգարվի.
Թող միայն Երկինքն իշխե ամեն տեղ,
Ամեն արարած Նորան խոնարհի…

Այս ասելուց հետո զավազանները նետեց ծովի խորքը և չար ոգիների ու նրանց արբանյակների իշխանությունն ու զորությունը վերացրեց աշխարհից:

Ահա՛ այս ժամանակն էր, որ Երկնքից իջավ՝

ԵՐԵՔ ԽՆՁՈՐ

Արեգի ձայնը Երկինքը լսեց
Եվ իսկույն երեք խնձոր վայր գցեց.
Մեկը կանաչ էր այդ խնձորներից,
Կարծես նոր քաղած զարնան ոստերից.
Երկրորդը կարմիր վարդի հանգունակ[24],
Երրորդն սպիտակ՝ ձյունի նմանակ:
Նունուֆարն ասաց.— Արե՛գ, ի՞նչ կասես,
Այս խնձորները ինչո՞ւ են պեսպես.
— Չգիտեմ, հոգի՛ս, ճշմարիտն ասած.
Գուցե մեր կյանքն է ճիշտ օրինակված,
Տե՛ս, սա կանաչ է, իբր խակ մանուկ,
Իսկ այս՝ սպիտակ, ինչպես մի ծերուկ.
Ամենից սիրուն կարմիրն է միայն,
Դա՛ է նշանը մեր հասունության:
— Բե՛ր այդ կարմիրը հենց հիմա կտրենք,
Եվ այստեղ նեթ միասին ուտենք…

Նունուֆարն ուզեց,
Արեգն էլ՝ կտրեց.

Կարմիր խնձորը միասին կերան,
Եվ իրանց սրտի փափագին հասան:
Ձեզ էլ կցանկամ, սիրո՛ւն պատանիք,
Որ մուրազներիդ նրանց պես հասնիք.
Կըխնդրեմ միայն, որ ինձ էլ ներեք,
Եթե պատմածս ձանձրալի գտնեք.
Ձեր սիրո համար ես աշխատեցի,
Պատմեցի այնքան, ինչքան կարացի.
Կարծելով, որ դուք սիրով կըկարդաք,
Եվ խեղճ շայիրիս[25] ողորմի կըտաք...

Տողատակեր

1. **Փողպատ** - օձիք
2. **Բարակ** - որսաշուն
3. **Էրե** - երե, եղնիկ, այծյամ
4. **Գջլել** - պոկել, խլել, կորզել
5. **Բելիար** - դժոխքի տիրակալի, չար ոգիների գլխավորի անունը
6. **Սանդարամետ** - դժոխք
7. **Սաղայել** - դժոխքի տիրակալներից
8. **Քած** - էգ
9. **Խառանչել** - զռալ
10. **Տարտարոս** - հունական դիցաբանության մեջ՝ դժոխք
11. **Մահտարաժամ** - օրհաս
12. **Էնդուր** - դրա համար, այդ պատճառով
13. **Հինաղի քնար** - հիսուն լար ունեցող քնար
14. **Լեգեոն** - զորախումբ, հեքիաթում՝ չար ոգիների խումբ
15. **Մղոն** - երկարության չափի միավոր
16. **Այեր** - օդ
17. **Մարմանդ անտառ** - հով, զով անտառ

18. **Կանաչ-Կարմիր** - 1. ծիածան. 2. հարսանիքի ժամանակ փեսայի և հարսի ուսից կրծքի վրայով կապվող կանաչ և կարմիր գույներով ժապավեն, նարոտ
19. **Շամանդաղ** - ցող, շաղ, մշուշ
20. **Հյուլե** - նյութի ատոմը, փոքրագույն մասնիկը
21. **Բյուրաղի** - հազարավոր լարեր ունեցող
22. **Սոմար** - հատիկաբույսերի կշռի չափի միավոր (մոտավորապես երեք ցենտներ)
23. **Մխել** - կոփել, ջրդեղել
24. **Հանգունակ** - նման, նույնական
25. **Շայիր** - բանաստեղծ

ՎԻՇԱՊԻՆ ՀԱՂԹՈՂԸ

(Դյուցազնական աշխարհից)

1

Ինչ որ ձեզ ասելու եմ, սիրելի՛ մանուկներ, պատահել է մեզանից, ո՛վ գիտե, քանի՜-քանի՜ հազար տարի առաջ...

Եվ առհասարակ բոլոր հրաշալիքները, որ ես ձեզ պատմել եմ, պատահել են շատ վաղվանից, ո՛վ գիտե՝ ո՛ր ժամանակ։

Էլլադայի[1] հրաշալի աշխարհում մի բարձր սարի տակից բխում էր մի պատվական աղբյուր։ Որքա՜ն տարի է անցկացել, բայց այն աղբյուրը դեռ մինչև այսօր էլ կա և բխում է միևնույն տեղից։

Օրը մթնելու վրա էր, արեգակն անց էր կենում սարերի քամակը և իր վերջին ճառագայթներովը ոսկեզօծում էր մեր ասած լեռնային աղբյուրը, երբ մի երիտասարդ, Բելլերոֆոն անունով, մոտեցավ նրան։ Երիտասարդը մի սանձ ուներ ձեռքին, մի սանձ՝ անգին գոհարներ հագցրած և ոսկենկար փորագրություններով զարդարած։ Նա աղբյուրի մոտ տեսավ մի ծերունի, նրա մոտ միջահասակ մի գյուղացի, մի սիրուն զանգուրիկ տղա և մի մատաղահաս աղջիկ, որ ուզում էր ջուր տանել աղբյուրից։ Երիտասարդը կանգ առավ այդտեղ և խմելու ջուր ուզեց աղջկանից։

– Ի՜նչ հրաշալի ջուր է,– ասաց նա, երբ որ խմեց և ետ դարձրեց փարչը[2]։

Աղջիկը փարչը ողողեց և նորից լցրեց։

– Սիրուն աղջիկ,– ասաց երիտասարդը,– խնդրում եմ, ասա՛ ինձ, այս աղբյուրը չունի՞ մի որևիցե անուն։

– Ինչպե՜ս չէ,– պատասխանեց ջահել աղջիկը,– սա Պիրենայի աղբյուրն է։ Ես իմ տատիկիցս լսել եմ, որ Պիրենան մի սիրուն կնիկ է եղել։ Երբ որ նրա որդուն նետով սպանել է որսորդուհի Արտեմիսը՝ Պիրենան այնքան է լաց եղել, այնքան ողբացել, արտասվել, որ ինքը տեղն ու տեղը աղբյուր է կտրվել։ Սրանից է, որ այսքան անուշ է այս աղբյուրը, սրա կաթիլները որդեսեր մոր սրտի կաթիլներն են։

– Ես չէի կարծիլ երբեք, որ այսպիսի մի պայծառ, ուրախ և խաղացկուն աղբյուր արտաաուքի՛ց լիներ առած իր ծագումը։ Սրա կարկաչյունն այնքան ուրախ է և այնքան գեղեցիկ է փայլում արևի տակ։ Ուրեմն, սա ի՞նքն է Պիրենայի աղբյուրը։ Սիրո՛ւն աղջիկ, շատ շնորհակալ եմ տված տեղեկությանդ համար։ Ես շատ հեռու տեղից եմ գալիս, և հենց սրան էի ման գալիս, սրան էի փնտրում։

Միջահասակ գյուղացին, որ իր կովը բերել էր ջուր տալու աղբյուրից, աչքերը հառած բոլոր ժամանակ Բելլերոֆոնին էր մտիկ տալիս և նրա ձեռքում եղած հրաշալի սանձին։

– Բարեկա՛մ, երևում է, որ ձեր կողմերում լեռնային աղբյուրները մի չտեսնված հրաշալի բան են,– ասաց նա երիտասարդին,– և դրա համար է, որ ալարդ չի եկել, և այնքան հեռու տեղից եկել ես Պիրենայի աղբյուրը գտնելու։ Եվ այդ ի՞նչ է պատահել քեզ, բարեկա՛մ, երևի ձիդ կորցրել ես։ Սանձն ինչո՞ւ համար ես բռնել ձեռիդ։ Եվ ի՜նչ սիրուն զուքս[3] ունի, ի՜նչ սիրուն զարդարանք։ Երկու շարք, բոլորն էլ անգին քարեր։ Եթե ձիդ էլ սանձիդ նման է եղել, դրան հարմար, ուրեմն՝ շա՜տ ափսոս, եթե կորել է։

– Իմ ձին չի կորել,– ասաց երիտասարդը ժպտալով։– Ես դեռ նոր պիտի գտնեմ այն երևելի ձին, որ, իմաստուն մարդկանց ասելով՝ պետք է որ ձեր կողմերումը լինի անպատճառ։ Բարեկա՛մ, դու ինքդ լսած չկա՞ս, Պեգաս անունով թևավոր ձին հիմա էլ գալի՞ս է արդյոք Պիրենայի աղբյուրից ջուր խմելու, ինչպես որ սովորություն է ունեցել այն հին ժամանակները, երբ դեռ կենդանի է եղել քո ապուպապի ապուպապը։

Գյուղացին ուրախ-ուրախ խնդխնդաց երիտասարդի այս ասածի վրա։

Իսկ դո՛ւք, իմ սիրելի ընթերցողներ, լսած կա՞ք արդյոք, որ Պեգաս անունով մի ձի է եղել, հրեղեն ձի, ձյունի նման սպիտակ, արծաթափայլ շքեղ թևերով։ Նա կենալիս է եղել Հելիկոն սարի գագաթի վրա։ Պեգասը եղել է շատ կայտառ և աշխույժ, արագընթաց և թեթևազնաց, նա բարձրանալիս է եղել մինչև ամպերը և այնքան բարձր, ուր արծիվն անգամ չէր կարող հասնիլ։ Նրա նման էլի մի ուրիշ ձի չի եղել աշխարհքում, նա չի ունեցել իրա հատը։ Ոչ ոք նրան չի թամքած, ոչ ոք չի սանձած, չի պայտած, և նա շատ տարիներ ապրել է Հելիկոն սարի գագաթին մեն-մենակ, ազատ և բախտավոր։

Եվ ինչքա՜ն ուրախ էր անցկացնում իր կյանքը թևավոր ձին։ Գիշերները քնում էր անուշ քնով, բաց-բացահար, ուրնիցե մի լեռնային հարթ տափարակի վրա, իսկ ցերեկվա մեծ մասն անց էր կացնում այս և այն կողմ թռչելով։ Պեգասը ոչ մի բանով նման չէր մեր ձիերին։ Մեկ էլ էիր տեսնում՝ անց էր կենում ահա մարդկանց գլխներով, թռած բա՜րձր, բարձր, և արևը պսպղում էր նրա արծաթափայլ թևերի վրա. այնպես էր թվում, թե՝ նա մի մեծ, սպիտակ թռչուն է, մոլորվել է ամպերի մեջ և ճանապարհ է փնտրում դեպի պարզ և կապուտակ երկինքը։ Մարդ չէր ուզում աչքերը հեռացնել, երբ մտիկ էր տալիս և տեսնում, թե ինչպես է նա սուզվում բամբակի նման բարդ-բարդ կուտակված ամպերի մեջ։ Սուզվում է, անհետանում մի երկու րոպե, մեկ էլ տեսնում ես, որ թռչում է նա ամպերի մյուս կողմով։ Հավաքվում, կուտակվում են մրրկալից ամպեր, երկինքը սևանում է. գետնքի վրա շաչում-շառաչում է փոթորիկը, բայց Պեգասն իսկի այնումը չի գցում[4], նրա հոգը չէ բնավ, սլանում, սավառնում է մի տեղից դեպի մյուսը, և հրաշեկ թեժ փայլակը լուսավորում էր նրան ծիրանագույն լուսով։ Թաքչում էր փայլակը, և Պեգասն անհետանում էր թանձր խավարի մեջ։ Մարդկանց մեջ այսպիսի մի հավատ կար, որ իբրև թե՝ ով որ արժանանար մեկ անգամ նայելու այս հրաշալի տեսարանին, այնուհետև նա ամբողջ օրերով կզգար մի առանձին հոգեկան ուրախ տրամադրություն։

Ամառը, լավ եղանակ ունեցող օրերին, Պեգասն իջնում էր ամուր գետնի վրա և, իր արծաթափայլ թևերը ծալելով, չափ ընկնում[5] դես ու դեն, և սար ու ձոր ոտքի տակ տալիս, և այդ անում էր հենց այնպես, իր զվարճության համար։ Ամենից շատ տեսել են նրան Պիրենայի աղբյուրի մոտ, ուր նա անհագությամբ խմելիս է եղել նույն աղբյուրի ջրից կամ թավալելիս փափուկ կանաչկուտի վրա։ Պատահել է և այնպես, որ Պեգասը զցլում[6] է եղել մի քանի ծաղիկ սպիտակ կամ կարմիր առվույտից, նրանցից էլ ընտրելով ավելի քաղցրերը։ (Նա շատ զգույշ է եղել արածելիս, շատ չմահավան, ամեն խոտ չէր արածիլ)։

Մեզանից մի քանի հարյուր տարի առաջ, շատ մարդիկ էին գնում Պիրենայի աղբյուրի մոտ և շատ անգամ, այն հուսով, որ ինչպես լինի՝ գոնե մեկ անգամ նայեն Պեգասի վրա։ Իսկ գնացողներն ավելի ջահիլ մարդիկ էին լինում՝ երիտասարդ և պատանի, որոնք ամենից շատ էին հավատում, թե՝ կան թևավոր և հրեղեն ձիաներ։ Բայց վերջին ժամանակները Պեգասը շատ հազիվ էր երևում։ Աղբյուրից մի կես ժամու չափ հեռու եղած գյուղացիք իրանց օրումը տեսած չէին Պեգասին և ոչ էլ հավատում էին, թե՝ կարող է լինել այնպիսի մի հրաշալի ձի։ Այժմ Բելլերոֆոնի հետ խոսող գյուղացին նույն չհավատացողներից էր. սրա համար էլ շատ խնդաց, երբ ասացին, որ իբր թե՝ Պեգասը գալիս է Պիրենայի աղբյուրից ջուր խմում։

– Այ քեզ բա՜ն... ինչե՜ր են հնարել,– բացականչեց նա, տափակ քիթը վեր ցցելով, և սկսեց քրքջալ։– Պեգա՜ս ձի, և այն էլ՝ թևավո՜ր... Բարեկա՜մ, երևում է, որ խելքդ կորցրել ես,– ասաց նա երիտասարդին։– Թևերն ի՞նչ հարկավոր են ձիուն։ Մի՞թե թևավոր ձին ավելի լավ բեռ կկրե։ Ճշմարիտ, էլ պայտելու ծախս չէր ունենալ նրա տերը, բայց ի՞նչ օգուտ դրանից։ Կերթար գոմը, որ Պեգասին դուրս քաշեր այնտեղից, բայց մեկ էլ տեսար՝ քո Պեգասդ... թը՜ռռռ... այսօր ես կորել, թե էգուց։ Դե հիմա հետևիցն ընկիր, տեսնեմ՝ որտե՞ղ պիտի գտնես նրան։ Մի օր կիեծնի, որ երթա ջաղաց, մեկ էլ տեսար՝ քո Պեգասդ թը՜ռ, թը՜ռ-թը՜ռ... դեպի երկինք, և այնտեղից իր տիրոջը թը՜րրա՜խկ... դեպի գետին, այն էլ՝ գլխիվայր, կլտիպո՜ւզ[7], գլըխկոնձի... Չէ, չէ, եղբա՜յր, մի՜ հավատար, պեգաս-մեգաս չկա։ Աշխարհքումս թռչնաձի չի եղել և չի էլ լինիլ երբեք։

– Ես պատճառ ունիմ բոլորովին ուրիշ կերպ մտածելու,– ասաց երիտասարդը առանց վրդովվելու, և իսկույն երեսը դարձրեց դեպի ծերունին, որ կանգնած էր նրանից երկու քայլաչափ հեռու և, իր գավազանի վրա հենված, ուշադրությամբ ականջ էր դնում նրանց ասածներին, նա մինչև անգամ դրա համար գլուխը փոքր-ինչ թեքել էր դեպի նրանց և ձեռքով ականջի մի կողմը ծածկել վահանի պես, որ լսել կարողանա։ Վերջին քսան տարին ծերունին համարյա թե խլացել էր բոլորովին։

– Դու ի՞նչ կասես, պապի՜,– հարցրեց երիտասարդը,– դու քո ջահել ժամանակդ անպատճառ տեսած կլինես թևավոր ձին, և շատ անգամ։

– Ես, հոգի՜ ջան, հիշողությունս կորցրել եմ բոլորովին։ Միտս է գալիս միայն, որ ջահել ժամանակս հավատում էի, որ կա թևավոր ձի. այսպես հավատում էին և նույն ժամանակի բոլոր ջահիլները։ Իսկ հիմա միտք է՜լ չի մնացել գլխումս, էլ իմ ի՞նչ ժամանակն է թևավոր ձիու մասին մտածելու։ Եթե պատահած էլ լինիմ Պեգասին, այդ հիմա, ով գիտե, քանի՜ ժամանակվա բան կլինի, վաղո՜ւց, շատ վաղուց կլինիմ պատահած։ Իսկ հիմա, ուղիղն ասեմ, դժվարանում եմ հավատալ, որ երբևիցե տեսած լինիմ Պեգասին։ Միտս է գալիս երազի նման, որ երեխա ժամանակս ահա այստեղ, աղբյուրի մոտ, մեկ անգամ կարծես թե նկատեցի ձիու հետք։ Կարելի է թե՝ Պեգասի հետքը լիներ կամ, ով գիտե, գուցե նրա հետքը չէր, այլ՝ մի ուրիշ ձիու։

– Իսկ դո՞ւ, սիրո՜ւն աղջիկ,– հարցրեց ջահիլ աղջկանը, որ կուժն ուսին կանգնած էր նրանց կշտին և ականջ էր դնում ծերունու ասածներին,– դու անպատճառ տեսած կլինիս, այո՜, դու այդպիսի սուր-սուր աչքեր ունիս։

– Ինձ այնպես է թվում, որ մեկ անգամ տեսած պիտի լինիմ նրան,–

պատասխանեց ջահիլ աղջիկը՝ ժպտալով և կարմրելով։– Ուղիղ իմ գլխի վրայով, բա՜րձր, շատ բա՜րձր, օդի մեջ սավառնում էր մի բան. թե ասեմ Պեգասն էր՝ Պեգասը չէր. թե ասեմ մի ահագին սպիտակ թռչուն էր՝ թռչուն չէր։ Բայց մի ուրիշ անգամ էլի եկա այստեղ կուժն ուսիս և հանկարծ ձիու վրնջյուն լսեցի։ Սիրտս այնպես ուրախացավ, որ չեմ կարող ասել, այնպես մի քաղցր, այնպես մի աշխույժ վրնջյուն էր։ Բայց, այսուամենայնիվ, ես վախեցա, չգիտեմ ինչից, և վազեցի տուն՝ առանց ջրի, դատարկ կժով։

– Ափսո՜ս,– ասաց պատանին և երեսը դարձրեց դեպի փոքրիկ տղան, որ նրա մոտ կանգնած էր և նայում էր Բելլերոֆոնի վրա՝ վարդանման բերանը լայն բաց արած։ Մանուկները միշտ այսպես են նայում անծանոթ մարդկանց վրա։

– Դու ի՞նչ կասես, սիրո՛ւն մանկիկ,– հարցրեց Բելլերոֆոնը՝ ծիծաղելով և շոյելով երեխայի գանգրիկ մազերը։– Դու շատ անգամ տեսած կլինիս այստեղ թևավոր ձին։

– Շա՜տ անգամ, այո՜,– վստահաբար պատասխանեց մանուկը։– Հեռու չէ, հենց երեկ ես տեսա նրան, առաջ էլ ես միշտ տեսել եմ նրան։

– Ապրի՜ս, ապրի՜ս,– բացականչեց երիտասարդը՝ մոտ քաշելով երեխային։– Հապա՜, եղբա՛յր, մեկ լավ մոտեցիր և պատմի՛ր ինձ, տեսնեմ՝ ինչպե՞ս ես տեսել։

– Ահա՜ թե ինչպես։ Մեկ անգամ գալիս եմ այստեղ, աղբյուրը, որ նավակներ ձգեմ ջրի վրա և նախշուն քարեր հավաքեմ։ Շատ անգամ աչքս ջրի մեջն եմ գցում, մտիկ տալիս և տեսնում եմ նրանում, որ երկնքովը թռչում է մեկ սպիտակ թևավոր ձի։ Սիրտս միշտ ուզում է, որ նա իջնի երկրի վրա, ինձ վերցնի հետը և տանե լուսնի վրա դնե։ Բայց հենց որ վեր եմ կենում կանգնում, որ ուղղակի ձիուն մտիկ տամ, մեկ էլ տեսնում եմ՝ էլ ձի չկա՜, անհետանում է իսկույն ամպերի մեջ։

Բելլերոֆոնն ավելի երեխային հավատաց, որ թևավոր Պեգասի պատկերը տեսել էր աղբյուրի մեջ անդրադարձած, մեկ էլ՝ մատաղահաս աղջկանը, որ լսել էր Պեգասի քաղցր ձայնով վրնջալը, ու մեկ էլ՝ ծերունուն, բայց ոչ գյուղացուն, որ միայն լծկան ու բեռնակիր ձիաների գոյությանն էր հավատում, և ոչ թևավոր։

2

Բելլերոֆոնը մի քանի օր շարունակ թափառեց Պիրենայի աղբյուրի մոտերքում և թևավոր ձիու հետքը պահեց: Նայում էր փոփոխակի՝ երբեմն երկնքին և երբեմն ջրին, միշտ հուսալով, որ մեկնումեկում կտեսնի կա՛մ իրան՝ Պեգասին, և կա՛մ նրա անդրադարձությունը: Թանկագին սանձը միշտ պատրաստ ուներ ձեռին: Մոտակա գյուղացիք շատ անգամ իրանց տավարը ջուր տալու բերելիս ծիծաղում էին երիտասարդի վրա և երբեմն նաև խրատ էին տալիս, ասելով. «Այդ ի՞նչ դատարկաշրջիկ տղա ես դու. զուր ժամանակ ես անցկացնում միայն, ավելի լավ չէ՞ր լինի, որ մի որևիցե գործով զբաղվեիր: Ձի՞ ես ուզում առնել՝ ա՛ռ, մենք ծախու ձիաներ շատ ունինք»: Երբ որ Բելլերոֆոնը չէր ընդունում նրանց ասածը՝ նրանք առաջարկում էին, որ ծախե իր սանձը:

Գյուղի մանուկները նրան խենթ էին համարում, ծաղրում էին, փեշերից ձգձգում էին, ծամածռություններ էին անում, զանազան փուտ անուններ[8] էին կպցնում: Երեխայքն իրանց ծաղրածությունը մինչև այնտեղ հասցրին, որ նրանցից մեկը, հինգ տարեկան մի լակոտ, ինքն իրան Պեգաս ձևացրեց, սկսեց լոք-լոք անել[9], ոստոստալ, վազվզել, այս ու այն կողմը չափ ընկնել, տրտինգ տալ, ծառս կենալ՝ կռները թափահարելով, իբր թե իր կռներն էլ Պեգասի թևերն են, իսկ նրանից մեծ մի ուրիշ երեխա, մի փունջ խոտ ձեռին, մոտենում էր նրան և անասնական բացականչություններով մոտ կանչում Պեգասին: Բոլոր այս ծաղրածությունները սարքել էին, որ տնազ անեն Բելլերոֆոնին և ջղրացնեն[10] նրան: Բայց նրանց հակառակ՝ այն զանգուրիկ և կայտառ մանուկը, որին առաջին օրը հանդիպեց Բելլերոֆոնը, չէր հետևում նրանց օրինակին և շատ սիրում էր Բելլերոֆոնին: Նա լուռ ու մունջ նստում էր Բելլերոֆոնի մոտ, լուռ ու մունջ նայում ջրի վրա անընդհատ՝ սրտանց հավատալով, որ իր տեսածն ուղիղ էր: Երեխայի այս հաստատուն հավատը մեծ հույս էր տալիս և խրախուսում Բելլերոֆոնին:

Բայց դո՛ւք, սիրելի ընթերցողներս, գուցե կհարցնեք ինձ, թե՝ Բելլերոֆոնն ինչո՞ւ համար էր ման գալիս Պեգասին, ի՞նչ առիթ ուներ, ո՞վ էր ստիպում նրան: Այս մի երկար պատմություն է, և ես կաշխատեմ պատմել ձեզ՝ մինչև Պեգասի երևալը:

Եթե Բելլերոֆոնի բոլոր արկածները պատմեմ նրա մանկությունից սկսած, այդ շատ երկար կլինի և ձեզ ձանձրալի, մեր քաջ երիտասարդի կյանքից ես կպատմեմ ձեզ միայն մի կտոր:

Աշխարհի այն մասում, որ կոչվում է Ասիա, մի զարհուրելի հրեշ էր լույս ընկել, որին ասում էին Քիմեռ կամ Խիմերա. մենք կասենք Օշափ[11], որ լաած կլինիք շատ անգամ: Բայց այս հրեշը մի ուրիշ տեսակ վիշապ է լինում: Թե որքան վնաս էր հասցնում մարդկանց Օշափը՝ անկարելի էր հաշվել: Նա մի այնպիսի զարհուրելի բան է լինում, որ նրա նման մի ուրիշ բան չենք կարող ցույց տալ աշխարհիս երեսին: Նա լինում է օձի մարմնով, մեծ վիշապօձի նման, ունենում է երեք գլուխ՝ մեկն առյուծի, մեկն այծի և մեկն էլ՝ օձի: Նրա բաց ռեխներից՝ երեքիցն էլ, կրակ էր դուրս թափվում: Այս հրեշը թեպետ թևեր չուներ, բայց վազում էր առյուծի նման, ցատկում էր այծի նման և սողում օձի նման, ուրեմն, նա շարժվում էր միանգամից երեք կենդանու արագությամբ, որ ասել է՝ ավելի արագ, քան թե թռչունը:

Թե որքան վնաս էր հասցնում այս զզվելի արարածը, ինչպես ասացի, անկարելի է հաշվել: Երեք երախներից կրակ էր դուրս թռչում՝ և բոլոր անտառները խանձխնձում, արտերն այրում, ամբողջ գյուղեր՝ իրանց պարտեզներով, այգիներով, ամբարներով, կալ ու մարագով, մի խոսքով՝ բոլոր ունեցած-չունեցածով մոխիր էր դարձնում: Բաց էր անում երեք երախները և սկսում էր լափել ամեն պատահած բան՝ մարդ, կենդանի և թռչուն: Լափելուց հետո շնթռկում, մրափում էր, մինչև ողջ-ողջ կուլ տված ողորմելի կենդանիները կմարսվեին նրա թոնրանման ստամոքսում:

Մեկ անգամ, պատահմամբ, Բելլերոֆոնը գալիս է Ասիա, այնտեղի թագավորին տեսնելու, հենց ա՛յն ժամանակ, երբ որ ամբողջ ժողովուրդը հեծում, տնքում էր Օշափի հասցրած վնասներից: Այդ երկրի թագավորի անունը Հոբաթ էր, նա կենում էր Հայաստանին սահմանակից մի երկրում, որ ասվում էր Լիկիա: Բելլերոֆոնը մի շատ անվեհեր երիտասարդ էր: Նա իրան անձը նվիրել էր քաջագործության և այնպիսի մեծագործությունների, որոնցով կարող էր օգուտ բերել մարդկությանը, ծառայել մարդկանց բախտավորությանը: Այն ժամանակներում երիտասարդ մարդկանց միակ փառք ու պատիվն այն էր, որ մասնակցեն բոլոր պատերազմներին, կա՛մ կռվելով հայրենիքի թշնամու դեմ, կա՛մ չար դևերի, զարհուրելի վիշապների և վերջապես՝ վայրենի գազանների դեմ, այս էլ՝ այն ժամանակ, երբ ուրիշ ավելի չար բան չէր լինում, որի դեմ կռվեին: Հոբաթ թագավորը երբ որ Բելլերոֆոնին տեսավ՝ իսկույն նշմարեց, որ իր հյուրն անվեհեր երիտասարդ է. սրա համար էլ ահա առաջարկեց նրան, որ գտնի չար Օշափին և սպանե: Ոչ ոք սիրտ չէր անում ձեռք զարկել այսպիսի մի քաջագործության, որովհետև ամենքն էլ, նրա միայն անունը լսելով՝ դողում էին. իսկ եթե չսպանեին՝ նա պիտի ամբողջ Լիկիան անշեն անապատ դարձներ: Բելլերոֆոնը թագավորի այս առաջարկության վրա մի րոպե մտածության մեջ ընկավ, բայց հետո վճռական խոսք տվավ թագավորին, որ կերթա, կսպանե Օշափին, իսկ եթե չկարողանա՝ իր ոսկորները նրա մոտ կթողնե:

Լսած լինելով, որ երեքգլխանի Օշափը շատ արագաշարժ և ճարպիկ է, այն մտքին եկավ, որ անկարելի է այնպիսի մի հրեշի դեմ հետևակ կռվել, այլ՝ դրա համար հարկավոր է անպատճառ ձեռք բերել ամենաքաջ և ամենազորեղ ձի: Իսկ այս կողմից աշխարհիս երեսին ի՞նչ ձի կարող է հավասարվել Պեգասին, որ համ ոտքեր ուներ, հա՛մ թևեր, և օդի մեջ ավելի ևս արագ էր թռչում, քան վազում երկրի երեսին: Ինչ ասել կուզի, որ Բելլերոֆոնին ամեն կողմից սկսեցին հավատացնել, որ թևավոր ձի չկա ոչ մի տեղ, և ինչ որ պատմում են թևավոր ձիաների մասին, բոլորն էլ դատարկ զառանցանքներ են միայն և անմիտ ցնորքներ:

Բայց, այնուամենայնիվ, Բելլերոֆոնը հաստատ համոզված էր, որ Պեգասը հնարովի բան չէ, այլ նա կա և ուշ թե վաղ՝ իր ձեռքը կընկնի, որ նրան կսանձե ինքը և, վրան հեծնելով՝ կերթա Օշափի հետ կռվելու:

Այս նպատակով ահա նա Լիկիայից ճանապարհ ընկավ դեպի Էլլադա, ուր և ձեռք բերավ իր ձեռքում եղած թանկագին սանձը: Այդ սանձը աղոթած էր, այսինքն՝ կախարդած, դյութած էր: Հենց որ կարողանար սանձի ոսկեզօծ երասանը Պեգասի բերանը դնել՝ թևավոր ձին իսկույն կհպատակեր նրան, նա էլ իսկույն կթռչեր, վրան կնստեր և որ կողմ ուզենար, այն կողմը կքշեր: Ինչ ասել կուզի, որ քաջ երիտասարդը հուզված սրտով սպասում ու մնում էր, թե՝ ե՞րբ կգա արդյոք Պեգասը Պիրենայի աղբյուրից ջուր խմելու: Նա շատ էր մտատանջվում, թե՝ միգուցե Հոբաթ թագավորը կարծիք տաներ, թե ինքը փախել է՝ վախենալով Օշափից: Շատ էր վշտանում, երբ որ միտն էր բերում, թե՝ ի՛նչ ահագին վնասներ է հասցնում երկրին այն զազրելի հրեշը, իսկ ինքը, փոխանակ նրա դեմ պատերազմելու, ձեռները ծոցին՝ նստել է սառնորակ աղբյուրի մոտ և նայում է, թե ինչպե՛ս է բխում նա սարից, թափվում ավազանի մեջ և նրա հատակը ծածկում պսպղուն ավազի շերտով: Լսում էր, որ իբր թե՝ վերջին տարիներում Պեգասը շատ հազիվ էր երևում աղբյուրի մոտ, և թե նա իր բոլոր կյանքում միայն մեկ անգամ է երևացել մարդու: Նա շատ էր վախենում, թե՝ միգուցե այստեղ սպասելով մինչև ծերության հասնի, երբ այլևս չի կարողանալ տիրել թևավոր ձիուն, եթե գալու էլ լինի, որովհետև ծերությունից իր ձեռքերն արդեն թուլացած կլինին, քաջությունը կորցրած: Ավա՛ղ, ինչքա՛ն տխուր ու դատարկ է անցնում ժամանակը, երբ որ եռանդալից երիտասարդությունը ձգտում է հասնել իր ցանկացած նպատակին, երևակայած փառք ու պատվին: Համբերել և սպասել շա՛տ ծանր է: Մեր կյանքը, առանց այս էլ, այնքա՛ն կարճ է, բայց էլի ինչքա՛ն դատարկ տարիներ ենք անցկացնում համբերության շնորհիվ:

Բելլերոֆոնի բախտից՝ աղբյուրի մոտ եղած զանգուրիկ երեխան այնպես կպել էր նրան, որ մոտիցը չէր հեռանում համարյա: Ամեն բարիլուսի Բելլերոֆոնին ասում էր ուրախ-ուրախ.

- Ի՞նչ ես կարծում, Բելլերոֆո՛ն, շա՞տ կարելի է, որ այսօր մենք Պեգասին տեսնե՛նք:

Եվ այս «շատ կարելին» էր, որ հուսադրում էր Բելլերոֆոնին: Եթե այս հույսը չլիներ՝ նա վաղուց արդեն վերադարձած կլիներ Լիկիա և գնացած կռվելու Օշափի հետ առանց թևավոր ձիու օգնության: Ինչ ասել կուզի, որ հրեշը մի շնչով կայրեր և մի քանի վայրկյանի մեջ կլափեր նրան:

3

Մի առավոտ զանգուրիկ տղան սկսեց Պեգասի մասին խոսել սովորականից դուրս անկասկած սրտով:

– Չգիտեմ ինչու,– ասաց նա՝ ուրախությունից թռչկոտելով,– ինձ այնպես է թվում, որ այսօր մենք անպատճառ կտեսնենք Պեգասին:

Ամբողջ օրը մանուկը չհեռացավ Բելլերոֆոնից. նրանք միասին հաց կերան, միասին խմեցին աղբյուրից և կեսօրից հետո նստեցին շվաքումը, ջրի ափին: Բելլերոֆոնը, մի ձեռքն իր փոքրիկ բարեկամի ուսին դրած, իսկ մյուսն իր ծնոտի տակ դիմհար տված, խորասուզված մտքով մտիկ էր տալիս ջրի վրա կռացած պառաված ծառերին և նրանց ճղների վրա կախտված վայրենի խաղողի ճութերին: Իսկ մանուկն անընդհատ նայում էր միայն ջրին, բայց շատ տխուր, որովհետև շատ էր ցավում, որ Բելլերոֆոնի՝ երկար օրերով սպասելն ապարդյուն է անցնում: Մրա վրա շատ տխրեց երեխան, մինչև այն աստիճան, որ հանկարծ լաց եղավ հեկեկալով: Նրա արտասուքներից մի քանի կաթիլ գլորվելով ընկան աղբյուրի մեջ և խառնվեցան Պիրենայի արտասուքների հետ:

Հանկարծ Բելլերոֆոնն զգաց, որ երեխայի թաթիկը, որ իր ձեռքումն էր, դողդողում է: Եվ տղան շշնջաց հանկարծ մանկական շշնջյունով.

– Բելլերոֆո՛ն, Բելլերոֆո՛ն, նայի՛ր, մեկ նայիր ջրի վրա...

Բելլերոֆոնը կռացավ շուտով, նայեց հայելու նման պարզ աղբյուրի երեսին, և այնպես թվաց, որ տեսնում է նրանում պատկերացած մի ահագին, սպիտակ թռչնի կերպարանք, թռչում է բա՛րձր, շատ բարձր, և արեգակը շողշողում է նրա արծաթափայլ թևերի վրա:

– Ի՛նչ հրաշալի, ի՛նչ փառավոր թռչուն է,– բացականչեց նա։– Եվ ինչքա՛ն մեծ է։ Եվ գիտե՞ս, շատ էլ հեռու չպետք է լինի, սավառնում է ամպերից ցած։

– Ես դողում եմ ամբողջ մարմնով,– ասաց մանուկը։– Վախում եմ դեպի վեր նայել։ Ինչքա՛ն հրաշալի է։ Բայց ես չեմ վստահում ուղղակի նրա վրա նայել, այլ միայն՝ ջրի միջով։ Մի՞թե չես տեսնում, Բելլերոֆո՛ն, որ սա թռչուն չէ, այլ՝ թևավոր ձի, նույն ինքը՝ Պեգասն է սա։

Բելլերոֆոնի սիրտը գնաց։ Նայեց դեպի վեր, բայց չկարողացավ լավ նշմարել, թե՝ նա ի՞նչ էր արդյոք, թռչո՞ւն, թե՞ ձի, որովհետև նա անհայտացավ բարդ-բարդ կուտակված սպիտակ ամպերի մեջ։ Մի րոպե չանցած՝ թռչողի կերպարանքը կրկին երևաց, նա իջնում էր դեպի գետին՝ ալեծածան թռիչքով։ Այս միջոցին Բելլերոֆոնն իսկույն ճանկը ձգեց տղային և նրա հետ թաք կացավ իր խիտ թփերի մեջ, որոնցով պարսպի պես շրջապատված էր աղբյուրը։ Նա Պեգասից երկյուղ չուներ, այլ վախենում էր միայն, թե՝ միգուցե իրանց նկատե և սկսե ավելի բարձրանալ դեպի վեր։ Այս թռչողը ճշմարիտ որ թևավոր ձին էր։ Երկար սպասեցին նրան, և ահա վերջապես նա ուզեց իր ծարավը հագեցնել Պիրենայի աղբյուրից։

Օդեղեն հյուրն սկսեց իջնել ավելի ցածր և ցածր։ Թռչելիս ավելի մեծ շրջաններ և պտույտներ էր անում, ինչպես աղավնին է անում թռչելու պատրաստվելիս։ Որքան ցածրանում էր, այնքան փոքրացնում էր իր շրջանները, մինչև վերջապես շփվեց գետնին՝ փափուկ բմբլի պես։ Նա իր չորս ոտները դրավ ավազի վրա այնքան մեղմ և անզգալի կերպով, որ ոչ մի խոտ չխշխշաց։ Հրաշալի թևավոր ձին մեկնեց իր վեհապանծ գլուխը և սկսեց խմել։ Նա մեծ զմայլմունքով էր ներս ծծում բերանով պայծառ հեղուկը, ուրախ փռնչում ու զինքը[12] թափահարում, խմում է, խմում, մեկ էլ հանկարծ՝ կանգ առնում։ Ո՛չ գետնի վրա, ո՛չ ամպերում և ո՛չ մի ուրիշ տեղ Պեգասը չէր սիրում այնպես հագեցնել իր ծարավը, ինչպես Պիրենայի աղբյուրից։ Կուշտ խմելուց հետո թևավոր ձին հոտավետ առվույտներից մի քանի ծաղիկ գզլեց, բայց միայն գզլեց ու ծամծմեց և ոչ թե արածեց կամ կերավ, նրա արածելիքը Հելիկոն սարի բուն գագաթի վրա եղած անուշահոտ խոտերն էին։

Վերջապես, երբ որ աղբյուրի պարզ ջրիցն այնքան խմեց, որ կշտացավ, մի քիչ խաղ արավ առվույտի ծաղիկների հետ, այնուհետև խայտալ սկսեց կշտացած երեխայի նման։ Սկսեց վազվզել ետ ու առաջ, տրտինգ տալ, կամացուկ վրնջալ։ Մեկ այս կողմն էր չափ ընկնում, մեկ՝ այն, մեկ էլ թռչում էր դեպի վեր, մի քիչ պտտվում և նորից իջնում ու վազվզում փափուկ կանաչկուտի վրա։ Բելլերոֆոնը, տղայի ձեռքից բռնած, թփուտի միջից նայում էր այս տեսարանի վրա, որի պես գեղեցիկ բան նա իր կյանքումը տեսած չէր: Պեգասի ողջ կազմվածքը, նրա բարակ-բարակ ոտները, նրա բարեկազմ գլուխը, թավամազ պոչը, ալեծածան բաշը, ձյունի նման սպիտակ, արծաթի պես փայլուն, այս բոլորը հիացրել, զարմացրել էին Բելլերոֆոնին: Իսկ նրա խելոք ու վառվռուն աչքերի նմանը ո՛չ մի ձիում տեսած չէր: Նրան հանցանք էր թվում այսպիսի մի հիանալի ձիու վրա թամբ դնելը, և առավել ևս՝ նրա վրա ցատկել նստելը:

Մեկ թե երկու անգամ Պեգասը կարծես թե թալկացավ, թուլացավ, կանգնում էր հանկարծ, ականջները խլշում, հոտ քաշում, գլուխն այս ու այն կողմ ձգում՝ կարծես զգալով, որ իր մոտ դարանամուտ եղած մարդիկ կան: Բայց երբ որ չտեսավ և չլսեց ոչինչ վտանգավոր բան, նորից սկսեց իր առաջվան խաղերը:

Բայց ահա որպես թե հոգնեց վերջապես, թևերը ծալեց և նստեց փափուկ կանաչկուտի վրա: Թեթև օդի զավակ լինելով՝ նա չէր կարողանում քիչ ժամանակ հանգիստ կենալ, շրջվեց քամակի վրա և, ոտքերը վեր ցցած, սկսեց սահել մեջքի վրա: Ինքը թևավոր, մեն-մենակ ամբողջ աշխարհում, անհիշելի ժամանակներից ի վեր ապրած, ո՛չ մի ընկեր չունեցած երբեք, այժմ զվարճանում էր՝ ինչպես բոլոր էակներից ամենաբախտավորը: Սա մի հետաքրքրական տեսարան չէ՞ր միթե: Բելլերոֆոնն ու մանչուկը չէին կարողանում աչքերը Պեգասից հեռացնել: Նրանք մասամբ հաճույքից և մասամբ երկյուղից շունչները պահել էին, ըստ որում՝ աննշան մի շշուկից ու շշունջից կխրտներ Պեգասը և նետի պես կսլանար դեպի երկինք: Բավականաչափ թավալգլոր գալուց հետո վերջապես Պեգասը շտկվեց և հասարակ ձիու պես դանդաղ կերպով առաջին ոտները ձգեց, որ վեր կենա: Բելլերոֆոնն իսկույն գլխի ընկավ, որ ձին վեր կենալուն պես պիտի ճանապարհ ընկնի, նա մի ակնթարթում դուրս ընկավ թփուտից և մի ճարպիկ ոստյունով թռավ նստեց ձիու քամակին:

Այո՛, նստեց թևավո՛ր ձիու վրա...

Երևակայել պետք է, թե ինչպե՛ս վեր թռավ Պեգասը՝ իր կյանքումն առաջին անգամն զգալով իր վրա հողեղեն մարդու ծանրություն: Վեր թռչել եմ ասում, բայց չկարծեք, որ մի հասարակ ոստյուն էր, որ արավ Պեգասը: Բելլերոֆոնը դեռ խելքը գլուխը չէր հավաքել, որ Պեգասի հետ արդեն գետնից բարձրացել էին մինչև հինգ հարյուր ոտնաչափ և սլանում էին նետի արագությամբ: Թևավոր ձին նրա տակին փռնչում էր և երկյուղից ու զայրույթից դողում, սարսափում: Թռան-գնացին միշտ բա՛րձր ու բա՛րձր, մինչև հասան ամպալից օդի ցուրտ շերտերը, որոնց վրա մի քանի րոպե առաջ Բելլերոֆոնը գետնին պառկած նայում էր և սքանչանում: Այդ բարձրությունից ձին ուղղակի ցած նետեց ինքզինքը[13], որ մի ժայռի կամ ուրիշ բանի դիպչելով՝ ջարդուխուրդ անի իր հեծյալին: Բայց այսպիսի բան չպատահեց. Բելլերոֆոնն այնպես չէր կպել նրան, որ բաց թողներ կամ վայր ընկներ, բայց սրա վրա ի՜նչ բաներ արավ չարացած թևավոր ձին, ի՜նչ ճարպիկություններ բանեցրեց, ցիրկում խաղացող ակրոբատներն այն չեն անում, ինչ որ մեր Պեգասն արավ օդի մեջ. ի՜նչ վեր-վեր թռչել, ի՜նչ օրորվել, ի՜նչ աքացիք շպրտոտել դես ու դեն, ի՜նչ տրտինգներ տալ: Գլուխը զցում էր առաջին ոտների արանքը, թևերը վեր ցցում և սկսում մեկ թե երկու գլուխկոնծի տալ կապիկի նման: Շուռ էր գալիս մեջքի վրա և, ոտները վեր ցցելով, թափահարում ինքզինքը, կամ գլուխը դեպի պոչն արած՝ երկուտակվում էր և սկսում պտտվել չարխի պես: Վերջապես շատ բաներ արավ, տեսավ, որ հնար չի լինում, չի կարողանում վայր գլորել Բելլերոֆոնին, վիզը թեքեց և, կրակոտ աչքերը վրան ձգելով, դունչը մեկնեց, որ կծե: Նա այնքան թափ տվավ իր թևերը, որ նրանցից մի արծաթագույն փետուր զցվեց և ընկավ հենց այնտեղ, ուր կանգնած էր գանգուրիկ տղան: Նա իսկույն վեր առավ պահեց՝ իբրև Պեգասից և Բելլերոֆոնից մնացած հիշատակ:

Երբ որ Պեգասը, ինչպես ասացինք, ատամները սրած, դունչը մեկնեց, որ մեկ լավ կծե, Բելլերոֆոնը նրա այս դրությունից օգուտ քաղեց և կախարդված սանձի երասանակը ձգեց իսկույն թևավոր ձիու բերանը: Եվ, ո՜վ հրաշք, Պեգասն իսկույն հանդարտվեց և դարձավ բոլորովին ձեռնասովոր մի ձի: Ուղիղն ասեմ, ես շատ կափսոսայի և կցավեի՝ տեսնելով մարդուն հպատակած այնպիսի մի ազատ թռչնաձին, ինչպիսին Պեգասն էր: Այս հանկարծական փոփոխությունը ազատությունից դեպի ստրկություն անզգալի չէր Պեգասի համար: Նրա՝ դեպի Բելլերոֆոնն ուղղած խելոք աչքերի մեջ արտասուքի պես բան երևացին: Բայց երբ որ երիտասարդն սկսեց փաղաքշելով շփել նրա գլուխը և մի քանի քաղցր ու խաղաղացնող խոսքեր ասել, թեև տիրողի եղանակով, այն ժամանակ թևավոր ձին ուրախության վրնջյուն բարձրացրեց: Նա կարծես բավական մնաց իր ներկա վիճակից, որ ինքը, այնքան դարերից հետո, վերջապես մի ընկեր ու հրամայող ունեցավ: Երևի այսպես է որոշված բոլոր թևավոր ձիաների ճակատագիրը և առհասարակ բոլոր վայրենի կենդանիների: Հենց որ մի անգամ նվաճեցիր նրանց և տերը դարձար՝ նրանք այնուհետև կհպատակվեն քեզ և կընտելանան քեզ հետ:

Պեգասն ու Բելլերոֆոնը, իրար հետ կռվելիս, աննկատելի կերպով շատ հեռու էին թռել, մինչև հասել էին մի բարձր սարի: Բելլերոֆոնն առաջ էլ էր տեսել այն սարը, գիտեր, որ նրա անունը Հելիկոն էր, գիտեր նմանապես, որ Պեգասը սովորաբար նրա գագաթի վրա էր արածում: Բայց ձեռնասովոր դարձած թևավոր ձին այժմ զրկված էր իր ազատ կամքից, նա չէր համարձակվում թռչել դեպի իր ուզած կողմերը և շարունակ ետ էր մտիկ տալիս, կարծես կանգ առնելու հրաման լիներ ուզելիս: Վերջապես նա հանդարտ կերպով թռիչքն ուղղեց դեպի գետինը՝ անհամբեր սպասելով, թե՝ ե՞րբ կիջնի արդյոք իրանից հեծյալը: Բելլերոֆոնը ցած թռավ նրա մեջքից, բայց ձեռքից չթողեց նրա սանձը, որ պինդ փաթաթել էր ձախ ձեռքի դաստակին: Պեգասն անընդհատ նայում էր իր նոր տիրոջ վրա: Նրա սիրուն և ազդու աչքերի մեջ երևում էր այնպիսի հեզություն, որ Բելլերոֆոնի խելքը տանում էր: Նա սկսեց խղճալ գերի ընկած Պեգասին, որ դարերով ազատ էր ապրել, և վճռեց արձակել նրան ու ազատ թողնել: Մեծահոգության զգացմունքով սաստիկ ոգևորված՝ նա կախարդական սանձը ձգեց նրա վզովը և բերանից հանեց երասանը:

– Գնա՛, Պեգա՛ս,– ասաց նա:– Դու ինձ հարկավոր չես, եթե ես սիրելի և հաճելի չեմ քեզ:

Թևավոր ձին մի ակնթարթում անհայտացավ նրա աչքից: Նա Հելիկոնի գագաթից դեպի վեր սլացավ բազեի նման շեշտակի: Արևն արդեն վաղուց էր մայր մտել, ներքևում, երկրի վրա մութն էր, իսկ սարի վրա՝ դեռ վերջալույս: Պեգասը թռավ ամպերից էլ բարձր և կարծես դողում էր այնտեղ արևի վերջին ճառագայթներից անդրադարձած ծիրանեգույն լույսի անաղոտ ալիքների մեջ: Դեպի վերև թռչելով՝ ներքևից երևում էր նա մի պսպղուն կետի չափ և վերջապես բոլորովին անհետացավ երկնքի անհատակ կապտության մեջ: Բելլերոֆոնն ընկավ երկյուղի մեջ. նա շատ վախեցավ, թե՝ չլինի՞, հիրավի, թևավոր ձին այլևս չերևա ոչ մի անգամ: Նա արդեն սկսեց զղջալ իր արարմունքի վրա. «Այս ի՜նչ խելք էր, որ ես բանեցրի»,– ասում էր նա ինքն իրան: Բայց մեկ էլ տեսավ, որ պսպղուն կետը նորից երևաց երկնքի վրա և սկսեց կամաց-կամաց իջնել դեպի ցած և ցած, մինչև վերջապես իջավ իր տիրոջ առջև: Այս փորձից հետո այլևս տեղիք չկար կարծելու, որ թևավոր ձին կփախչի երբևիցե: Ձին և իր տերը մտերմացան իրար և այնուհետև հավատում էին միմյանց առանց կասկածելու:

Այս գիշեր մեր երկու բարեկամները տեղավորվեցին մի ժայռի խոռոչում և քնեցին իրար կողքի: Բելլերոֆոնը բոլոր գիշերը ձեռքը չհեռացրեց Պեգասի վզից, ոչ թե զգուշության, այլ՝ շատ սիրելուն համար: Վաղ առավոտվա բարիլուսին վեր կացան և միմյանց ողջունեցին՝ ամեն մեկն իր լեզվով:

4

Բելլերոֆոնը մի քանի օր կացավ Հելիկոնի վրա Պեգասի հետ. այս միջոցին նրանք ավելի մոտեցան միմյանց և ավելի մտերմացան: Շատ անգամ միասին օդային ճանապարհորդություն էին անում և երբեմն այնքան էին բարձրանում, որ գետինը նրանց աչքում լուսնի չափ էր երևում: Նրանք գնացին մի քանի երկրներ, ամեն տեղ նրանց տեսնող մարդիկը զարմանում էին և կարծում էին, որ թևավոր ձիով ճանապարհորդող սիրուն երիտասարդը Ոլիմպոսից կլինի իրանց մոտ հյուր եկած: Պեգասի համար մեծ բան չէր օրական մի քանի հազար մղոն[14] տեղ թռչելը: Բելլերոֆոնը հափշտակվել էր այս տեսակ կյանք վարելուց, նա բոլոր կյանքն ուրախությամբ անց կկացներ մթնոլորտի վերին խավերում, ուր ամեն ժամանակ, ինչ տեսակ եղանակ էլ լիներ երկրիս վրա, միշտ պարզ էր և տաք: Բայց նա չէր կարող մոռանալ իր տված խոստումը Հոբաթ թագավորին՝ Քիմեռ-Օշափին սպանելու մասին: Երբ որ փոքր-ինչ ընտելացավ օդային արշավանքներին և սովորեց Պեգասի հետ վարվել այնպես, որ նա իր տիրոջ ձեռքի տակ աննշան շարժումից և հազիվ լսելի ձայնից հասկանում էր նրա միտքը, այն ժամանակ մտքում վճռեց ձեռնարկել մտադրված վտանգավոր քաջագործությանը:

Եվ ահա՛ մի առավոտ վաղ զարթնելով՝ թեթև կերպով կամթեց Պեգասի ականջից, որ զարթեցնի նրան: Սրա վրա Պեգասն իսկույն վեր կացավ տեղիցը և քառորդ մղոնաչափ մի ոստյուն արավ դեպի վեր, մի ակնթարթում պտտեց Հելիկոնի ամբողջ գագաթը, որ ցույց տա տիրոջը, թե ինքը բոլորովին սթափված է, թարմ է և պատրաստ՝ ուր ուզես թռչելու: Այսպես ահա առավել ևս թարմանալով և ուրախ-ուրախ խրխնջալով՝ եկավ իր տիրոջ մոտ, բայց այնքան թեթև, որ կարծես ճնճղուկ լինի՝ ոստից ոստ թռչկոտելիս:

– Շա՛տ լավ ես չափ ընկնում, սիրելի՛ Պեգաս, հիանալի են թռիչքներդ,– գոչեց Բելլերոֆոնը և գուրգուրելով շփեց թևավոր ձիու գեղեցիկ պարանոցը:– Ժամանակ է, կարծեմ, որ քեզ հետ գնանք մեր գործին: Այսօրնեթ գնանք պատերազմելու Քիմեռ-Օշափի հետ:

Նախաճաշելուց և Իպոկրենայի պաղ աղբյուրի ջրից խմելուց հետո Պեգասն ի՛նքը մեկնեց իր գլուխը՝ սանձելու համար: Մինչև Բելլերոֆոնը կզրահավորվեր, թուրը կկապեր կողքին, վահանը կկախեր, առհասարակ կզինավորվեր կռվի համար, Պեգասն անհամբերությունից ոտքով դոփում էր գետինը, խայտում, խաղում և ոստոստում: Երբ որ ամեն ինչ պատրաստ էր՝ Բելլերոֆոնը հեծավ ձին, ըստ սովորության՝ շեշտակի դեպի վեր սլացավ մինչև հինգ մղոնաչափ, որ բարձրից մեկ լավ նայե ամեն կողմ, որոշե գնալու տեղը և դեպի նույն կողմն ուղղե իր թռիչքը: Նա Պեգասի գլուխը թեքեց դեպի արևելք և սլացավ ուղղակի դեպի Լիկիա: Ճանապարհին նրանք հասան մի արծվի հետևից, որ քիչ էր մնում Պեգասի ոտքի տակն ընկներ, եթե շուտով մի կողմ չքաշվեր. Բելլերոֆոնը կարող էր բռնել նրան, բայց չուզեց ժամանակ կորցնել: Նրանք թռչում էին թունդ մրրկի արագությամբ, և հենց նույն առավոտը տեսան Լիկիայի բարձր լեռներն ու խոր-խոր ձորերը, որոնք հազիվ էին նշմարվում իրանց պատող թանձր մառախուղի միջից: Բելլերոֆոնը լսած էր, որ զազրելի Օշափը այդ խավար ձորերից մեկումն էր բույն դրել:

Երբ որ հասան իրանց մտադրյալ տեղը՝ թևավոր ձին սկսեց իջնել դեպի ներքև, օգուտ քաղելով լեռների վրա եղած մի քանի կտոր ամպերից, որոնք, մեր ճանապարհորդներին ծածկելով, անտեսանելի էին կացուցանում նրանց գետնի երեսից: Մի խիտ ամպի վրա կանգնած՝ Բելլերոֆոնը, քիչ առաջ թեքվելով, կարողացավ պարզ տնտղել Լիկիայի լեռնային մասը և նրա մութ հովիտները: Առաջ առանձին մի բան չնշմարեց. նրա տակ երկարումեկ ձգված էին չոր պառակներ[15] և փլփլված ապառաժներ, բայց ահա նրանց հետնից սևին էին տալիս նոր այրված տնատեղեր, սպիտակին էին տալիս շատ տեղեր կույտ-կույտ ոսկորներ, կարծես այս տեղերում արածող տավարների կմախքները լինեին:

«Այս ամենը Օշափի թողած հետքերը պետք է լինեն,– մտածեց Բելլերոֆոնը:– Բայց այդ զազրելին ինքը որտե՞ղ պետք է լինի թաք կացած արդյոք»:

Նա սկսեց ավելի ուշի ուշով նայել լեռների մեջ սևին տվող ծերպերը, խոռոչներն ու անտառները, բայց ուր որ նայում է՝ ամեն կողմ տեսնում է մեռելություն, չոր անապատ, միայն մի քարայրից դուրս է բխում երեք զոլ[16] սև ծուխ և, կեռումեռ գալարվելով օձի պես, սողում է դեպի վեր, և դեռ լեռան գագաթին չհասած՝ սև ծուխի այդ երեք զոլերը միանում են և դառնում մի կենտ սյուն: Քարայրը գտնվում էր ուղիղ իրանց ոտքի տակին՝ միայն մի հազար ոտնաչափ հեռավորության վրա: Գարշահոտ և թանձր ծծմբային ծուխն արդեն հասնում էր մինչև Պեգասի և Բելլերոֆոնի ռունգները: Պեգասը փռնչում էր զզվանքից և գլուխը այս ու այն կողմ թեքում, այդ օդի զավակին, որ սովոր էր ծծել միայն լեռնագագաթների մաքուր օդը, գարշելի էր թվում երկրային հոտը: Իսկ Բելլերոֆոնը ժնգռնում[17] էր ու փռշտում՝ խեղդվելով այդ ծանր և հեղձուցիչ ծծմբային հոտից: Զայրացած Պեգասը սաստիկ թափ տվավ թևերը և մղոն ու կես ետ թռավ այդ գարշահոտ տեղից:

Բայց Բելլերոֆոնը հանկարծ ետ մտիկ տվավ, և այնպիսի բան ընկավ աչքովը, որ իսկույն սանձը դրդեց և ետ շրջեց ձիու գլուխը: Պեգասն այս նշանից իսկույն իմացավ տիրոջ միտքը և սկսեց կամաց-կամաց ցած իջնել, մինչև մոտեցավ նույն քարայրին, որտեղից որ դուրս էր գալիս երեք զոլ ծուխը: Եվ ի՞նչ տեսնի այնտեղ Բելլերոֆոնը՝ մի տարօրինակ դեզ իրար վրա կուտակված հրեշների:

Հրեշի՝ իրար վրա բսնած մարմինները միմյանցից այնքան մոտիկ էին ընկած, որ միայն գլխներիցը կարելի էր ճանաչել, թե ի՛նչ կենդանիներ են նրանք: Թվով երեք էին նրանք՝ մի ահռելի վիշապօձ, մի ահարկու զորեղ առյուծ և մի գարշելի այծ: Այծն ու առյուծը քնած էին, իսկ օձը՝ ո՛չ. նա իր կարմիր աչքերը չռել էր Բելլերոֆոնի վրա: Բայց զարմանալին այս էր, որ գարշահոտ սև ծուխը ոչ մի րոպե չէր կտրվում, այլ՝ անընդհատ դուրս էր գալիս երեքի էլ ռունգներից: Այս տեսակ մի հրեշի տեսիլն այնքան նոր և անակնկալ էր Բելլերոֆոնի համար, որ նա իսկույնևեթ գլխի ընկավ, որ նա ի՛նքն էր՝ Քիմեռ-Օշափը, և ա՛յդ էր նրա որջը: Առյուծը, օձը և այծը միևնույն սարսափելի հրեշի լրացուցիչ մասերն էին: Զզվելի՜ Օշափ...

Կիսամրափ Օշափը (որովհետև նրա միայն երկու գլուխներն էին մրափած) իր ճանկերից բաց չէր թողնում նոր որսած զոհի արյունոտ մնացորդները, բայց ի՞նչ բանի մնացորդներ էին, լավ չէր նշմարվում, գառա՞ն մնացորդ էին արդյոք, թե՞... ուզում էի ասել՝ մի փոքրիկ երեխայի... բայց, ո՞վ գիտե, գուցե հենց այդպես էլ լիներ, թեև այսպես մտածելը սարսափ է բերում մեզ վրա: Երևում էր՝ նոր էր վերջացրել իր ընթրիքը:

Բելլերոֆոնը վերջապես ուշքի եկավ և գլխի ընկավ, թե ի՛նչ բան էր տեսածը: Պեգասն ավելի շուտ իմացավ բանի էությունը, և միայն այնպիսի ահեղագոչ վրնջյուն բարձրացրեց, որ սար ու ձոր դըրըմբըրըմբաց: Սրա վրա՝ մրափած գլուխներն էլ զարթնեցին և երեքն էլ միասին կրակի ահեղ ալիքներ վիժեցին: Բելլերոֆոնը դեռ իր պատրաստությունը չէր տեսել կռվի համար, որ հրեշը դուրս պրծավ իր որջից և, իր թանթուլների[18] ահագին ճիրաններն արձակելով՝ վրա վազեց ուղղակի խիզախ երիտասարդի վրա, ավազ ու հող բարձրացնելով: Եթե Պեգասը թեթևաշարժ չլիներ թռչնի պես՝ հրեշն իր այդ հանկարծական հարձակմունքով կուլ կտար երկուսին էլ, և դրանով կվերջանար կռիվը: Բայց անկարելի էր թևավոր ձիուն անզգույշ և անպատրաստ գտնել:

Մի ակնթարթում Պեգասն ու իր հեծյալը սավառնում էին արդեն բարձր երկնքում: Բարկությունից խռմփում էր Պեգասը և բոլոր մարմնով դողում էր, իհարկե՝ ոչ երկյուղից, այլ՝ եռագլուխ գարշելի սողունից զզվելով:

Օշափի կատաղությանն է՛լ չափ չկար: Նա ձգվել էր իր բոլոր երկայնությամբ և, կռթնելով իր օձային պոչի վրա, ճիրանավոր թանթուլները օդի մեջ այս ու այն կողմ էր հածում[19] և, ետ ձգելով իր երեք գլուխները, կրակի հեղեղ էր վիժում դեպի վեր, որ այրե Պեգասին և նրա հեծյալին: Ինչպե՜ս մռնչում էր, ինչպե՜ս վսսում ու մկկում: Մինչ այս, մինչ այն, Բելլերոֆոնը ձախ ձեռքն առավ վահանը և աջով թուրը հանեց պատյանից:

– Հապա՜, քե՛զ տեսնեմ, Պեգա՛ս ջան,– շշնջաց նա թևավոր ձիու ականջին,– ինձ չամաչեցնես. օգնի՛ր ինձ, որ չքացնենք այս երկրային հրեշը, եթե ոչ՝ դու կթռչես դեպի Հելիկոն առանց ետ նայելու և առանց քո մտերիմ բարեկամիդ: Կա՛մ կկործանվի Օշափը, կա՛մ նրա բոլոր երեք ռեխները կլափեն ինձ մի քանի րոպեի մեջ:

Պեգասը սիրով վրնջաց և, գլուխը թեքելով, իր վարդագույն ռունգները տիրոջ թշերին քսեց: Սրանով ուզեց ասել նա, որ թեպետ ինքը թևեր ունի և մինչև այսօր անմահ է եղել, բայց, այսուամենայնիվ, ավելի հոժար կլինի ի՛նքը մեռնել, քան թե թույլ կտա, որ Բելլերոֆոնն ընկնի հրեշի ճանկը:

– Շնորհակալ եմ քեզանից, հոգյա՛կս,– ասաց Բելլերոֆոնը՝ պարզ իմանալով իր բարեկամի համր խոսակցությունը:– Հիմա ե՛կ հարձակվինք Օշափի վրա. դու վրա՛ թռիր, ինչպես գիտես...

Այս խոսքերով նա շարժեց սանձը. Պեգասը նետի պես սլացավ ուղղակի դեպի եռագլուխ Քիմեռը, որ բոլոր ժամանակ գալարվելով՝ ձգվում էր դեպի նրանց: Բելլերոֆոնը հասնելն ու թրով զարկելը մեկ արավ. նա միայն մեկ անգամ զարկեց ինչքան որ կռնումն ուժ ուներ, բայց Պեգասը նրան այնպես շուտ թռցրեց դեպի երկինք, որ է՛լ հնար չունեցավ նայելու, թե՝ հարվածը հաջո՞ղ էր արդյոք, թե՞ ոչ: Պեգասի օդային արշավանքը երկար չտևեց, նա կրկնեց իր հարձակմունքը: Այս անգամ միայն համոզվեց Բելլերոֆոնը, որ առաջին զարկով թռցրել էր հրեշի այծային գլուխը, որ արդեն մի բարակ մորթով կախված՝ ճոճվում էր հրեշի վրա:

Բայց հենց սրա համար էլ ողջ մնացած երկու գլուխները՝ օձինն ու առյուծինը, կրկնապատկեցին իրանց կատաղությունը և ճիգ էին թափում, որ իրանց երրորդ գլխի վրեժն առնեն: Նրանց ահեղագոչ մռնչյունից և վսսոցից մարդու ականջ էր խլանում:

– Չվախենա՛ս, Պեգա՛ս,– աղաղակեց Բելլերոֆոնը,– էլի մեկ հարված, և մենք կկտրենք երկրորդ գլուխը: Հառա՛ջ, բարեկա՛մ, սիրտդ պի՛նդ պահիր...

Նա կրկին շարժեց սանձը: Թևավոր ձին նորից սլացավ նետի պես դեպի վայր, և Բելլերոֆոնն իր բոլոր ուժով նորից հասցրեց թուրը ողջ մնացած գլուխներին: Բայց այս անգամ թե՛ նրան և թե՛ Պեգասին ձրի չնստեց այդ: Օշափն իր թանթուլների ճանկերով մի քիչ չանգռեց Պեգասի ձախ թևը և բավական խոր վիրավորեց Բելլերոֆոնի ուսը: Բայց Բելլերոֆոնն էլ փոքր հարված չէր տվել: Այս անգամ նա կտրել էր հրեշի առյուծային գլուխը, որ արդեն կախ էր ընկել վրան և, ռեխը բաց ու խուփ անելով, թանձր ծուխ էր դուրս վիժում: Միայն սոսկալի դարձավ այժմ Օշափի ողջ մնացած միակ օձային գլուխը: Նա հիմա հրահեղեղ էր դուրս վիժում և մինչև հինգ հարյուր գրկաչափ հեռավորության հասցնում: Եվ սկսեց այնքան ահեղ ոռնալ, վնգստալ, սուլել, որ Հոբաթ թագավորը լսեց այդ գոչյունը հինգ հարյուր մղոնաչափ հեռավորությունից և երկյուղից սկսեց այնպես դողդողալ, որ գահն իր տակին սկսեց երերալ ու տատանվել:

– Վայն եկել է մեզ տարել,– ասաց նա.– այս Օշափի ձայնն է. նա երևի գալիս է մեզ լափելու:

Այդ միջոցին Պեգասը, մի կողմ թռչելով, սկսեց բարկությունից վրնջալ, իսկ նրա աչքերից կայծեր էին ցայտում:

– Պեգա՛ս, վիրավորվա՞ծ ես,– բացականչեց Բելլերոֆոնը՝ նկատելով, որ իր սիրական ձիու արծաթափայլ թևից արյուն է հոսում:– Նզովյալ Օշափը իր այս չարագործության համար իր վերջին գլուխը պետք է տա ինձ. ինչպե՛ս, նա համարձակվի՛ վիրավորել անմահ և հրեղեն ձիո՛ւն...

Պեգասն էլ այդ էր ուզում, նա մի ակնթարթում շրջեց գլուխը և կայծակի արագությամբ սլացավ դեպի ցած: Քիմեռը, կատաղությունից կաս կարմիր կտրած, մեկ՝ գալարվում, կծկվում էր քարայրի արյունաթաթախ ավազի վրա, մեկ՝ ձգվում, ցցվում էր սյունի պես և կրճտում բաց ռեխը: Իսկ այդ զարշելու ռեխն էլ այնքան մեծ էր, որ Պեգասն իր տիրոջ հետ միասին, առանց իր երկար թևերը ծալելու, կարող էր ներս թռչել նրա միջով և անցնել կոկորդովը դեպի նրա անհագ, անհատակ որկորը[20]:

Երբ որ նկատեց հրեշը, որ իր թշնամին հարձակվելու վրա է, սկսեց բառաչել և գետաչափ հրահեղեղ վիժել, որով խանձխնձեց Պեգասի քնքուշ թևերը և Բելլերոֆոնի բոլոր ձախ կողմի ոսկեմազ գանգուրները: Բայց սրանով դեռ չանցավ վտանգը:

Առաջ թույլ տվավ, որ թևավոր ձին իր հեծյալով մի քիչ իրան մոտենա, ու հետո մի հանկարծական ոստյունով ընկավ Պեգասի զավակը և իր բոլոր անճոռնի կազմվածքով կպավ նրանից ու սկսեց իր ճապուկ[21] ու ջղային պոչը չվանի պես բոլորիշուրջ փաթաթել Պեգասին: Այս զարշելի բեռով բարձված՝ ձին և ձիավորը թռան դեպի վեր և վեր. նրանց ներքևում պսպղում էին արդեն լեռներն ու ամպերը, բայց նրանք էլի շարունակում էին իրանց թռիչքը: Օշափը նրանցից չէր զջլվում և ավելի խոր էր ցցում իր զարշելի ճիրանները խեղճ Պեգասի մեջքին: Այս միջոցին Բելլերոֆոնը շրջվեց և, իր կուրծքն ու երեսի կեսը վահանով պատսպարելով, աչքն անակնթարթ ձգեց հրեշի աչքը: Մարդկային աչքի հայացքը կարող չէր տանել Օշափը. նա խփեց աչքերը և առաջի թանթուլները մեկնեց, որ վահանի վրայից բռնե Բելլերոֆոնի գլուխը, բայց բաց արավ իր կուրծքը, և Բելլերոֆոնը ներս ցցեց իր սուրը նրա կրծքի մեջ մինչև կոթը: Հենց որ այս մահացու վերքն ստացավ Օշափը՝ նրա պոչն արձակվեցավ, և գարշելի հրեշը, իր բոլոր թեփամորթ ջանդակով վայր կործանվելով, ընկավ մի բարձր ժայռի վրա. նրա փորոտիքից մի նոր կրակ բորբոքվեց, և Քիմեռի բոլոր մարմինն սկսեց այրվիլ: Երկրի վրայից արևի մայր մտնելուց հետո շատ մարդիկ նայեցան և տեսան, որ երկնքից գալարվելով ներքև է թռչում մի գունդուկծիկ եղած ահռելի հրեղեն բան՝ երկար պոչով, շատ վախեցան և կարծեցին, թե՝ միգուցե մի օդերևույթ կլինի կամ պոչավոր աստղ, բայց մյուս օրը վաղ առավոտյան մի քանի երկրագործ գնացին աշխատելու իրանց ագարակում և այնտեղ սարսափելով տեսան, որ իրանց բոլոր արտերը սև մոխիրով են ծածկվել, իսկ արտերի մեջտեղը ոսկորների մի կույտ կա, մեծությամբ մի ահագին դեզի չափ: Այդ օրվանից մինչ օրս ոչ մի մարդ այլևս տեսած չէ Օշափին:

Այս փայլուն և փառավոր հաղթանակը տանելուց հետո Բելլերոֆոնը քնքուշ սիրով համբուրեց Պեգասի գլուխը: Ուրախությունից նրա աչքերը ջրակալեցին:

– Եռ գնանք, սիրելի՛դ իմ,– ասաց,– գնանք Պիրենայի աղբյուրը: Շնորհակալ եմ կատարած քաջագործությանդ համար:

Պեգասը, օդի մեջ ծածանելով, սկսեց թևավարել, և մի քանի րոպե հազիվ անցած՝ նա արդեն մեզ ծանոթ Պիրենայի աղբյուրի ափին էր: Այնտեղ ամեն ինչ մնացել էր անփոփոխ, հիշողությունը կորցրած ծերունին եկավ վայրի պտուղներով, տավարած գյուղացին կովերը բերավ ջուր տալու, ջահիլ աղջիկը կուժն ուսին եկավ ջրի:

– Հիմա միտս է գալիս,– ասաց ծերունին՝ նայելով Պեգասի վրա,– որ այս թևավոր ձին ես տեսել եմ մեկ անգամ երեխա ժամանակս: Բայց այն ժամանակները սա տասը հազար անգամ ավելի գեղեցիկ էր, քան թե հիմա:

– Սրա նման երեք հատը ուրախությամբ կփոխեի մի հատ բեռնակիր ձիու հետ,– ասաց կովարածը:– Այդ թևավոր ձին եթե իմս լիներ՝ ես նախ և առաջ արմատից կխուզեի սրա թևերը:

Իսկ ջահիլ աղջիկը ոչինչ չասաց. նա միշտ վախենում էր անտեղի, հիմա էլ նույնպես: Նա Պեգասին տեսավ թե չէ՝ ետ փախավ դեպի տուն: Վազելիս էլ ոտքը սահեց, կուժը վայր ձգեց կոտրեց:

– Հապա ո՞ւր է մեր զանգուրիկ տղան,– հարցրեց Բելլերոֆոնը՝ ձին մոտ քշելով դեպի գյուղացիները:– Նա իմ մշտական ընկերս էր այստեղ, նա հաստատ հավատացած էր, որ Պեգասը կգա, և միշտ նայում էր ջրին՝ սպասելով նրա գալուն:

– Ես այստեղ եմ, սիրելի՛ Բելլերոֆոն,– կամացուկ կանչեց տղան:

Այս աշխույժ և կայտառ երեխան օրերով սպասել էր Պիրենայի աղբյուրի մոտ՝ հուսալով, թե՝ ահա ուր որ է կգա իր բարեկամը, բայց հենց որ տեսավ Բելլերոֆոնին՝ Պեգասի վրա նստած ամպերից վայր է իջնում դեպի աղբյուրը, թաքցավ թփերի մեջ, որ ալնորն ու տավարածը չտեսնեն իրա ուրախության արտասուքը:

– Դու տարար հաղթությունը,– բացականչեց նա՝ վազելով Բելլերոֆոնի մոտ, որ դեռ նստած էր Պեգասի վրա:– Ես հավատացած էի, որ դու կհաղթես անպատճառ:

– Այո՛, մանկիկս, ես հաղթեցի՛ Քիմեռ-Օշափին,– պատասխանեց Բելլերոֆոնը:– Բայց եթե քո հավատալդ չլիներ՝ ես երբեք չէի սպասիլ Պեգասին, երբեք չէի թռչիլ ամպերում և երբեք չէի մեռցնիլ Օշափին: Այս բոլորի համար ես միայն քե՛զ եմ պարտական: Բա՛ց թողնենք այժմ Պեգասին և ազատություն տանք նրան, թող երթա իր համար, ինչպես եղել է միշտ:

Այս ասելով՝ Բելլերոֆոնը աղոթած սանձը վեր առավ Պեգասի գլխից:

– Գնա՛, իմ Պեգաս, դու այժմ ազատ ես միշտ և հավիտյան,– ասաց նա տխուր ձայնով:

Արծաթափայլ թևերով ձին գլուխը դրեց իր տիրոջ ուսին և չշարժվեց տեղիցը:

– Դու չե՞ս ուզում ինձանից հեռանալ,– հարցրեց Բելլերոֆոնը՝ շփելով նրա վիզը,— ուրեմն, կա՛ց, որքան ժամանակ որ կամենաս: Հիմա գնանք, ուրեմն, Հոբաթ թագավորի մոտ՝ նրան աչքալույս, որ Քիմեռ-Օշափն այլևս գոյություն չունի:

Բելլերոֆոնը համբուրեց գանգուրիկ տղային, նրան մնաս բարով ասաց, խոսք տվավ, որ էլի շուտ ետ կդառնա, և գնաց:

Անցան շատ ու շատ տարիներ, գանգուրիկ տղան մեծացավ և սկսեց թռչել ամպերից վերև, ավելի ու ավելի բարձր, քան թե Բելլերոֆոնը, և հաղթությունների համար ավելի մեծ փառքի հասավ, քան թե Օշափի հաղթողը:

Այս փոքրիկ տղան դառավ մե՜ծ բանաստեղծ...

Տողատակեր

1. **Էլլադա** - *Հելլադա, Հունաստանի անտիկ անվանումը*
2. **Փարչ** - *կավե կամ պղնձե բռնակավոր գավաթ*
3. **Զուքս** - *զարդարանք, արդուզարդ*
4. **Այնումը չգցել** - *ուշադրություն չդարձնել, անտարբեր լինել*
5. **Չափ ընկնել** - *արշավասույր վազել*
6. **Գջլել** - *պոկել, խլել, կորզել*
7. **Կլտիպուզ** - *գլուխկոնծի*
8. **Փուտ անուն** - *ծաղրական մականուն*
9. **Լոք-լոք անել** - *լայն քայլերով գնալ*
10. **Զզրացնել** - *զայրացնել, բարկացնել*
11. **Օշափ** - *վիշապ*
12. **Զինքը** - *ինքը, ինքն իրեն*
13. **Ինքզինքը** - *ինքն իրեն*
14. **Մղոն** - *երկարության չափի միավոր*
15. **Պառակ** - *քար, քարեղեն զանգված, ապառաժ*
16. **Զօլ** - *շերտ*
17. **Ժնգռնել** - *երեսը թթվացնել, բերանը ծռել, ծամածռվել*
18. **Թանթուլ** - *կենդանիների առջևի ոտքերի թաթը*
19. **Հածել** - *ման գալ, շրջել, դեգերել, թափառել*
20. **Որկոր** - *փոր, ստամոքս*
21. **Ճապուկ** - *դյուրաթեք, դյուրաշարժ, ճկուն, արագաշարժ*

ՀԱԶԱՐԱՆ ԲՈՒԼԲՈՒԼ

(Արաբական հեքիաթ)

Իմ ականջս է հասել, ո՛վ բարեբանյալ և բարեկրթյալ թագավոր *(պատմում է Շահրազադը թագուհին իր ամուսին Շահրիար թագավորին)*, որ հին ժամանակներում, վաղուց անցած օրերում Պարսկաստանումը կենում էր մի թագավոր՝ անունը Խոսրով-շահ, որին Մեծ պարգևատուն պարգևել էր հզորություն, ջահելություն ու գեղեցկություն և որի սրտումը դրել էր արդարասիրության այնպիսի զորեղ զգացումն, որ նրա թագավորության ժամանակ ուլն ու վագրը միմյանց հետ հաշտ էին ապրում և կողք կողքի էին խմում միևնույն վտակից։

Եվ այդ թագավորը, որ սիրում էր անձամբ տեսնել ամենը, ինչ որ կատարվում էր իրա մայրաքաղաքում, սովորություն ուներ քաղաքում զբոսնելու գիշերները՝ օտարերկրացի վաճառականի հագուստով, իր վեզիրի կամ իր պալատականներից որևիցե մեկի հետ։

Եվ ահա, մեկ անգամ գիշեր ժամանակ քաղաքի այն թաղում, ուր աղքատներն էին բնակվում, նա լսեց նեղ փողոցներից մեկի խորքում ջահել ձայներ։ Եվ մոտեցավ ուղեկցի հետ այն մխացող բնակարանին, որտեղից լսվում էին ձայները և, աչքը ձգելով դռան ճեղքին, սկսեց նայել ներսը։ Եվ տեսավ երեք ջահել աղջկերք, որոնք խսրի վրա նստոտած և ճրագի շուրջը բոլորած՝ զրույց էին անում ընթրիքից հետո։ Այդ երեք աղջկերքը իրար նման էին, ինչպես քույրեր, և երեքն էլ գեղեցիկ էին։ Միայն կրտսերը շատ էր գերազանցում մյուսներին իր գեղեցկությունովը։

Եվ առաջինն ասաց.

— Որովհետև առաջինը ես պետք է ասեմ, թե ի՛նչ եմ ցանկանում, ուրեմն՝ կասեմ, որ ես ցանկանում եմ լինել թագավորի գաթա թխողի կինը։ Դուք հո գիտեք, որ ես շատ եմ սիրում քաղցր խմորեղենը, մանավանդ՝ այն քնքուշ ու պատվական միջավոր կարկանդակները, որոնք անվանվում են «սուլթանական»։ Եվ միայն սուլթանի գաթաջին[1] է կարողանում պատրաստել այնքան գեղեցիկ։ Ա՛խ, իմ քույրեր, ահա թե ե՛րբ կսկսեք ինձ նախանձել՝ տեսնելով, թե ես ինչպե՛ս, միշտ ուտելով այդ կարկանդակները, սկսում եմ գիրանալ ու գեղեցկանալ, և իմ երեսի գույնը սկսում է նրբանալ և պայծառանալ։

Իսկ երկրորդ քույրն ասաց.

— Ես շատ չեմ պատվասեր։ Ես կբավականանամ ամուսնանալ սուլթանի խոհարարի հետ։ Ա՜խ, որ իմանաք, ինչքա՛ն եմ ցանկանում ես այդ։ Այդ ժամանակ, ահա, ես հնար կունենամ համն առնելու այն բոլոր համեղ կերակուրների, որոնք ուտվում են միմիայն սուլթանի պալատում։ Բայց այս դեռ ոչինչ, այնտեղ ավելի լավ բան են տալիս ուտելու, ինչպես խորոված բրինձաններ[2], լցրած բրնձով ու զանազան համեմունքներով, որ երբ տեսնում եմ սինիներով տանելիս՝ սիրտս սկսում է թրթռալ։ Ի՜նչ ախորժակով կուտեի։ Իհարկե, ձեզ չեմ մոռանալ և ստեպ-ստեպ[3] կկանչեմ ձեզ ինձ մոտ, եթե իմ խոհարար ամուսինը թույլ կտա. բայց դժվար թե նա թույլ տա այդ։

Այսպես մեծ ու միջնակ քույրերն իրանց ցանկությունը հայտնելուց հետո դարձան իրանց կրտսեր քրոջը, որ լուռ նստած՝ նրանց էր ականջ դնում, և ծաղրելով ասացին.

— Հապա դու, սիրո՛ւն բալիկ, դու ի՞նչ ես ցանկանում։ Միամի՛տ կաց, երբ որ մենք մարդու կգնանք, երբ որ կուզենք մեր ընտրածներին, խոստանում ենք, որ այն ժամանակ կաշխատենք, որ քեզ տանք սուլթանի ձիապաններից մեկին կամ նրանց նման մի ծառայի՝ նրա համար, որ մեզանից մոտիկ ապրես։ Հապա ի՛նքդ ասա, տեսնենք՝ դու ինքդ ի՞նչ մտքի ես, ո՞ւմ ես ուզում։

Փոքրիկ քույրը, ամոթխածությունից շփոթվելով, պատասխանեց մի

այնպիսի դողդողացող ու քնքուշ ձայնով, ինչպես բարակ վտակի խոխոջյուն է լինում, և ասաց.

— Ո՛վ քույրեր։— Էլ ոչինչ չկարողացավ ասել։

Քույրերը, ծիծաղելով նրա ամոթխածության վրա, թափեցին նրա վրա զանազան հարցումներ ու կատակներ և վերջապես հարկադրեցին նրան՝ ասելու իր ցանկությունը։ Նա էլ, առանց աչքերը բարձրացնելու, ասաց.

— Ո՛վ իմ քույրեր, ես կցանկանայի մեր տեր սուլթանի կինը լինել։ Ես կտայի նրան մի օրհնաբանյալ սերունդ։ Մեր ամուսնությունից ծնված արու զավակները իրանց հորն արժանի որդիք կլինեին: Իսկ աղջիկս, որ կուզեի ունենալ, նման կլիներ երկնքի ժպտին. նրա մազերի մի կողմը ոսկի կլիներ, մյուս կողմը՝ արծաթ, նրա թափած արտասուքների ամեն մի կաթիլը մարգարիտ կդառնար, նրա ծիծաղի ձայնը կհնչեր ոսկե դրամների նման, իսկ նրա ժպիտը վարդի կոկոնի նման կբացվեր նրա շրթունքների վրա:

Ահա՜ բոլորը:

Սուլթան Խոսրով-շահը և նրա ուղեկիցը տեսան և լսեցին բոլորը: Բայց չուզենալով, որ իրանց նկատեն, ընդհատեցին իրանց ականջ դնելը և շուտով հեռացան:

Խոսրով-շահը այդ լսածները շատ հետաքրքրական համարեց և իր հոգու մեջ ցանկություն զգաց կատարելու այն ամենը, ինչ որ ցանկանում էին աղջկերքը և, իր մտադրությունը չհայտնելով իր ուղեկցին, հրամայեց, որ լավ նկատի այն տունը, որ մյուս օրը գա երեք քույրերի հետնից և նրանց տանե պալատը: Վեզիրը պատասխանեց, որ լսում է և կհնազանդի, և մյուս օրն շտապեց կատարելու սուլթանի հրամանը ու քույրերին տարավ պալատ:

Սուլթանը, գահի վրա նստած, գլխով ու աչքով արավ՝ ասելով.

— Մո՛տ եկեք:

Եվ մոտեցան նրանք՝ բոլոր մարմնով դողալով և մրճրճվելով[4] իրանց աղքատիկ քաթանի շորերի մեջ, իսկ սուլթանը ասաց նրանց՝ բարեհոգությամբ ժպտալով.

— Ողջո՛ւյն ձեզ, ո՜վ ջահել աղջկերք, այսօր բացվել է ձեր բախտը, և կկատարվի ձեր ցանկությունը, իսկ ձեր ցանկությունը ինձ արդեն հայտնի է, որովհետև թագավորներն ամեն ինչ իմանում են: Ամենից առաջ կկատարվի ամենից մեծիդ ցանկությունը. այսօրնեթ դու կամուսնանաս իմ ավագ զաթաջու հետ: Իսկ դու, երկրո՛րդ, կամուսնանաս իմ ավագ խոհարարի հետ:— Այս ասելուց հետո թագավորը կանգ առավ և հետո դարձավ կրտսերին, որ, սաստիկ շփոթվելուց, քիչ էր մնում սիրտը գնա և վայր ընկնի գորգերի վրա: Թագավորը կանգնեց ջուխտ ոտքի վրա և, բռնելով նրա ձեռքը, նստեցրեց իր կողքին գահի վրա և ասաց.

— Դու թագուհի ես, այս պալատը քո ապարանքն է, իսկ ես քո ամուսինդ եմ:

Երեք քույրերի էլ հարսանիքը հենց նույն օրը կատարեցին, թագուհու հարսանիքը՝ մի չլսված փառավորությունով, իսկ մյուսներինը՝ սովորական կերպով, ինչպես կատարում են հասարակ մարդիկ: Այս պատճառով մեծ քույրերը սաստիկ նախանձեցին և մտքներումը դրին իրանց փոքր քրոջը մի փորձանքի բերել: Բայց իրանց այդ չար միտքը ամենայն զգուշությամբ ծածուկ էին պահում և երեսանց շնորհակալությամբ էին ընդունում իրանց թագուհի քրոջ ընդունելությունը, որ նա անում էր իր քույրերին, չնայած իրանց ստոր վիճակին: Փոխանակ բավականանալու այն բախտից, որով բախտավորվել էին իրանք՝ նայելով իրանց քրոջ բարձր վիճակին, չարաչար տանջվում էին նախանձից ու ատելությունից:

Եվ այս կերպով անցավ ինն ամիս: Ինն ամսի վերջում թագուհին մի որդի ծնեց՝ գեղեցիկ, ինչպես նորածին լուսին: Մեծ քույրերը, որոնք սուլթանի խնդիրքով ներկա էին նրա երկունքի ժամանակ և մանկաբարձուհու պաշտոն էին կատարում, ոչ մի գթաշարժություն չունեցան դեպի քույրը և ո՛չ հափշտակվեցին նորածնի գեղեցկությունովը, այլ՝ հնար մտածեցին խորտակելու մատաղահաս մոր սիրտը: Նրանք իսկույննեթ վերցրին նորածին մանուկը, դրին մի փոքր զամբյուղի մեջ ու թաքցրին միառժամանակ, իսկ նրա տեղը դրին մի սատկած շան լակոտ և, ցույց տալով բոլոր պալատական կիներին, հավատացրին նրանց, որ շան լակոտը սուլթանուհու ծնածն է: Այս լուրը երբ որ հասավ Խոսրով-շահ սուլթանի ականջը՝ նրա աչքերը մթնեցին, նա ընկավ խոր տխրության մեջ, փակվեց իր սենյակում և հրաժարվեց պետական գործերը կատարելուց: Սուլթանուհին ավելի ևս ընկղմվեց խոր տխրության մեջ, նրա հոգին նվաստացավ, ու սիրտը կոտրվեց:

Իսկ ինչ վերաբերում է նորածնին, նրան մեր մորաքույրները զամբյուղի մեջ պնդացրին և ձգեցին ջրանցքի մեջ, որ հոսում էր ապարանքի մոտովը: Բայց հենց ա՛յդ ժամանակ, բախտի բերմունքով, սուլթանի այգիների կառավարիչը զբոսնելիս է լինում ջրափին և տեսնում է, որ մի զամբյուղ է տատանվում ջրի ալիքների վրա: Նա մի կռեչանով[5] դուրս է քաշում զամբյուղը, բաց է անում և տեսնում նրանում մի գեղեցիկ մանուկ: Եվ զարմանում է նա, ինչպես զարմանում է փարավոնի աղջիկը, երբ Մովսեսին գտնում են եղեգնուտումը:

Այգիների կառավարիչը վաղուց էր ամուսնացել և շատ էր ցանկանում զավակ ունենալ և մինչև անգամ՝ երկու-երեք երեխա, որ օրհնեին իրանց ստեղծողին: Բայց նրա ցանկությունը, ինչպես և իր կնոջը, չէր կատարվում: Եվ նրանք երկուսն էլ շատ էին տխրում իրանց անզավակության և միայնության համար: Այս պատճառով ահա, երբ որ կառավարիչը գտավ աննման գեղեցկություն ունեցող երեխային, նա վեր առավ զամբյուղը անսահման ուրախությունով, վազեց մինչև այգու վերջը, ուր գտնվում էր իրա տունը և, կնոջ սենյակը մտնելով, հուզված ձայնով ասաց նրան.

— Խաղաղությո՜ւն քեզ, ո՛վ հորեղբորս աղջիկ։ Թող այս երեխան մեր որդին լինի, ինչպես բախտի տված զավակ։— Եվ պատմեց կնոջը, թե ինչպե՛ս էր գտել զամբյուղը։

Եվ կառավարիչը վերցրեց երեխային և սիրեց նրան։

Մյուս տարին խեղճ մայրը, որին այնպես անգթաբար խաբել էին և զրկել իր պտղից, լույս աշխարհ բերավ երկրորդ որդին, առավել ևս գեղեցիկ։ Սակայն երկու քույրերը հսկում էին՝ կեղծ ցավակցություն տալով, բայց իսկապես ատելությունով լցված, և առաջին անգամվա նման չխնայեցին իրանց քրոջ նորածին զավակին և նրան էլ դրին զամբյուղի մեջ և ձգեցին ջրանցքը։ Իսկ բոլոր պալատականներին ցույց տվին մի կատվի ձագ և հավատացրին, որ ա՛յդ է սուլթանուհու նոր ծնունդը։ Եվ բոլորը շատ զարմացան ու շատ տխրեցին։ Իսկ սուլթանը, անսահման ամոթահարված, անկասկած, անձնատուր

կլիներ կատաղի զայրացման, եթե անծանոթ լիներ անքննելի արդարության պատվերներին։ Սուլթանուհու սիրտը լիքն էր կսկիծով և հուսահատությամբ։

Իսկ ինչ վերաբերում է երեխային, պետք է ասել, որ երեխաների բախտի պահպանողը ներշնչեց այգիների կառավարչին, որ զբոսնում էր գետափին, որ նա դարձյալ նկատի զամբյուղը։ Եվ ինչպես առաջին անգամը, կառավարիչը փրկեց երեխային և տարավ կնոջ մոտ, որ սիրեց նրան, ինչպես իր սեփական զավակին, և սկսեց նրան նույնպես մեծ հոգատարությամբ սնուցանել, ինչպես առաջինին։

Սուլթանուհին ծնավ երրորդ զավակը։ Իսկ նրա քույրերը, որոնց ատելությունը դեռ չէր բավականացած, շարունակում էին իրանց կրտսեր քրոջ կորստի մասին մտածել, և նորածին աղջկանը նույն ձևով ջուրը ձգեցին, ինչպես և նրա եղբայրներին։ Բայց նրան էլ պատսպարեց այգիների կառավարիչը և նրա եղբայրների հետ սննդեց, դաստիարակեց։

Բայց այս անգամ, երբ քույրերը իրանց անելիքն անելով՝ նորածնի տեղը դրին մի կույր մուկ, սուլթանը, չնայած իր բարեգթությանը, չկարողացավ զսպել բարկությունը և բացականչեց.

— Աստված անիծում է իմ ցեղս այն կնոջ պատճառով, որի հետ ես ամուսնացա: Ես ամուսնացել եմ իսկապես մի հրեշի հետ: Միայն մա՛հը կարող է ազատել նրանից իմ բնակարանս:

Եվ մահվան դատապարտեց սուլթանուհուն: Հրամայեց իր զինակրին, որ կատարի իր հրամանը: Բայց երբ որ տեսավ արտասուքը և անսահման կսկիծը այն կնոջ, որին սիրել էր իր սիրտը, սուլթանը շատ խղճաց և երեսը շրջելով հրամայեց փակել նրան ապարանքի հեռավոր սենյակներից մեկում, որ այնտեղ անցկացնի կյանքի մնացած օրերը: Եվ այն օրվանից է՛լ չուզեց տեսնել նրա երեսը: Այնուհետև խեղճ կինը, խոր տխրության ու արտասուքի մեջ ընկղմած, երկրային բոլոր դառնության ճաշակն առավ:

Իսկ քույրերը շատ ուրախացան, հագեցնելով իրանց չարությունը, և այդ օրվանից կարող էին հանգիստ սրտով ուտել իրանց ամուսինների պատրաստած քաղցրեղենները և համադամ խորտիկները:

Եվ օրերն ու տարիները անց էին կենում միատեսակ արագությամբ՝ թե՛ արդարների և թե՛ մեղավորների գլխովը, բերելով այն, ինչ որ վիճակված էր ամեն մեկին:

Եվ ահա, երբ որ կառավարչի որդեգրած երեխեքը երեքն էլ մտան պատանեկության հասակը, իրանց գեղեցկությունով սկսեցին կուրացնել բոլորի տեսությունը:

Եվ անվանում էին նրանցից մեկին Ֆարիդ, երկրորդին՝ Ֆարուզ, իսկ աղջկանը՝ Ֆարիզադա:

Ֆարիզադան էր բուն երկնքի ժպիտը: Նրա մազերի մի կողմն արծաթի էր, մյուս կողմը՝ ոսկի: Երբ որ նա լաց էր լինում՝ գետին ընկած արտասուքի կաթիլները դառնում էին մարգարտի հատիկներ, երբ որ ծիծաղում էր՝ նրա ծիծաղը հնչում էր ոսկի դինարների ձայնով:

Ահա՛ թե ինչու բոլոր նրան ճանաչողները, ինչպես և՝ հայրը, մայրը և եղբայրները, նրա անունը՝ «Ֆարիզադա» ասելիս, միշտ ավելացնում էին՝ «վարդաժպիտ»:

Եվ ամենքը մնացել էին զարմացած նրա գեղեցկությանը, խելքին, հեզությանը, ճարպիկությանը, ինչպես նա էր պահում իրան ձիու վրա, ուղեկցելով եղբայրներին որսի գնալիս, նրա նետ ձգելը, նիզակ բանեցնելը: Նա հիացնում էր իր վարմունքի վայելչությունովը, հյուսած շնորհալի ոտանավորներովը և հայտնի ու ծածուկ գիտությունների իմտությունովը և ճոխությունովը իր մազերի, որ մի կողմից ոսկի էին և մյուս կողմից՝ արծաթի:

Այսպես զարգանում էին թագավորական այգիների կառավարչի որդիները, իսկ ինքը՝ կառավարիչը, շրջապատված նրանց սիրովն ու հարգանքովը, խնդալով նրանց գեղեցկության վրա, շուտով հասավ խորին ծերության: Իսկ իր ամուսինը, կյանքից իրան բաժին ընկած մասը լրացնելով, մեռավ իր ամուսնուց առաջ: Նրա մահը բոլոր գերդաստանի համար պատճառ դարձավ տխրության ու կսկծի, այնպես որ կառավարիչն այլևս մնալ չուզեց նույն տանը, որտեղ հանգուցյալը ամենի համար խաղաղության ու երջանկության աղբյուր էր: Գնաց սուլթանի ոտներն ընկավ և աղաչեց, որ ազատի իրան այն պաշտոնից, որ այնքա՜ն երկար տարիներ կատարել էր: Սուլթանը տխրեց, որ պիտի բաժանվի իր հավատարիմ ծառայից, և ցավելով կատարեց նրա խնդիրը: Արձակելով նրան, ընծայեց մի հոյակապ կալվածք՝ քաղաքից մոտիկ, ընդարձակ վարելահողերով, անտառներով, արոտատեղերով, ճոխ կահավորված ապարանքով, իրան՝ կառավարչի ձեռքով ճարտարությամբ տնկված այգիով և լայնարձակ ծառաստանով, շրջապատված բարձր պարիսպով, որի մեջ կենում էին ամեն գույնի թռչուններ և ընտանի ու վայրի կենդանիներ:

Ահա, այդ իսկ կալվածքը քաշվեց առաքինի ծերունին իր որդեգիրներով: Այստեղ էլ նա մեռավ՝ շրջապատված իր որդեգիրների սիրովն ու հոգածություններովը: Ոչ մի հարազատ հոր վրա այնպես սուգ չէին արել, ինչպես որ սուգ արին ծերունուն որդեգիրները: Եվ տարավ իր հետ իր անդրդվելի գերեզմանաքարի տակը իր որդեգիրների ծննդյան գաղտնիքը, որ իրան էլ չէր հայտնի լրիվ:

Նրա հրաշալի կալվածքում շարունակեցին ապրել պատանիները և իրանց փոքրիկ քույրը: Եվ որովհետև նրանց իմաստությամբ էին կրթել և պարզ ու հասարակ, այս պատճառով նրանք գոհ էին իրանց վիճակից և այլևս ոչինչ չէին ուզում, այլ միայն՝ ապրել խաղաղ ու սիրով:

Ֆարիդն ու Ֆարուզը հաճախ գնում էին որսի, անտառներ և դաշտեր՝ իրանց կալվածքի շրջապատներում: Իսկ վարդաժպիտ Ֆարիզադան ամենքից շատ սիրում էր այգիներումն զբոսնել: Եվ ահա մեկ օր էլ, երբ նա պատրաստվել էր գնալ զբոսանքի, ստրկուհիներն իմաց տվին, թե՝ մի անծանոթ պառավ, օրհնության կնիքը երեսին, խնդրում է, որ թույլ տա իրան մի ժամի չափ հանգստանալու այդ գեղեցիկ այգիների ստվերներում: Իսկ Ֆարիզադան, որի սիրտը լիքն էր կարեկցությունով, ցանկացավ ինքն անձամբ ընդունել անծանոթ պառավին: Նրան սիրով հյուրասիրեց, ուտեցրեց, խմեցրեց և տվավ նրան մի հախճապակյա մատուցարան՝ պատվական պտուղներով, թխվածքներով, չոր քաղցրավենիներով և հյութալից անուշեղեններով: Հետո ման ածեց այգումը, իմանալով, որ միշտ օգտակար է փորձված մարդկանց հետ լինելը և իմաստուն խոսվածք լսելը:

Եվ զբոսնում էին նրանք այգումը միասին:

Վարդաժպիտ Ֆարիզադան բարի պառավին օգնում էր ման գալիս՝ բռնելով նրա կուռը: Երբ որ հասավ ամենալավ ծառին՝ Ֆարիզադան պառավին նստեցրեց այդ ծառի ստվերումը: Եվ խոսք խոսքից հետո վերջապես Ֆարիզադան հարցրեց պառավին, թե՝ նրան ինչպե՞ս են դուր գալիս այդ տեղերը, ու հավանո՞ւմ է արդյոք: Այդ ժամանակ պառավը բավական երկար մտմտալուց հետո բարձրացրեց գլուխը և պատասխանեց.

— Այո՛, իմ տիրուհիս, ես իմ բոլոր կյանքս անց եմ կացրել Ալլահի երկրների վրա շրջելով, և երբեք պատահած չէ ինձ, որ մի այսպիսի հիանալի տեղ հանդստանամ: Բայց, ո՛վ իմ տիրուհիս, ինչպես երկրիս վրա միակ գեղեցկուհին դու ես որ կաս, և քեզ նման այլևս ոչ մեկը չկա, ինչպես արեգակն ու լուսինը միակն են երկնքումը, ես կցանկանայի, որ այս պատվական այգումը դու ունենայիր այն երեք առարկաները, որոնք նույնպես մի-մի հատիկ են աշխարհիս երեսին նշունին իրանց նմանը: Ահա՛ թե ինչ է պակաս այս այգում և ինչ կցանկանայի, որ սա ունենար:

Վարդաժպիտ Ֆարիզադան շատ զարմացավ, որ իր այգուն երեք անհամեմատ լավ բաներ են պակաս, և ասաց պառավին.

— Ողորմա՛ծ եղիր, բարի մայր իմ, շո՛ւտ ասա ինձ, որ ես իմանամ՝ այդ ի՞նչ երեք անհամեմատ և ինձ անծանոթ բաներ են:

Պառավը պատասխանեց.

— Ո՛վ իմ տիրուհիս, քո գթառատ սրտի հյուրասիրության համար՝ ինձ նման մի թափառական պառավի, էլ ինչո՞վ կարող եմ ցույց տալ իմ շնորհակալությունս, եթե ո՛չ հայտնելով քեզ, թե՝ ի՛նչ առարկաների մասին է խոսքս:

Եվ մի փոքր լռելուց հետո պառավն սկսեց.

— Իմացած եղիր, ո՛վ իմ տիրուհիս, որ եթե իմ ասած բաներից առաջինը լիներ այս այգիներումը՝ բոլոր թռչունները կհավաքվեին այստեղ նրան տեսնելու համար, և ամենքը միաձայն կերգեին: Նրա համար, որ բոլոր երգեցիկ թռչունները՝ սոխակները, սարյակները, արտույտները, տատրակները, սնակատարներն ու կարմրակատարները և աշխարհիս բոլոր անհամար թռչունները, խոստովանում են նրա գերազանցությունը և գեղեցկությունը: Դա է, ո՛վ իմ տիրուհիս, *Հազարան Բուլբուլը*՝ խոսող թռչունը:

Երկրորդ անհամեմատ առարկան, ո՛վ իմ տիրուհիս, եթե նա լիներ այս այգումը, այնուհետև քամին, որ ծառերին հարկադրում է երգել, կդադարեր, որ ինչ է՝ նրան լսեր, թառի, քնարի ու ջութակի լարերը կկտրվեին այստեղ բնակարաններումը: Եվ այդ նրա համար, որ այդ ծառերին երգել հարկադրող քամին, թառը, քնարը և ջութակը, ո՛վ իմ տիրուհիս, խոստովանում են նրա կատարելությունը և գեղեցկությունը: Դա է՝ *Երգող Ծառը*: Ո՛չ զեփյուռը, որ քնքշությամբ խաղում է տերևների հետ, ո՛չ բազմաթել քնարները չեն կարող հնչեցնել այնպիսի քաղցր հնչյուններ, որ կարողանան համեմատվել այն խմբական ձայնին, որ առաջ է գալիս հազարավոր անտեսանելի բերաններից, որոնք պարունակվում են Երգող Ծառի տերևներում:

Իսկ երրորդը այդ աննման առարկաներից, ո՛վ իմ տիրուհիս, եթե լիներ այս այգիներումը, բոլոր ջրերը կանգ կառնեին, կկտրեին իրանց ձայնը, որ նայեն նրա վրա: Եվ այդ նրա համար, որ ցամաքի ու ծովի բոլոր ջրերը՝ աղբյուրները, առվակները, վտակները, գետերը՝ թե՛ քաղաքներում և թե՛ գյուղերում, խոստովանում են նրա աննման գեղեցկությունը: Դա է՝ *Ոսկեցնցուղ Ջուրը*:

Այո՛, ո՛վ իմ տիրուհի, այդ ջրի մի հատիկ կաթիլը եթե ձգենք դատարկ ավազանի մեջ՝ նա կուռչի, կփքվի և կսկսի խփել, ինչպես մի ոսկի խուրձ, և չի դադարեցնիլ իր ցայտյունը և երբեք էլ չի թափվիլ ավազանի ափերից: Հենց որ լիքը լցվի ավազանը՝ այնպես էլ կմնա, թեև կշարունակի անդադար վեր ցատկել, ցնցղել իր ոսկեցնցուղ կաթիլները:

Այդ ոսկի ջրից, որ այնպես թափանցիկ է, ինչպես տոպազը, սիրում է հագեցնել իր ծարավը Հազարան Բուլբուլը՝ խոսող թռչունը: Այդ իսկ ոսկի ջրից սիրում են հագեցնել իրանց ծարավը երգող տերևներ ունեցող ծառի հազարավոր անտեսանելի բերանները:

Այս բոլորն ասելուց հետո պառավն ավելացրեց.

— Ո՛վ իմ տիրուհիս, ո՛վ իմ արքայազնուհիս, եթե այս բոլոր հիանալի առարկաները գտնվեն քո այգումը, որքա՜ն կգովաբանվեր քո գեղեցկությունը, և մինչև ուր ասես, որ չտարածվեր քո աննմանության համբավը, ո՛վ իմ վարդագեղ և վարդաժպիտ տիրուհիս:

Երբ որ Ֆարիզադան իմացավ պառավի ասածները՝ իսկույն բացականչեց.

— Ո՜վ օրհնյալ մայրիկս, ինչքա՜ն հիանալի են ասածներդ: Բայց դու ինձ չասացիր, թե՝ որտե՛ղ են գտնվում այդ պատվական առարկաները:

— Ո՜վ իմ տիրուհիս, այդ հրաշալիքները, որոնք արժանի են քո տեսությանը, գտնվում են միատեղ, Հնդկաստանի սահմանի վրա: Իսկ դեպի այնտեղ տանող ճամփան անցնում է քո ապարանքի հետևից: Եթե նրանց բերելու համար ուղարկելու լինիս մեկին՝ կպատվիրես, որ նա այդ ճամփովը գնա քսան օր, քսանմեկերորդ օրը թող հարցնե առաջին պատահողին, թե՝ որտե՞ղ են Խոսող Թռչունը, Երգող Ծառը և Ոսկեցնցուղ Ջուրը: Հանդիպած մարդը ցույց կտա անպատճառ նրանց տեղը:

Այս ասելուց հետո պառավը պինդ փաթաթվեց իր ծածկոցի մեջ և հեռացավ՝ շարունակելով մրմնջալ իր օրհնությունը: Նա արդեն բավական հեռու էր, երբ Ֆարիզադան սթափվեց խոր մտածությունից, որի մեջ ընկղմել էր պառավն իր տված տեղեկությունովը անսովոր առարկաների մասին, և մեկ ուզեց ետ կանչել նրան կամ ի՛նքը վազել հետևիցը, որ ավելի ճիշտ տեղեկություն ստանա զարմանալի առարկաների տեղի մասին, և իմանա, թե ի՛նչ ձևով պետք է ձեռք բերել նրանց. բայց տեսնելով, որ ուշ է արդեն, նա սկսեց լավ միտը բերել պառավի խոսքը և լավ տեղավորել հիշողության մեջ, որ ոչինչ չմոռանա: Իսկ նրա հոգու մեջ սկսեց սաստկանալ նույն հրաշալիքներին տիրանալու ցանկությունը, և ինչքան որ աշխատում էր նրանց մասին չմտածել, չէր կարողանում: Շարունակ այն էր մտածում, թե՝ «Երանի՜ մեկ անգամ տեսնեի, որ է՛լ սրտումս դարդ չմնար»:

Եվ սկսեց թափառել իր այգու ճեմելիքներում[6] և իր սիրած անկյուններում: Բայց նրա աչքում այդ տեղերը կորցրել էին իրանց գրավչությունը և շատ ձանձրալի էին թվում: Իսկ թռչունների երգեցողությունը, որով դիմավորում էին երգողներն իրանց տիրուհուն, միայն սաստկացնում էր նրա հոգու վիշտը:

Եվ վարդաժպիտ Ֆարիզադան տխրեց ու սկսեց արտասվել: Եվ որքան առաջ էր քայլում և արցունք թափում, նույնքան տեղում ավազի վրա նրա արցունքի կաթիլները սառչում էին և դառնում մարգարտի հատիկներ:

* * *

Վերջապես Ֆարիզադայի եղբայրները վերադարձան որսատեղից և իրանց քրոջը չգտնելով հասմիկի հովանոցումը, ուր նա սովորություն ուներ սպասելու եղբայրների վերադարձին, նեղացան իրանց քրոջ այս անուշադրության համար և սկսեցին որոնել նրան այգումը: Եվ տեսան ավազի վրա սառած, մարգարիտ դարձած նրա արցունքի կաթիլները և ասացին իրանք իրանց.

— Ավա՜ղ, ինչքա՜ն տխրած պիտի լինի մեր քույրը, բայց ի՞նչ առիթ է ունեցել տխրելու, որ այսքան լաց է եղել:

Եվ գնացին նրանք իրանց քրոջ հետքովը և գտան նրան արտասվելիս ծառաստանի խորքումը: Վազեցին մոտը և փայփայեցին՝ աշխատելով ուրախացնել նրան:

Եվ ասացին նրան.

— Ո՜վ Ֆարիզադա, մեր սիրելի՛ քույր, ո՞ւր են քո ուրախության վարդերը և քո խնդության ոսկին: Քույրի՛կ, պատասխանի՛ր:

— Ո՜վ իմ եղբայրնե՜ր...

Բացականչեց Ֆարիզադան և լռեց: Նա ամաչեց շարունակել իր ասելիքը: Այս առաջին անգամն էր, որ նա մի բան պիտի խնդրեր եղբայրներից. դժվարանում էր ասել, բայց նրանք ստիպեցին, որ ասե:

— Ո՛վ մեր սիրելի քույր,— ասացին եղբայրները,— այս ի՞նչ նոր զգացմունք է շփոթում քո հոգին. հայտնի՛ր մեզ քո վիշտը, եթե չես կասկածում մեր սիրո մեջ, որ ունենք դեպի քեզ:

Ֆարիզադան վճռեց վերջապես բանալ իր սիրտը և ասել նրանց.

— Ո՜վ իմ եղբայրներս, ես այլևս չեմ սիրում իմ այգիներս...

Եվ սկսեց լաց լինել, և մարգարտի հատիկներ թափվեցին նրա աչքերից: Եղբայրներն ականջ դրին նրան լուռ, տխրելով մի այսպիսի հայտնությունից, իսկ նա շարունակեց.

— Ավա՜ղ, ես դադարեցի սիրել իմ այգիներս, որովհետև նրանցում չկա Խոսող Թռչունը, որ է՝ Հազարան Բուլբուլը, չկա Երգող Ծառը և ո՛չ Ոսկեցնցուղ Ջուրը: Եվ հանկարծ այնպես ոգևորվեց Ֆարիզադան, որ առանց շունչ քաշելու պատմեց եղբայրներին բարի պառավի այցելությունը և նրա պատմածների մասին:

Եղբայրները, երբ որ լսեցին քրոջ ասածները՝ շատ զարմացան և ասացին նրան.

— Սիրելի՛ քույրիկ, դու հանգիստ կաց և աչքերդ հովացրու: Մենք այդ բոլոր առարկաները կբերենք քեզ համար, թեկուզ նրանք գտնվելիս լինեն Կաֆ սարի անմատչելի գագաթին: Միայն դու ասա՛, ո՞ր կողմերում պիտի որոնել նրանց:

Եվ Ֆարիզադան, որ սաստիկ կարմրել էր իր առաջին ցանկությունը հայտնելու համար, բացատրեց մի առ մի, ինչ որ լսել էր բարի պառավից նույն առարկաների տեղի մասին, և ավելացրեց.

— Ահա՛, այս է միայն իմ գիտցածս, սրանից ավելի ոչինչ չգիտեմ:

Եվ բացականչեցին երկու եղբայրները միասին.

— Քույրի՛կ, մենք կերթանք որոնելու:

Իսկ քույրը երկյուղից գոչեց.

— Ո՛չ, ո՛չ, մի՛ գնաք:

Ֆարիդը, որ մեծ եղբայրն էր, ասաց.

— Սիրելի՛ քույրիկ, քո ցանկությունը մեզ համար մեր աչքից և գլխից ավելի է թանկ: Ե՛ս եմ մեծ եղբայրդ, ես էլ՝ առաջինն եմ պարտավոր ինձ վրա առնել դրա հոգսը: Իմ ձիուս թամբը դեռ չի վերցված, և նա կտանի ինձ առանց հոգնելու մինչև Հնդկաստանի սահմանը, այնտեղ, ուր գտնվում են քո ասած երեք հրաշալիքները: Եվ ես կբերեմ այդ բաները:

Եվ դառնալով եղբորը՝ Ֆարուզին, ասաց.

— Իսկ դու, սիրելի՛ եղբայր, կմնաս մեր քրոջ մոտ, որ նրան պահես:

Այս ասելուց հետո վազեց ձիու մոտ, ցատկեց վրան և, այնտեղից կռանալով՝ համբուրեց եղբորն ու քրոջը, որ արտասվալից աչքերով ասաց.

— Մի՛ գնար այդ վտանգավոր ճամփով, իջի՛ր ձիուցդ: Ես չեմ ուզի տեսնել ո՛չ Խոսող Թռչունը, ո՛չ Երգող Ծառը և ո՛չ էլ Ոսկեցնցուղ Ջուրը, միայն թե՝ չբաժանվիմ քեզանից և կարոտդ չքաշեմ:

Բայց Ֆարիդը էլի մեկ անգամ համբուրեց նրան և ասաց.

— Սիրելի՛ քույրիկս, մի՛ վախենար, որովհետև իմ բացակայությունս երկար չի տևիլ, և Աստուծո օգնությունով՝ ինձ չի՛ պատահիլ ոչ մի դժբախտություն: Բայց, այսուամենայնիվ, որպեսզի դու քեզ չտանջես անհանգստանալով, ես քեզ կտամ, ահա, իմ դանակը:

Եվ գոտկից հանեց այն դանակը, որի կոթը զարդարված էր քրոջ աչքերից առաջին անգամվա ընկած մարգարիտներով, տվավ նրան և ասաց.

— Այս դանակս քեզ տեղեկություն կտա իմ մասին: Ժամանակ առ ժամանակ կհանես պատյանից և կնայես սայրին: Եթե սայրը մաքուր լինի, ինչպես հիմա է, այդ նշան կլինի, որ ես ողջ-առողջ եմ, իսկ եթե դժգունացած՝ իմացած լինիս, որ ինձ մի դժբախտություն է պատահել. իսկ եթե արյուն կաթի բերանից՝ կարող ես հավատալ, որ ես չկամ այլևս:

Ասաց, և չկամենալով այլևս ոչինչ լսել՝ ձին չափ գցեց այն ճամփովը, որ տանում էր դեպի Հնդկաստան:

Եվ գնաց նա քանի օր և քանի գիշեր անապատ տեղերով: Իր ճամփորդության երրորդ օրը հասավ մի լեռան ստորոտ, ուր կար ճոխ արոտամարգ և նրանում մի հատիկ ծառ: Ծառի տակին նստած էր շատ զառամած մի ծեր կրոնավոր: Նրա երեսը ծածկվել էր երկար մազերի և խիտ ունքերի մեջ: Մորուքը շատ երկայն էր և սպիտակ, ինչպես նոր գզած բուրդը: Ձեռներն ու ոտները չափից դուրս նիհար էին: Ձեռքի ու ոտի եղունգները՝ շատ երկարած: Ձախ ձեռքով նա գցում էր տերողորմյան (*համրիչը*), իսկ աջը պահած էր անշարժ՝ ճակատի բարձրության հավասար: Այդ ծերունին, անշուշտ, մի ճգնավոր էր՝ աշխարհից հեռացած, ով գիտե, որքան ժամանակ առաջ:

Եվ որովհետև սա առաջին պատահած մարդն էր քանիերորդ օրում՝ սրա համար արքայազն Ֆարիդը իջավ ձիուց և, կապը բռնած, մոտեցավ կրոնավորին և ասաց նրան.

— Ողջո՛ւյն քեզ, ո՛վ սուրբ մարդ:

Ծերունին պատասխանեց նույնպես ողջույնով, բայց նրա ձայնն այնպես էր խլացել խիտ ընչացքների[7] ու մորուքի մեջ, որ Ֆարիդը ոչինչ չհասկացավ:

Այդ ժամանակ Ֆարիդը մտածեց, թե. «Ինչպե՞ս անեմ, ուրեմն, որ ես հասկանամ սրա ասածը, չէ՞ որ սրա տված հրահանգով պիտի շարունակեմ իմ ճանապարհորդությունս»: Այսպես մտմտալով՝ իր մախաղից[8] հանեց մի մկրատ և, մոտենալով ճգնավորին, ասաց.

— Ո՛վ պատվարժան քեռի, թույլ տուր ինձ մի քիչ խնամք տանել քեզ վրա, քանի որ ինքդ, ընկղմված լինելով սուրբ մտքերի մեջ, ժամանակ չունիս ուշք դարձնելու քեզ վրա:— Եվ տեսնելով, որ ծերունին հակառակ չէ, Ֆարիդը սկսեց կարգի գցել նրա մորուքը, բեղերը, ունքերը, եղունգները, խուզելով ու կտրատելով նրանց ավելորդ երկարությունը, որով երիտասարդացրեց ծերունուն մի քանի տարով:

Այս ծառայությունն անելուց հետո սափրիչների սովորությունով ասաց.

— Անո՜ւշ, անո՜ւշ, ցանկանամ զովություն և կենդանություն...

Երբ որ ծերունին թեթևացավ ավելորդ ծանրությունից՝ մեծ բավականություն զգաց և ժպիտ երևացրեց երեսին: Եվ հետո էլ խոսեց մանկական ձայնից է՛լ ավելի պարզ ու մաքուր ձայնով և ասաց.

— Թող օրհնություն իջնի քեզ վրա, ո՛վ իմ որդի, այն բարեգործությանդ համար, որ ցույց տվիր զառամած ծերունուս: Ով կուզի լինիս, ո՛վ առաքինի ճամփորդ, ես պատրաստ եմ օգնելու քեզ իմ փորձովս և խորհրդովս:

Ֆարիդն շտապեց պատասխանել.

— Ես եկել եմ հեռու կողմերից՝ որոնելու Խոսող Թռչունը, Երգող Ծառը և Ոսկեցնցուղ Ջուրը: Կարող չե՞ք ասել արդյոք՝ որտե՛ղ կարող եմ գտնել: Կամ ի՞նչ գիտեք դուք դրանց մասին:

Այս խոսքերի վրա հուզմունքից ծերունին վայր գցեց ձեռքից համրիչը և ոչինչ չպատասխանեց:

Ֆարիդը հարցրեց.

— Իմ բարի՛ քեռիս, ինչո՞ւ չեք խոսում: Ես շտապում եմ, ձիս քրտնած է, կարող է մրսել:

Եվ կրոնավորը խոսեց վերջապես.

— Իհա՛րկե, որդիս, ես գիտեմ, թե՝ որտե՛ղ են գտնվում քո որոնած բաները, և ճանապարհին էլ գիտեմ: Բայց ես, որդյա՛կ իմ, քեզանից այս լավությունը տեսնելուց հետո ինչպե՞ս խորհուրդ տամ, որ գնաս և զարհուրելի վտանգների ենթարկես քեզ: Ավելի լավ կանես, որդի՛ս, որ շտապես վերադառնալու կրկին քո երկիրդ: Քանի՜ քանիսն են գնացել այս ճամփով՝ քեզ պես քաջ երիտասարդներ, բայց ո՛չ մեկը նրանցից չի վերադարձել:

Ֆարիդը, այդ խոսքերից չվհատվելով, ասաց.

— Իմ բարի՜ քեռիս, դու միայն ցույց տուր ինձ իմ գնալիք ուղին, մնացածի մասին մի՜ անհանգստանար: Աստված ինձ ձեռքեր է տվել, որոնք կարող են իրանց տիրոջը պաշտպանել:

Ծերունին, ձայնը երկարացնելով, հարցրեց.

— Քո ձեռքերն ինչպե՞ս կազատեն քեզ Աներևույթից, որ ոչ մի ձեռք չի ընկնում, իսկ ինքն ունի հազար անգամ հազար ձեռքեր, որոնք գործում են առանց տեսնվելու:

Ֆարիդը, գլխովը բացասելով, պատասխանեց.

— Պատվակա՛ն հայր: Իմ ճակատագիրն ինձ հետ է կապված. եթե ես փախչեմ նրանից՝ նա կհետևի ինձ, իմ ստվերիս պես: Ուրեմն, ասա՜ ինձ, որովհետև այդ քեզ հայտնի է, էլ ի՞նչ կարող եմ անել ես: Քո խորհուրդով դու ինձ մեծ լավություն կանես:

Ծերունին, տեսնելով, որ երիտասարդը ետ չի կենալու իր մտադրությունից, ձեռքը գցեց իր գոտիկից կապած մախաղը (*տոպրակը*) և հանեց մի գրանիտե գնդակ: Այս գնդակը տալով Ֆարիդին՝ ասաց.

— Ահա՜ այս գնդակը կտանի քեզ քո ուզած տեղը: Հեծի՛ր ձիդ և նետի՛ր գնդակը առջևդ: Նա կգլորվի առաջիդ, հետևից կքշես ձիդ: Եվ ուր որ գնդակը կանգ կառնի՝ այնտեղ դու էլ կիջնես, ձիդ կկապես գնդակից, որ կմնա անշարժ մինչև քո վերադարձը: Իսկ դու կբարձրանաս այն սարը, որի գագաթը երևում է և այստեղից: Սարը բարձրանալիս դու ամեն կողմում կտեսնես խոշոր սև-սև քարեր և կլսես ձայներ: Այդ ձայները չեն լինիլ հեղեղներից, քամիներից, անդունդներից, այլ՝ կլինին աներևույթ ձայներ: Նրանք կգոռան այնպիսի խոսքեր, որոնցից մարդու արյունը կսառչի երակներումը: Դու պետք է ուշ չդարձնես, պետք է չլսես այդ ձայները, իսկ եթե վախենաս և ետ նայես՝ դու կդառնաս այն սև քարերից մեկը, որոնցով լիքն է սարի վերելքը: Իսկ եթե չես լսիլ նրանց՝ կբարձրանաս սարի գագաթը, այնտեղ կտեսնես մի վանդակ, միջին թառած Խոսող Թռչունը: Եվ կասես նրան. «Ողջո՛ւյն քեզ, ո՛վ Հազարան Բուլբուլ: Որտե՞ղ է Երգող Ծառը, որտե՞ղ է Ոսկեցնցուղ Ջուրը»: Խոսող Թռչունը կպատասխանի քեզ. «Բարո՛վ ես եկել...»:

Այս բոլորն ասելուց հետո ծերունի կրոնավորը խոր շունչ քաշեց և դրանից հետո լռեց:

Ֆարիդը ծերունու խրատը լսելուց հետո ձին հեծավ և բոլոր ուժով առաջ նետեց գրանիտե գնդակը և ձին հետևիցը քշեց: Գրանիտե կարմիր գնդակը գլորվում էր թռչկոտալով: Կանգ չառնելով ոչ մի խոչ և խութի առջև՝ Ֆարիդի ձին, որ մի կայծակ էր բոլոր ձիերի միջին, հազիվ էր կարողանում գնդակին հետևել: Այսպես սրարշավ գնացին գնդակն ու ձին, մինչև դիպան սարի առաջին ժայռին: Այստեղ հանգիստ առավ գնդակը:

Ֆարիդն իջավ ձիուցը և սանձը կապեց գնդակից, ինչպես ասել էր ծերունին: Ձին կանգ առավ այնտեղ մեխվածի պես, իսկ ինքը սկսեց բարձրանալ սարնիվեր: Սկզբում ոչինչ չէր տեսնում, բայց քանի վերև գնաց, այնքան ավելացան գետնին փռված սև-սև քարերը: Ֆարիդը չէր իմանում, որ դրանք իր նման երիտասարդներ են եղել և այդտեղ են քար դարձել մի աներևույթ զորության ազդեցությամբ: Այդ քարերի մոտով բարձրանալիս հանկարծ մի այնպիսի ձայն լսեց, որի նմանը նա չէր լսած իր կյանքում: Առաջին գոչյունին հետևեցին այս ու այն կողմից զանազան աղաղակներ, որոնք նմանություն չունեին երկրային աղաղակներին:

Այդ գոռում-գոչյունը, ինչպես ասել էր ծերունին, նման չէին անապատում փչող հողմերին, նման չէին անդունդներ թափվող ջրվեժներին, նման չէին սելավներից առաջացած, լեռների գագաթներից հոսող ջրհեղեղներին, որոնց և մեն մի կաթիլը և մեն մի ալիքը իր սեփական ձայնն ունի, և բոլորը լինում է բյուրավոր ձայների մի խառնուրդ: Այդ ձայներն աներևույթ ձայներ էին: Նրանցից շատերը հարցնում էին. «Ի՞նչ ես ուզում»: Մյուսները. «Բռնեցե՛ք դրան: Սպանեցե՛ք: Գցեցե՛ք անդունդը»: Շատերն էլ ծաղրում էին. «Հո՜, հո՜, հո՜... հո՜ւ, հո՜ւ, հո՜ւ...»: Փաղաքշում էլ էին՝ ասելով. «Ի՜նչ սիրուն երիտասարդ ես, ե՜կ մեզ մոտ, ե՜կ մեզ մոտ...»:

Բայց Ֆարիդը, ուշ չդարձնելով այդ ձայների վրա, շարունակում էր վեր բարձրանալ: Իսկ ձայներն ավելանում էին և զարհուրելի դառնում: Երբեմն գոչողների շունչը դիպչում էր նրա երեսին, և այնքան սոսկալի կերպով էին որոտում աջից ու ձախից, առջևից ու քամակից, այնքան սպառնալից և համառ էր նրանց գոչը, որ Ֆարիդը դողում էր ակամա: Մոռանալով ծերունու խրատը՝ նա մի զորեղ և հանկարծական գոռոցի ազդեցությամբ ետ շրջվեց: Այդ իսկ վայրկյանին մի սոսկալի ոռնոց բարձրացավ հազարավոր ձայներից, իսկ դրանից հետո տիրեց խորին լռություն: Արքայազն Ֆարիդը դարձավ մի սև բազալտի ժայռ: Լեռան ստորոտում ձին էլ դարձավ մի անձև քարաժայռ: Իսկ գրանիտե կարմիր գնդակը ետ դարձավ՝ գլորվելով ծերունու մոտ:

Ֆարիդի հետ պատահած այս աղետի օրը Ֆարիզադան, ըստ սովորության, հանեց եղբոր դանակը պատյանից, որ միշտ կախած ուներ գոտիկից և, նայելով վրան, երեսի գույնը նետեց՝ տեսնելով, որ դեռ երեկ այնքան փայլուն սայրը գունատվել ու ժանգոտվել է: Եվ սկսեց ողբալով գոչել. — Ա՜խ, իմ սիրելի՜ եղբայր, հիմա որտե՞ղ ես, արդյոք ի՞նչ պատահեց քեզ: Վա՜յ ինձ, ինչո՞ւ թույլ տվի ես քեզ: Ավա՜ղ, ինչքան թշվառ եմ ես և որքան ատելի այսուհետև իմ աչքում:

Քրոջ լաց ու կոծին վրա հասավ երկրորդ եղբայրը՝ Ֆարուզը, և սկսեց մխիթարել և հուսադրել: Վերջումն ասաց.

— Քույրի՜կ, ճակատագրից կարելի չէ փախչել. ինչ պատահել է, պետք է պատահեր, որտեղ և լիներ նա: Բայց հիմա ես պիտի գնամ և հասնեմ եղբորս օգնության, միևնույն ժամանակ կաշխատեմ բերել քո ուզած առարկաները:

Ֆարիզադան աղաչելով ասաց.

— Ո՜չ, ո՜չ, մի՜ գնար, եթե նրա համար ես գնում, որ իմ անարգ հոգու ցանկացածը բերես: Ես չեմ ուզում ոչինչ: Սիրելի՜ եղբայր, եթե քեզ հետ էլ պատահի մի փորձանք՝ ես կսկծից կմեռնեմ:

Բայց քրոջ լացն ու աղաչանքը ետ չկասեցրին եղբորը: Նա հեծավ ձին՝ մնաս բարով ասելով քրոջը, և տվավ նրան մի մարգարտյա մանյակ: Այդ մարգարիտները Ֆարիզադայի մանկության երկրորդ լացից գոյացած մարգարիտներն էին: Մանյակը տալով քրոջը՝ ասաց.

— Երբ որ դրա հատիկները չշարժին քո մատների տակ և միմյանց զարնվելով ձայն չհանեն, այդ կնշանակե, որ իմ մարմնի անդամները նույնպես անշարժացել են, էլ իմ մեջ կենդանություն չկա:

Սաստիկ տխրած Ֆարիզադան, զգվելով եղբորը, ասաց.

— Իմ սիրելի՛ եղբայր, թող Աստված քեզ պահպանի ամեն չարից ու փորձանքից: Տա՛ Աստված, որ վերադառնաս մեր մեծ եղբոր հետ միասին:

Ֆարուզը, հետևելով եղբորը, գնաց նույն ճամփովը և քսաներորդ օրը հասավ նույն ծերունի կրոնավորին, որին գտավ նույն ծառի տակ նստած և նույն դիրքով, ինչպես տեսել էր Ֆարիդը, այսինքն՝ ձախ ձեռքին համրիչը, իսկ աջը վեր բարձրացրած և ցուցամատը ցցած առանձին:

Սովորական ողջույնից հետո, երբ Ֆարուզը հայտնեց եղբոր հետ պատահած աղետը և իր գալու նպատակը, ծերունին սրան էլ հորդորեց, որ ետ կանգնի իր մտադրությունից, բայց, տեսնելով, որ չի համոզվում, նրան տվավ գրանիտե գնդակը, որով հասավ աղետավոր սարի ստորոտը, ուր ձին գնդակից կապելով՝ ինքն սկսեց սարնիվեր բարձրանալ:

Ֆարուզը, գնալով նույն ճամփով, որով գնացել էր եղբայրը, ենթարկվելով միևնույն ձայներին, շատ պինդ էր պահում իրան, բայց կես ճամփին հետևից լսեց հանկարծ.

— Եղբա՛յր իմ, սիրելի՛ եղբայր, մի՛ փախչիր ինձնից:— Այս ձայնից սհա՛ խաբվեց Ֆարուզը, կարծելով, թե իր եղբայրն է կանչողը, ետ նայեց և իսկույն դարձավ նույն բազալտի ժայռը, ինչ որ իր եղբայրը: Ձին էլ նույնպես քարացավ, իսկ գնդակը, գլորվելով, լուրը հասցրեց ծերունուն:

Ֆարիզադան ձեռքիցը չէր հեռացնում եղբոր տված մանյակը, համրիչի պես ձեռքումն էր պահում գիշեր-ցերեկ: Մեկ էլ հանկարծ զգաց, որ հատիկները չեն շարժվում այլևս, այլ՝ կպել են իրարից, էլ չեն պոկվում:

— Ո՛հ, իմ խե՛ղճ եղբայրներս, զոհեցի ձեզ իմ հիմար քմահաճույքիս համար: Ես կգամ ձեզ մոտ և ձեր բախտին վիճակակից կլինիմ: Եվ, զսպելով իր մեջ կանացի քնքշությունը, հագավ տղամարդ ձիավորի հագուստ, զենք ու զրահ և գնաց եղբայրների գնացած ճամփով, մինչև հասավ ծանոթ ծերունուն, ուր և կանգ առավ:

Մեծ պատկառանքով ողջունեց ծերունուն և ասաց.

— Ո՛վ սուրբ ծերունի, հա՛յր իմ, քեզ չե՞ն հանդիպել արդյոք սրանից քանի օր առաջ երկու երիտասարդ ձիավորներ, որոնք գնում էին որոնելու Խոսող Թռչունը, Երգող Ծառը և Ոսկեցնցուղ Ջուրը:

Ծերունին պատասխանեց.

— Ո՜վ իմ տիրուհիս, ո՜վ վարդաժպիտ Փարիզադա, ես տեսա նրանց և հրահանգներ տվի: Եվ ավա՜ղ: Նրանց էլ, ինչպես նրանցից առաջ շատերին, կանգնեցրեց ճամփին Աներևույթը:

Փարիզադան, լսելով, որ իր անունը տալիս է սուրբ ծերունին, շատ շփոթվեց, իսկ ծերունին ասաց նրան.

— Ո՜վ պատվական օրիորդ, քեզ չեն խաբել նրանք, որոնք պատմել են երեք հրաշալի առարկաների մասին, որոնց հետևից գնացել և մահու են տվել իրանց գլուխները շատ թագավորազներ և իշխանազներ, բայց քեզ պատմողները լռել են այն վտանգների մասին, որոնց ենթարկվում են նրանց որոնողները:

Եվ պատմեց, թե ի՜նչ վտանգներ կան նրա առջև, եթե ուզում է որոնել իր եղբայրներին և այն երեք հրաշալիքները: Եվ Փարիզադան ասաց նրան.

— Ո՜վ սուրբ հայր, հոգիս շփոթված է քո խոսքերից, երկչոտությունը հեշտությամբ է տիրում նրան: Բայց ինչպե՞ս կարող եմ ետ կենալ, քանի որ գործը վերաբերում է հարազատ եղբայրներիս փրկությանը: Ո՜վ սուրբ հայր, լսի՜ր եղբայրասեր քրոջս աղաչանքին և հնար ցույց տուր՝ ազատելու եղբայրներիս կախարդական կապանքներից:

Ծերունին պատասխանեց.

— Ո՜վ Փարիզադա, դուստր թագավորի, ահա՛ քեզ այս գրանիտե գնդակը, որ կտանի քեզ նրա հետքից: Բայց դու նրանց ազատել կարող ես միայն այն ժամանակ, երբ կտիրանաս այն երեք հրաշալիքներին:

Եվ որովհետև դու քո կյանքը վտանգի ես ենթարկում միայն քո եղբայրներին ազատելու համար, և ոչ թե ձեռք բերելու անկարելին, սրա համար անկարելին կարող է դառնալ քո գերին:

Գիտցած լինիս, ո՜վ դուստր թագավորի, որ մարդու որդիներից ոչ մեկը կարող չէ դեմ կենալ Աներևույթի ձայների գոչյունին: Այս պատճառով Աներևույթին հաղթելու համար հարկավոր է զինվել նրա դեմ վարպետությամբ, որի մեջ պետք է ամփոփված լինի մարդու հանճարը, խելքը, ճարտարությունն ու ճարպկությունը: Այս մտքով հասկացված վարպետությունը կարող է հաղթել Աներևույթի բոլոր ուժերին:

Այս բոլորն ասելուց հետո ծերունին հանձնեց Ֆարիզադային գրանիտե գնդակը: Հետո հանեց գոտկից մի փաթիլ բուրդ և ասաց.

— Այս թեթև բրդի փաթիլով, ո՛վ Ֆարիզադա, դու կհաղթես Աներևույթի ուժերին:— Եվ ավելացրեց.— Մոտեցրու ինձ գլխիդ թագը, ո՛վ Ֆարիզադա:— Եվ խոնարհեցրեց դեպի ծերունին նա իր գլուխը, որի մազերի կեսը ոսկի էին, մյուս կեսը՝ արծաթ: Ծերունին ասաց.— Թող մարդու աղջիկը այս մի փաթիլ բրդով հաղթահարե օդում թռչող բոլոր ուժերը և Աներևույթի բոլոր խարդավանքը: Եվ բուրդը բաժանելով երկու մասի՝ նրանցով խցեց Ֆարիզադայի երկու ականջները, որ նա ոչ մի ձայն չլսի: Ձեռքով նշան արավ, որ գնա: Ֆարիզադան հեռացավ ծերունուց, վստահությամբ նետեց գնդակը և հետևից քշեց ձին:

Երբ որ հասավ լեռան ստորոտի ժայռերին և, ձին գնդակից կապելով, սկսեց վեր բարձրանալ, ձայներն սկսեցին դղրդանջել նրա ոտների տակ՝ սև բազալտի ժայռիկների միջից, և մեծ հարայհրոց բարձրացրին, բայց այդ ահեղ որոտմունքները նրա ականջներին դիպչում էին իբրև մի չնչին ու անորոշ շշնջոց, կամ ինչպես հեռվից լսվող ճանճերի բզզոց, որ չէր կարող Ֆարիզադայի վրա որևէ երկյուղ ազդել:

Սրա համար էլ նա գլուխը քաշ գցած, հանգիստ սրտով բարձրանում էր դեպի վեր՝ խորդուբորդ քարքարուտներով և փշերով, չնայած իրա քնքուշ կազմվածքին և իրա սովոր լինելուն՝ ման գալու միայն ճեմելիքների մանրահատիկ ավազների վրա: Առանց թուլանալու և հոգնելու նա վեր բարձրացավ և հասավ լեռան գագաթին, ուր նրա առջև բացվեց մի ընդարձակ սարահարթ: Այդտեղ, այդ տափարակի կենտրոնում, նա տեսավ ոսկեղեն սյունից կախած մի ոսկի վանդակ: Այդ վանդակումն էր թառած Խոսող Թռչունը:

Ֆարիզադան, տեսնելով, ուրախությունից կարծես թև առավ, վրա վազեց վանդակին և, բռնելով նրա օղակից, բացականչեց.

— Թռչո՛ւն, թռչո՛ւն, ահա՛ բռնեցի քեզ, դու իմն ես, էլ չես ազատվիլ իմ ձեռից:

Արանից հետո այլևս ավելորդ էր ականջների բուրդը, որ հանեց և հեռու նետեց իրանից: Լռեցին բոլոր աղմկարար ձայները, և հերթը հասավ Խոսող Թռչունին, որ միայն նա՛ խոսի:

Եվ խոսեց, խոսեց Հազարան Բուլբուլը, ո՛չ հասարակ խոսքերով, այլ՝ երգելով երկրում չլսված քաղցր մեղեդիներով.

Ասա՛ ինձ, ասա, ո՛վ Ֆարիզադա,
Որ ունիս ժպիտ վարդի նմանող,
Ես կարոտ էի քո տեսությանը,
Եվ շատ եմ ուրախ, որ տեսնում եմ քեզ.

Մի՞թե կարող եմ քեզանից ազատվել.
Ա՛խ, ա՛խ, ա՛խ, ո՛վ արև, ո՛վ լուսին.
Լսե՛ք ինձ, ո՛վ երկինք, ո՛վ աստղեր…
Լսի՛ր ինձ և դու, ո՛վ Ֆարիզադա,
Թե ով ես ինքդ՝ այդ դու չգիտես,

Իսկ ես գիտեմ,
Գիտեմ, գիտեմ,
Շատ լավ գիտեմ,
Շատ լավ գիտեմ:

Ա՛խ, ա՛խ, ա՛խ, ո՛վ ցերեկ, ո՛վ գիշեր,
Լսեցե՛ք, ո՛վ լուսին, ո՛վ աստղեր:

Այսպես էր երգում Խոսող Թռչունը, որով հափշտակվեց Ֆարիզադան և իսպառ մոռացավ իր քաշած նեղությունները և, դառնալով թռչունին, ասաց.

— Ո՛վ Հազարան Բուլբուլ, ո՛վ դու օդային հրաշալիք, ուրեմն, այսուհետև դու իմն ես, իմ սեփական թռչունը, խո՞սք ես տալիս հաստատ:

— Այո՛, ասում եմ, ո՛վ Ֆարիզադա:

Ես քո ծառան եմ, ես քո ստրուկը:

Հրամայի՛ր ինձ, ո՛վ Ֆարիզադա, պատրաստ եմ ահա քեզ ծառայելու:

Վկա՛ եղեք,
Սարեր, դաշտեր,
Մթին ձորեր,
Խիտ անտառներ:

Ա՛խ, ա՛խ, ո՛վ ունքեր — մութ գիշեր,—
Ո՛վ աչեր — վառ աստղեր…

Այդ ժամանակ Ֆարիզադան ասաց. — Շա՛տ լավ, ես հավատում եմ քեզ: Դե հիմա ասա՛ ինձ, որտե՞ղ է Երգող Ծառը:

Հազարան Բուլբուլը երգելով հայտնեց, որ Երգող Ծառը երևում է արդեն սարի լանջի վրա: Ֆարիզադան նայեց այն կողմը և տեսավ մի ծառ, այնպիսի հսկայական մեծության, որ նրա տակին կարող էր տեղավորվել զորքի մի ամբողջ բանակ: Եվ ասաց մտքումը. «Մի՞թե կարելի է այս ահագին ծառը արմատից հանել և տեղափոխել իմ այգին»: Բուլբուլը հասկացավ Ֆարիզադայի միտքը և ասաց նրան.

— Ծառն ամբողջությամբ տեղափոխելու հարկ չկա. բավական է մի փոքր ոստիկ, որ կտրես նրանից ու տնկես քո այգում. նա կդառնա այս միևնույն հսկայական ծառը:

Ֆարիզադան գնաց ծառի մոտ և լսեց նրա երաժշտությունը, նրա քաղցր երգեցողությունը: Ո՛չ զեփյուռը Պարսկաստանի այգիներում, ո՛չ հնդկական գավիթը[9] *(лютня)*, ո՛չ սիրիական տավիղը *(арфа)*, ո՛չ եգիպտական ջութակը՝ երբեք այնպիսի հնչյուններ չեն հանել, որ կարողանան հավասարվել այս երաժիշտ ծառի հազարավոր տերևներից հնչող խմբերգին: Եվ Ֆարիզադան երբ որ ուշքի եկավ, երբ որ սթափվեց հափշտակությունից, որի մեջ ընկղմվել էր երաժշտության ազդեցությունից, Երգող Ծառից մի ոստիկ պոկեց և, դառնալով Բուլբուլին, հարցրեց, թե՝ որտե՛ղ է Ոսկեցնցուղ Ջուրը:

Խոսող Թռչունը ցույց տվավ նրա էլ տեղը, որ հեռու չէր: Փիրուզի քնքուշ գույնով մի ժայռ կար այնտեղ, նրանից բխում էր մի աղբյուր, որ փայլում էր հալված ոսկու գույնով: Բայց նա սառն էր, զովացուցիչ և այնպես վճիտ էր, այնպես պարզ, ինչպես ամենամաքուր հայելին:

Այսպես ահա, Ֆարիզադան երբ ձեռք բերավ բոլոր երեք հրաշալիքները, ինչպես պատվիրել էր ծերունին, ապա դարձավ Հազարան Բուլբուլին և ասաց.

— Իմ ազնի՛վ թռչուն, ես ունեմ էլի մի խնդիրք, որ պիտի կատարես, որովհետև ես իսկապես հենց նրա՛ համար եմ եկել: Եվ քեզ ձեռք բերելս էլ հենց դրա՛ համար է եղել, որովհետև միայն քեզանով կարող եմ հասնել ես իմ նպատակին:

Եվ Բուլբուլը պատասխանեց.

— Ասա՛ ինձ, ո՛վ դուստր արքայի, ի՞նչ է ուզածդ. ինչ որ իմ կարողությունից վեր չէ, ես պատրաստ եմ կատարել։

Ֆարիզադան ասաց ողբաձայն.

— Եղբայրնե՜րս, ազնի՛վ թռչուն, եղբայրնե՜րս... երևի քեզ արդեն հայտնի է...

Այս բանը լսելով՝ Հազարան Բուլբուլը մի քիչ շփոթվեց։ Նա իշխանություն և իրավունք չուներ խառնվելու Աներևույթի կատարած գործերի մեջ. նա ինքը եղել է միշտ նրա հլու հպատակը և նրանից է եղել կախված։ Բայց հետո մտածեց, որ ինքը հիմա էլ նրա ձեռին չէ։ Հիմա պետք է ծառայի իր նոր տիրուհուն և ինչ որ կարող է անել նրա համար, պետք է անի։ Այսպիսով, սիրտ առավ Բուլբուլը և ասաց երգելով.

Ո՜վ Ֆարիզադա, ո՛վ վարդաժպիտ,
Սրսկի՛ր ջրով, ջրով ու ջրով,
Այս Ոսկեցնցուղ Ջրով սրսկիր,
Բոլոր քարերը բազալտի նման՝
Ջահել մարդիկ են, սիրուն-աննման,
Սրսկի՛ր դրանց, ջրջրի՛ ջրով.
Ամեն կաթիլը այս Ոսկեջրի
Անմահական է, արագ կյանք տվող,

Դրանով սրսկի՛ր, թող կենդանանան,
Թող երկար քնից զարթնեն, վեր կենան։
Ո՜վ իմ թանկագին արքայազնուհիս,
Կյա՛նք տուր քարերին, ջրով ու ջրով։
Ա՜խ, ա՛խ, հազա՛ր ախ,
Ո՜վ սիրուն գիշեր,
Ո՜վ վառ-վառ աստղեր...

Ֆարիզադան, մի ձեռքում բռնած բյուրեղյա բղուղը[10], մյուսում՝ ոսկի վանդակը և Երգող Ճյուղը, սկսեց վերադառնալ։ Եվ ամեն տեղ, ուր հանդիպում էր մի սև բազալտ քարի, վրան սրսկում էր ոսկեցնցուղ ջրից։ Քարը կյանք էր առնում իսկույն և դառնում մի գեղեցիկ երիտասարդ։ Անուշադիր չէր թողնում ո՛չ մի քար։ Այսպիսով գտավ իր եղբայրներին։

Փարիդն ու Փարուզը, քարային քնից զարթնելով, մոտեցան իրանց քրոջը և գգվեցին նրան: Մյուս զարթնածներն էլ, որ բոլորն էլ նշանավոր մարդկանց որդիք էին, մոտեցան Փարիզադային և համբուրեցին նրա ձեռքը՝ հայտնելով, որ այսուհետև նրա ստրուկներն են իրանք: Եվ բոլորը միասին իջան սարի ստորոտը, ուր Փարիզադան կենդանություն տվավ և ձիերին, այստեղ ամեն ոք նստեց իր ձին, և բոլորեքյան[11] գնացին ծառի տակ նստած ծերունու մոտ: Բայց ծերունին չկար այլևս, ծառը նույնպես անհայտացել էր:

Այստեղ Փարիզադան հարցրեց Բուլբուլին, թե՝ ի՞նչ է նշանակում ծերունու անհայտանալը:

Խոսող թռչունը պատասխանեց, և այս անգամ նա խոսեց արձակ և լրջորեն.

— Ինչո՞ւ ես ուզում նորից տեսնել ծերունուն, ո՛վ Փարիզադա: Նա սովորեցրեց մարդկային աղջկանը, թե ինչպե՛ս պետք է բանեցնե նա բրդի փաթիլը, որով պիտի հաղթահարե չար ձայները, ատելությունը, ձանձրացնող շշուկները, որոնք վրդովում են մեր հոգին և չեն թույլ տալիս բարձրանալ դեպի գագաթները: Նրա կոչումն էր աշխարհի մարդոցը սովորեցնել այս ճշմարտությունը, և ապա՝ վերանալ աշխարհից. և նա վերացավ:

Այսուհետև քո հոգին կփրկվի շատ չարից, որ միակ դժբախտացնողն է մարդոց, որովհետև դու սովորեցիր չարից փրկվելու հնարը, որ է՝ ամուր կամքով չարին չլսելը: Դու զգացիր հոգու անդորրության նշանակությունը, և հենց ա՛յդ է միակ մայրը ամեն բախտավորության:

Այսպես ճառեց Խոսող Թռչունն այն իսկ տեղումը, ուր մի ժամանակ բարձրացած էր ծերունի կրոնավորի ծառը: Եվ բոլորը հիացել էին Խոսող Թռչունի իմաստալից ճառը լսելով:

Փարիզադայի բոլոր ուղեկիցները շարունակեցին իրանց ճանապարհը՝ հետզհետե նվազելով: Ամեն ոք հենց որ հասնում էր իր երկրի սահմանը՝ համբուրում էր Փարիզադայի ձեռքը և, բոլորին մնաս բարով ասելով, հեռանում: Քանիերորդ օրը Փարիզադան ու իր եղբայրները, հրաշալի առարկաների հետ, ողջ-առողջ հասան իրանց տուն:

* * *

Տուն հասան թե չէ՝ Փարիզադայի առաջին գործն այն եղավ, որ Հազարան Բուլբուլի վանդակը կախեց այգու հովանոցներից մեկում, որն ամենից փառավորն էր և ծառայում էր իբրև խոսարան՝ պատվական հյուրերի համար: Այդտեղ հենց որ ձայնը բարձրացրեց Խոսող Թռչունը՝ այգեստանի բոլոր թռչունները մնացին ապուշ կտրած զարմանքից ու հիացմունքից, և կարծես խոսք մեկ արած՝ հավաքվեցին միասին և ամբողջ երամով եկան բարի գալուստ ասելու նորեկ հրաշալի հյուրին: Սրանց մեջն էր և տեղացի սոխակը, որ նույնպես *Բուլբուլ* էր անվանվում, և մյուս թռչուններից՝ լորը, արտույտը, սարյակը, դեղձանիկը և մյուսները, որոնք քիչ թե շատ երգել գիտեին, ինչպիսիք էին և աղավնին, տատրակը, ագռավն ու կաչաղակը, մոշահավն ու ծիծեռնակը: Սրանք բոլորն ամեն մեկն իր ձայնով, մի առանձին ներդաշնակությամբ սկսեցին ձայն պահել Հազարան Բուլբուլի բարձրաձայն երգին: Սրանով նրանք բոլորը մի տեսակ խոնարհություն և հպատակություն էին ցույց տալիս Խոսող Թռչունին, և նա ավելի էր ոգևորվում և ցույց էր տալիս իր բոլոր շնորհքը:

Հովանոցի մոտն էր և մարմարիոնի ավազանը, որ Ֆարիզադայի համար հայելու պաշտոն էր կատարում. նա տեսնում էր իր պատկերը և վարսագեղ մազերը՝ կեսը ոսկի և կեսը արծաթի: Այդ ավազանի մեջ կաթեցրեց Ոսկեցնցուղ Ջրից մի կաթիլ: Ոսկե կաթիլն սկսեց քչքչալ, խոշորանալ և դառնալ մի ջրային խուրձ, որից, իբրև հազարավոր ծորակներից, վեր էին ցայտում ոսկի կաթիլները շատ բարձր և կրկին վայր թափվում ավազանի մեջ: Ցայտող կաթիլներն այնքան պաղ էին, որ զովացնում էին տիրող անտանելի շոգն ու տոթը:

Հետո իր ձեռքով տնկեց Երգող Ծառի ոստը: Փոքրիկ ճյուղն իսկույն արմատ բռնեց, աճեց, մեծացավ և դառավ մի հսկայական ծառ: Եվ սկսեց ծառը նվագել այնպիսի եղանակներ, որ չէին կարող հնչել ո՛չ զեփյուռը Պարսկաստանի այգիներում, ո՛չ հնդկական վիները[12], ո՛չ սիրիական տավիղը և ո՛չ եգիպտական ջութակը: Ծառի հազարավոր բերաններից բխող այս երկնային հնչյունները լսելու համար չորս կողմում տիրում էր խորին լռություն, մնջվում էին թռչունները, ջուրը կտրում էր իր խոխոջյունը, զեփյուռը ետ էր քաշում իր մետաքսե քնքուշ ծածկոցը, որ չդիպչի ոչ մի բանի:

Ֆարիզադան այլևս առիթ չուներ ո՛չ տխրելու և ո՛չ ձանձրանալու: Նա սկսեց շարունակել իր սովորական տնային պարապմունքը, միշտ նստած Խոսող Թռչունի մոտ, որը նրան զբաղեցնում էր շատ իմաստալից և հետաքրքրական պատմություններով: Նրա թողած պակասը լրացնում էին Երգող Ծառը և Ոսկեցնցուղ Ջուրը, իսկ եղբայրները ցերեկն իրանց որսորդությունով էին պարապած, գիշերները վերադառնում էին տուն, ուրախ ժամանակ անցկացնում իրանց քրոջ հետ:

Մեկ անգամ էլ, ահա, երբ Ֆարիդն ու Ֆարուզն անցնում էին մի նեղ ձորակով, որից չէր կարելի շեղվել ո՛չ աջ և ո՛չ ձախ, դեմ առ դեմ հանդիպեցին սուլթանին, որ իր մարդկանցով եկել էր նույնպես որսորդության: Եղբայրներն իջան ձիերից և ծունկ չոքեցին թագավորի առջև, գլուխները խոնարհած մինչև գետին: Սուլթանը շատ զարմացավ՝ տեսնելով այն անտառում նրանց այնքան ճոխ հագնված, որ կարծես իր շքախմբից լինեին: Նա ուզեց տեսնել նրանց երեսները, հրամայեց վեր կենալ: Եղբայրները վեր կացան և թագավորի առջև կանգնեցին, պահպանելով իրանց արժանապատվությունը և խորին հարգանքը դեպի թագավորը, որ, հափշտակված նրանց վայելչակազմ գեղեցկությունով, երկար ժամանակ զննեց նրանց ոտից մինչև գլուխ: Հետո հարցրեց նրանց, թե՝ ովքեր են և որտեղ են կենում: Նրա սիրտը հուզվում էր ու մի առանձին ձգողությամբ քաշվում դեպի նրանց, ինչպես դեպի իր հարազատներին:

Եղբայրները պատասխանեցին. — Ո՛վ արքա ժամանակների, մենք քո հանգուցյալ ստրուկի որդիքն ենք, քո ծառայի, որ կառավարում էր քո արքայական այգիները: Այստեղից հեռու չէ մեր բնակարանը, որ քո առատաձեռնության պտուղն է, դո՛ւ ես ընծայել մեր հորը:

Սուլթանը շատ ուրախացավ, որ ծանոթացավ իր նախկին հավատարիմ ծառայի որդոց հետ, միայն զարմացավ, որ մինչև հիմա նրանք չեն հայտնվել իր պալատում և չեն գտնվում իր շքախմբի մեջ: Եվ երբ որ հարցրեց այս մասին՝ նրանք պատասխանեցին.

— Ո՛վ ժամանակների թագավոր, ների՛ր մեզ, որ մինչև հիմա չենք մտել քո մեծահոգի բազուկներիդ պաշտպանության տակ. դրա պատճառն այն է, որ մենք մեզանից փոքր մի քույր ունինք, որի պահպանության հոգսը մեզ վրա է գցել մեր հայրը իր մահից առաջ. մենք էլ պահպանում ենք այնպիսի սիրով, որ չենք կարող բաժանվել նրանից:

Թագավորը շատ զգացվեց սրանց եղբայրական սիրուց և ավելի ուրախացավ, որ հանդիպեց սրանց, և ասաց ինքն իրան. «Երբեք չեմ կարծել, որ իմ թագավորության մեջ կարող են երկու հոգի լինել այսքան գեղեցիկ ամեն կողմով և ազատ սնափառությունից»: Եվ մի առանձին բաղձանքով ուզեց այցելել նրանց տունը և ավելի մոտիկից ծանոթանալ նրանց հետ և հագեցնել աչքերը նրանց քաղցր տեսությունով: Իր այս ցանկությունը սուլթանը հայտնեց եղբայրներին, որոնք շատ ուրախացան և շտապեցին լինել նրա ուղեկիցը: Ֆարիդը նրանցից շուտ գնաց տուն, որ նախապատրաստե քրոջը:

Ֆարիզադան, սովոր չլինելով սուլթանի չափ մեծ հյուր ընդունելու, մնացել

էր շվարած և չգիտեր ինչ աներ: Իսկույն մտածեց դիմել իր խորհրդակցին՝ Խոսող Թռչունին, և ասաց նրան.

— Ո՛վ Հազարան Բուլբուլ, սուլթանն ուզում է գալ մեր տուն, որ մեծ պատիվ է մեզ համար, և մենք պետք է հյուրասիրենք նրան իր մեծության համեմատ: Սովորեցրո՛ւ ինձ, ինչպե՞ս պիտի անենք, որ նա բավական մնա մեզանից:

Բուլբուլը պատասխանեց.

— Ո՛վ իմ տիրուհիս, չարժե խոհարարուհուդ հրամայել, որ բազմատեսակ կերակուր պատրաստե, որովհետև այսօր թագավորին կարող է դուր գալ միայն մեկ տեսակ կերակուր, նրանով էլ պետք է հյուրասիրել: Այդ կերակուրը պետք է պատրաստած լինի բրինձանով[13], մեջը լցրած մարգարիտով…

Ֆարիզադան զարմացավ, և կարծելով, որ թռչունը սխալ է հասկացել բանը, ասաց նրան.

— Թռչո՛ւն, թռչո՛ւն, այդ ի՞նչ ես ասում, ինչպե՞ս կարելի է մարգարիտ լցնել բրինձանի մեջ, այդ տեսակ կերակուր չի լսված: Եթե թագավորը մեզ պատիվ է անում և ուզում է մեզ մոտ ճաշել, այդ կնշանակե, որ նա ուտել է ուզում և ո՛չ կուլ տալ մարգարիտի հատիկներ: Դու երևի ուզեցիր ասել՝ «բրինձան, բրնձով լցրած»:

Բայց Խոսող Թռչունը բացականչեց.

— Ամենևին ո՛չ, ամենևին ո՛չ, լցրած պետք է լինի մարգարիտ, և ո՛չ բրինձ, բրի՛նձ, բրի՛նձ, բրի՛նձ…

Ֆարիզադան, որ ամեն բանում հավատում էր Խոսող Թռչունին, շուտով պատվիրեց պառավ խոհարարուհուն, որ մի պնակ բրինձան եփե՝ մեջը լցրած մարգարիտի հատիկներով, որ ուներ մեծ քանակությամբ…

Մինչ այդ, սուլթանն էլ եկավ՝ Ֆարուզի ուղեկցությամբ: Ֆարիդը այգու դռանը ընդունեց թագավորին, բռնելով ասպանդակը, իջեցրեց ձիուց: Իսկ Ֆարիզադան, Բուլբուլի խորհրդով, երեսը քողով ծածկեց և այդպես մոտեցավ ու համբուրեց սուլթանի ձեռքը: Սուլթանը շատ զգացված էր նրա սիրալիր ընդունելությունից և այն մաքրությունից, որ բուրում էր նրանից, իբրև թարմ հասմիկից, և հիշելով իր անզավակությունը ծերության հասակում՝ արտասուք երևաց աչքերում: Հետո, օրհնելով Ֆարիզադային՝ ասաց.

— Նա, ով որ իրանից հետո թողնում է հետնորդներ, չի մեռնում, այլ՝ անմահանում է: Ձեր հայրը մեռած չէ, այլ՝ կենդանի է դեռ, քանի որ ունի ձեզ պես զավակներ: Ապրի՛ս, զավակս, դե մեզ տար մի տերևախիտ ծառի տակ, որ մեզ ազատե արևի շոգից:

Ֆարիզադան և իր եղբայրները սուլթանին տարան Երգող Ծառի մոտ, Ոսկեցնցուղ Ջրի ավազանի ափը, որի մոտ էր և Խոսող Թռչունի զրուցարան-հովանոցը, ուր և բազմեցրին նրան: Մի րոպե կանգ առավ նա ավազանի մոտ և, նայելով ոսկեցնցուղ խուրձից վեր ցայտող պաղ ջրի կաթիլներին՝ բացականչեց.

— Ի՜նչ հրաշալի ջուր է, ինչքա՜ն դուրեկան է նայելը:

Հենց այդ միջոցին լսեց և Երգող Ծառի խմբերգը և հոգով ու մտքով հափշտակվեց նրա երկնային նվագից: Բայց հենց որ մտավ հովանոցը, ուր կախված էր Հազարան Բուլբուլի ոսկի վանդակը, տիրեց խորին լռություն, կարծես համրացավ ամբողջ այգին: Այդ ժամանակ, ահա, ձայնը բարձրացրեց Խոսող Թռչունը և սկսեց երգելով ասել.

Բարո՜վ եկար, Խոսրով-շահ,
Բարո՜վ, բարո՜վ,
Բարո՜վ եկար, Խոսրով-շահ,
Բարո՜վ, բարո՜վ:

Հենց որ Խոսող Թռչունը բարի գալուստ մաղթեց, այգու բոլոր թռչունները արձագանք տվին նրան՝ ասելով.

Բարո՜վ եկար, բարո՜վ, բարո՜վ:

Սուլթանն այս բոլոր հրաշալիքների ազդեցության տակ սկսեց բացականչել.

— Սա՛ է երջանկության տունը, այստեղ մարդ ո՛չ կհիվանդանա, ո՛չ կծերանա և ո՛չ կմեռնի: Սա՛ է երկրային դրախտը: Ես իմ թագավորությունս կտայի այստեղ ձեզ հետ ապրելու համար:

Եվ երբ որ հարցրեց նա եղած հրաշալիքների մասին՝ նրան ցույց տվին Երգող Ծառը և Խոսող Թռչունը: Եվ Ֆարիզադան ասաց.

— Սրանց բոլորի մասին ես կպատմեմ, երբ կհանգստանա մեր տեր թագավորը:— Այս ասելուց հետո Ֆարիզադան գնաց բերելու եփած բորինջանը մի պնակով և դրավ թագավորի առջևը:

Սուլթանը, որ այդ կերակուրը շատ էր սիրում, զարմացավ, որ իր սիրած կերակուրը մոտ բերին: Բայց նրա զարմանքը ավելի սաստկացավ, երբ նկատեց, որ բորինջանը մարգարիտով էր լցված, որ չէր կարելի ուտել: Եվ ասաց նա Ֆարիզադային.

— Երդվում եմ կյանքովս, որ այսպես բան չեմ տեսած ես: Այս ի՞նչ նոր տեսակ կերակուր է: Վաղո՞ւց է, ինչ որ մարգարիտը բռնում է բրնձի և պիստակի տեղը:

Եվ մինչդեռ ամենքն էլ լռել էին և չգիտեին ինչ պատասխանել սուլթանին, Խոսող Թռչունը ձայնը բարձրացրեց և ասաց. — Ո՛վ մեր Խոսրով-շահ, դուք զարմանում եք, որ այդպես կերակուր լինել չի՞ կարող, հապա ինչո՞ւ չզարմացաք, ինչո՞ւ հավատացիք, որ Պարսկաստանի թագուհին կարող է, փոխանակ չնաշխարհիկ զավակների՝ տալ, ով գիտե, ի՛նչ տեսակ կենդանիներ: Հիշիր, ո՛վ Խոսրով-շահ, այն խոսքերը, որ լսեցիր մի երեկո. երեք քույրերից փոքրի ասածը, թե. «Ո՛վ իմ քույրեր, երբ որ ես դառնամ սուլթանի ամուսինը՝ մենք կունենանք զավակներ, որովհետև որդիքս ամեն բանով արժանի կլինին իրանց հորը, իսկ աղջիկս կլինի երկնքի ժպիտը: Նրա մազերի մի կողմինը կլինի ոսկի, մյուս կողմինը՝ արծաթի. նրա արցունքը, երբ լաց լինի, կդառնա մարգարիտի հատիկներ, ծիծաղը՝ ոսկի դրամներ, իսկ ժպիտը՝ նորափիթիթ վարդեր»:

Սուլթանը, հիշելով Բուլբուլի ասածները, գլուխը բռնեց երկու ձեռքով և սկսեց հեկեկալ: Բայց Բուլբուլը շուտով հանեց նրան տխրությունից, ասելով.

— Ո՛վ Ֆարիզադա, քողը հեռացրո՛ւ երեսիցդ, թող հայրդ տեսնի երեսդ....

Ֆարիզադան ետ քաշեց քողը թե չէ՝ նրա ոսկի ու արծաթի վարսերը թափվեցին կրծքի վրա: Սուլթանը, այդ տեսնելով, վեր կացավ բարձրաձայն բացականչությունով.

— Աղջի՛կս, աղջի՛կս է սա:

Իսկ Հազարան Բուլբուլը գոչեց.

— Այո՛, տե՛ր թագավոր, դա քո աղջիկդ է, իսկ դրանք էլ քո որդիքն են:

Եվ որովհետև ո՛չ քույրը և ո՛չ եղբայրները չգիտեին իրանց ծագումը՝ Հազարան Բուլբուլը այստեղ պատմեց բոլորը, ինչ որ թագավորն էլ չգիտեր:

Թագավորն ու իր զավակները, որ լսում էին Խոսող Թռչունին, զարմանքից քարացած, վերջապես ուշքի եկան և գրկախառնվեցին միմյանց՝ թափելով ուրախության հորդ արտասուք: Եվ երբ որ հանգիստ առան՝ հուզմունքից թագավորն ասաց.

— Ո՛վ իմ զավակներս, շտապենք մի ժամ առաջ տեսնել ձեր մորը:

Բայց ի՞նչ լեզու կարող է պատմել մոր ուրախության չափը: Նա, որ սուլթանի աչքից ընկնելով, պալատի մի հեռավոր անկյունում էր բնակվում՝ ընկճված, կուչ եկած, թառամած, այժմ աչքովը տեսնելով իր զավակները, կարծես մեռած տեղից հարություն առավ, մի նո՛ր մարմին հագավ՝ ավելի՛ առույգ և ավելի՛ գեղեցիկ, քան թե երբեմն եղած էր:

Իսկ քույրերը, լսելով այդ բանը, մարդկային պատժի չարժանացան, այլ հենց նույն օրը մեռան կատաղությունից:

Եվ թող լինի չարն այնտեղ, բարին՝ այստեղ:

Տողատակեր

1. **Գաթաջի** - զաթա թխող
2. **Բորինջան** - սմբուկ, բադրիջան
3. **Ստեպ-ստեպ** - շարունակ, անդադար, հաճախակի
4. **Մըձըձվել** - խճճվել
5. **Կռեչան** - կարթաձող

6. **Ճեմելիք** - զբոսավայր, զբոսատեղի
7. **Ընչացք** - բեղ
8. **Մախաղ** - տոպրակ, պայուսակ
9. **Գավին** - հին լարային երաժշտական գործիք
10. **Բղուղ** - պանրի, թթվի, յուղի երկար կճուճ
11. **Բոլորեքյան** - բոլորը, ամենքը, բոլորը միասին
12. **Վին** - հին լարային երաժշտական գործիք
13. **Բորինջան** - սմբուկ, բադրիջան

ԱՐԵՒԱՄԱՆՈՒԿ

ՄԱՍՆ ԱՌԱՋԻՆ
1

Մի գեղեցիկ, գարնանային առավոտ էր:

Արևը նոր էր դուրս եկել ու իր բարի լույսը տվել Մասիս սարին:

Մասիսի ձյունապատ գագաթը սկսել էր այնպես փայլի, փայլփիլի, այնպես կանաչ կարմրին տալ, որ տեսնողի խելքը գնում էր:

Մի ժամից հետո սարի զանազան մասերից քուլա-քուլա ամպեր բարձրացան, ու աջ ու ձախ, վեր ու վայր շարժվելով, մեծանալով ու փոքրանալով, փռվելով ու խմբվելով, զանազան ձևեր ստացան:

Այս հիանալի պատկերները ամենայն առավոտ նկարվում էին Մասիսի վրա, բայց ոչ ոքի ուշադրություն չէին գրավում:

Ոչ ոք ժամանակ չուներ նայելու: Ոչ ոք ճաշակ չուներ հիանալու: Դա մի սովորական երևույթ էր ամենքի համար, մի հասարակ արևաբաց էր, որ շողշողալով՝ ամենքին իմաց էր տալիս, որ վեր կենան, իրանց գործին կենան, իրանց բանին գնան:

Այգեպանը շտապում էր, որ շուտով այգին գնա ու անցած օրվա կիսատ թողածն ավարտի, տավարածը տավարն էր արոտ անում, աղջկերքն ու հարսները դեպի աղբյուրն էին վազում, պառավները կերակուրի պատրաստությունն էին տեսնում:

Բայց այս անգամ մեկը կար, որ Մասիսին էր նայում, նրա փայլուն տեսքից հիանում ու զվարճանում:

Այդ մեկը մի մանուկ էր:

Մի առույգ, զվարթ ու սիրուն մանուկ:

Մի ոսկեթել մազերով, նախշուն աչքերով մանուկ:

Նրա երեսը արևի նման լույս էր տալիս, ձյունի նման փայլում:

Նրա աչքերը արեգակի նման ճառագայթներ էին արձակում:

Նա կարծես հողեղեն չէր, այլ՝ հրեղեն:

Նա հենց իմանաս Արեգակի ծնունդը լիներ, Արևի որդին:

Եվ հենց անունն էլ Արևամանուկ էր:

2

Ամեն առավոտ, երբ արևի շողքն ընկնում էր Մասիսի վրա, Արևամանուկը պետք է վեր կացած լիներ, որ մայր արևի առաջին ողջույնը, առաջին բարի լույսն ընդուներ:

Նա շատ էր սիրում ամպեղեն երևույթների, ամպեղեն ձևերի վրա նայել:

Առավոտյան արշալույսը, թե երեկոյան վերջալույսը, որ կրակե գույնով ներկում, նկարում են հորիզոնի վրա կուտակված ամպերը, հազարավոր պատկերներ էին ցույց տալիս նրան:

Ամպերի շարժումները, նրանց ձևափոխությունները գրավում, հափշտակում էին նրա ուշքն ու միտքը:

Առավոտ էր լինում թե երեկո, խաղաղ էր լինում երկինքը թե փոթորկալից, կուտակված էին լինում ամպերը թե ցրված, մի ուղղությամբ էին շարժվում թե զանազան՝ նա այդ ամեն ձևերին ու շարժումներին մի միտք, մի նշանակություն էր տալիս, ու ամեն ինչ, որ լսել էր հեքիաթներումը, տեսնում էր նրանց մեջ:

Այդ ամպերը շատ անգամ նրա աչքումը վիշապների կերպարանք էին ստանում և մեկմեկու կուլ տալիս:

Երբեմն գազաններ էին դառնում ու իրար հետ կռվում:

Երբեմն դառնում էին ոչխարի հոտեր, ու մի լեռնաչափ հովիվ էլ, գերանաչափ մի սրինգ բերնին դրած՝ ածում էր:

Երբեմն դառնում էին մեծ-մեծ վրաններ, ու նրանց մեջ ներս ու դուրս էին անում վիթխարի հսկաներ:

Երբեմն դառնում էին զորախումբեր ու իրար դեմ պատերազմում: Այդ լինում էր ավելի փոթորկի ժամանակ, երբ որոտում էր երկինքը, փայլատակում կայծակը, ու ամպերն իրար էին խփվում:

Արևամանուկը ոչ միայն չէր վախենում այդ որոտմունքներից, այլ բարձրանում էր մի քարի վրա ու ամպերին հրամաններ էր տալիս, գոչելով.

–Հառա՛ջ, ե՛տ, ա՛ջ, ձա՛խ, միասի՛ն, կարգո՛վ, արա՛գ...

Այսպես բղավում էր հեռվից, մինչև կարկուտը կամ տարափը վրա էր տալիս ու մեր մանուկ զորապետին փախցնում, ձգում քարայրների ու ծառախոռոչների մեջ:

Ինչպես տեսնում եք, մեր Արևամանուկը թեպետ դեռ փոքր էր, հազիվ տասը կամ տասներկու տարեկան կլիներ, բայց շատ սրտոտ էր ու սրամիտ:

Երևում էր, որ ժամանակով մեծ ու երևելի մարդ պետք է դառնա: Այդպես էին ասում բախտ գուշակողները, այդպես հավատացած էին ամենքը:

Բայց նա այժմ դեռ մի գառնարած էր:

3

Այս, ինչ որ ասում եմ՝ ով է իմանում, թե՝ մեզանից քանի-քանի տարի առաջ է եղել: Եթե ասեմ՝ հազար տարի, երկու հազար տարի, երեք հազար տարի, էլի քիչ կլինի:

Այդ հին ժամանակներումը Մասիսի ու Արագածի արանքումը, ուր որ հիմա Արարատյան մեծ դաշտն է, ուր որ մեր էջմիածինն է, Երևան քաղաքն է, Երասխ գետն է, Գեղամա ծովն է, ահա այդ գավառումը մի մեծ գյուղ է լինում, *Արևա՞ն*, թե՞ *Արմավան* անունով, հաստատ չգիտեմ, և հատուկ տեղն էլ չեմ կարող ձեզ ասել:

Արմավանի օդն ու ջուրը շատ մաքուր էր ու առողջարար: Նրա աղբյուրը քառասուն ակն ուներ, քառասուն տեղից բխում էր ու հետո միանում, դառնում մի այնպիսի գետ, որ յոթը ջրաղաց էր պտտեցնում: Բացի դրանից, գյուղի հանդերն էլ լիքն էին անմահական աղբյուրներով: Այդ աղբյուրներն ամենքն էլ մի-մի անուն ունեին՝ իրանց հատկությանը հարմար տված: Որին ասում էին՝ «կաթնաղբյուր», որին՝ «սառնաղբյուր», որին՝ «տղաքբերուկ», որին՝ «պարկակերի», որին՝ «գառնակերի» և ուրիշ անուններ:

Լավ աղբյուրը շատ սիրելի բան է: Նա իր խմողի երեսին խնդում, ծիծաղում է, ականջին քչփչում, թաքուն բաներ ասում, մոտը պառկողի միտքն օրորում է ու վրան անուշ քուն բերում: Երանի՜, հազա՛ր երանի այն մարդուն, որ իր մանկության ժամանակ այդպիսի տեղերում է անց կացրել իր կյանքը, անմահական աղբյուրների ու ծաղկունքների ծոցումն է մեծացել...

Արմավանի հայերը, թե՛ մարդիկ և թե՛ կանայք, բոլորն էլ գեղեցկադեմ, վայելչակազմ, ուժեղ ու բարձրահասակ էին: Գլխացավ, փորացավ, սրտացավ, բկացավ, ծաղիկ, կարմրուկ և ուրիշ բոլոր մեր տեսած ցավերի անունը նրանք չէին լսած: Մարդիկը հիվանդ էին լինում միայն այն ժամանակ, երբ վիրավորված էին լինում գազանից կամ թշնամուց և կամ ծառից վայր ընկած: Դրանց կյանքը շատ երկար էր, շատ էին ապրում: Այնքան ապրում էին, որ շատ ապրելուց բեզարում էին: Շատ քիչ ապրողը հարյուր տարի էր ապրում, բայց սովորաբար երկու և երեք հարյուր տարի էլ էին ապրում ու մի քանի անգամ ատամները փոխում, նոր ուժ ստանում:

Ծերացած հայրը ունենում էր քսան, երեսուն զավակ, երեք-չորս այդ չափ էլ թոռներ, մի այնքան էլ՝ ծոռներ: Մի գերդաստանի, ընտանիքի մեջ մինչև երեք-չորս հարյուր հոգի էին լինում, բոլորն էլ իրար հնազանդ, ամեն փոքրը՝ իրանից մեծին, և ամենքն ի միասին մեծ հորը:

Մեծ հայրը մյուս բոլոր հայրերի գլխավորն էր, գլուխն էր, և այդ պատճառով ասվում էր հայրապետ, այսինքն՝ հայրերի գլուխ, կամ՝ նահապետ, որ միևնույն նշանակությունն ունի:

Գերդաստանի բոլոր անդամները մի հարկի, մի ծածկարանի տակ չէին մնում, այլ՝ ջոկ-ջոկ հարկերի ու ծածկոցների: Ամեն անգամ, երբ որ մեկին պսակում էին՝ նրա համար առաջուց մի վրան էին գործում բրդե կամ մազե թելից: Այսպիսով, տարեցտարի շատանում էր վրանների թիվը: Վրանները այն հարմարությունն ունեին, որ շարժական էին, և ուր ուզում էին՝ տանում էին, ամառն ավելի բարձր ու լեռնային տեղեր, ձմեռը՝ ցածր ու դաշտային: Քարաշեն տներ էլ ունեին, բայց՝ հասարակ: Դրանք մի տեսակ ձմեռանոցներ էին, ավելի՝ անասունների համար, քան թե՝ մարդկանց: Միայն մեծ նահապետն էր ունենում լավ քարաշեն տուն:

Մեծ նահապետը որ վախճանվում էր՝ նրա մեծ որդիքը հեռանում էին

միմյանցից, և դառնում էին ջոկ-ջոկ նահապետներ: Նրանք երկիրն էլ էին բաժանում իրանց մեջ, և ամեն մեկը մի ջոկ գավառում էր բնակում:

Իմ ասած ժամանակը նահապետներ շատ կային, բայց ամբողջ Արարատյան դաշտը, Երասխի ափերը, Արագածի արևմտյան և Մասիսի հյուսիսային երեսները, Գեղամա ծովի արևմտյան ափերը, Գառնու և Հրազդան գետերի հովիտները իրանց շրջակա լեռներով մի նահապետի ձեռքի էին, և այդ նահապետն էր մեր Արևամանուկի հայրը:

Արևամանուկի հոր անունն էր Արևամանյակ, բայց նրա որդիքն ու թոռները դժվարանում էին ասել «Հայր Արևամանյակ», որովհետև շատ երկար էր, այդ պատճառով ասում էին «Հայր-Մանյակ» կամ «Հայրմա». իսկ նրա մոր անունն էր Արևամատ, բայց նրան էլ, փոխանակ ասելու «Մայր Արևամատ», ասում էին «Մայր-մա» կամ «Մամար»: Նույնիսկ Արևամանուկին չէին ասում «Արևամանուկ», այլ՝ «Արմիկ» կամ «Արամիկ»:

Բայց թե ինչո՞ւ ամենի անունի մեջ էլ «արև» կա՝ այդ ես չգիտեմ, միայն շատերն ասում են՝ այդ նրանից է, որ մենք՝ հայերս, մի ժամանակ արևապաշտ ենք եղել, մեր նահապետն էլ համարվում է եղել Արևի փոխանորդ, նրա ազգական, ցեղ, ծնունդ, ահա այդ պատճառով նրանց մեծ մասի անունն էլ *արևով* էր սկսվում: Բայց այս տեսակ մութ բաները մենք հետո կիմանանք, հիմա մենք դառնանք մեր Արևամանուկին:

4

Ահա՛ այսպես մեր սիրելի Արևամանուկը Արևամանյակ նահապետի որդին էր:

Դեռ յոթը տարեկան հասակում նրա թիկունքն ու կուրծքը այնքան լայն էին, ու մեջքը՝ այնքան բարակ, որից երևում էր, որ նա մի փոքր առյուծ էր, որի պեսին մեր հեքիաթներումը ասում են *ալան-բալասի*, այսինքն՝ «առյուծի ձագ», կորյուն առյուծի: Նրա աչքերը խոշոր-խոշոր և կրակոտ էին. երկայն թերթևունքները մինչև վարի կոպերն էին հասնում, գլխի մազերը՝ խիտ ու երկայն:

Հին ժամանակները մազ ածիլելու սովորություն չունեին, բայց խուզում էին ուսերի հավասարությամբ, սանրում էին դեպի ետ ու կապում վարսակալով, այսինքն՝ մի մազակապ ժապավենով: Արևամանուկի մազերի գույնը հրաշեկ էր, այսինքն՝ կրակի գույն ուներ և փայլում էր ջուհարի նման: Նա համարվում էր «հրահեր», այսինքն՝ կրակե մազեր ունեցող: Այդ տեսակ մազեր ունեցողին մեր հեքիաթներումը ասում են *ոսկեքանքուլ, ոսկեքոչոր*:

Արևամանուկի մազերը չէին խուզում: Այդ տեսակ մազեր ում վրա էլ լինում էր՝ չէին կտրում: Նա իր մազերը երկու հյուս էր անում և աջ բաժինը դեպի ձախ, ձախինը դեպի աջ տանում, բկովը երկու անգամ պատ տալիս, վզին կապում ու ծայրերը կախ գցում մեջքին: Նրա համար էր այսպես անում, որ խաղալիս ու վազվզելիս մազերն իրան չխանգարեն:

Երբ որ Արևամանուկը ծնվում է՝ նրանից հետո նրա մայրը երկար ժամանակ երեխա չի բերում, այդ պատճառով նրան յոթը տարի շարունակ ծիծ է տալիս և ծծից չի կտրում: Ամբողջ օրը խաղում էր Արևամանուկը, բայց հենց որ ճաշելու ժամանակը գալիս էր՝ նա առաջ մի նախաճաշիկ էր անում մոր ծծովը ու հետո ճաշն ուտում, մեկ էլ ճաշելուց հետո էր վրա ընկնում մոր ծծին ու բերանը քաղցրացնում, գիշերն էլ մոր ծոցումն էր քնում և ամեն զարթնելիս՝ ծիծը բերանն էր առնում:

– Բավական է, որդի՛, էլ ի՞նչ կա, որ ի՛նչ ծծես, ծծերս ցամաքել են,– ասում էր շատ անգամ մայրը, բայց էլի ծիծը դնում էր բերանը և, գլուխը շփելով՝ քնացնում:

Արևամանուկը սիրում էր և կովի ծիծը ծծել: Շատ անգամ, երբ որ հարսները կովերը կթելիս էին լինում՝ նա անցնում էր մյուս կողմը և կովի ծծերից մեկը բերանն առնում, ծծում: Հարսները քթին խփում էին, որ ետ քաշվի, բայց նա էլ ջգրու արձակում էր հորթի կապը, խփում էր կովին, և այսպիսով ինքը հաղթում էր հարսներին և ուզածի չափ ծծում: Պատահում էր, որ մինչև կովի կթելը՝ ինքն արդեն ցամաքեցրած էր լինում ծծերը և խեղճ հորթին էլ չէր լինում բաժին թողած:

Կերակուրներից նա ամենից շատ սիրում էր յուղն ու մեղրը: Յուղը նա կաթի պես էր խմում, իսկ մեղրաբլիթը գաթի պես ձեռքն էր առնում, կրծոտում:

Էլ ինչ ասել կուզի, ուրեմն, որ ով տարով կմեծանա՝ մեր Արևամանուկը օրով էր մեծանում ու զորանում: Դեռ տասը տարեկան հազիվ կլիներ, այնպես էր աճել, զարգացել, որ տեսնողը կարծում էր, թե՝ առնվազն տասնհինգ կամ տասնվեց տարեկան կլիներ, բայց երբ դարձավ տասնհինգ տարեկան՝ արդեն մի կատարյալ չինարի ծառ էր և է՛լ իր հասակին վայել չէր համարում իր տարիքն ունեցող մանուկների հետ խաղալ, այլ՝ քսան, երեսուն տարեկանների հետ էր խաղում, նրանց հետ կպչում, նրանց հետ մրցում և ամեն տեսակ մարզմունքների մեջ հաղթում էր ամենքին:

Միշտ հաղթելը և ոչ մի անգամ չհաղթվելը մեր Արևամանուկի համար դառավ մի այնպիսի հատկություն, որ հաղթվելն ու մեռնելը՝ իրա համար միևնույն էր: Այդ բանը նկատել էին նրա խաղընկերները, և երբ պատահում էր իրանից ավելի ուժեղների՝ նրանք խնայում էին Արևամանուկին և չէին ուզում հաղթել, որ նրա սիրտը չկոտրվի: Այդ տեսակ վեհանձնական սովորություն ունեին արմավանցիք. նրանք նշանավոր քաջին և ուժեղին միշտ խնայում էին, նրան սիրում, պաշտում էին և իրանց պարծանքն էին համարում:

5

Արևամանուկն արդեն դառել էր տասնիհինգ տարեկան, բայց իր ծնողների հսկողությունիցը դեռ չէր ազատվել: Նրա ընկերներից որը տավարած էր, որը՝ հովիվ, որը եզնարած էր, որը՝ հոտաղ, բայց նրան միայն գառներն էին պահ տալիս, այն էլ՝ միայն գարունքը, իսկ մնացած ժամանակ տանիցը չէին դուրս թողնում: Չէին դուրս թողնում, որովհետև գիտեին, որ նա ոչ մի տեղ հանգիստ չի մնալ, իր ուժը կփորձի ամեն բանի վրա ու փորձանքի մեջ կընկնի:

Բայց որքան շատ էին զսպում նրան ու հսկում վրան, նա այնքան ավելի էր ցանկանում վազել, ընկնել անտառները, ձորերը, բան տեսնել, բան շինել, իր պարսատիկն ու նետաղեղը փորձել:

– Մայրի՛կ, ինձ ուղարկեցեք տավար,– աղաչեց նա մեկ անգամ իր մորը:– Ես ավելի լավ տեղեր կտանեմ արածացնելու, կովերն էլ ավելի կաթ կտան և շուտ չեն ցամաքիլ:

– Ի՞նչ հարկավոր է, որդի՛,– պատասխանում է մայրը:– Մենք այնքան տավար չունինք, որքան պահողներ ունինք. նրանք էլ լավ գիտեն, թե՝ որտե՛ղ պետք է արածացնեն: – Բայց ես, մայրի՛կ, մինչև ե՞րբ պետք է տանը պարապ մնամ ու երեխանց հետ խաղամ: Աղջիկ էլ չեմ, որ բուրդ գզեմ, գուլբա անեմ, իլիկ մանեմ: Չէ՞ որ ես տղա եմ: Իմ ընկեր տղայքը բոլորն էլ տավար են գնում, ես ինչո՞ւ չգնամ:

– Տավարածությունը հեշտ բան չէ, հոգի՛ս: Տավարը շատ հեռու տեղեր են տանում: Գող է, գազան է, ամեն ինչ պատահում է տավարածներին:

– Ես էլ հենց դրա համար եմ ուզում տավար գնամ, որ մի քիչ հեռու տեղեր տեսնեմ: Ինձ ի՞նչ պիտի անեն գողերն ու գազանները: Բա մեր շներն ինչացո՞ւ են: Մեր Կտրանն ու Խեղդանը որ մոտս լինին, էլ ի՞նչ գող, ի՞նչ գազան կմոտենա մեր տավարին: Չէ՛, մայրիկ, ես պիտի գնամ տավար: Բայց եթե չթողնեք՝ ես կփախչեմ, կընկնեմ Մասիսի ձորերը, կերթամ քաջերին կգտնեմ, կասեմ. «Եկել եմ ձեզ մոտ, որ ինձ սովորեցնեք լավ ձի հեծնել, նետ ձգել, թուր ու նիզակ գործ ածել»:

– Արմիկ, Մասիսի քաջերը սուր ու թուր չունին, ո՛չ ձի հեծնել գիտեն, ո՛չ նետ ձգել:

– Բա էլ ինչի՞ քաջեր են, մայրի՛կ:

– Հենց նրա համար չունին, որ շատ քաջ են: Նրանք այնքան քաջ են, որ կարիք չունին զենք ու զրահի: Այնքան ուժով են, որ ահագին կաղնի ծառը արմատահան կանեն, և այդ կլինի նրանց համար ինչպես մի թեթև մահակ, բայց այդ մահակով նրանք հազար ձիավորի պատասխան կտան: Նրանք ի՞նչ կանեն նետ-աղեղը, քանի որ Մասիսի ստորոտից բլրաչափ ժայռերը այնպես են շպրտում, որ սարի գլխովն անց են կացնում, մյուս կողմը զցում:

– Այդ ի՜նչքան ուժով են, մայրի՛կ, ով գիտե՝ իրանք էլ ի՜նչ ահագին հսկաներ են:

– Իհարկե, այնքան մեծ-մեծ են, որ նրանց տակին ոչ թե ձի, այլ ո՛չ ուղտ և ո՛չ փիղ կկարենա դիմանալ: Ամեն մինը մի սարի չափ կա: Երբ որ նրանք դուրս են գալիս իրանց խոր ու մութ այրերից ու որսի հետնից ընկնում՝ Մասիսի ձորերը դմբդմբում են, ու դաշտերը դողդողում: Երբ որ նրանք կրակ են անում, որ ճաշ եփեն, ով գիտե քանի՛-քանի գերան են դարսում իրար վրա: Նրանց խարույկի ծուխն ու ալիքը Մասիսի գագաթիցն է դուրս գալիս ու վրան ամպանում:

– Եթե այդպես է, մայրի՛կ, նրանց մոտ գնալ չի լինիլ, նրանք, ով գիտե՝ մարդ էլ են ուտում:

– Չէ՛, հոգիս, նրանք մարդակեր չեն: Իմ պապը մեկ անգամ գնացել է նրանց մոտ: Ես այդ ժամանակը շատ փոքր եմ եղել, ինձ հետո են պատմել: Ասում են՝ իմ պապը որ գնացել է նրանց մոտ, առաջ հարցրել են, թե՝ դու ո՞վ ես, նա էլ ասել է՝ ես Արևազանց ցեղիցն եմ: Այդ որ լսել են՝ ասել են. «Որովհետև դու Արևազանց ցեղիցն ես՝ քեզ վնաս չենք տալ, բայց եթե Վիշապազանց ցեղիցը լինեիր՝ մեծ կտորդ ականջդ կթողնեինք»:

– Ուրեմն, նրանք մեր ցեղին սիրո՞ւմ են, մայրի՛կ, իսկ Վիշապազանց ցեղին՝ ատո՞ւմ:

– Այո, մեր ու դրանց մեջ կարծեմ մի տեսակ ազգականություն կա: Այժմյան քաջերի մայրը մեր ցեղից է եղել:

– Որ այդպես է՝ ես կերթամ նրանց մոտ, կասեմ՝ ես ձեր պապոնց երեխան եմ, նրանք էլ ինձ լավ պատիվ կտան:

– Դու այդպես ես կարծում, բայց, ո՞վ գիտե, վա՛յ թե քեզ այնտեղ պահեն, էլ բաց չթողնեն: Կգցեն մի խոր ու մութ այրի մեջ, մի ահագին ժայռով էլ բերանը կփակեն, հետո գնա կաց այնտեղ ու սպասիր, թե քեզ ե՛րբ պետք է ազատեն:

– Դե որ այդպես է՝ ես էլ չեմ գնալ նրանց մոտ, բայց տավար պիտի գնամ, ի՛նչ կուզեք՝ արեք:

– Իհա՛րկե, որդի, էլի լավ է տավար գնաս, քան թե՝ քաջերի մոտ: Բայց գիտե՞ս, սիրելի՛ Արմիկ, քո հայրը քեզ ուրիշ տեսակ է ուզում պահել: Նա ուզում է, որ դու տուն պահել, տուն կառավարել սովորես, գնացող-եկողի հանդիպես, նրանցից խելք ու շնորհք վերցնես, մարդավարություն սովորես, և ոչ թե ընկնիս ձորերն ու վայրենանաս: Ահա՛ պատճառը, որ հայրդ քեզ տավար չի ուղարկում: Բայց նա ընդդեմ չի լինիլ, որ դու լավ գիտենաս՝ ձի նստել, նետ ձգել, նիզակ ու վահան գործածել: Հասկացա՞ր, բայց որովհետև սիրտդ շատ է ուզում տավար գնալը՝ վնաս չունի, մի քանի ժամանակ էլ տավար գնա: Այդ քո առաջին փափագն է, թող կատարվի, թող կողքդ ու մեջքդ մի քիչ էլ տավարումը հաստանան:

6

Արմավանի երեխայքը շատ ուշ էին սկսում տնական հոգսերին մասնակցել: Մանուկները դառնում էին տասնիինգ, քսան տարեկան, բայց դեռ էլի համարվում էին տղա, այսինքն՝ երեխա: Մինչև տասնչորս-տասնհինգ տարեկան դառնալը ո՛չ մի պարապմունք չէին ունենում՝ բացի ուտելուց ու խաղալուց:

Նրանց սկզբնական ուսումն ու կրթությունն էլ խաղն էր: Եվ պետք է ասենք, որ պակաս ուսում չէր և շատ էլ լավ էր: Լավ էր նրանով, որ մեզ նման վաղօրոք չորս պատի մեջ չէին փակվում ու կորցնում իրանց առողջությունը, մեկ էլ նրանով, որ նրանց խաղերը անմիտ ու անօգուտ խաղեր չէին: Նրանք իրանց խաղերով ավելի լավ էին պատրաստվում իրանց ապագա գործունեության, ապագա պարապմունքների համար, քան թե՝ հիմա մենք:

Նրանց հարկավոր էր լինել ուժեղ, ճարպիկ, սրամիտ, հնարագետ, առաքինի, պետք է իմանային լավ ձի հեծնել, լավ վազել, լավ լողալ, ծառերի վրա մագլցել, պառակների[1] ու ժայռերի վրա բարձրանալ, մեծ ոստյուններով ցատկել, սուր ու նիզակ գործածել, վահանով պաշտպանվել, ուղիղ պարսատիկ ու նետ ձգել, պետք է իմանային անասնապահություն, վար ու ցանք, փայտտաշություն, քարտաշություն, դարբնություն... և այս բոլորը այն ժամանակվա երեխեքը սովորում էին խաղալով:

Մեծերը նրանց չէին ասում, թե՝ ա՛յս արեք և ա՛յն շինեցեք. ա՛յն խաղացեք և այն մի՛ խաղաք: Երեխեքն իրանց կամքովն էին անում, ինչ որ անում էին. փոքրերը՝ փոքրն ու հեշտը, մեծերը՝ մեծն ու դժվարը, և այնքան սիրով և ուրախությամբ, այնքան ոգևորված ու տաքացած, որ շատ անգամ հացն էլ էին մոռանում:

Նրանց գիշերվա խաղերն ուրիշ էին, ցերեկվանը՝ ուրիշ, ամառվանը՝ ուրիշ, ձմեռվանը՝ ուրիշ, ուրիշ էր տղերանց խաղը և ուրիշ՝ աղջկերանցը: Ամեն տեղի, ամեն դեպքի, ամեն ժամանակի հարմար խաղեր ունեին:

Խաղում էին ամենախիստ կարգապահությամբ: Եթե խաղացողները լինում էին մինչև հարյուր հոգի՝ էլի այնպես կարգով էին խաղում, որ ոչ մի անկարգություն չէր պատահում, և եթե պատահում էլ էր երբեմն՝ մեղավոր երեխային իսկույն հեռացնում էին իրանցից, որ մեծ պատիժ էր համարվում:

Խաղերի մեծ մասը երկու խմբով էին խաղում: Առաջ երկուսին մայր էին նստեցնում, մյուսները՝ ձագեր դառնում: Ձագերը զույգ-զույգ էին դառնում և վիճակով ընկնում մեկը՝ մեկ և մյուսը՝ մյուս մորը: Այսպիսով, բոլոր խաղացողները դառնում էին երկու խումբ, ամեն մեկը իր մոր հովանավորության և պաշտպանության տակ:

Մայրը իր ձագերից ամեն մեկի պաշտոնն իրան հասկացնում էր, և նրանք պիտի կատարեին իրանց մոր պատվերը ամենայն ճշտությամբ և ճարպկությամբ: Այս խաղերի մեջ շատ լավ սովորում էին պաշտպանվելու և հարձակվելու կերպերը, սովորում էին շարքով կանգնել, շրջան կազմել, խմբվել, ցվրվել, մեջք մեջքի տալ, վայր թափվել, չորեքթաթ վազել, փորսող տալ, մի ոտքով վազել, ծեծի դիմանալ, հակառակ խմբի բոլոր շարժումները դիտել, նրա մտադրությունը նախագուշակել:

Այս խաղերի մասին էլ ես չեմ ուզում երկարացնել խոսքս: Դուք ինքներդ, եթե գյուղի երեխայք եք, կարող եք ասել, թե՝ ի՛նչ տեսակ խաղեր գիտեք, միայն պետք է գիտենաք, որ իմ ասած հին խաղերի կեսի կեսն էլ չկա հիմա, և ինչ էլ որ կա՝ այն ժամանակվա եղածի միայն ստվերն է և ո՛չ իսկականը: Բայց ինչ որ լինին՝ դրանք էլ են հարկավոր և շատ բավական են մեզ:

Մեր Արևամանուկը խաղալ շատ էր սիրում: Պառավներն ասում էին, որ նա մոր փորումն էլ խաղալիս է եղել, և սուտ չէին ասում: Բոլոր խաղերի մեջ նա այնպես շուտ ճարպիկացավ, որ էլ ձագ չէր դառնում, այլ՝ իրանից մեծերի վրա էր մայր նստում, և ամեն երեխա աշխատում էր, որ նրան վիճակվի, նրան ընկնի, նրա ձագը դառնա, նրա զորեղ պաշտպանության տակը գտնվի:

7

Ահա այս աստիճան զորացած էր մեր Արևամանուկը, երբ որ սկսեց տավար գնալ: Տավարումն էլ երկու թե երեք օր միայն փոքրություն արավ. շուտով *տավարածապետ* դառավ, այսինքն՝ տավարածների գլխավոր: Տավարածապետ լինելը հեշտ բան չէ: Նա պետք է ամենից զորեղը լինի և ամենից ճարպիկն ու սրտոտը: Ճշմարիտ է՝ նրա գործը հեշտ էր նրանով, որ պիտի նստեր սառն աղբյուրների մոտ, հով ու զով տեղերումը և մյուսներին հրամայեր, որ տավարը մակաղից դուրս անեն, գոմեշները՝ ցեխերից, այս կողմը քշեն, այն կողմ տանեն, ետ տան, ժողովեն, ականեն, բայց և՝ դժվար էր նրանով, որ եթե տավարներից մինը կորչեր՝ նա պիտի ման գար գտներ, գող ու գազանի ճանկերից նա՛ պիտի փրկեր: Իսկ գազաններ այդ ժամանակ շատ ու շատ կային, հիմա այնքան գայլ ու աղվես չկա, ինչքան որ այն ժամանակ քավթառներ ու փալանգներ (վագրեր) կային: Արևամանուկը մի քանի շաբաթ շարունակ շատ լավ պահեց տավարը, այնպես որ՝ոչ մեկի քիթը չարնեց, բայց ասած է. «Սատն ամեն օր գաթա չի թխիլ»:

Մեկ անգամ մի եզը կորցրեց. շատ ման եկավ, վերջը մի գոռոցի ձայն հասավ ականջը: Մինչև ինքը ականջ կդներ, որ տեսներ՝ ո՛րտեղից է գալիս ձայնը, իր քաջ շները՝ Խեղդանն ու Կտրանը, ավելի շուտ իմացան տեղը և նետի պես թռան դեպի ձայնը: Գոռոցը հասարակ բառանչ չէ, այդ ձայնը հանում են միայն գազանների ճանկ ընկած ժամանակը, և այդ գիտեն՝ ինչպես տավարներն ու մարդիկը, նույնպես և՝ շները:

Արևամանուկը ոչ մի զենք չուներ՝ բացի մի հաստագլուխ մահակից: Մահակը ձեռին՝ վազեց շների հետևից և նրանց գտավ մի ձորակի մեջ հաչելիս: Հեռվից նկատեց, որ մի գազան վայր էր ձգել ահագին եզանը, թանթուլները[2] դրել նրա մեջքին, իսկ գլուխը դեպի շները ծռած՝ այնպես կատաղի կերպով նայում է, որ աչքերից կրակ է թափվում: Շները հաչում էին հեռվից, պոչները ներս քաշած, և սիրտ չէին անում գազանին մոտենալ:

Արևամանուկը՝ է՛լ չմտածելով, թե՝ ի՞նչ պետք է աներ արդյոք, սաստիկ բարկացավ շների վրա և գոռաց. «Խեղդա՛ն, խեղդի՛ր, Կտրա՛ն, կտրի՛ր», ու ինքը մի ճարպիկ ոստյունով թռավ ընկավ գազանի մեջքի վրա ու բռնեց նրա վզիցը: Այդ տեսնելով՝ շները սիրտ առան ու հախռեցին[3] գազանին: Գազանը բարկացավ և ցատկեց տեղիցը, բայց նրանից պոկ չեկան ո՛չ Արևամանուկը և ո՛չ շները: Գազանն ավելի կատաղեց, երեսը շրջեց, բաց արավ ահագին ըռեխը և ուզում էր Արևամանուկի գլուխը հախռել ու փշրել, բայց նա իսկույն ձեռքը ձգեց գազանի բերանը ու լեզվի տակիցը այնպես պինդ բռնեց քաշեց, որ գազանի թանթուլները թուլացան, և նա սկսեց խռխռացնել: Գազանը որ խեղճացավ, թուլացավ՝ Արևամանուկը նրան իր տակն առավ, աջ ոտքը նույնպես կոխեց գազանի բերանը և երկու ձեռքով քաշեց նրա լեզվիցը: Այդ միջոցին Խեղդանը հախռեց գազանի բկիցը, Կտրանն էլ՝ փորատակերից: Այսպես միացած ուժով գազանին անշնչացրին, սատկացրին:

Քափ ու քրտինքի մեջ կորած՝ ետ քաշվեցավ Արևամանուկը, և նոր տեսավ, թե՝ ի՛նչ վիշապ էր իր սպանածը: Վագր էր, մի ահագին ու քավթառ վագր, որ բոլոր շրջակայքի վրա իշխում էր: Նրա երկյուղից ոչ ոք չէր համարձակվում տավար կամ ոչխար տանել այն տեղերը, ուր որ տարել էր Արևամանուկը: Ամբողջ գյուղերով աշխատում էին նրան սպանել, բայց չէին կարողանում:

Եզը վաղուց արդեն շունչը փչել էր: Անիրավ գազանը մի հատ հարվածով կոտրել էր նրա մեջքի սեռը և մի ծվեն կաշի էր հանել:

Արևամանուկը մաշկեց գազանը ու, մորթին քարշ տալով, գնաց տուն: Նրա այս քաջագործության համբավը շուտով տարածվեց ամեն տեղ: Տասնհինգ տարեկան հասակում վագր խեղդելը հեշտ բան չէ: Բայց ով որ իմանում էր, թե այդ քաջությունը Արևամանուկն է արել, չէր զարմանում, ասում էին՝ նա կարող է առյուծի բերան էլ ճղել մեն-մենակ, առանց շների օգնության:

Արմավանցիք սովորություն ունեին, որ երբ մեկը մի քաջություն էր անում՝ նրա վրա գովասանական երգ էին շինում ու երգում ամեն տոնի օր: Երգում էին տղերքն ու աղջկերքը՝ ձեռք ձեռքից բռնած, խմբով ու պարելով: Այս անցքից հետո Արևամանուկի վրա էլ շինեցին մի գովասանական երգ, որ ասում էին տղերքն ու աղջկերքը փոխ առ փոխ: Ահա՛ այդ երգը.

– Աղջըկե՛րք, պա՛ր բռնեցեք,
Արմիկի երես գովեցեք.

Ա՛յ երես, շարմա՛ղ երես,
Դու մեզ չըթողնես սներես:

«Բարձր սարեն պաղ ջուր կուգա,
Արմիկի երես կըլվա.
Ա՛յ երես, արև՛ երես,
Քո շափաղով մեր սիրտ կերես»:

– Աղջըկե՛րք, պա՛ր բռնեցեք,
Արմիկի աչքեր գովեցեք.
Ա՛յ աչեր, սիրո՛ւն աչեր,
Արևի պես փայլուն աչեր:

«Արմիկի աչերն արեգակ,
Մեզի կուտա լույս ու կրակ.
Ա՛յ աչեր, վառ-վա՛ռ աչեր,
Մանուշակի թառ-թառ աչեր»:

– Աղջըկե՛րք, պա՛ր բռնեցեք,
Արմիկի կռներ գովեցեք.
Ա՛յ կռներ, ուժե՛ղ կռներ,
Դուք կըշարժեք մեծ-մեծ լեռներ:

«Արմիկի կռներն է գերան,
Կըպատռի վագրի բերան.
Ա՛յ կռներ, գթո՛տ կռներ,
Դուք կըբանաք մեր փակ դռներ»:

– Աղջըկե՛րք, պա՛ր բռնեցեք,
Արմիկի հասակ գովեցեք.
Ա՛յ հասակ, բա՛րձր հասակ,
Քեզ կըվայելե դափնյա պսակ:

«Արմիկի հասակն է սոսի,
Շուքը մեզնից չըպակասի.
Ա՛յ հասակ, չինա՛ր հասակ,
Ո՛վ չի տար քեզ դափնյա պսակ»:

Միասին և թռչկոտելով.

Ո՞վ պատառեց վագրի բերան,
Արմի՛կ պատռեց վագրի բերան.
Վագրի բերան – ահա այսքան –
Ժանիքները՝ մեկ-մեկ գերան...

Ապրի՛ Արմիկ. ապրի շատ օր,
Իր թշնամին ընկնի գլոր...

ՄԱՍՆ ԵՐԿՐՈՐԴ

1

Երբ որ Արևամանուկը հասավ տուն, վագրի մորթին ուսովը գցած, տանեցիք չհավատացին, որ այն ամեհի գազանը նա իր ձեռքովն է սպանել, այն էլ՝ սարսափելի կռվով: Վագրի հետ կռվել ու անվնաս մնալ՝ իրավ որ հավատալի բան չէր:

– Արմի՛կ,– ասաց հայրը,– ոչ մի տեղդ չի՞ ցավում արդյոք:

– Ո՛չ, հայրիկ, ոչինչ ցավ չեմ զգում, միայն կարծես թե սաստիկ հոգնած լինիմ:

– Վնաս չունի, հոգի՛ս, եթե միայն հոգնած լինիս. հապա ինչո՞ւ են պատռտրված շորերդ:

Այս խոսակցությունից մի կես ժամ չանցած՝ տեսան, որ Արևամանուկի երեսը դեղնում, սփրթնում է:

– Արմի՛կ ջան, գլուխդ չի՞ ցավում արդյոք,– հարցրեց մայրը որդու գլուխը շփելով:

Արևամանուկը այլևս չկարողացավ պատասխանել, նրա ուշքը գնաց և նվաղեց:

Իսկույն վրա թափվեցան ամեն կողմից, երեսին ջուր սրսկեցին, շորերը հանեցին, և ի՛նչ տեսան՝ մարմնի վրա է՛լ մի ողջ տեղ չկա, բոլորն էլ կապտել էր: Շատ տեղ գազանի ճանկերը ցցվել էին, և այնքան ուռած տեղեր կային, որ հենց իմանաս՝ շնաճանճեր են թափվել վրան ու խայթոտել: Միայն երեսն էր ազատ մնացել հարվածներից:

Արևամանուկը այդ բոլոր հարվածներին դիմացել էր առանց ցավ զգալու: Այդպես է լինում տաք կռվի ժամանակը:

Բայց երբ որ քրտինքը ցամաքեց՝ բոլոր մարմինն սկսեց սարսռել: Ցավը մի տեղ չէր, երկու տեղ չէր, որ ասեր՝ այս ինչ կամ այն ինչ տեղս է ցավում: Այդ որ տեսան՝ է՛լ ժամանակ չկորցրին, իսկույն մի քանի այծ մորթեցին և նրանց տաք-տաք մորթիովը փաթաթեցին Արևամանուկին: Հավաքվեցան դեղ ու դուղ իմացող պառավներն էլ, և զանազան հոտավետ ծաղիկներ եփ տվին ու ջուրը խմացրին Արևամանուկին: Նրանք շատ լավ էին իմանում կտրածի, ջարդածի, կոտրածի դեղերը, և հենց միայն այդ էր հարկավոր, որ գիտենային, որովհետև ուրիշ ցավ չէր պատահում:

Արևամանուկը ուղորդ[4] հիվանդացավ, պառկեց տեղումը ու էլ շուտ չի վեր կացավ: Նա կարծես շատ էր ուրախացել, որ հիվանդացել է, որովհետև նրան այնպես ծառայում, պատիվ էին տալիս, որ առողջ ժամանակը տեսած չէր: Նրան այնպես էին պահում, պահպանում, որ ցավի սաստկությունը բնավ չէր զգում: Արթուն ժամանակը պառավներն էին իրանց հին զրույցներովն ու հեքիաթներովը նրա ուշք ու միտքը զբաղում, իսկ քնած ժամանակն էլ՝ քաղցր երազները: Մայրը հո՝ մի րոպե մոտիցը չէր հեռանում և ինչ ազիզ կերակուրներ ասես, որ չէր եփում, ուտեցնում:

«Այս ի՜նչ լավ բան է եղել հիվանդ լինելը,– ասում էր Արևամանուկն ինքն իրան:– Առողջ ժամանակս ինչ որ ուզում էի՝ չէին տալիս, հիմա այնպես բաներ են ուտեցնում, որ կյանքիս մեջ առաջին անգամն եմ համը տեսնում: Եվ ի՜նչ լավ հեքիաթներ են ասում: Առաջ այնքան աղաչում էի՝ ոչինչ չէին ասում»:

Ճշմարիտ որ շատ լավ զրույցներ էին պատմում: Այդ զրույցները այնպիսի բովանդակություն էին ունենում, որ նրանով համարյա թե լրանում էր Արևամանուկի կրթության պակասը: Այդ զրույցներից նա ավելի փորձառություն էր ստանում և ինքն իրան ասում էր.

«Ինչքա՜ն հիմարություն է՝ չիմանալ, թե մեզանից առաջ ապրող մարդիկը ինչպե՛ս են եղել ապրելիս, ինչի՛ց են վնասվել և ինչի՛ց՝ օգուտ քաղել: Եթե այդ չիմանանք՝ էլ ինչպե՞ս կարող ենք խելոք կերպով ապրել աշխարհքիս երեսին: Օրինակ՝ ի՜նչ հիմարություն էր իմ արածը, առանց զենքի՝ ուղղակի ընկնել վազրի գիրկը, այդպես միայն խելագարը կանե: Ա՜խ, ինչքա՜ն հիմար եմ եղել, ես այդ նոր եմ հասկանում»:

Այսպես ահա ամեն մի զրույցից հետո՝ մեր Արևամանուկը մի նոր մտածմունքի մեջ էր ընկնում և նոր խելքի գալիս: Պետք է ասել, որ այդ այն զրույցների լավությունիցն էր, որ նրան պատմում էին:

2

Մեկ անգամ, երբ որ Արևամանուկն արդեն լավանալու վրա էր, նրան դուրս բերին տանիցը և տարան մի մեծ ծառի շվաքում պառկեցրին, որ ավելի մաքուր ու զով օդ շնչե: Մի հասարակ կապերտ փռեցին, վրան մի բարձ դրին. Արևամանուկը կռնեց նրա վրա, իսկ պառավները նստոտեցին նրա բոլորիշուրջ՝ կանաչ խոտի վրա: Մայրը, որդու գլխավերևը նստած, շփում էր նրա գլուխը, շտկում, մաքրում էր նրա ոսկեթել մազերը, իսկ պառավները պատասխան էին տալիս Արևամանուկի ամեն մի առաջարկած հարցմունքին՝ երկար զրույցով:

– Ա՜խ, ինչպե՜ս ուրախ եմ, որ էլի տեսնում եմ Մասիսի երեսը,– ասաց Արևամանուկը և հարցրեց պառավներից մեկին .– Նաննե՛, ինչի՞ցն է, որ Մասիսի գլխի ձյունը չի հալվում:

– Նրա համար չի հալվում, հոգի՛ս, որ մեծ նավը չբացվի և արևից ու անձրևից չփչանա:

– Այդ ի՞նչ նավ է, նանե՛, ես չեմ հասկանում:

– Դրա պատմությունը երկար է, հոգի՛ս, կարճն այս է, որ մի ժամանակ արարած աշխարհքս ջրով ծածկվել է. միայն մեկ մարդ է ազատվել իրա որդկերանց, իրա կնոջ ու հարսների հետ, և ազատվել է այսպես: Մի մեծ, խիստ մեծ նավ է շինել, երբ որ ջրերը բարձրացել են՝ նավն էլ հետն է բարձրացել, մինչև հասել է Մասիսի գլուխը, նրա վրա նստել: Այնտեղ այնքան մնացել են, մինչև ջրերը ետ են քաշվել: Հետո դուրս են եկել նավիցը, վայր են իջել սարիցը և տեսել, որ ի՜նչ, էլ երկրիս երեսին ո՛չ մի մարդ է մնացել, ո՛չ անասուն, ամենքին էլ ջուրը խեղդել, քշել, տարել է: Այնքան լավ է եղել, որ նա իր հետ վերցրած է եղել ամեն տեսակ օգտակար անասուններ: Դրանք սկսում են նոր մեկանց շատանալ, և էլի լցվում է երկիրը թե՛ մարդկերանցով և թե՛ անասուններով: Ահա այդ ժամանակ, երբ որ սարիցն իջել են, իսկույն ձյուն է եկել և ծածկել մեծ նավը:

– Այն մարդի անունն ի՞նչ է եղել, նանե՛։

– Նրա անո՞ւնը... սպասի՛ր... Նավ, Նով, Նո... ինչ որ է, այսպես մի բան է. լավ չէ միտս։

– Դե որ այդպես է, արի ասենք՝ շենքն ու շինողը իրար անվանակից են։ Ինչ էլ լինի անունը, այդ ոչինչ, երևում է միայն, որ այդ մարդը ամենից խելոքն է եղել, որ կարողացել է իր գլուխն ազատել։

– Մենակ խելոքությունը բավական չէ, հոգի՛ս, պետք է արդար էլ լինի եղած, որ Աստված միայն նրան է ազատել։ Եվ ճշմարիտն էլ այս է։ Ասում են, որ այդ ժամանակ մարդիկը շատ անիրավացել են, շատ մեղավոր են եղել, միայն Նովն է եղել արդարը։ Ասում են, որ նավը նա ինքը չի շինել, այլ՝ ուրիշին է շինել տվել։ Նավը շինողը շատ խելոք, շատ իմաստուն ու ճարտար մարդ է եղել, բայց ի՞նչ կանես, որ արդար չի եղել։ Նա իր համար էլ մի առանձին սենյակ է շինել նավի մեջ՝ մտածելով, թե ես չեմ հավատում, որ ջրհեղեղ կլինի, բայց ո՞վ գիտե, բան է, եթե լինի՝ ես կմտնեմ իմ սենյակս։ Եվ ի՞նչ ես կարծում։ Գալիս է ջրհեղեղը, այդ մարդն էլ մտնում է իր սենյակը, բայց որովհետև արդար չի լինում՝ առաստաղը խորտակվում է անձրևներից, և այնքան ջուր է թափվում մեջը, որ նա իր շինած ամենից ամուր սենյակումը խեղդվում է։ Նով նահապետը շատերին է ուզում ազատել, բայց ամենի սիրտն էլ քարանում է, ոչ ոք չի լսում նրան։ Մի պառավ կնկա ասում է. «Նանե՛, եկ մեր նավի մեջը մտիր, հիմա որտեղ որ է՝ ջրհեղեղ կլինի», իսկ նա պատասխանում է. «Դեռ սպասեցե՛ք, ես հաց եմ թխում»։ Բայց ի՞նչ, դեռ հացը թոնրումը, մեկ էլ տեսնում է՝ հրես թոնրի միջիցը ջուր է, որ քլթքլթալի դուրս է գալիս։ Պառավն այնպես շշկլվում է, որ գլխիվայր ընկնում է թոնրի մեջն ու խեղդվում։

– Ես հիմա հիշում եմ, նանե՛, որ դու մեկ անգամ ասացիր, որ այդ արդար մարդը մեր նախահայրն է, մեր մեծ պապը։

– Իհա՛րկե, նա մեր նախահայրն է, մեր նահապետն է։ Նա մեր Մասիս սարի վրա է ազատվել ջրհեղեղիցը, մեր աշխարհումն է ապրել, մեր աշխարհումը թաղվել։ Բայց որովհետև աշխարհիս բոլոր մարդիկը, բոլոր ազգերն ու ցեղերը նույնպես նրանից են հառաջ եկել, այդ պատճառով նա ամենքի նախահայրն է, մենակ մերը չէ։ Միայն, իհարկե, մեծ բաժինը մերն է. որովհետև մեծ նավը մեր սարի վրան է՝ մեծ պապը մեր երկրումն է թաղված ամենից մոտիկը մենք ենք։ Մենք նրա անբաժան զավակներն ենք, նրա տան բնակիչները, իսկ մյուսները՝ բաժանված, հեռացած։

– Ուրեմն, մենք մի ուրիշ նախահայր էլ ունինք, որ միայն մերն է, և ուրիշները նրանից բաժին չունին:

– Ինչպե՞ս չունինք: Ամեն ցեղ իր սեփական նախահայրն ունի, մենք էլ ունինք, և մերն ամենից քաջն է, ամենից ճարտարը:

– Բա ինչո՞ւ ինձ չես պատմել, նանե՛:

– Ա՛յ, հիմա կպատմեմ, հոգի՛ս, եթե ուզում ես. և պետք է ուզենաս, որովհետև դու նրանից շատ հեռու չես. շատ, շատ որ հեռու լինիս՝ պետք է նրա թոռան թոռի թոռը լինիս: Ուրեմն, նրանից մինչև քեզ միայն վեց պորտ է անց կացել:

– Այդ շա՛տ լավ է: Դե մե՛կ պատմիր, տեսնեմ՝ նա ինչպե՞ս մարդ է եղել, տեսնեմ ես էլ կարո՞ղ եմ նրա նման դառնալ, թե՞ ոչ:

– Իհա՛րկե, նրա նման պիտի լինիս, հոգի՛ս, դեռ պետք է աշխատես՝ նրանից էլ անցնել, և կանցնես, եթե մյուս անգամ խելագարություն չանես, աչքերդ չխփես ու ընկնես վագրի գիրկը:

– Այդ թո՛ղ, նանե՛, մարդ որ գժություն չանե, բա ինչպե՞ս կխելոքանա:

– Դե լսիր, հոգի՛ս:

Այստեղ պառավն սկսում է պատմել մեր Հայկ նահապետի պատմությունը՝ մոտավորապես հետևյալ կերպով: Ասում եմ՝ *մոտավորապես*, որովհետև պառավն այնքան գեղեցիկ էր պատմում, որ Արևմանուկին թվում էր, թե՝ նրա ասածները բոլորն էլ իր աչքովը տեսնում է. իսկ ես այդ շնորհքը չունիմ: Հուսով եմ միայն, սիրելի՛ երեխայք, որ ինչքան էլ ձանձրալի լինի իմ պատմելու ձևը, դուք սիրով կկարդաք և շատ անգամ կկարդաք, որովհետև մեր սիրելի նախահոր, մեր պապերի պատված ու պաշտած Հայկ նահապետի պատմությունն է, որ բոլորովին ճշմարիտ է, և ոչ թե՝ մի հնարովի հեքիաթ կամ զրույց:

3

Երբ որ Նոյ նահապետը իջնում է Մասիս սարիցը և բնակում նրա ստորոտումը՝ այդտեղ նրա որդիքն ու թոռները սկսում են անչափ շատանալ:

Այսպես անցնում է մի հարյուր, երեք հարյուր, չորս հարյուր տարի, մի խոսքով՝ էլ հայտնի չէ, թե ինչքան. Մասիսի շրջակայքը առաջվա նման մարդով լցվում է:

Ինչպես որ լճի մեջ՝ երբ որ մի քար ես գցում, ջրիցը բոլորակ-բոլորակ ալիքներ են բարձրանում ու մղվում դեպի ափերը, այսպես էլ մարդիկը երբ որ շատանալ են սկսում՝ Մասիսի բոլորիշուրջ ալիքի բոլորակների նման տարածվում են: Բայց քարը, որ լճի մեջն ես գցում, նրա բարձրացրած ալիքները վերջ ի վերջո ավելի դեպի այն կողմն են թեքվում, որ կողմը ցածր է: Հենց այսպես էլ մեր շատացած մարդկանցն է պատահում:

Երբ Մասիսից բավական հեռանում են՝ նրանց համար ամեն տեղ ապրելը միակերպ հեշտ չի լինում: Մարդիկն աշխատում են բարձր ու ցուրտ տեղերից փախչել ու դեպի ցածր ու տաք տեղերը գնալ, որ ապրելն ավելի հեշտ լինի:

Այնպես է պատահում, որ դեպի հարավ գնացողները նկատում են, որ քանի հեռանում են, այնքան իրանց համար լավ է լինում, երկիրն ավելի պտուղ է տալիս, և ամեն ինչ առատ է: Այդ լսում են և մյուս կողմեր գնացողները և սկսում են իրանց ցուրտ լեռներիցն իջնել ու հեղեղի նման թափվիլ դեպի հարավ: Բռնում են երկու մեծ գետերի՝ Եփրատի ու Տիգրիսի ընթացքը և նրանց հետ գնում:

Գնում են, գնում, շատ ու քիչն Աստված գիտե, մինչև նրանց առջև երկարումեկ ձգվում է մի մեծ, շատ մեծ դաշտ: Էլ ո՛չ մի սար, ո՛չ մի բլուր, ո՛չ մի քար, այլ՝ հարթ, հավասար դաշտ, բայց ի՞նչ դաշտ. Աստծու ամենայն բարությունովը լիքը: Այն ժամանակվա մարդիկն էլ հենց այդպիսի մի տեղ էին փնտրում, որ ո՛չ վարեն, ո՛չ ցանեն, ո՛չ մրսեն, բայց ամեն ինչ ուտեն:

Այս նոր երկրի համբավը տարածվում է ամեն տեղ: Ամեն տեղից մարդիկ են գնում, որ տեսնեն՝ ճշմարիտ այնպե՞ս է, ինչպես որ պատմում են. և երբ որ ստուգում են՝ գալիս են իրանց տունը-տեղը քոչացնում, չվում նոր երկիրը:

Այդ ժամանակները մեր պապ Հայկը այստեղ է լինում կենալիս: Նա տեղիցը չի շարժվում, բայց գնացող-եկողները այնպես բաներ են պատմում, որ նա էլ է ցանկանում գնալ: Ասում են. «Այնպիսի երկիր է, որ լեզվով պատմել չի լինիլ: Ամենայն տարի Եփրատն ու Տիգրիսը այնպես հորդանում, վարարում են, որ ափերիցը դուրս են գալիս և ջրում ամբողջ դաշտը: Երբ որ ետ են քաշվում՝ սերմը գցում են նրանց թողած ցեխի վրա. էլ ո՛չ հերկել, ո՛չ ցաքանել, բայց արտ է դառնում, որ զարմանալի: Ցողուններն այնքան բարձրանում են, որ ուղտը միջին չի երևում, տերևները թաթի պես լայն-լայն, հասկերը կոան[5] չափ հաստ, երկու թզաչափ երկայն, մեջներին մինչև հարյուր, երկու հարյուր, երեք հարյուր հատիկ: Մեկ չափ ցանողը երեք հարյուր չափ է վերցնում: Ցանելու տեղն էլ այնքան շատ է, որ ինչքան կուզես՝ ցանիր: Ուրիշ էլ ինչ պտղեղենով, ինչ արմտիքով ասես՝ լիքն է: Հաղողի ճութերը այնքան մեծ-մեծ են, որ հեռվից նայողը կարծում է, թե՝ սև-սև գոմեշներ են նստոտած վազան[6] տակերին. ծիրանը մեր դեղձիցը խոշոր, նուռը մեր ձմերուկի չափ, բայց էլի այնպես պտուղներ կան, որոնցից մեր երկրումը չըկան»:

Ահա այս ամենը որ լսում է մեր պապ Հայկը՝ ինքն էլ է ուզում գնալ: Հավաքում է իր որդկերանցը և եղբայրներին, հայտնում է նրանց իր միտքը: Եղբայրները չեն հոժարում, ասում են՝ ինչո՞ւ թողնենք մեր երկիրը, մեր հողը, մեր ջուրը, մեր ծաղկապատ լեռները, մեր անմահական աղբյուրները, վերջապես՝ մեր հորն ու մոր, մեր նախնյաց սուրբ գերեզմանները:

Հայկն ասում է. «Այդ շատ լավ եք ասում: Դուք մնացեք այստեղ, այստեղ ապրեցեք, մեր երկիրը պահպանեցեք, իսկ ինձ թույլ տվեք գնամ, տեսնեմ՝ այդ մարդիկն ո՞ւր են այդպես հեղեղի պես թափված գնում, կամ ի՞նչ են շինում այնտեղ: Ես մեր երկրիցը ձեռք չեմ վերցնիլ, նրա սահմանիցը շատ չեմ հեռանալ: Այնտեղ, ինչպես պատմում են, մի ուրիշ լավ բան չկա՝ բացի հացի առատությունից»:

Այստեղ պառավ տատն սկսում է հացի նշանակությունը հասկացնել Արևամանուկին:

– Հացը մի այնպիսի բան է, Արմի՛կ ջան,– ասում է պառավը,– որ ինչ տարի նա չի լինում՝ բոլոր ուտելիքներն էլ նրա հետ պակասում են, և երբ որ հացն առատ է լինում՝ մյուս բոլոր բաներն էլ առատ են լինում: Օրինակի համար, երբ որ հաց չի լինում՝ եղ էլ չի լինում: Հիմա կասես՝ ինչո՞ւ: Նրա համար, որ՝ արտ չեղած տարին խոտն էլ է պակաս լինում: Իսկ կովը որ խոտ չուտի, լավ չարածի՝ որտեղի՞ց կաթ կտա, որ նրանից էլ մածուն, մածնից էլ եղ շինեն: Խոտ չկա՝ մեղր էլ չկա. ինչո՞ւ, նրա համար, որ՝ խոտ որ չլինի, ծաղիկ էլ չի լինի, իսկ ծաղիկ որ չլինի, էլ մեղուն ինչի՞ց կշինե մեղր: Շաղիկ չկա՝ պտուղ էլ չի լինի: Կուտ չկա՝ ձու էլ չի լինիլ:

Երևում է, որ մեր պապը մի քանի անգամ սով տեսած է լինում: Սկսում է պատմել, թե՝ սովն ինչի՛ց է հառաջ գալիս: Թե՝ երբ որ մի տարի, երկու տարի երկինքը կապվում է, գետինքն էլ չորանում է, էլ ոչինչ չի տալիս, էլ խոտ չի բսնում, ծառը չի ծաղկում, աղբյուրը չի քլքլում, մարդ, անասուն սովամահ են լինում: Ասում է՝ այդ նոր երկրումը դժվար թե սով պատահի, եթե ճշմարիտ է այն ամենը, ինչ որ ասում են: Լավ կլինի, ուրեմն, որ եթե այդ երկրի միջումը չլինինք՝ գոնե նրա սահմանի վրա լինինք, նրանից մոտիկ լինինք:

Սրա վրա որդիքն ասում են. «Հայր, դո՛ւ գիտես: Երբ որ դու կամենում ես՝ մենք ի՞նչ կարող ենք ասել»: Եղբայրներն էլ ասում են՝ մենք էլ կգանք քեզ անց կկացնենք: Մյուս օրը պատրաստություն են տեսնում, վրանները կարկատում, շինում են, աման, չաման, շորեղեն կապում են, մափրաշներում[7] դարսում, կապոտում, էշերը, ջորիքը բարձում, ձիանոնց վրա էլ իրանք նստում, ոչխար, տավար առաջներն անում, ճամփա ընկնում:

Երբ որ մեր պապը ճանապարհ է ընկնում՝ նրա հետ շատերն են քոչում: Ասում են՝ Հայկն խելոք մարդ է. եթե նոր երկիրը լավ չլինի՝ նա չի գնալ: Մի հարյուր հոգի հենց Հայկի տանը կլիներ, մի քանի ուրիշ տուն էլ որ նրա հետ միանում են, ով գիտե՝ քանի՛ հարյուր հոգի են դառնում:

Սրանք խումբ-խումբ, տավարը ջոկ, ոչխարը ջոկ, հորթերը ջոկ՝ որ կովերին չծծեն, ձիավորները ջոկ, բեռնավորները ջոկ, կռունկների պես կարգով ճանապարհ են ընկնում ու կամաց-կամաց, այստեղ, այնտեղ իջնելով, գետերի, աղբյուրների ափերին կամ արոտներում օրերով հանգստանալով՝ հասնում են մինչև նոր երկրի սահմանը: Այդ նոր երկիրն ասվում է «Միջագետք», այսինքն՝ գետերի մեջ եղած երկիր: Այսպես նրա համար է ասվում, որ այն մեծ դաշտը, ուր գնում էին, երկու մեծ գետերի՝ Տիգրիսի ու Եփրատի արանքումն էր:

Ահա այդ դաշտի հյուսիսային սահմանի վրա եղած լեռների ստորոտումն են իջնում: Երկար ժամանակ այդտեղ մնալուց հետո, երբ որ լավ ծանոթանում են իրանց գնալու երկրին՝ վայր են իջնում լեռներիցը և մտնում են դաշտի մեջ:

4

Ճշմարիտ որ այդ դաշտը ամենայն բարությունով լիքն էր: Մարդիկն իրանց մի օրվա աշխատանքը մեկ ամիս հանգիստ նստած վայելում էին: Բայց այդ հանգստության ժամերը զուր չէին անց կացնում, այլ՝ լավ-լավ բաների վրա էին խոսում, մտածում, ուրախություն անում, զվարճանում: Զանազան տեղերից հավաքված մարդիկը այնքան սիրում էին միմյանց, ինչպես շատ տարի իրար չտեսած, իրար կարոտ քաշած հայր ու որդի, եղբայրներ, քույրեր: Այնքան միաբան, այնքան սիրով էին, որ, ինչպես կասեն՝ գառն ու գայլը միասին էին արածում: Մեր պապ Հայկին որ տեսնում են՝ այնպես են սիրահարվում վրան, որ սկսում են պաշտել։ «Ինչպե՞ս կարելի է,–ասում են,– որ այս հրաշալի պատկերի ու հասակի տերը, այս զարմանալի ճարտարությունն ու քաջությունն ունեցողը մեզ նման մի հասարակ մահկանացու լինի»։

Եվ, ճշմարիտ որ՝ մի հասարակ մահկանացու չէր մեր պապը։ Արմի՛կ ջան, Աստված պահի, դու որ մեծանաս՝ իսկ և իսկ նրա նման կլինիս։ Ամեն քեզ տեսնելիս՝ իսկույն միտս է ընկնում այն բոլորը, ինչ որ լսել եմ մեր պապի գեղեցկության մասին։ Հաստաբազուկ, լայնաթիկունք, բարձրահասակ, աչքերը քո աչքերի նման, մազերը՝ քո մազերի։ Նրա ձգած նետն ու պարսաքարը նշանից վրիպում չի եղել։ Այնքան ուժով է եղել, որ նրա գործ դրած զենքն ու զրահը ոչ ոք չի կարողանում եղել ո՛չ հագնել և ո՛չ գործ ածել։ Նրա խելքն ու ճարտարությունն էլ հետո կտեսնես։

Այսպես, ինչպես ասացի, այդ ընդարձակ դաշտի մեջ տարածված բոլոր մարդիկը իրար հետ շատ և շատ սիրով էին ապրում։

Միշտ բոլոր ցեղերի նահապետները հավաքվում են, միասին խորհուրդ անում, և ինչ որ պետք է լինում իրանց երկրի համար՝ շինում են։ Օրինակ՝ տեսնում են, որ դաշտի ինքնիրան ջրվող մասը օրեցօր քչություն է անում, որովհետև մարդիկ էլ այդ դաշտի մյուս բերքերի նման սկսում են խիստ առատանալ, մեծ-մեծ ջրանցքներ ու լճեր են շինում, որ թե՛ ավելի հեռու տեղեր ջրեն և թե՛ երաշտ տարիներին ջրի պակասություն չկրեն, լճերի ջրովը ջրեն։ Այսպես շատ անապատ ու անջրդի տեղեր են ջրովի շինում և չոր տեղերը՝ գեղեցիկ ծառաստաններ և այգիներ։

Տեսնում են, որ ճահճուտ տեղեր կան, ցամաքեցնում են, վնասակար գազանները կոտորում են, գետերի ու ջրանցքների վրա անթիվ կամուրջներ են շինում։ Օր չի լինում, որ մի նոր գյուտ չանեն։ Մեկը մի նոր ջրաղաց էր հնարում, մյուսը՝ մի նոր տեսակ սայլ, մեկը գեղեցիկ կավե ամաններ է շինում, մի ուրիշը՝ աղյուս, խողովակներ, ջրմուղներ։ Կանայքն իրանց տանու ձեռագործներն էին սկսում ավելի նրբացնել։ Առաջ որ միայն բրդից ու մազից էին գործվածքներ անում, այստեղ դրանց վրա ավելացնում են բամբակն ու մետաքսը, որոնցից շատ բարակ գործվածքներ էին անում և բարակ էլ հագնում։ Ամեն մի արհեստավոր, թե՛ դարբինը և թե՛ ոսկերիչը, թե՛ հյուսնը և թե՛ որմնադիրը, թե՛ զինեգործը և թե՛ երկրագործը, օրեցօր կատարելագործում էին իրանց արհեստը, օրեցօր մի նոր բան էին հնարում, մի նոր բան ավելացնում։ Այս պատճառով էլ քիչ ժամանակի մեջ անթիվ գյուղեր՝ շինեցին գեղեցիկ աղյուսյա պատերով և ով գիտե քանի՛-քանի էլ քաղաք՝ ամուր պարիսպներով, բարձր աշտարակներով, լայն կամուրջներով։

5

Երբ որ մարդիկ այսպես սիրով, այսպես խաղաղ ու բախտավոր ապրում էին՝ մեկ էլ, ինչ տեղից, մի չար քամի է փչում, բոլորի սիրտը, բոլորի միտքը պղտորում:

Առաջվան բարի ծերերը մեռնում են, նրանց տեղն անցնում են խռովարար, գոռոզ և չար մարդիկ:

Այդ չարերի մեջ ամենից չարը լինում է Բել անունով մի ահագին հսկա, մի գազան մարդ: Մյուսները թեպետ չար են լինում, բայց և՝ շատ վախկոտ ու թուլասիրտ են լինում, բայց Բելը ոչ թե մարդուց, այլ՝ Աստվածանից էլ չի վախենում և կարծում է, թե՝ ինքն էլ մի աստված է: Իրանից վախեցող մարդիկ նրան այդպես էին ասել, նա էլ հավատացել էր, և կարծում էր, թե՝ ինքը եթե ճշմարիտ աստված չէ, անպատճառ Աստծու սերունդիցն է:

Մեկ անգամ, երբ որ բոլոր ցեղերի նահապետները հավաքված են լինում, որ իրանց հոգսերի մասին խորհուրդ անեն, այդտեղ են լինում թե՛ մեր պապ Հայկը և թե՛ իմ ասած աժդահա Բելը: Խոսք խոսքի են գալիս, մեջները ահագին վեճ է բարձրանում, մեկն ասում է՝ այսպես լավ կլինի, մյուսը թե՝ չէ՛, իմ ասածն է լավը: Հայկը տեսնում է, որ առաջվան սերն ու համաձայնությունը վերացել է, սրտին ցավ շատ է լինում, վեր է կենում տեղիցը ու, դառնալով դեպի խորհրդականները, ասում է.

— Հայրեր և եղբայրներ, ինձանից ձեզ խրատ չի հասնիլ, որովհետև ձեզանից շատերը այնպիսի պատկառելի տարիքի տեր են, որ ես նրանց որդու տեղ կհամարվիմ: Ես ուզում եմ ձեզ ասել միայն, որ թողնեք ձեր վեճերը: Մենք հիմա մի ուրիշ գործ ունինք կատարելու: Մեր մաքուր ու անարատ արտերի մեջ վնասակար բույսեր են բսնել, պետք է միացած ուժով այդ վնասակար բույսերը քաղհանենք, մի տեղ հավաքենք և կրակ տանք:

Այս խոսքի վրա այնպես են լռում ամենքը, որ կարծես համրանում են, և սկսում են իրար երեսի մտիկ տալ և ավելի նայում են Բելի երեսին, որ սկսել էր սփրթնել: Այս խոսքով մեր պապը «արտերի» մասին չէր խոսում, այլ՝ մարդկանց «սրտերի»: Ուզում էր ասել՝ մեր մեջ չար մարդիկ են երևացել, որոնք պղտորում են մեր անարատ սրտերը: Երկրի խաղաղությունը պահանջում է, որ այդ մարդկանցը պատժենք: Բելը որ իրան վրա է առնում այս խոսքը, բարկությունը զսպելով՝ սառը կերպով պատասխանում է.

– Ես կարծում եմ՝ խոտերն այնքան վնաս չեն տալ մեր արտերին, որովհետև իրանց հողի վրա են բուսած՝ երկուսին էլ բավական նյութ կլինի, բայց եկովի մանգաղաթև թռչնիկներ կան, որ չես իմանում՝ որտեղի՞ց են թռել եկել, դրանք փչացնում են մեր ցորենի հասկերը:

Բելն էլ է մեր Հայկի պես մութ խոսում: Նա մեր պապին և նրա հետ գնացածներին *մանգաղաթև* է անվանում՝ մանգաղն աղեղի նմանացնելով, որովհետև մերոնք հայտնի են լինում այնտեղ ինչպես քաջ նետաձիգ աղեղնավորներ: Նրանց համարում է եկովի, որովհետև ինքն այնտեղ է լինում ծնված, իսկ մերոնք ամենից հետո են լինում գնացած: Այս էլ պետք է ասենք, որ այդ գոռոզ Բելը սուր ու աղեղ բանեցնելը Հայկից էր սովորել, նա մի ժամանակ շատ սիրում էր Հայկին և միշտ նրա հետ էր որսի գնում, որ ավելի լավ վարժվի:

– Մանգաղաթև թռչունները եթե չըլինին,– պատասխանում է Հայկը,– մորեխները իսպառ կփչացնեն մեր արտերը...

Տողատակեր

1. **Պառակ** - *քար, քարեղեն զանգված, ապառաժ*
2. **Թանթուլ** - *կենդանիների առջևի ոտքերի թաթը*
3. **Հախռել** - *խժռել, լափել*
4. **Ուղորդ** - *իսկապես*
5. **Կոան** - *դարբնի միջին մեծության մուրճ*
6. **Վազան ճյուղ** - *խաղողի վազի ճյուղ*
7. **Մափռաշ (մաֆրաշ)** - *կապերտից պատրաստված քառանկյուն պարկ, որի մեջ դարսում են իրեղեններ*

ՄԱՆԿԱԿԱՆ ԱՇԽԱՐՀԱՅԱՑՔ ԿԱՄ ԼՈՒՅՍ ՈՒ ՄՈՒԹ ԱՇԽԱՐՀՆԵՐ

«Երեխե՛ք, նայեցեք այս վայր ընկած չինարի ծառին, տեսեք ինչպես մեկնվել է, և արդեն սկսել է փտիլ: Մի ժամանակ սա դալար է եղել և ձեզ նման փոքր: Բայց երբ որ սկսել է բարձրանալ՝ շատ գոռոզացել է: Պտուղ չի ունեցել, որ ճղները կռացներ, գլուխը խոնարհեցներ: Աստված սրան բարձրանալու շնորհք է եղել տված, բայց սա իր գլխի պատիվը չի իմացել, Աստուծո ողորմությունը չի հասկացել: Այս հիմարն ուզեցել է այնքան բարձրանալ, որ գլուխը երկինք հասցնէ և իր ճղներով երկնքի սիրտը ծակծկէ: Աստված բարկացել է սրա գոռոզ մտածության վրա և ահագին բարձրությունից տապալել է»:

Այս խոսքն ասողը Գյուլնազ տատն էր, որի անունը դուք, իմ փոքրիկ ընթերցողներ, պետք է որ լսած լինիք: Լուսահոգին ամեն բան գիտցող մի պառավ էր և շատ երեխայասեր: Օրը ցերեկով բոլոր երեխեքս հավաքվել էինք մոտը, հոգնած լինելով շատ խաղալուց, որ տատիկը մի բան պատմի մեզ, որ մենք հա՛մ լսենք, հա՛մ հանգստանանք:

Դուրսը, կանաչ խոտի վրա, մի տանձենու շվաքում էինք նստոտել: Եղանակը գարնանային էր:

– Մենակ ծառերը չեն, որ հիմարաբար գոռոզանալ գիտեն, մի ժամանակ մարդիկն էլ են այդպես եղել: Նրանք էլ մի աշտարակ են շինել այն մտքով, որ նրա ծայրը երկինք հասցնեն և այնտեղից Աստուծո հետ կռիվ սկսեն: Աստված համբերել է միառժամանակ, մինչև նրանք աշտարակի ծայրը մոտեցրել են երկնքին և սկսել են ավելի գոռոզանալ: Դրա վրա Աստուծո համբերությունը հատել է. նրանց աղմուկից ու աղաղակներից ձանձրացած՝ սաստիկ քամի է բարձրացրել և աշտարակի ամեն մի քարը, ամեն մի քարփիչը ուրիշ-ուրիշ աշխարհք է գցել...

– Ո՜ւհ, ինչքա՜ն բարձր է եղել այդ աշտարակը, որ ծայրը մինչև երկինք է հասել,– բացականչեց երեխաներից մեկը:

– Աշտարակը չի եղել բարձր,– ծաղրեց նրան մի ուրիշը,– այլ՝ երկինքն է եղել ցածր: Այնպես չէ՞, տատիկ, որ երկինքն առաջ մեզանից շատ մոտիկ է եղել:

– Այո՛, երկինքը մեզանից մոտիկ է եղել, բայց այդ եղել է աշտարակը շինելուց առաջ: Աշտարակը շինելիս երկինքը բարձր է եղել, և աշտարակն էլ այնքան բարձրացրած են եղել, որ նրա գլուխը գետնքից երևալիս չի եղել, այնքան բարձր է եղել, որ ձմեռը նրա վրա բարձրացողը մինչև ամառը հազիվ է եղել ցած գալիս... Բայց դրանից առաջ, ճշմարիտ է, երկինքը շատ մոտիկ է եղել մեզանից, այնքան մոտիկ, որ երեխեքը գնդակ խաղալիս շատ անգամ երկնքին է եղել դիպչում գնդակը և այնտեղ էլ մնում:

– Ինչո՞ւ էր այնտեղ մնում գնդակը, տատի՛կ, թող դիպչեր, էլ ետ վայր ընկներ,– հարցնում էինք մենք և միևնույն ժամանակ ավելի մոտենում տատիկին, որ լավ լսենք նրա պատմությունը երկնքի մոտիկության մասին:

– Նրա համար էր այնտեղ մնում, որ երեխեքը մյուս անգամ երկնքին չխփեն և Աստծուն անհանգիստ չանեն: Հապա չե՞ք լսել, որ մեկ անգամ Արևամանուկը պատահմամբ իր նետը դիպցրել էր Արեգակին, նա էլ անիծել էր Արևամանուկին դրա համար և ասել. «Այսուհետև ցերեկները չապրիս դու, որ իմ երեսը չտեսնես»: Այնուհետև խեղճ Արևամանուկը ցերեկները մեռնում է եղել և գիշերը կենդանանում: Նրան այդ պատժից ազատում է Արևահատը՝ Օձամանուկի նշանածը: Բայց Արևահատի վերջը ձեզ չեմ պատմել, կարծեմ:

– Հիմա՛ պատմիր, տատի՛կ, հիմա՛ պատմիր,– աղաղակեցին երեխաներից մի քանիսը, իսկ մյուսները զանազան հարցումներ արին երկնքի մոտիկության մասին...

* * *

Գյուլնազը մի բան պատմելիս պարապ չէր նստում, նա կամ զուլպա էր անում, կամ իլիկ մանում և կամ, ակնոցը քթին դրած, երեխաների պատռած շորերն էր կարկատում: Երբեմն էլ՝ ձեռքի գործը մի կողմ էր դնում և երեխաներից մեկի կամ մյուսի գլուխը քաշում դնում ծնկան վրա, որ տեսնի՝ հարսները լա՞վ են լվացել երեխի գլուխը և մաքրել, թե՞ ոչ: Նա միևնույն ժամանակ առանց ուշադրության չէր թողնում տան հոգսը, շատ անգամ միջահատում էր իր պատմությունը և զանազան հրամաններ տալիս այս և այն հարսին: Երեխեքս գիտեինք այդ և ամենայն զգուշությամբ փաղաքշում էինք նրան, փայփայում, որ նա ուրիշ ոչ մի բանի վրա ուշադրություն չդարձնե, այլ միայն մեզանով զբաղվի, մեր հետաքրքրությունը լցնե:

«Այո՛, մի ժամանակ երկինքը շատ մոտիկ էր երկրից,– շարունակեց տատիկը:– Երկնքից լսվում էր Աստուծո ձայնը: Նա այնտեղից խոսում էր մարդոց հետ և հայտնում էր նրանց իր կամքն ու հրամանը, պատվերներ էր տալիս և հասկացնում էր, թե՝ ի՛նչ պետք է անեն և ի՛նչ չպետք է անեն:

Ուղիղ կես գիշերին լսվում էին հրեշտակների քաղցր մեղեդիքը: Աքաղաղներն ամենից առաջ էին լսում նրանց ձայնը և իրանց միաձայն կանչյունով զարթեցնում էին մարդկերանցը, որ վեր կենան և հրեշտակների հետ միասին փառաբանեն Աստուծո հազար ու մեկ անունը...

Աքաղաղները հիմա էլ են լսում հրեշտակների ձայնը. ավելացնում էր տատիկը և խոր հոգոց քաշում մի այնպիսի ձևով, որ կարծես ինքն ապրած լիներ այն հին ժամանակումը, իր ականջովը լսած լիներ Աստուծո ձայնը և հրեշտակների մեղեդիքը, և այժմ՝ զրկված այն երջանկությունից»:

* * *

Զարմանալի մի աշխարհ է մանկական աշխարհը. ափսո՜ս, որ մարդ խելահաս եղած ժամանակ՝ է՛լ չի կարողանում մտնել այդ աշխարհը, որ իր առաջվան լսածները մեկ անգամ էլ լսե: Ամենայն ինչ, որ մանկության ժամանակ մոտիկ էր, մեծացած ժամանակ հեռանում է. ինչ որ հեշտ էր՝ դժվարանում, ինչ որ պարզ և հասկանալի էր՝ խավարում է և անըմբռնելի դառնում: Ինչքան հիմա ես հիշում եմ, մանկությանս ժամանակ մեզ համար ոչ մի վերացական բան չկար, ամենայն ինչ տեսանելի և շոշափելի էր:

«Առաջ Մութ աշխարհն էլ է եղել մեզանից մոտիկ,– ասում էր Գյուլնազ տատը:– Պատահել է, որ աղջկերքն իլիկ մտնելիս՝ հանկարծ թելը կտրվել է, և իլիկը մի հորի միջով ընկել է Մութ աշխարհը: Եթե իլիկ մանող աղջիկը մի բարի աղջիկ է եղել, Ներքի աշխարհի բարի պառավները նրա իլիկը վեր նետելով՝ ետ են դարձրել նրան: Բայց հիմա Ներքի աշխարհն էլ է հեռացել մեզանից»:

Գյուլնազ տատը մի երկար հեքիաթ էր պատմում, որի մեջ Մութ կամ Ներքի աշխարհի մասին մի այսպիսի կտոր կար.

– Անտես-Աննմանին դևը փախցրեց: Թագավորազն Գուրգենը, որ Աննմանի փեսացուն էր, վեր առավ իր երկու եղբայրներին և դևի հետքովը գնաց և գտավ նրան մի հորի մեջ: Դևը մրափած էր: Այդ երևում էր նրանից, որ հորի բերանից ծուխ ու բոց էր բխում: Այդ դևի արտաշնչությունն էր: Մեծ եղբորը կախեցին հորի մեջ, որ երթա ազատե Աննմանին, նա չկարողացավ կրակին դիմանալ և աղաղակեց. «Վա՜յ, այրվեցա, այրվեցա՜»... Նրան դուրս քաշեցին և միջնակին կախեցին, նա էլ աղաղակեց. «Վա՜յ, այրվեցա՜»: Նրան էլ դուրս հանեցին: Հետո Գուրգենն ասաց. «Հիմա ի՛նձ կախեցեք, և ինչքան էլ աղաղակելու լինիմ, թե՝ այրվեցա, վեր չհանեք»: Եվ ճշմարիտ՝ Գուրգենը գնաց մինչև հորի հատակը, առանց ձայն հանելու: Այնտեղ նա գտավ Անտես-Աննմանին: Նրա ծնկան վրա էր դրել հրեշ դևն իր գլուխը և քառասուն օրով մրափել: Այնտեղ կախած էր և դևի թուրը: Միայն այն թրովը կարելի էր կտրել նրա գլուխը և այն էլ՝ մեկ զարկով միայն, եթե երկրորդ անգամ զարկեին՝ նա կրկին կկենդանանար:

Աննմանը ծունկը դուրս քաշեց թե չէ դևը զարթեցավ և իսկույն ոտքի կանգնեց, բայց և միևնույն ժամանակ թուրը պսպղաց, և դևի գլուխն ընկավ գետին: «Մեկ է՛լ զարկիր, մեկ է՛լ, մեկ է՛լ»...– ղլղլացրեց գլուխը, բայց Գուրգենը չզարկեց և ասաց. «Ես մեկ անգամ եմ ծնվել իմ մորից և ոչ թե երկու անգամ»:

Հրեշ դևին սպանելուց հետո Գուրգենն ու Աննմանը պտտեցին դևի ստորերկրյա ընդարձակ բնակարանը, և ինչ որ գանձ ու հարստություն ուներ՝ բոլորն էլ ժողովեցին և վեր բարձրացնել տվին: Երբ որ մնացին միայն իրանք՝ սկսեցին երկար վիճել, թե՝ ո՛վ իրանցից առաջ բարձրանա: Աղջիկը տեսավ, որ Գուրգենը համառությամբ չի ուզում ինքն առաջ բարձրանալ, ասաց նրան. «Ես շատ կասկածում եմ, թե՝ միգուցե քո եղբայրներդ քեզ վեր չհանեն, և դու մնաս հորի մեջ: Եթե իմ նախազգացմունքս կատարվելու լինի՝ դու կերթաս դևի գոմը, այնտեղ քո առաջդ կգան մի սև այծ և մի սպիտակ ոչխար, եթե կարողանաս ոչխարի վրա նստել՝ նա քեզ վեր կհանե Լույս աշխարհք, իսկ եթե չկարողանաս, և այծն ընկնի տակդ՝ նա քեզ կտանե Մութ աշխարհք, որտեղից դու այլևս Լույս աշխարհք ընկնիլ չես կարող»: Այս ասելուց հետո Աննմանը վեր բարձրացավ, իսկ Գուրգենին նրա անիրավ և անգութ եղբայրները թողեցին հորի մեջ...

Գուրգենը շատ աղաչեց, պաղատեց և տեսավ, որ իր եղբայրների սիրտը քարացել է, ճարը կտրած՝ գնաց դեպի դևի գոմը, որ փորձե իր բախտը՝ նստե ոչխարի վրա: Բայց անիրավ այծը այնքան ճարպիկ էր, որ ոչխարին պոզահարելով մի կողմ ձգեց, և ինքն ընկավ Գուրգենի տակը և տարավ ձգեց Մութ աշխարհքը:

Այդ աշխարհն էլ մեր աշխարհի նման քաղաքներ և գյուղեր ուներ, և մինչև անգամ գիշեր ու ցերեկ կար, թեև ասվում էր՝ *Մութ*: Նա մի քաղաքում իջևանեցավ մի պառավի տան և նրանից իմացավ, որ քաղաքացիք ջրի պակասության համար շատ նեղության մեջ են: «Ամբողջ քաղաքում մի աղբյուր կա միայն, բայց նրանում էլ բույն է դրել մի ահագին վիշապ, և ամենայն օր մեկ աղջիկ են տանում գցում նրա երախը, որ ապա թույլ է տալիս ջուր վերցնելու: Էգուց էլ հերթը մեր թագավորի միամոր աղջկանն է, նրա՛ն պիտի տանեն աhռելի գազանի բերանը ձգեն»,– ասաց պառավը և սկսեց լալ:

Գուրգենը շատ ծարաված էր, այս որ լսեց՝ նրա ծարավն ավելի ևս սաստկացավ: Մյուս առավոտ, դեռ լույսը չբացված՝ վեր կացավ նա և պառավին էլ զարթեցրեց, որ տանե աղբյուրի տեղը ցույց տա իրան: Պառավը տարավ նրան և հեռվից ցույց տվավ աղբյուրը: Գուրգենը՝ դնի թուրը ձեռին, մոտեցավ և տեսավ մի լիճ, որի մեջ մեկնվել էր վիշապը՝ մի ահագին լեռնակղզու պես: Ամբողջ լիճը ժահահոտությամբ[1] և ապականությամբ թունավորված էր: Վիշապի գլուխը գտնվում էր աղբյուրի ակնումը, որ բխում էր մի լայնաբերան քարայրից: Նա անշարժ էր, կարծես թմրած լիներ կամ մրափած:

Վիշապի գլխավերևը նոր արդեն մի ծառից կապել էին թագավորի աղջկանը, որին պիտի կուլ տար վիշապը մի քանի րոպեից հետո: Աղջիկն արդեն մեռելի գույն էր ստացել: Գուրգենը մոտեցավ նրան, կապերը արձակեց և սիրտ տվավ, որ չվախենա: Թուրը ձեռին մոտեցավ վիշապին և այնպիսի մի հարված տվավ նրա վզին, որ վիշապը երկու ահագին կտոր դարձավ, իսկ լիճը՝ արյան ծով: Թագավորի աղջիկը ձեռքը թաթախեց արյան մեջ և, Գուրգենի մեջքին նշան դնելով, ինքը վազեց տուն, որ թագավորին հայտնե եղելությունը: Հավաքվեցան բոլոր քաղաքացիք և քառասուն ջուխտ գոմշով հազիվ կարողացան ամեհի գազանի լեշը դուրս քարշել այնտեղից և մաքրել աղբյուրը:

Թագավորն ուզեց վարձատրել Գուրգենին, և մունետիկ ձգեց քաղաքի մեջ, որ փնտրեն նրան և բերեն, և գտան նրան՝ թագավորի աղջկա դրած նշանով:

Թագավորն ասաց Գուրգենին. «Դու՛, որ փրկեցիր ինձ և իմ ժողովրդին չար վիշապի գերությունից, այսօր դո՛ւ ես մեր տերը և թագավորը, ուզիր իմ աղջիկս և իմ տեղ թագավոր եղիր»:

Գուրգենը պատասխանեց. «Ես այս երկրիցը չեմ. ես Լույս աշխարհքիցն եմ ընկել այստեղ»,– և սկսեց պատմել իր գլխի անցքը և հետո ավելացրեց. «Եթե կարողանաք ինձ Լույս աշխարհք գցել կրկին՝ ես ուրիշ բան չեմ ուզիլ ձեզանից»:

Թագավորն ասաց. «Այդ անհնարին բան է. Լույս աշխարհքը շատ և շատ բարձր է մեզանից, ո՞վ կարող է քեզ վեր թռցնել և տանել այնտեղ»:

Գուրգենը ասաց. «Ինչպես լինի, ես պետք է վեր բարձրանամ, քո առաջարկությունը ես ընդունել կարող չեմ»:

Թագավորն ասաց. «Դո՛ւ գիտես, բայց որ չկարծես, թե՝ ես ընդդեմ եմ քո գնալուն, ես կժողովեմ իմ աշխարհի բոլոր գիտուններին, թող նրանք մեզ ասեն, թե՝ արդյոք մի հնար կա՞ վեր բարձրանալու: Եվ մինչ այդ, իմ իշխանությունը և բոլոր հարստությունս քե՛զ եմ հանձնում»...

Թագավորը ժողովեց իր բոլոր աստղաբաշխներին, իմաստուններին և հայտնեց նրանց Գուրգենի ցանկությունը: Նրանք ասացին, թե՝ հին ժամանակներում, ճշմարիտ է, Ներքի և Վերին աշխարհների մեջ սերտ հարաբերություն է եղել, բայց հետո մեր մեղքիցն է եղել, թե պատահմամբ՝ մեր աշխարհը ցածրացել է, առաջ՝ քիչ, և հետո՝ շատ: Լսած ենք, որ մեր հեռացած ժամանակն էլ մի սանդուղք է եղել, և այդ սանդուղքով արդար մարդիկը վեր բարձրանալիս և վայր իջնելիս են եղել, բայց հիմա այդ սանդուղքն աներևութացել է, էլ չի երևում...

Այսպես Գուրգենը մնաց Մութ աշխարհքում մոլորված: Սկսեց պտտել զանազան տեղեր, հարցուփորձ անել և ոչ մի տեղից մի դուռը չգտավ վեր բարձրանալու:

Մեկ օր դուրս էր եկել որսորդության: Շատ ման գալուց հոգնելով՝ նստեց մի հսկայական ծառի տակ, որ փոքր-ինչ հանգստանա, մեկ էլ մի ծվծվոց լսեց ծառի վրայից, նայեց, և... ի՛նչ տեսնի... Ծառի վրայով սողում էր մի ահռելի սև վիշապ դեպի մի մեծ բույն, որի մեջ լիքն էին մեծ-մեծ թռչուններով, բայց դեռ չէին թևավորված: Երևում էր, որ դրանք ձագուկներ էին մի հսկայական թռչունի: Այդ ձագուկները օձին տեսնելով սարսափի մեջ էին ընկել և սկսել էին ծվծվալ: Այս որ տեսավ Գուրգենը՝ առավ իր նետաղեղը և ուղղակի շեշտեց վիշապի գլխին և վայր կործանեց: Հետո հանեց դնի թուրը և, վիշապին կտոր-կտոր անելով, մի ահագին բլուր շինեց: Այս բարեգործությունից և քաջությունից սիրտը մխիթարված՝ պառկեց ծառի ստվերումը և խոր քնի մեջ մտավ:

Այս անցքից մի քիչ հետո թռչունների մայրը թռած եկավ և, Գուրգենին տեսնելով այնտեղ պառկած, կարծեց, թե՝ նա՛ է իր թշնամին, որ ամենայն տարի կոտորում էր իր ձագերին: Նա իսկույն ետ դարձավ և իր ճանկերով մի ջաղացքար, թե ահագին ժայռ վերցրած բերավ, որ ձգե Գուրգենի վրա: Այս որ տեսան ձագուկները՝ մի սարսափելի ծվծվոցով և աղաղակով զգուշացրին իրանց մորը և հասկացրին, որ Գուրգենը ոչ թե իրանց թշնամին, այլ իրանց ազատարարն է:

«Նայի՛ր,– ասացին,– մայրի՛կ, այդ բլրի վրա և տես՝ ի՛նչ գազան է. դա գալիս էր, որ մեզ ուտի, և այդ մարդն է, որ սպանեց դրան և մաս-մաս արավ»: Այս որ լսեց մայր թռչունը՝ երախտագիտական զգացմունքով լցված, ժայռը տարավ առաջվան տեղը և վերադարձավ իր ձագուկների մոտ:

Գուրգենը դեռ քնած էր: Ծառի ստվերն անցել էր մյուս կողմը, և արևն ընկել էր Գուրգենի վրա: Օրը շատ շոգ էր: Մայր թռչունը, որ ասվում էր *Զումրութ-Ղուշ*, չուզեց Գուրգենին զարթեցնել, նա իր հսկայական թևերը փռեց ամպհովանու պես և շվաք արավ, որ նա հով-հով քնե: Վերջը, Գուրգենը որ զարթեցավ՝ կարծեց, թե մթնել է արդեն, բայց թռչունը որ թևերը ետ քաշեց՝ կրկին լուսացավ, և Գուրգենը տեսավ հսկա Զումրութին, որ խոսեց Գուրգենի հետ և ասաց.

— Ո՛վ ազնիվ երիտասարդ, դու իմ փրկիչն ես՝ երկնքից իջած. դու այնպիսի մի բարերարություն ես արել ինձ, որ չգիտեմ՝ ինչո՛վ կարող եմ վարձատրել քեզ: Ահա ուղիղ հարյուր տարի է, որ ես չէի կարողանում ազատել իմ ձագերին այդ անգութ գազանի ձեռքից:

Այսօր դու փրկեցիր ինձ դրա ձեռքից, ազատեցիր իմ ամբողջ սերունդը: Օ՜... եթե դա գողի պես չհետամտեր, եթե ես կարողանայի գոնե մեկ անգամ տեսնել դրան՝ դրա գլուխը կջախջախեի... Ո՛վ պատվական և քաջ երիտասարդ, ի՞նչ ես կամենում, որ ես քեզ համար ձեռք բերեմ, ո՞ր թագավորությունն ես ուզում, որ քեզ տամ. ո՞ր թագավորի աղջիկն ես ուզում, որ գնամ բերեմ, որքա՞ն հարստություն ես ուզում, որ աշխարհիս ամեն ծայրից հավաքեմ բերեմ քեզ համար, ասա՛ ինձ, և ամենայն ինչ մի ակնթարթի մեջ կկատարեմ ես:

– Ես ոչինչ չեմ ուզում,– պատասխանեց Գուրգենը քնաթաթախ, աչքերը տրորելով...– ես ոչինչ չեմ ուզում, այլ միայն՝ Լո՛ւյս, Լույս աշխարհք, կարո՞ղ ես տանել ինձ Լույս աշխարհք...

– Լո՛ւյս աշխարհք...– բացականչեց Զումրութը:– Ուրեմն, դու այնտեղի՞ց ես ընկել մեր աշխարհը, և ի՞նչ հրաշքով:

Գուրգենը պատմեց իր գլխի անցքը:

– Շա՛տ լավ,– ասաց Զումրութը,– ես քեզ կտանեմ Լույս աշխարհք, թեպետ դա մի շատ դժվար ճանապարհորդություն է թե՛ ինձ համար և թե՛ քեզ համար: Քառասուն օր հազիվ կարող ենք հասնիլ: Միշտ թռած պիտի գնամ, իջնելու տեղ չկա: Մեզ հարկավոր է քառասուն օրվա պաշար վերցնել հետներս, քառասուն ոչխար և քառասուն տիկ ջուր: Դու կերթաս այդ տկերն ու ոչխարները կբերես թագավորից, և մենք ճանապարհ կընկնինք տասն օրից հետո, երբ որ ձագուկներս թռցրած կլինիմ:

Գուրգենը ճանապարհ ընկնելու օրը քառասուն ոչխար մորթեց և ամեն մեկը չորս կտոր արավ և դարսեց պարկերումը, տկերն էլ ջրով լցրեց, բոլորը դարսեց Զումրութի վրա, և ինքն էլ նստեց վրան: Զումրութն ասաց. «Եթե գլուխս աջ կողմդ մեկնեմ՝ մի կտոր միս կգցես բերանս, իսկ եթե ձախ՝ տկի բերանը կդնես բերանումս»: Այս ասաց Զումրութն ու թռավ և, ամպերը ճեղքելով, բարձրացավ դեպի Լույս աշխարհք:

Քառասուն օրը լրացավ, բայց նրանք դեռ տեղ չէին հասել: Մսի պաշարը հատել էր: Զումրութը գլուխը մեկնեց դեպի աջ. Գուրգենը այլևս միս չուներ, որ գցեր բերանը: Հանեց թուրը և իր ոտքից մի կտոր միս կտրեց և գցեց Զումրութի բերանը: Սրանից հետո մի ժամ չանցած՝ Զումրութն իջավ Լույս աշխարհքի վրա: Գուրգենը վայր իջավ արյունաթաթախ և չկարաց ոտքի վրա ուղիղ կանգնել, ոտքի ջլերը կտրատել էր: Զումրութն ասաց. «Գուրգե՛ն, ես քո միսը չկերա, հանի՛ր, ահա՛ բերանումս է, դիր տեղը և իմ թևս քսիր վրան, իսկույն կառողջանա»: Գուրգենն էլ այնպես արավ և իսկույն առողջացավ:

Հետո Զումրութը Գուրգենին մի քանի խրատներ տվավ, թե՝ որտե՛ղ պիտի գտնի Աննմանին, իսկ ինքը, նոր պաշարով բեռնավորված՝ մնաս բարով ասաց Գուրգենին և դարձավ կրկին դեպի Ներքի աշխարհը...

Ահա՛ թե ինչ էր պատմում Գյուլնազ տատը Մութ կամ Ներքի աշխարհի մասին: Երկինք գնալը այսքան դժվարություն չուներ: Արևահատը Արևամանուկին ցերեկվա մահից ազատելու համար մի ջուխտ երկաթե տրեխ է հագնում և մի երկաթե գավազան է բռնում ձեռին և ճանապարհ է ընկնում դեպի արևմուտք: (Այսպես էին անում առհասարակ, որոնք որ ուզում էին Աստուծո մոտ գնալ: Այնքան գնում էին, որ տրեխները մաշվում էին, գավազանի ծայրը՝ կոտրվում: Այդ նշանն էր, որ արդեն աշխարհի ծայրն են հասել): Արևահատի տրեխները որ մաշվում են՝ նրա առջև բացվում է մի հրեղեն պալատ: Ներս է գնում և տեսնում է այնտեղ նստած *Արևամորը*, այսինքն՝ Արեգակի մորը, որ մի շատ սիրուն պառավ է լինում: Արևամայրը նրան սիրով ընդունում է, իմանում է գնալու պատճառը և թաքցնում է նրան, որ տղան՝ Արեգակը, չտեսնե նրան: Երեկոյին տղան ներս է մտնում՝ շատ շոգած ու քրտնած... Մայրը նրան աղաչում է, որ խնայե Արևամանուկին և ազատե նրան մահից: Տղան մոր խոսքը չի կոտրում, վեր է առնում մի կտոր բամբակ, իր քրտինքը սրբում է նրանով և ասում է. ահա՛ այս է նրա դեղը, եթե իմ քրտինքը քսեն նրա երեսին՝ նա կառողջանա, բայց ո՞վ կտանե:

Այստեղ մայրը հայտնում է Արևահատի գալը, դուրս է բերում նրան թաքցրած տեղից։ Արեգակը նրան սիրով ընդունում է և կարճ ճանապարհ է ցույց տալիս՝ կրկին իր տեղը գնալու։

* * *

Գյուլնազ տատը, որ այս հեքիաթում արևի համար ասում էր, որ տղա է, նա ուրիշ անգամ ասում էր. Արեգակն ու Լուսինը քույր ու եղբայր են։ Մոր մասին խոսք չկար։ Նա ասում էր. որովհետև Արեգակն աղջիկ էր՝ գիշերը վախենում էր ման գալ, իսկ ցերեկը՝ ամաչում, Լուսինը նրան մի բուռը լիքն ասեղ տվավ և ասաց. «Ով որ քեզ մտիկ տա՝ դու այս ասեղներով կծակծկես նրա աչքերը»։ Այնուհետև քույրն սկսեց ցերեկը ման գալ, իսկ եղբայրը՝ գիշերը։

Գյուլնազը չէր ասում, որ ցերեկի պատճառը Արեգակն է, որ առանց արեգակի ցերեկ չի լինիլ։ Ո՛չ. ցերեկն ինքն իր համար մի ջոկ բան է, գիշերը՝ ջոկ։ Արեգակը լինի, չլինի՝ ցերեկ պիտի լինի։ Նա ասում էր. ցերեկն ու գիշերը մի ծեր մարդու ձեռքում են գտնվում։ Ծերունին նստած է մի բարձր սարի վրա և երկու կծիկ ունի ձեռին, մինը՝ սև, և մյուսը՝ սպիտակ։ Երբ որ գլորում է սև կծիկը՝ աշխարհքը մթնում է, և երբ որ սպիտակն է գլորում՝ լուսանում է և ցերեկ դառնում։ Այդ ծերունին է՛լ մի ուրիշ բան չունի... շարունակ սպիտակը կծկում է, սևը բաց թողնում, սևը կծկում է, սպիտակը բաց թողնում...

* * *

Գյուլնազ տատիկը շատ անգամ, խոր հոգոց քաշելով, ասում էր.

– Էհե՛յ, հե՛յ... դուք հենց կարծում եք, թե՝ մեր աշխարհքն առաջ էլ այսպե՛ս է եղել... Ո՛չ։ Հին ժամանակները, երբ որ Աստված մոտիկ է եղել մեզանից, նրա ողորմությունն էլ անպակաս է եղել։ Ամեն ձմեռ երկինքը ձյունի տեղ ալյուր է եղել թափելիս, ձյունի պես սպիտակ, նրա պես մաքուր։ Մարդիկ հավաքում են եղել երկնքի ալյուրը և իրանց ամբարները լցնում այնքան, որ բավականանար մինչև մյուս ձմեռը...

Մեկ անգամ, երբ տատիկն արդեն սկսել էր պատմել, թե՝ հին ժամանակներումը մարդիկ ինչպե՛ս են եղել ապրելիս, երեխաներից մեկը, որ գլուխը տատիկի ծնկանը դրած քնել էր, հանկարծ զարթեցավ և, պատմությունը միջահատելով՝ հարցրեց տատիկին.

– Հետո՞, տատի՛կ, հետո՞...

– Ի՞նչ հետո, հոգի՛ս,– հարցրեց տատիկը:

– Դու չասացի՞ր, որ երկինքն առաջ շատ մոտիկ էր մեզանից... հետո ի՞նչպես եղավ, որ նա այսքան բարձրացավ:

– Այնպես եղավ, որ երեխեքը երբ որ սկսեցին շատ չարություն անել, անդադար վազվզում, թռչկոտում էին և Աստծուն չէին թողնում հանգիստ քնել, նա էլ բարձրացրեց երկինքը, հեռացավ, առանձնացավ, որ երեխեքն իր քունը չխանգարեն:

– Այդպես չէ, տատի՛կ, այդպես չէ,– մեջ ընկավ մի սրամիտ երեխա, որ ուրիշ կերպ էր լսել այդ անցքը:

– Հապա ինչպե՞ս է եղել,– հարցրինք ամենքս միաբերան:

– Թող տատիկն ասի... Աստծուն խռովեցնողը ոչ թե երեխեքն են եղել, այլ՝ մի անգետ պառավ է եղել, որ երեխի...

– Այդ սո՛ւտ է, այդ սո՛ւտ է...– խնդալով ընդհատեց Գյուլնազ տատը՝ չուզենալով, որ պատճառը պառավները լինին եղած:

Այստեղ երեխեքս պաշտպան հանդիսացանք տատիկին և բարկացանք նոր զարթած երեխայի վրա, որ միջահատեց տատիկի պատմությունը: Գիտեինք առաջուց, որ եթե տատիկի պատմության թելը կտրեինք՝ էլ մյուս անգամ նա իր ասելիքի ծայրը չէր գտնի, այդպես էլ կխափանվեր գործը: Եվ ճշմարիտ՝ այնպես էլ եղավ:

Տեսնելով, որ տատիկը էլ նոր բան պատմելու տրամադրություն չունի, սկսեցին խառնիխուռն հարցեր առաջարկել: Աղջկերքը հարցնում էին, թե՝ այնպես չէ՞, տատի՛կ, որ եթե աղջիկը Կանաչ-Կարմրի[2] տակովն անց կենա՝ տղա կդառնա, տղերքը հարցնում էին, թե՝ այնպես չէ՞, տատի՛կ, որ եթե մեկը կարենա իր արմունկիցը պաչել՝ ծիտ կդառնա, և ուրիշ այս տեսակ հարցումներ:

Եվ ամենքիս սիրով պատասխանում էր Գյուլնազ տատը: Ողորմի իրան, շատ բարեսիրտ պառավ էր. նա իսկապես մի պառավ երեխա էր, որովհետև հավատում էր այն բաներին, ինչին որ միայն երեխաները կհավատան:

Տողատակեր

1. **Ժահահոտություն** - *գարշահոտություն*
2. **Կանաչ-Կարմիր** - *1. ծիածան.*
    2. հարսանիքի ժամանակ փեսայի և հարսի ուսից կրծքի վրայով
    կապվող կանաչ և կարմիր գույներով ժապավեն, նարոտ

293

ԲՈՎԱՆԴԱԿՈՒԹՅՈՒՆ